LA VILLA ROUGE

DU MÊME AUTEUR

Tue-moi si tu peux, 2017.
Menace sur Rio, 2016.
Invisible, 2016.
Lune pourpre, 2015.
Le Sang de mon ennemi, 2015.
Un si beau soleil pour mourir, 2015.
Week-end en enfer, 2014.
Tapis rouge, 2014.
Moi, Michael Bennett, 2014.
Zoo, 2013.
Dans le pire des cas, 2013.
Les Griffes du mensonge, 2013.
Copycat, 2012.
Private Londres, 2012.
Œil pour œil, 2012.
Private Los Angeles, 2011.
Qui a tué Toutankhamon ?, 2011.
Bons Baisers du tueur, 2011.
Une ombre sur la ville, 2010.
Dernière Escale, 2010.
Rendez-vous chez Tiffany, 2010.
On t'aura prévenue, 2009.
Une nuit de trop, 2009.
Crise d'otages, 2008.
Promesse de sang, 2008.
Garde rapprochée, 2007.
Lune de miel, 2006.
L'amour ne meurt jamais, 2006.
La Maison au bord du lac, 2005.
Pour toi, Nicolas, 2004.
La Dernière Prophétie, 2001.

JAMES PATTERSON
& DAVID ELLIS

LA VILLA ROUGE

traduit de l'américain
par Sebastian Danchin

l'Archipel

Ce livre a été publié sous le titre
Murder House
par Little, Brown & Company, New York, 2016.

Notre catalogue est consultable à l'adresse suivante :
www.editionsarchipel.com

Éditions de l'Archipel
34, rue des Bourdonnais
75001 Paris.

ISBN 978-2-8098-2274-8

À Matt, Libby et Zach Stennes

Prologue

BRIDGEHAMPTON, 1995

Lorsqu'il se réveille, il fait encore nuit et un souffle d'air froid pénètre dans sa chambre par la fenêtre ouverte. Il se lève une heure plus tard en temps ordinaire, mais il n'a quasiment pas fermé l'œil de la nuit, dans l'attente de cette journée. Il n'est même pas certain d'avoir dormi.

Il distingue l'étui du trombone, étroit et long, dans un coin de la pièce, et son cœur bat plus vite. Il a répété inlassablement, s'est entraîné des heures durant jusqu'à en avoir les doigts et les épaules meurtris, jusqu'à en avoir mal à la tête, et le verdict tombera aujourd'hui. Le moment tant attendu !

Il se brosse rapidement les dents et enfile son costume d'Halloween. Il prend l'étui du trombone, son sac de classe, et descend les marches en silence pour ne pas réveiller sa mère.

Il déchire le sachet de cellophane et glisse deux tartines dans le grille-pain, puis il se sert un verre de lait qu'il avale sans toucher au pain grillé. Il a des crampes d'estomac. Il mangera plus tard, quand tout sera consommé.

Un froid mordant l'accueille lorsqu'il sort de la maison, son sac à l'épaule, la poignée de l'étui du trombone serrée dans sa main gauche. Au bout de la rue, il tourne la tête à droite où un mur de brouillard sombre flotte au-dessus de l'Atlantique, à moins d'un kilomètre. Comme toujours, son regard est aimanté par la villa qui surplombe l'océan au sommet de la butte. Même de loin, la maison hantée lui fait grise mine.

Un frisson lui parcourt l'échine. Il se reprend et bifurque à gauche sur Ocean Drive, en direction du nord. L'étui du trombone, trop lourd, passe de sa main gauche à sa main droite. Pas question d'avoir les doigts gourds aujourd'hui.

Il se sent tout ragaillardi quand il aperçoit les bâtiments de la cité scolaire. L'air matinal commence à se réchauffer et il se sent bien. Le soleil fait son apparition à travers les arbres. Des feuilles de toutes les couleurs dansent sous la caresse du vent. Il refrène son envie de sautiller comme un gamin.

Il n'a plus rien d'un gamin. Il n'a plus huit, ni même dix ans.

Il est arrivé avant tout le monde, comme il le souhaitait, seul au milieu du pré qui borde le terrain de base-ball et l'aire de jeux à l'arrière du bâtiment de brique. Pas un arbre en vue, pas un buisson, pas un muret, rien de rien sur une longueur au moins égale à la moitié d'un terrain de football.

Il se dirige vers le petit bois où l'attend son perchoir. Il ouvre l'étui du trombone et sort une carabine soigneusement chargée.

Il la serre entre ses mains et prend une longue respiration dans l'espoir de calmer ses nerfs. Son cœur bat à tout rompre, il a la gorge nouée, il tremble de tous ses membres.

Un coup d'œil à sa montre Star Wars, qu'il porte sur son costume d'Halloween. La cloche qui appelle les élèves ne va plus tarder à sonner. Les premiers arrivants se regrouperont au niveau de l'entrée arrière, par petits groupes, autour d'un ballon de football ou d'un frisbee. L'aire de jeux est réservée aux plus petits.

Mais ce ne sont pas les petits qui l'intéressent.

Il regarde à nouveau sa montre. Dark Vador lui signale qu'il sera bientôt l'heure. Il a hésité à s'habiller en Dark aujourd'hui, l'occasion était toute trouvée, mais l'énorme casque l'aurait gêné. Il a essayé, il ne voyait quasiment rien à travers la lunette de la carabine.

Il se laisse emporter par ses pensées, par son imaginaire, dans le ballet des feuilles qui tourbillonnent, et il en oublie le temps. Ils arrivent. Des petits, tout excités, qui tiennent leurs parents par la main. Des moyens qui rejoignent le collège en bandes. Superman, Batman, Aquaman, des vampires et des clowns, des lapins et des chats, Cendrillon et Blanche-Neige et la Fée Clochette, Pocahontas et Woody, le shérif de *Toy Story*, Ronald McDonald, Simba du *Roi Lion*, et M. Spock…

… et puis les plus grands. Quelques-uns sont hâtivement grimés ou déguisés, mais la plupart sont trop blasés pour imiter l'exemple de leurs cadets…

— Showtime ! Le spectacle va commencer, murmure-t-il.

Il a entendu l'expression dans un film qu'il a regardé sur le câble, un film qu'il n'avait pas l'âge de voir mais qui paraissait cool. Il transpire abondamment à l'intérieur de son costume.

— Showtime, répète-t-il, cette fois d'une voix pleine d'assurance en levant le canon de la carabine.

D'un seul coup, il n'est plus le même. Tout a basculé à l'intérieur. Un sentiment de calme s'empare de lui, il exulte. Il se voit sortir lentement de l'abri des arbres, carabine levée. Il se voit viser, tirer et recharger, viser, tirer et recharger, viser-tirer et recharger tout en s'avançant vers la masse des gamins qui ne se doutent de rien. Le bruit sec de la carabine, chaque fois qu'il presse sur la détente, lui donne une sensation de puissance comme il n'en a jamais connu.

Jimmy Trager pousse un cri dans lequel se mêlent la surprise et la douleur, il se cambre et s'écroule par terre. Roger Ackerman, ce sale connard, s'agrippe le bras et tente de s'enfuir, mais il vacille et s'effondre au milieu des feuilles mortes.

À présent à découvert, il pose un genou à terre pour mieux ajuster ses tirs tandis que les cris et les hurlements fusent de toutes parts, soixante gamins qui s'égaillent comme de vulgaires cafards en se cognant et trébuchant, qui lâchent leurs sacs de classe pour mieux se couvrir la tête, sans savoir de quel côté fuir, hagards, seulement préoccupés de courir, courir, courir…

— Dans le petit bois ! hurle un parent.

— Le parking ! crie un autre.

Il fait feu, recharge, *viser-tirer-recharger*, tandis que la panique achève de disperser les élèves aussi sûrement qu'une bourrasque de vent. Leurs cris perçants bercent ses oreilles. Leur peur fait bouillir son sang. Il voudrait que cet instant ne s'arrête jamais.

Six sont déjà touchés, sept, huit dans le pré. Une demi-douzaine un peu plus loin.

Il lève le canon de sa carabine d'un geste dramatique et prend un instant, un court instant, pour savourer la scène, jouir de sa toute-puissance, contempler le chaos qu'il a créé. La sensation est indescriptible. Il se sent électrisé, comme emporté. Au même instant, sa vision se brouille, il met quelques instants à comprendre que le vent n'est pas en cause. Ce sont ses larmes.

Il doit rester une douzaine de plombs dans sa carabine, mais il n'a plus le temps. Les profs seront là d'un instant à l'autre. Les voitures de la police de Southampton ne tarderont pas. De toute façon, il a eu ce qu'il voulait. Les blessures sont superficielles.

Mais quelle rigolade !

Et encore ! pense-t-il. *Vous n'avez rien vu. Je n'ai que douze ans.*

Livre I

BRIDGEHAMPTON, 2011

1

Noah Walker se redresse prudemment sur le toit de sa maison, prend le temps de trouver son équilibre, puis soulève sa casquette des Yankees afin d'essuyer le voile de sueur qui lui couvre le front sous le soleil brûlant de cette fin de mois de juin. Travailler en hauteur ne lui a jamais fait peur, mais c'est différent quand on est sur son propre toit et qu'on décide de se retrousser les manches parce que le propriétaire mettra six mois à régler le problème et qu'on en a marre des taches d'humidité au plafond.

Il peigne d'une main sa crinière bouclée. *Un look à la Matthew McConaughey*, comme dit Paige en précisant qu'il a le physique de l'emploi. On le compare à l'acteur depuis des années, mais il n'y attache guère d'importance. De même qu'il n'attache guère d'importance à ce que pensent les autres, à ce qu'ils disent de lui. S'il ne s'en fichait pas, il ne vivrait plus dans les Hamptons depuis belle lurette.

Un crissement de pneus sur le chemin le tire de sa rêverie, accompagné par le ronronnement d'un moteur soigneusement entretenu. Les petites routes du coin sont médiocres, quand elles ne sont pas cahoteuses, voire dangereuses. Contrairement à celles qui longent l'océan et mènent aux villas de trois mille mètres carrés dans lesquelles l'élite passe l'été. Il ne viendrait pas à l'idée de Noah de se plaindre des rupins, il gagne deux fois plus d'argent grâce à eux entre mai et août que pendant tout le reste de l'année. Il effectue les mille et une réparations dont ils ont besoin sans jamais se laisser entamer par leur condescendance.

— Paige, murmure-t-il avant même que l'Aston Martin noire décapotable s'immobilise devant chez lui, à côté de sa vieille Harley rafistolée.

Elle n'est pas très discrète, elle devrait se montrer plus prudente, même si les habitants de ce secteur boisé des Hamptons fréquentent peu les nantis. Il y a peu de chance que les voisins de Noah en parlent au mari de Paige. Ce n'est pas comme s'ils risquaient de rencontrer John Sulzman dans les réceptions de la haute. Noah et ses semblables n'ont guère l'occasion de croiser des bourgeois en smoking, sinon dans les documentaires de la chaîne Discovery consacrés aux pingouins. Ils partagent le même code postal, mais ils ne sont pas du même monde.

Paige descend de sa décapotable avec la grâce fluide qui la caractérise. Noah sent monter en lui une bouffée de désir animal, comme toujours lorsqu'il la revoit. Paige Sulzman fait partie de ces gens qui possèdent une classe naturelle. Chez eux, la beauté est un privilège, et non une corvée. Avec sa robe à pois et son chapeau blanc qu'elle retient d'une main à cause du vent, elle a tout de la grande bourgeoise de Manhattan qu'elle est, bien qu'elle soit originaire du nord de l'État de New York et qu'elle ait conservé une certaine humilité.

Paige. Il émane d'elle une véritable fraîcheur. Elle est tout simplement belle avec ses cheveux d'un blond éclatant et sa silhouette de rêve, son nez légèrement retroussé et ses yeux noisette à tomber. Mais elle ne se contente pas d'être belle.

Elle a des manières de jeune fille bien élevée, l'esprit vif, le don de rire d'elle-même. Paige est l'une des personnes les plus sincères et honnêtes qu'il lui ait été donné de rencontrer.

Elle est également douée au lit, ce qui ne gâte rien.

Noah descend de son toit pour aller à sa rencontre. Elle se précipite vers lui et plaque sa bouche contre la sienne, les mains agrippées à son torse nu.

— Je te croyais à Manhattan, s'étonne-t-il.

Ses lèvres pulpeuses dessinent une moue moqueuse.

— C'est comme ça que vous m'accueillez, jeune homme? Je préférerais: «Paige, quelle joie de te voir!»

— Mais *c'est* une joie.

Il est sincère. Il a rencontré Paige trois ans plus tôt alors qu'il nettoyait les gouttières de la villa des Sulzman, et il a longtemps pensé à elle par la suite. Leurs destins ne se sont pourtant croisés que six semaines auparavant.

L'idée de sortir avec Paige était à la fois exaltante et terrifiante. Exaltante parce qu'il n'avait jamais connu de femme capable d'allumer en lui un tel feu intérieur. Terrifiante parce qu'elle était la femme de John Sulzman.

Il sera toujours temps d'y repenser plus tard. L'électricité entre eux est palpable. Ses mains, grandes et dures, suivent le contour de sa robe, prennent ses seins magnifiques, caressent la soie de ses cheveux tandis qu'elle laisse échapper de doux gémissements en s'escrimant sur la fermeture Éclair de son jean.

— Je vais le quitter, balbutie-t-elle, le souffle court. J'ai pris la décision.

— Tu ne peux pas, répond Noah. Il... te tuera.

Elle étouffe un petit cri au moment où Noah glisse une main à l'intérieur de sa culotte.

— J'en ai assez d'avoir peur de lui. Je me fiche de ce qu'il... de ce qu'il... oh... Noah...

Il la soulève de terre et ils s'écrasent contre la porte de l'entrée qui se referme avec un bruit sourd, auquel fait écho celui d'une portière de voiture que l'on claque à l'extérieur.

Noah porte Paige jusqu'au salon. Il l'allonge sur le tapis, arrache sa robe dont les boutons volent dans tous les coins, et pose sa bouche sur ses seins avant de glisser le long de son ventre jusqu'à sa culotte. Quelques instants plus tard, ses sous-vêtements retirés, elle serre les cuisses autour de son cou et ses gémissements gagnent en intensité jusqu'à ce qu'elle crie son nom.

Il remonte le long de son corps, se libère de son jean. Il s'arcboute au-dessus d'elle, se glisse doucement dans son ventre, et elle se cambre. Ils trouvent leur rythme, lentement, puis plus vite, et Noah se sent parcouru d'un désir qui monte, près de déborder à la façon d'un barrage sur le point de céder…

Une portière claque à nouveau. Puis une autre.

Il se fige, relève la tête.

— Quelqu'un vient, déclare-t-il.

2

Noah remet son caleçon et se redresse précipitamment, veillant à rester courbé en deux.

— Tu es sûre que ton mari…

— Je ne vois pas comment.

Elle ne voit pas comment! John Sulzman dispose de moyens considérables, sa richesse est supérieure à celle de certaines petites nations. Il a très bien pu faire suivre Paige, qui est trop naïve pour s'en apercevoir.

Noah prend longuement sa respiration. Les battements de son cœur se calment, son sang se glace dans ses veines. Il récupère son jean sur le plancher et tire son couteau de couvreur de la poche arrière.

— Monte te cacher à l'étage, recommande-t-il à Paige.

— Je ne vais nulle part.

Il ne prend pas la peine de discuter, sachant qu'elle ne l'écoutera pas, de toute façon.

En outre, ils ne sont pas là pour Paige. C'est à lui qu'ils en veulent. Noah entend bouger au-dehors. Aucun bruit de voix, rien de tangible, ce qui rend la situation plus inquiétante encore. Ils avancent en silence.

Il quitte le salon, toujours accroupi, non sans avoir aperçu par la fenêtre plusieurs silhouettes longer la maison, d'autres se diriger vers la porte d'entrée.

Une armée s'apprête à investir les lieux. En tout et pour tout, il dispose d'un couteau de couvreur pour se défendre.

Il gagne l'entrée et se poste face à la porte. Inutile de se cacher. Ils le trouveraient de toute façon, l'arme au poing, disposés en éventail. Non, le mieux est encore de les cueillir lorsqu'ils franchiront le seuil, persuadés de troubler un rendez-vous d'amoureux, convaincus que Noah ne les attend pas. Le mieux est de les surprendre, de se défendre et de s'échapper.

La porte qui donne sur l'arrière s'ouvre à la volée. Au même moment, la poignée de l'entrée tourne lentement. Ils arrivent des deux côtés à la fois. Il n'a quasiment aucune chance.

Il se dit qu'il n'a rien à perdre et serre son poing autour du manche du couteau.

Il pose une jambe en arrière, tel un coureur sur les starting-blocks, prêt à foncer, tandis que la poignée se fige, au terme de sa course. Son pouls bat à tout rompre et la porte s'écarte brutalement.

Il se rue sur ses assaillants, bien décidé à les arrêter d'un coup de couteau… Une femme, une rousse en jean avec un gilet pare-balles, une arme à la main, un badge retenu par une lanière autour de son cou…

Un badge ?

Son élan brisé, il tombe à genoux dans une glissade. L'inconnue pivote sur elle-même, lève la jambe, et Noah a tout juste le temps d'apercevoir le dessin de sa semelle. Sa tête vole en arrière sous le choc. Son dos se cambre, son visage s'écrase sur le plancher, il voit trente-six chandelles et le plafond se brouille.

— Lâchez ce couteau ou je tire ! lui ordonne-t-elle d'une voix calme. STPD !

Noah cligne des yeux, le cœur battant. *La police de Southampton.*

La police ?!!

— Jetez votre couteau, Walker ! ordonne la rousse derrière laquelle se pressent plusieurs agents.

— C'est bon.

Noah s'exécute, le couteau tombe sur le plancher. Un goût de sang lui envahit la bouche. Une douleur violente lui vrille le nez et les yeux.

— Ne bougez pas! crient les flics à l'adresse de Paige. Les mains en l'air!

— Ne lui faites pas de mal! s'écrie Noah. Elle n'a rien à voir…

— Noah, si vous cherchez encore à résister, je vous expédie à l'hôpital.

La rousse l'immobilise d'un pied sur la poitrine. En dépit de la situation, de sa tête qui bourdonne, de la peur qui lui paralyse le cœur, il a le temps de dévisager la femme flic. Un regard bleu froid, une chevelure flamboyante tirée en arrière, elle affiche une assurance tranquille.

— Que… que voulez-vous? parvient-il à bredouiller.

Au soulagement de comprendre que personne n'a voulu le tuer succède l'inquiétude de voir une escouade de flics investir la maison par l'arrière. Une dizaine d'agents, à vue de nez, tous lourdement armés et protégés par des gilets pare-balles.

Mais pourquoi?

— Vous n'avez pas le droit! hurle Paige dans la pièce voisine.

Elle leur fait la leçon, comme en sont capables les gens riches, peu sujets à la peur du flic, contrairement au commun des mortels.

Dans l'entrée, Noah pose des yeux égarés sur la femme flic qui l'observe d'un air dur. Il est torse nu, allongé sur le dos, et elle continue de l'immobiliser, un pied sur sa poitrine. Il sait déjà qu'il aura un cocard à l'endroit où elle l'a frappé. Le cri de Paige suffit à le ranimer.

— Vous êtes *chez moi*, siffle-t-il en serrant les poings. Si vous aviez des questions à me poser, il vous suffisait de frapper.

— Nous avons effectivement des questions à vous poser, Noah, réplique la rousse. Ça vous va?

Du coin de l'œil, il reconnaît l'inspecteur Isaac Marks, qu'il connaît depuis toujours. Ils étaient à l'école ensemble. Marks, impassible, se contente de hausser une épaule. La rousse ordonne à Noah de se retourner, elle lui passe les menottes et le relève sans ménagement. Les genoux du jeune homme ploient sous la brutalité du geste, combinée au coup qu'il a reçu en pleine figure.

— Cette histoire est ridicule, se défend-il. Le docteur Redmond prétend que je lui ai volé sa Rolex, c'est ça ? Conseillez-lui de la chercher entre les coussins du canapé.

Ce ne serait pas la première fois qu'un multimilliardaire du coin a égaré un truc quelconque et accuse les domestiques. Un jour, Noah a été arrêté à la demande d'un producteur de cinéma qui le soupçonnait d'avoir volé ses clubs de golf, avant de s'apercevoir qu'il les avait laissés dans le coffre de sa voiture.

— Vous avez amené assez de renforts, au moins ? raille-t-il.

— C'est pour ça que vous vous êtes jeté sur moi avec un couteau ? lui rétorque la rousse. Vous pensiez que je venais vous interroger pour une histoire de montre volée ?

— Il sait très bien qu'il ne s'agit pas d'un vol de Rolex.

Noah reconnaît la voix de Langdon James avant de le voir s'avancer en bombant le torse. James est le commissaire de la police de Southampton Town depuis plus de quinze ans. Ses bajoues pendent sur son col de chemise, son ventre cache sa ceinture et ses cheveux sont désormais gris, mais il n'a pas perdu sa voix de baryton et ses pattes touffues.

Que vient-il foutre là ?

— Inspecteur Murphy, ordonne le commissaire à la rousse. Emmenez-le au commissariat. Je me charge de fouiller la maison.

— Va-t-on enfin me dire de quoi il retourne ? demande Noah d'une voix qui dissimule mal sa peur.

— Trop heureux de vous répondre, lui rétorque James. Noah Walker, je vous arrête pour les meurtres de Mélanie Phillips et de Zachary Stern.

3

Les obsèques de Mélanie Phillips ont rassemblé une foule nombreuse. Ceux qui n'ont pu prendre place à l'intérieur de l'église presbytérienne se massent sur Main Street. Mélanie avait tout juste vingt ans lorsqu'elle a été assassinée, et elle n'avait jamais quitté Bridgehampton. La malheureuse n'aura pas eu l'occasion de voir le monde, même si, pour bien des gens, le monde se résume au lieu où ils ont grandi. Peut-être était-ce le cas de Mélanie, après tout. Peut-être n'aspirait-elle qu'à travailler au Tasty's Diner, à servir du homard et des palourdes aux touristes, aux autochtones et aux rares couples fortunés désireux de boire un verre dans un cadre « couleur locale ».

À en juger par les photos d'elle que j'ai pu voir, je la soupçonne pourtant d'avoir eu d'autres ambitions. Belle comme elle l'était, avec sa magnifique chevelure brune et ses traits parfaitement dessinés, elle n'aurait eu aucun mal à se retrouver à la une d'un magazine de mode. Sans doute était-ce ce qui avait retenu l'attention de Zach Stern, heureux propriétaire d'un jet privé et résident occasionnel des Hamptons, dont l'agence représentait les intérêts de célébrités de premier plan.

Sans doute était-ce également la raison de l'intérêt que portait Noah Walker à Mélanie.

Tout laissait croire que ce dernier voyait d'un mauvais œil la relation de la jeune fille avec Zach.

Zachary Stern et Mélanie Phillips ont été retrouvés morts quatre jours plus tôt, assassinés avec une sauvagerie inouïe dans la villa proche de la plage que Zach avait louée pour la semaine. Un carnage d'une telle violence que la foule rassemblée pour l'enterrement de Mélanie n'a pas été autorisée à voir le corps. Le cercueil est fermé. L'affluence s'explique en partie par la popularité dont jouissait Mélanie localement, mais aussi par la curiosité des médias, alléchés par la notoriété de Zach Stern à Hollywood.

J'ai également cru comprendre que la scène de crime n'était pas étrangère à l'intérêt du public, les meurtres ayant eu lieu au 7 Ocean Drive, une maison que tout le monde ici surnomme « la Villa rouge ».

Après la cérémonie vient la mise en terre dans le cimetière voisin. Ceux qui n'ont pas trouvé place à l'intérieur de l'église se rattrapent en arpentant le cimetière. Ils doivent être trois cents, en comptant les représentants des médias, qui se tiennent respectueusement à distance tout en prenant des photos.

Le soleil de midi est assez fort pour contraindre toutes les personnes présentes à plisser les paupières ou à porter des lunettes noires, ce qui complique la mission que je me suis fixée en venant ici : observer l'assistance dans l'espoir qu'un visage fera tilt dans ma tête. Certains salopards savourent le chagrin qu'ils ont causé, et assister aux enterrements fait partie de la procédure habituelle.

— Tu peux me dire pourquoi on est là, Murphy ? me glisse Isaac Marks, mon coéquipier.

— Je souhaitais rendre hommage à la victime.

— Tu ne connaissais même pas Mélanie, rétorque-t-il.

C'est vrai. Je ne connais plus personne dans le coin. Ma famille est longtemps venue ici ; nous passions trois semaines chaque année chez oncle Langdon et tante Chloé, à cheval sur juin et juillet. Mes souvenirs de ces étés, la plage, les balades en bateau, les parties de pêche sur les pontons, se terminent à l'âge de sept ans.

Pour une raison qui m'a toujours échappé, mes parents ont cessé de venir après ça. Quand j'ai intégré la police locale il y a neuf mois, je n'avais pas mis les pieds dans les Hamptons depuis dix-huit ans.

— Je cultive mon bronzage.

— Sans compter qu'on tient déjà notre coupable, poursuit Isaac sans un sourire.

C'est aussi vrai. Nous avons procédé à l'arrestation de Noah Walker hier. Il passera devant un juge demain, et je le vois mal obtenir une libération sous caution alors qu'on le soupçonne d'un double meurtre.

— En plus, si je puis me permettre, ce n'est pas ton enquête, ajoute Isaac.

Encore vrai. Je me suis portée volontaire pour prendre la tête de l'équipe qui a coffré Noah, mais on ne m'a pas confié l'affaire pour autant. Le chef de la police locale (l'oncle Langdon auquel je faisais allusion il y a un instant) s'en occupe personnellement. La ville, à commencer par les millionnaires prétentieux qui possèdent des villas en bord de plage, ont quasiment tous pété une durite en apprenant que Zach Stern, l'agent des stars, avait été sauvagement assassiné dans leur pittoresque hameau. Le genre d'affaire qui pourrait coûter son poste au commissaire, s'il n'y prend pas garde. J'ai cru comprendre que la maire l'appelait toutes les heures pour savoir comment progressait l'enquête. Tout ça n'explique pas ce qui me pousse à assister aux obsèques d'une fille que je ne connais pas, victime d'un meurtre que je ne suis pas chargée d'élucider. Mes raisons tiennent en un mot : l'ennui. Je me tourne les pouces depuis que j'ai quitté le NYPD. En huit ans, j'ai enquêté sur plus de meurtres à New York que tous les flics de Bridgehampton réunis. En termes clairs, je voulais cette enquête et je n'ai pas été particulièrement heureuse de ne pas l'avoir.

— Qui est-ce ?

Je désigne à mon collègue un drôle de type avec une casquette verte, des fringues usées, de longs cheveux filasse et des yeux constamment en mouvement, profondément enfoncés dans leurs orbites. Il se dandine d'un pied sur l'autre, incapable de tenir en place.

Isaac retire ses lunettes de soleil pour mieux voir.

— Ah ! C'est Aiden Willis. Il bosse ici comme fossoyeur. C'est lui qui a creusé la tombe de Mélanie.

— On pourrait croire qu'il a dormi dedans pour la tester.

Isaac prend un air amusé.

— Sérieusement, Murphy, tu cherches d'autres suspects ? Vu ce que tu connais de l'affaire, c'est-à-dire quasiment rien, Noah Walker ne te convient pas comme coupable ?

— Je n'ai pas dit ça.

— Tu ne dis pas non plus le contraire.

Sa remarque me fait réfléchir. Je ne peux pas lui donner tort. Je ne sais rien de Noah Walker et des éléments qui l'incriminent. Je ne lui trouve pas particulièrement l'air d'un type qui vient d'assassiner sauvagement deux personnes, mais depuis quand l'habit fait-il le moine ? J'ai chopé un jour un prof de CM1 qui vendait de l'héroïne à des collégiens, et connu un ado qui niquait les cadavres dans le sous-sol de l'hôpital où il travaillait comme bénévole. On ne peut jamais savoir, et j'ai croisé la route de Noah Walker pendant moins d'une demi-heure.

— Tu ferais mieux de rentrer chez toi, me conseille Isaac. Fais du sport…

J'en ai fait le matin même.

— … balade-toi sur la plage…

Déjà fait aussi. Une grande baignoire avec beaucoup d'eau dedans.

— … ou alors va boire un verre.

Je ne détesterais pas déguster un verre de vin à un moment ou à un autre, mais après un petit détour. Un détour qui pourrait bien me valoir de gros ennuis.

4

Langdon James ferme un instant les yeux et offre son visage à la caresse du soleil qui chauffe le jardin où se déroule la réception. Dans ce genre de situation, légèrement enivré par le gin et la présence à ses côtés de la fine fleur de Southampton, il aime se dire qu'il est dans son élément au milieu des personnalités, des ultra-riches, des héritiers de fonds de pension et des vedettes du barreau, des compositeurs à succès et des champions de tennis, des producteurs de télévision et des gros spéculateurs. C'est faux, bien sûr. Il n'est pas né avec une cuiller en argent dans la bouche, il a toujours été plus à l'aise dans la rue que dans une bibliothèque, mais ça ne l'a pas empêché de tailler sa route et de devenir quelqu'un grâce à son badge. La plupart du temps, cette satisfaction lui suffit.

Il doit y avoir une bonne centaine de personnes dans le vaste jardin, pour la plupart des fils de bonne famille officiellement réunis pour soutenir la réélection de la maire Dawn McKittredge et de ses colistiers, officieusement pour être vus, déguster des hors-d'œuvre sophistiqués présentés par des serveurs en veste blanche, discuter de leurs acquisitions les plus récentes et de leurs nouvelles conquêtes. Ils ne vivent pas ici à l'année et leur intérêt pour les autorités locales se limite aux problèmes de permis de construire ou de raccordement d'eau et, dans le cas de Langdon James, aux quelques arrestations pour consommation de drogue, conduite en état d'ivresse et autres galipettes avec les prostituées de Sag Harbor.

— Belle journée, monsieur James.

Langdon découvre en se retournant le visage de John Sulzman. Ce dernier possède depuis plus de dix ans une propriété donnant sur l'océan à Bridgehampton, une bourgade rattachée à Southampton. Sulzman a fait fortune dans les fonds de pension et partage désormais son temps entre Washington et Albany où il fait du lobbying auprès des élus quand il ne traite pas de nouvelles affaires. À en croire un article du *New York Post* que Langdon a lu l'année précédente, Sulzman pèse plus d'un demi-milliard de dollars. Il en est à son troisième mariage (avec la délicieuse Paige) et à son troisième ou quatrième whisky, à en juger par sa voix pâteuse. Il est vêtu d'un pantalon blanc et d'une chemise au col nonchalamment ouvert. Il est gros, avec une tête toute ronde aux traits burinés et une épaisse tignasse, si l'on peut parler de tignasse quand on porte des implants. Les siens ont coûté cher, c'est vrai, mais Langdon s'est toujours demandé comment ces types-là pouvaient s'imaginer un instant que tout le monde n'était pas au courant.

— Bonjour, John, répond le chef du STPD.

— J'ai cru comprendre que vous aviez arrêté Noah Walker, poursuit Sulzman sur un ton badin, comme s'il parlait du temps. On m'a dit que vous étiez présent en personne.

— C'est exact, reconnaît James.

Il ponctue sa phrase en avalant une gorgée de gin pur. Pas de citron vert, pas de tonic, pas de cuillère à cocktail. N'importe qui pourrait croire qu'il boit de l'eau. C'est tout l'intérêt de la manœuvre.

— J'ai lu le dossier établi par vos services, enchaîne Sulzman. Y compris ce qui ne s'y trouvait pas.

La présence de sa femme, bien sûr. James n'en a pas fait mention dans son rapport afin de ne pas piquer la curiosité de la presse. Sulzman s'imagine sans doute qu'il a voulu s'attirer ses bonnes grâces, mais ce n'est pas le cas. Le chef n'avait aucune raison de parler de Paige, en sa qualité de simple témoin d'une arrestation.

Maintenant, si Sulzman a envie de croire que James lui a fait une faveur, grand bien lui fasse.

— Ce n'est un secret pour personne que vous convoitez le poste de shérif, chef.

Langdon ne dit rien. Sulzman a raison. Le shérif du comté de Suffolk va prendre sa retraite, lui succéder serait le couronnement de la carrière de Langdon.

Sulzman lève son verre.

— L'ambition est le moteur du monde. C'est grâce à elle que les hommes donnent le meilleur d'eux-mêmes.

— Je m'efforce toujours d'agir au mieux, acquiesce James.

— De mon côté, je m'efforce toujours de récompenser les plus méritants.

Sulzman boit une longue gorgée et soupire d'un air satisfait.

— Si Noah Walker est condamné, je considérerai que vous avez fait de l'excellent boulot et je serai heureux de vous apporter mon soutien dans vos prochaines entreprises. On vous l'a peut-être déjà dit, il m'arrive de lever des fonds dans ce genre de situation.

James est au courant, en effet, mais il n'en montre rien.

— Je peux apporter plusieurs millions à votre campagne. Ou bien à celle de votre adversaire.

— Quel adversaire ?

James interroge son interlocuteur des yeux. Celui-ci hausse les épaules.

— Celui que je choisirai.

Il lui tapote le bras.

— Savez-vous qui d'autre est au courant de mes talents dans le monde de la politique ? Notre maire. Votre patronne.

James trempe à nouveau les lèvres dans son verre de gin.

— C'est une menace ?

— Une menace ? Pas le moins du monde, chef. Plutôt une promesse. Si jamais Noah Walker était innocenté, certains habitants de cette ville, dont je fais partie, seraient enclins à réclamer votre tête.

Il est de notoriété publique que Sulzman n'est pas le plus subtil des hommes. Quand on possède 500 millions de dollars, la subtilité n'est sans doute pas une valeur cardinale. L'équation est simple : si Noah est condamné, Langdon James sera le nouveau shérif du comté. S'il s'en tire, James peut dire adieu à son boulot actuel, comme à son avenir dans la police.

— Noah Walker sera condamné, déclare-t-il. Tout simplement parce qu'il est coupable.

— Bien sûr qu'il est coupable, approuve Sulzman. Bien sûr.

Ce genre de conversation ne devrait pas se prolonger. Elle ne devrait jamais avoir eu lieu, en vérité. En tout état de cause, il est grand temps qu'elle s'arrête, Sulzman est assez intelligent pour le savoir.

Sauf qu'il est toujours là. Il n'en a pas encore terminé.

— Vous avez une nouvelle… recrue sur l'affaire ? demande-t-il. Une femme ?

Le commissaire relève brusquement la tête.

— Votre nièce, précise Sulzman d'un air satisfait, ravi d'avoir obtenu une telle information et de la lancer à la tête de son interlocuteur. Jenna Murphy, je crois.

— Jenna ne s'occupe pas de l'affaire, rétorque James. Elle s'est uniquement occupée de l'arrestation.

— Je vous en parle parce que j'ai cru comprendre qu'elle avait eu des problèmes avec le NYPD.

— Son seul « problème » est d'avoir été honnête, répond sèchement Langdon. C'est notre meilleur élément. Une fille intelligente, dévouée, intègre, qui n'a pas supporté la corruption qui règne à Manhattan. Elle a refusé de fermer sa gueule pour couvrir des collègues ripoux.

Sulzman hoche la tête, une moue aux lèvres.

— Ce n'est pas elle qui est chargée de l'enquête, John, insiste Langdon.

Sulzman observe son interlocuteur de la tête aux pieds avant de le regarder droit dans les yeux.

— Seul compte le résultat, ajoute-t-il. Débrouillez-vous pour que Noah Walker ne sorte jamais de son trou. Ou bien il y aura… des conséquences.

— Noah Walker ne sortira pas de son trou parce qu'il est…

— Parce qu'il est coupable, je sais, le coupe Sulzman. Je sais, Lang. Mais souvenez-vous de cette petite conversation. Mieux vaut m'avoir comme ami que comme ennemi.

Sur ce, John Sulzman part rejoindre ses amis à l'ombre du chapiteau installé un peu plus loin. Langdon James le regarde s'éloigner, puis décide qu'il en a assez de cette réception.

5

L'enterrement de Mélanie Phillips se terminant, je dis au revoir à mon coéquipier, l'inspecteur Isaac Marks, sans lui préciser où je compte me rendre. Il n'a pas besoin de le savoir, et j'ignore s'il serait capable de tenir sa langue, faute de savoir à qui sa loyauté est acquise. Pas question de commettre la même erreur qu'au NYPD. Je quitte le cimetière à pied en direction de l'Atlantique. J'ai toujours tendance à sous-estimer la distance qui me sépare de l'océan, mais c'est une journée idéale pour se promener, en dépit de la moiteur ambiante. C'est le meilleur moyen d'admirer les maisons qui bordent la route en quittant Main Street. Des villas de type Cape Cod avec des tuiles en bois de cèdre que le temps et les grains venus du large ont superbement vieillies. Elles sont plus ou moins grandes, certaines sont plus récentes, mais toutes se ressemblent, ce qui est à la fois rassurant et déprimant.

À mesure que j'approche de la mer, les propriétés se font plus vastes, les maisons plus cossues, les haies qui les protègent plus fournies. Je m'arrête à hauteur d'un massif d'arbustes haut de trois mètres. Je sais que je suis arrivée à destination grâce à la présence, sur les majestueuses grilles de fer forgé qui ferment l'allée, d'une bande jaune sur laquelle s'étalent les mots : SCÈNE DE CRIME – ACCÈS INTERDIT.

Je me glisse entre les deux battants entrebâillés sans rompre les scellés et remonte l'allée. Celle-ci bifurque rapidement en direction d'une sorte de remise à voitures bâtie au sommet d'une petite butte, et je poursuis ma route sur le chemin de pierre qui mène à la maison principale.

À mi-parcours, juste avant que la pelouse ne grimpe en pente, je vois une petite fontaine de pierre surmontée d'une stèle portant des armoiries et une inscription. Je me penche pour mieux voir. Au centre de l'écusson est sculpté un oiseau au bec crochu, doté d'une longue queue, tout autour duquel sont dessinés de petits symboles en X. Un examen plus attentif me montre qu'il s'agit de dagues croisées.

Et puis, d'un seul coup, *boum* !

Le choc est instantané, ma poitrine pèse une tonne, j'étouffe, je ne peux plus respirer, je ne vois plus rien, je suis paralysée. *Au secours ! Vite, à l'aide…*

Je titube en arrière, c'est tout juste si je ne perds pas l'équilibre, j'aspire goulûment une bouffée d'air salvatrice.

— Holà !

Le mot est sorti tout seul, emporté par une brise tiède. *Doucement, ma grande. Doucement.* J'essuie mon front, couvert d'un voile de sueur grasse, et m'applique à reprendre ma respiration afin de calmer les battements de mon cœur.

Sous l'écusson, gravés dans la pierre en épais caractères gothiques, je découvre deux vers :

Cecilia, ô Cecilia
La vie était la mort déguisée

Je vous l'accorde, ce n'est pas très rassurant. Le temps de prendre une photo de la stèle avec mon smartphone, je m'intéresse à la maison elle-même.

La grande bâtisse qui me toise du sommet de la butte est un édifice de style gothique construit en blocs de calcaire délavés de différentes teintes. La maison a un petit air victorien, avec ses pans de toit pentus, ses tourelles tarabiscotées et ses bouquets de cheminée. La façade, chargée, est d'inspiration médiévale, chacun de ses pignons surmonté d'un pic de pierre acéré, tel un javelot menaçant les dieux. Les fenêtres en feuille de trèfle, étroites et longues, sont habillées de vitraux. La maison tout entière affiche un air courroucé.

Je connais les rumeurs attachées à l'endroit, j'ai lu divers commentaires ici et là, je suis même passée devant cette bâtisse à de nombreuses reprises, mais la découvrir de près me glace le sang.

Un mélange de château et de cathédrale. Une construction aussi menaçante qu'imposante, à la fois majestueuse et inquiétante, presque romantique par son aspect sinistre.

Il ne manque plus qu'un pont-levis et des douves remplies de sauriens pour que le tableau soit complet.

Je vous présente le 7 Ocean Drive, communément connu sous le nom de « Villa rouge ».

Ce n'est pas ton enquête. Cette histoire ne te regarde pas. Elle pourrait même te coûter ton badge.

Je me rappelle moi-même à l'ordre, mais rien n'y fait.

Je remonte l'allée menant à la porte principale.

6

Je me trouve transportée plusieurs siècles en arrière, en un temps où l'on se déplaçait à cheval et en carriole, où l'on vivait à la lueur des chandelles et des torches, où l'on traitait les infections en appliquant des sangsues.

Je referme la lourde porte du 7 Ocean Drive, et l'écho se répercute sur les voûtes stratosphériques de l'entrée, décorées de fresques représentant des anges ailés, des femmes nues et des hommes barbus vêtus de tuniques amples. Ils paraissent tous hantés par une quête sacrée, peut-être la quête d'eux-mêmes.

La pièce voisine est tout aussi glaciale et désuète avec son carrelage à motifs et sa voûte cintrée peuplée de personnages de l'Ancien Testament, ses meubles anciens, ses tableaux dans des cadres dorés représentant des individus portant les chemises à jabot, les manteaux longs, les perruques blanches et les tricornes caractéristiques du tournant du XVIIIe siècle.

Celui qui a fait construire cette maison, un certain Winston Dahlquist, ne devait pas avoir un sens de l'humour très prononcé.

Mes talons résonnent sur le plancher de l'immense pièce que traverse l'impressionnant escalier desservant les deux étages de la maison. La maison grince et tousse à chacun de mes pas.

— Hello!

suis exprimée dans le vide, comme une enfant …e, et le son de ma voix me revient, assourdi.

…s marches de l'escalier en volute grincent, comme il fal… s'y attendre. La demeure s'exprime de toutes parts, elle siffle et souffle et souffre telle une créature fatiguée, âgée de plusieurs siècles.

Arrivée sur le palier du premier étage, j'éprouve le même malaise que précédemment. Je me sens oppressée, mes poumons sont tétanisés, ma vision se brouille. *Non, je t'en supplie ! Je t'en prie, arrête…*

… des cris aigus d'enfants, un rire en cascade…

Je t'en supplie, pas ça !

Je m'agrippe à la rampe de peur de basculer en arrière. J'écarte les paupières et lève la tête, en quête d'air frais, jusqu'à ce que mon cœur retrouve un rythme normal.

— Reprends-toi, Murphy…

J'ai à peine franchi la porte à deux battants sculptée qui ferme le palier qu'une odeur métallique assaille mes narines. Une odeur de sang, des remugles de pourriture. Je foule une épaisse moquette rouge entre deux murs recouverts de papier rouge et or, en direction de la chambre où Zach Stern et Mélanie Phillips ont rendu leur dernier râle.

Je m'avance dans la pièce en jetant un regard circulaire. Les murs sont couverts de papier doré. Contre celui du fond s'étale un immense lit à baldaquin dont les lourds poteaux sont tendus de rideaux violets. Le lit est recouvert d'un édredon de la même couleur sur lequel sont éparpillés des coussins en velours, tandis que d'autres gisent sur le plancher. Sur la commode sont posées deux statuettes d'étain qui ont sans doute servi de serre-livres aux épais tomes qui ont volé sur le plancher. D'autres statuettes ont été renversées, ainsi qu'un vieux réveil en cuivre.

Une énorme armoire du même bois que la commode fait face au lit. Dans un coin de la pièce, entre l'armoire et la commode, s'ouvre la salle de bains.

Je tire de ma poche des photocopies des photos de la scène de crime récupérées dans le dossier. Zachary Stern a été retrouvé à plat ventre sur le plancher, la tête tournée vers la porte, les pieds vers le lit. Il baignait dans une mare de sang et de matières corporelles échappées de la plaie atroce qui lui barrait le ventre. Le meurtrier lui a écrasé plusieurs doigts. Quant à Mélanie Phillips, son corps a été découvert près de l'armoire dont le revers de sa main droite touchait l'un des pieds. Elle gisait sur le ventre comme Zach, la tête tournée à gauche, les yeux grands ouverts, sa bouche figée en un O minuscule. On l'a poignardée plus d'une dizaine de fois, au niveau des seins, du ventre, du visage, du cou, du dos, des bras et des jambes.

L'édredon, repoussé sur la gauche du lit, laisse apparaître une grande tache de sang à l'endroit où Zach a été poignardé alors qu'il était couché. Une autre tache rouge macule le mur derrière le lit, et le plancher a conservé la marque de la mer couleur carmin répandue autour du cadavre. On aperçoit d'autres éclaboussures sur l'armoire et le plancher, à l'endroit où a été retrouvée Mélanie.

Deux autres détails : à en juger par les traces de sperme découvertes en Mélanie et sur le sexe de Zach, il ne fait aucun doute qu'ils ont eu des relations sexuelles peu avant d'être assassinés. À ce stade, dans l'attente des résultats des tests ADN, rien ne permet de confirmer la présence de Noah Walker à l'intérieur de la maison : ni empreintes digitales, ni fibres textiles, ni traces de chaussures ou de bottes.

La thèse du STPD et du procureur est la suivante : Noah, pris d'une véritable obsession pour Mélanie, avait appris d'une façon ou d'une autre son aventure avec Zach et l'avait suivie jusque-là. Nul ne sait comment il a pu s'introduire dans la maison. La porte d'entrée était fermée à clé et la serrure intacte. Quoi qu'il en soit, il a certainement attendu la fin de leurs ébats, quand ils n'étaient pas sur leurs gardes, pour se ruer à l'intérieur de la chambre.

Noah a trouvé Zach dans le lit et lui a assené un coup de couteau en pleine poitrine avant de tirer la lame à la verticale, provoquant la plaie de quinze centimètres qui lui a déchiré l'œsophage et ouvert l'estomac. Mélanie, qui se lavait dans la salle de bains, est entrée à ce moment-là. Noah l'a immobilisée devant la commode, renversant au passage les livres et le réveil, avant de la poignarder à de nombreuses reprises au niveau de la poitrine et du torse. Il l'a jetée au pied de l'armoire où il s'est acharné sur elle en lui lacérant la joue, l'oreille, le cou, puis le dos, les bras et les jambes. Il est alors retourné s'occuper de Zach qu'il a traîné par terre où il lui a écrasé les doigts dans un accès de rage.

Je me dirige vers le coin de la pièce où a été découvert le corps de Zach. Je m'accroupis pour tenter de reconstituer la scène à l'aide des photos dont je dispose. De l'endroit où gisait le corps de Zach, la tête tournée vers la droite, son regard fixait le bord du lit, au-delà de l'armoire. Le même exercice avec Mélanie me montre qu'elle fixait ce même lit, depuis le côté opposé.

Je sors de mon sac un miroir et me place au niveau du pied de l'armoire que touchait la main droite de Mélanie. Je glisse le poudrier sous l'armoire, de façon à voir l'arrière du pied. Ainsi que je m'y attendais, le bois est abîmé, on y distingue des éraflures.

Dix minutes plus tard, je remonte Ocean Drive en direction de Main Street, mon portable à l'oreille, en conversation avec mon oncle Lang.

— Mélanie Phillips a été menottée au pied de l'armoire. Il l'a obligée à assister à la scène. Il ne s'agit pas d'un meurtre commis sous l'empire de la rage, mais d'un acte sadique soigneusement calculé et organisé.

7

Je regagne ma voiture et me rends chez mon oncle, qui n'est pas au bureau cet après-midi-là (n'allez pas lui suggérer qu'il a pris sa journée, il vous expliquera en long, en large et en travers qu'un responsable de la police municipale n'a jamais un jour à lui). Il habite un pavillon de cinq pièces à l'écart de North Sea Road, protégé par une haie soigneusement entretenue, qui me fait immanquablement penser à une redoute militaire.

La porte d'entrée est ouverte. Je retrouve l'odeur familière du lieu, une odeur de vieux garçon et de renfermé, mélange de chaussettes sales et de transpiration auquel se mêlent les effluves du dernier repas à emporter qu'il a consommé. L'antre du célibataire qu'il est depuis que tante Chloé l'a quitté il y a deux ans.

Je rejoins la galerie arrière en passant par la cuisine, le temps de visiter le frigo. Des boîtes en carton rapportées de chez un chinois, un reste de sandwich Subway dans son emballage, les trois Budweiser survivantes d'un pack de douze, un grand saucisson, et une vieille pizza. Ah, j'oubliais ! Un grand saladier en plastique débordant de fruits frais coupés, ainsi qu'un plat de lasagnes végétariennes, toujours emballé dans de la cellophane, auquel il manque une portion minuscule.

Oncle Lang, installé dans un fauteuil derrière la maison, surveille sa pelouse au centre de laquelle chuinte un arroseur automatique. On se croirait dans un sauna. Il porte une chemise, un pantalon et des mocassins à peu près présentables. J'avais oublié qu'il devait se rendre à cette réception, plus tôt dans la journée.

— Salut, la miss, m'accueille-t-il.

Il a les yeux rouges et tirés. Le verre de gin qu'il tient à la main n'est pas son premier de la journée. Je le soupçonne d'en avoir bu à la réception en faisant croire que c'était de l'eau.

Je l'embrasse sur le front avant de m'installer en face de lui, de l'autre côté de la petite table en verre sur laquelle trône une bouteille de Beefeater.

— Tu n'as pas mangé ma salade de fruits frais. Quant à mes lasagnes végétariennes, tu les gardes en souvenir?

Il avale une gorgée de gin.

— Je t'ai déjà dit que je n'aimais pas les épinards.

— Ah oui? Et la salade de fruits?

Il balaye la question d'un geste.

— Je ne sais pas, ils sont en… en bouillie.

— C'est normal, au bout d'une semaine. Je t'ai préparé cette salade il y a une semaine et tu n'y as pas touché. Tu n'y as même pas goûté.

Je lui donne une petite tape sur l'épaule d'un revers de main.

— Aïe. Ne me frappe pas.

— Je te frappe si j'en ai envie. Tu te comportes comme un gamin. Ces lasagnes aux épinards sont délicieuses.

— Je te les laisse volontiers.

Je pousse un soupir.

— Tu es désespérant. Désespérant. Je te rappelle que tu as rendez-vous avec ton médecin la semaine prochaine. Si tu crois que le docteur Childress va te féliciter d'avoir mangé des sandwichs, du poulet gras et des frites pendant un mois, avec le taux de cholestérol que tu as déjà!

Il pousse un verre propre dans ma direction en me lançant un regard torve.

— Tu crois peut-être que je n'ai pas repéré ton manège, s?

— Je n'ai pas le droit de me soucier de la santé du seul proche parent qui me reste?

— Tu ne te soucies de rien du tout, tu cherches uniquement à noyer le poisson. Tu commences par m'appeler pour me dire que tu t'es rendue sur la scène de crime, contrairement à toutes les règles puisque ce n'est pas ton enquête, et puis tu cherches à me culpabiliser au sujet de mon hygiène alimentaire.

Je me verse une rasade de gin. Un verre ne me fera pas de mal.

— Je te parie tout ce que tu veux que les éraflures sur le pied de l'armoire ont été provoquées par des menottes. Il a obligé ses victimes à assister à leur agonie réciproque. Il a commencé par immobiliser Zach avant de menotter Mélanie à l'armoire, et il les a laissés se regarder mourir.

— Jenna…

Pas question de le laisser m'interrompre.

— Ce type savait ce qu'il faisait. Il a poignardé Zach de façon qu'il ne meure pas tout de suite. Il aurait pu facilement le frapper au cœur, ou lui trancher la gorge. Au lieu de quoi il a enfoncé la lame en lui infligeant un maximum de souffrance, en provoquant la mort la plus lente possible. Et quand Zach a fait mine de se relever, il lui a écrasé les doigts. Mélanie a subi le même sort. Il lui donnait des coups de couteau à chaque fois qu'elle remuait. Quand elle a voulu bouger les jambes, il lui a lacéré le mollet, puis elle a voulu lever son bras libre et il l'a poignardée au niveau du triceps…

— Jenna…

— Ces meurtres sont l'œuvre d'un sadique qui cherche à torturer ses victimes, et non le fait d'un amant jaloux.

— Les crimes passionnels n'excluent pas le sadisme, Jen…

— Parce que tu crois vraiment que si Noah Walker avait été amoureux de Mélanie, il aurait voulu assister à ses ébats avec Zach? Pourquoi ne pas les avoir interrompus en pleine action?

— Hé! s'énerve le commissaire. Je peux en placer une, oui? J'en ai assez entendu. Je te signale qu'il existe un règlement et que personne n'est autorisé à s'en écarter dans mon service. Ce n'est pas parce que tu es ma nièce…

— Bien sûr que non. Je cherche uniquement à aider l'enquête…

— Tu n'aides à rien du tout!

Il tousse dans son poing fermé, le visage cramoisi. Il ne prend pas soin de lui-même. Je peux lui préparer tous les plats équilibrés de la terre, ça ne sert à rien s'il ne les mange pas. J'ai beau lui conseiller de marcher régulièrement pendant la semaine, je ne peux pas le faire à sa place.

Il ne m'écoute même pas. Il me nargue ouvertement. Je me demande bien pourquoi j'aime autant ce vieil ours mal léché.

— Pourquoi dis-tu que je n'aide à rien du tout?

Il vide son verre de gin et se reprend avant de répondre:

— Parce que Noah Walker a avoué, laisse-t-il tomber.

Je sursaute.

— Il a… avoué?

— Pour une fois, l'enquêtrice modèle du NYPD en est comme deux ronds de flan, ricane-t-il en se versant deux doigts de gin. Il est passé aux aveux ce matin, alors ne va pas rédiger un rapport que je serai obligé de fournir à son avocat, maintenant que l'affaire est emballée et pesée.

— Noah a avoué… Je n'en reviens pas.

Je porte le verre à mes lèvres.

— Noah Walker a avoué parce qu'il est coupable, insiste-t-il. Alors fais-moi plaisir et passe à la suite.

8

Le Rade porte bien son nom. Un bar sombre, éclairé chichement, avec du mobilier en chêne, un grand écran diffusant un match des Yankees, des miroirs aux armes de diverses marques de bière, et des amuse-gueules frits au menu pour ceux qui ont le malheur d'avoir faim. La clientèle, en revanche, est sympa et décontractée. L'endroit idéal pour passer inaperçu, ce qui est ma préoccupation du moment. J'ai commandé un verre de vin auquel ont succédé trois de ses semblables, et j'hésite à en commander un cinquième. Je ne vois aucune raison sérieuse de m'arrêter.

Le Rade est exclusivement fréquenté par des autochtones. Des commerçants, des ouvriers, un flic de temps à autre, et c'est aussi bien comme ça. L'été bat son plein dans les Hamptons, tous les rupins du coin ont investi leurs villas. Je n'ai rien contre les mecs qui portent un pull aux manches nouées autour du cou et les bonnes femmes liftées qui ne tarderont pas à ressembler au Joker, mais pas pendant mon jour de congé. Surtout après la journée que je viens de me taper, en me ridiculisant auprès de mon oncle, le type qui m'a offert une seconde chance.

Je ferais mieux d'arrêter de picoler. J'ai les idées floues et l'humeur en berne. Je ne suis pas vraiment certaine d'avoir eu raison de m'installer dans les Hamptons. J'aurais très bien pu trouver un autre boulot à Manhattan, ou alors m'expatrier dans une autre grande ville et recommencer à zéro, quitte à remettre l'uniforme et patrouiller dans les rues. Et puis mon oncle m'a proposé ce poste quand personne d'autre ne toquait à ma porte.

— Merde…

J'ai prononcé le mot lentement, d'une voix pâteuse. Un coup d'œil à ma montre me signale qu'il est bientôt 18 heures. Je n'ai rien avalé depuis le petit-déjeuner et mon estomac est désespérément vide. (Certains diront que ma vie l'est tout autant.)

— Comme tu veux, mec ! Comme tu veux ! Tu sais bien que je suis réglo. Depuis combien de temps je viens ici ?

Je tourne la tête en entendant des éclats de voix. Le type qui se plaint est installé à l'extrémité du bar, je ne l'avais pas remarqué. Ou alors il vient d'arriver. Ma tête ne fonctionne que sur trois cylindres ce soir.

Il porte la même tenue qu'à l'enterrement de Mélanie Phillips, un T-shirt noir avec lequel j'aurais hésité à essuyer le plan de travail de ma cuisine et une casquette verte à l'envers d'où dépassent de longues mèches de cheveux blond filasse qui lui couvrent les oreilles.

Je me tourne vers le barman, Jerry. Un vrai nom de barman.

— Tu n'as qu'à mettre sa bière sur mon compte, Jerry.

Jerry, un gros à tête ronde en tablier vert, me regarde de travers. J'acquiesce et il hausse les épaules tout en servant à Aiden Willis la pression qu'il n'avait pas les moyens de se payer.

Aiden pose ses petits yeux sur moi sans un mot. Je me demande s'il ne m'a pas reconnue, il m'a peut-être vue au cimetière. Ce n'est pas terrible pour un flic d'avoir une crinière flamboyante. À l'époque où je travaillais comme agent infiltré, j'ai dû la teindre en noir pour ne pas être trop repérable.

Je plonge le nez dans mon pinot en essayant de me souvenir que je ne suis pas en service. Ça ne m'empêche pas de me demander si Aiden le fossoyeur va venir me remercier. Quand je relève le nez, quelques minutes plus tard, il m'observe toujours avec ses yeux de raton laveur, sa bière intacte. Le verbe *observer* est mal choisi, son regard erre à travers la pièce et revient constamment sur moi, sans jamais se poser.

Mon portable vibre, m'annonçant l'arrivée d'un SMS. *Je suis à 10 min de chez toi. Tu es là ?* Je suis la première surprise en constatant que j'hésite à répondre, mais c'est ainsi. *Fie-toi toujours à ton intuition*, me recommandait souvent mon père. *La plupart du temps, tu n'as rien d'autre.*

Eh bien, mon vieux papa, tu vois où m'a menée mon intuition avec Noah Walker.

Je réponds au SMS en indiquant l'adresse du bar et j'appuie sur la touche Envoi. Le verre d'Aiden est toujours plein, mais son propriétaire a disparu.

J'en suis à mon cinquième verre de pinot – cinq de trop – quand la porte s'ouvre. Tout le monde lève la tête. Je n'ai pas besoin de me retourner pour savoir qu'il s'agit de Matty. Il est aussi discret qu'une tache de graisse sur une chemise en coton. Un bras se pose sur mon épaule et s'enroule autour de mon cou. Je reconnais son eau de toilette avant même de voir son visage. Normalement, je devrais me pâmer à la vue de cet Apollon.

— Salut, beauté. Tu soignes ton spleen dans les bars, maintenant ?

Matty Queenan travaille dans la finance à Wall Street. Je serais bien incapable d'expliquer en quoi consiste son boulot, faute d'y comprendre quoi que ce soit. Je sais juste que c'est un jeu qui se joue sans règles : vous commencez par choisir une valeur sûre pour vos clients, vous pariez contre eux dans leur dos et, si tout part en quenouille, les plus faibles y laissent leur chemise pendant que l'État se charge de sortir les autres du pétrin.

— Tu bois un verre ?

— Ici ? me répond Matty. Non merci, je préfère aller dans un endroit digne de ce nom.

Je lance un regard en coin du côté de Jerry qui fait semblant de ne pas avoir entendu.

— Sérieusement, Murphy, insiste Matt, on ne va pas rester dans un bouge pareil. Il faudrait que je me fasse vacciner contre le tétanos…

Je me lève et m'approche de son oreille.

— Pas si fort. Tout le monde t'entend. Tu es mal élevé.

Je me suis exprimée dans un murmure, d'une voix dure. Il m'attrape par le bras et je me dégage.

— Je m'excuse pour mon ami, Jerry. J'offre une tournée générale.

Comme j'avais déjà réglé mes consommations, je pose un billet de cinquante dollars sur le comptoir. Quelques applaudissements saluent mon geste, accompagnés de regards assassins en direction de mon petit ami.

Mon portable se met à sonner dans mon sac. Trop agacée pour répondre, je sors en coup de vent en entraînant Matt dans mon sillage.

9

J'ai à peine retrouvé l'atmosphère étouffante du dehors que j'interroge Matt :

— Ça t'amuse de jouer les enfoirés ?

— Ça t'amuse de te murger avant que j'arrive ? Ça t'amuse de traîner dans des troquets aussi pourris ?

Je me retourne d'un bloc. Nous sommes ensemble depuis onze mois : les deux premiers à l'époque où je vivais encore à New York, les neuf derniers à distance. J'ai plus de vent dans les voiles que je ne devrais, mais il m'a prévenue de sa venue il y a tout juste quelques heures, alors qu'il était déjà en route. Du Matty tout craché. Seuls ses horaires comptent, il est persuadé que je laisserai tout tomber au premier signe de sa part pour lui sauter au cou. Ce n'est pas comme si j'étais en train de rédiger ma thèse de doctorat ou d'éradiquer la faim dans le monde quand il m'a appelée, mais quand même.

Je le regarde. Matt a un look de trader même quand il ne travaille pas à Wall Street, avec son manteau Armani, sa chemise en soie, son pantalon peau du cul, ses chaussures Ferragamo qui ont dû lui coûter ce que je gagne en un mois, et ses cheveux longs tirés en arrière. C'est sûr, il est beau gosse, mais c'est avant tout son assurance qui m'a séduite quand je l'ai rencontré. Je vous le donne en mille ? Dans un bar de Midtown, à Manhattan.

Il s'approche de moi.

— Ne te méprends pas, j'adore que tu sois un peu paf.

Je le repousse.

— Ces gens sont tous très gentils, tu n'avais aucune raison de les insulter.

Il réfléchit un instant, puis pose une main sur sa poitrine.

— Dans ce cas, j'y retourne et je m'excuserai à la cantonade. Ma petite Jenna sera contente?

Sans attendre ma réponse, il regarde sa montre.

— Je viens de prendre une décision, m'annonce-t-il.

Il s'imagine sans doute que je vais lui demander laquelle. J'hésite à lui envoyer une réplique bien sentie.

— J'ai décidé que cet endroit ne te valait rien. Tu n'es pas à ta place dans ce trou. La vue de ce bar m'a ouvert les yeux. Tu as besoin de retourner en ville, ma jolie. Ce patelin est trop déprimant pour toi.

— C'est Manhattan qui risque de me déprimer.

En vérité, je préférais y vivre. New York est un monde à part, mais il est vrai que j'ai découvert la ville avec mes yeux de flic et que je risquerais d'être cruellement déçue si je la voyais sous un autre angle.

— Il va falloir qu'on trouve une solution, insiste-t-il en arrivant à hauteur de sa BM rouge vif et intérieur beige. J'en ai ras le bol de tous ces allers et retours.

— Ça ira mieux en septembre, une fois que les Rockefeller et les Vanderbilt auront regagné leurs pénates.

— Quand je te disais que c'était déprimant, soupire-t-il en déverrouillant les portières à l'aide de sa télécommande. L'été est la seule saison digne d'intérêt dans le coin. Hé! ajoute-t-il en me voyant ouvrir la portière côté passager.

— Hé quoi?

Il m'adresse un mouvement de menton.

— Tu ne te changes pas? On va dîner chez Quist.

Je n'avais pas prêté attention à ma tenue jusque-là. J'ai enfilé un chemisier blanc sans manches, un jean et des talons plats. Quist est un super hôtel-restaurant tenu par un chef étoilé, mais les endroits chics se montrent plus tolérants pendant l'été.

— On n'a qu'à faire un crochet par chez toi, insiste Matt. Tu mettras la robe lavande que je t'ai offerte, histoire de faire des ravages.

— Parce que je ne risque pas de faire des ravages habillée comme ça ?

Il se rattrape en laissant fuser un petit rire.

— Arrête, tu sais très bien ce que je veux dire. C'est un restau cinq étoiles. Tu as vraiment envie de te balader comme ça ?

En passant la bandoulière de mon sac à l'épaule, je me souviens brusquement de l'appel manqué de tout à l'heure. « Oncle Langdon » s'affiche sur l'écran. À présent qu'il est mon supérieur, je devrais modifier son contact sur mon téléphone en « chef James ».

Le journal d'appel me signale qu'il a cherché à me joindre à deux reprises, il y a une minute, et vingt-quatre minutes auparavant.

Debout à côté de la voiture, je compose son numéro.

— Jenna Rose, me répond sa voix.

Langdon est la seule personne à utiliser mon second prénom quand il s'adresse à moi. La seule personne encore en vie qui s'y autorise, en tout cas.

— Je commençais à désespérer, poursuit-il.

— Que se passe-t-il, chef ? Tu as besoin de ma recette d'asperges sauvages, c'est ça ? Rien de plus facile, il te suffit de les passer au gril.

— Non, la miss. Les asperges attendront. J'avais cru comprendre que tu voulais travailler sur une enquête.

La phrase me fait l'effet d'un électrochoc.

— Bien sûr, chef !

— Dans ce cas, inspecteur, remue-toi les fesses. J'ai un crime à te proposer. Un crime que tu ne risques pas d'oublier.

10

— C'est mon boulot, Matty. Je n'ai pas le choix.

Ses doigts restent crispés sur le volant en cuir de sa BM qu'il conduit à travers un dédale de petites routes.

— Une femme assassinée.

— Ils ne peuvent pas attendre que tu aies fini de dîner? Elle ne risque pas de bouger, si elle est morte.

Je plisse les yeux.

— Mes oreilles me jouent des tours, ou tu as vraiment dit ça?

Ces petites routes sont aussi étroites que sinueuses, il y a tout juste assez de place pour croiser une autre voiture, et pas d'accotement. Les parcourir de nuit est un enfer, mais, sans elles, les habitants de Bridgehampton n'auraient plus qu'à se suicider pendant la saison touristique, lorsque l'artère principale, Main Street (Montauk Highway, de son vrai nom), est aussi bouchée que le gros intestin de quelqu'un qui a ingurgité une balle de golf.

— Quand je pense que j'ai refusé des places à un match des Yankees, grince-t-il. Sabathia contre Beckett.

Je suis au courant. Ils diffusaient le match tout à l'heure dans le bar. Sabathia a marqué six points en cinq manches.

— C'est mon boulot. Que veux-tu que…

— C'est faux.

— Explique-toi.

— Ce soir, ce n'est pas ton boulot!

Nous arrivons à destination. L'endroit est aussi illuminé qu'un chantier de nuit, le STPD a installé des spots un peu partout dans les bois, tout autour de la scène de crime. L'une des deux voies de circulation est fermée par des cônes de signalisation et des torches.

Matty gare la voiture, coupe le contact et se tourne vers moi sur son siège.

— Arrête de dire que tu n'as pas le choix. Tu as forcément des collègues de permanence ce soir. Tu n'es pas en service, rien ne t'obligeait à accepter cette enquête. Tu en avais *envie.*

Je me pince l'arête du nez.

— Désolée pour tes places au match des Yankees.

— Jenna, s'il te plaît.

Je descends de la BM en exhibant mon badge au flic en uniforme chargé de garder le périmètre de sécurité. Je me glisse sous la bande jaune et j'avance prudemment en évitant les branches mortes.

Je me trouve dans une parcelle boisée, matérialisée par une pancarte À VENDRE. Le meurtrier a sciemment choisi un lieu reculé. Isaac Marks me rejoint.

— Je te préviens, c'est atroce, m'annonce-t-il. Suis-moi.

Je lui emboîte le pas à travers les fourrés en faisant crisser des brindilles et des feuilles sous mes semelles.

— Le corps de la victime a été découvert par le propriétaire de la parcelle. Un type très gentil qui doit approcher les quatre-vingts ans. Il passait surveiller son terrain quand son attention a été attirée par des bourdonnements d'insectes.

Je ralentis le pas en découvrant le cadavre brillamment éclairé. On dirait une statue de cire, comme on en voit dans les musées. *Femme au repos.* Sauf qu'en l'occurrence ce serait plutôt *Femme empalée sur une souche d'arbre.*

— Seigneur…

La femme est nue, bras et jambes écartés, la tête en arrière, suspendue à plus d'un mètre du sol, le corps traversé par un arbre dont le tronc a été soigneusement taillé en pointe.

Les types de la police scientifique s'affairent autour d'elle, la photographient et l'examinent minutieusement. Des nuées d'insectes s'acharnent sur le cadavre, sur lequel on remarque également des morsures animales. Ces indices, couplés à l'état de l'épiderme, me donnent une idée approximative de la date du meurtre.

— Elle est morte… je dirais, il y a deux ou trois jours.

Isaac se tourne vers moi.

— Bien vu, Murphy. À vue de nez, c'est ce qu'estime également le légiste. Deux ou trois jours.

— La différence est de taille entre deux et trois jours.

— Et pourquoi donc ?

— Il y a trois jours, Noah Walker était libre, alors qu'il était en prison il y a deux jours. Auquel cas il n'a pas pu tuer cette femme.

— Tu vois un rapport avec Noah Walker ? s'étonne Isaac en me lançant un regard en coin. Ce crime ne ressemble en rien aux deux autres.

Je m'intéresse de plus près à la victime. Pas facile de donner le signalement de cette femme anonyme, au vu des ravages provoqués par la nature. Sa structure osseuse et sa silhouette frêle laissent deviner une jeune femme d'une vingtaine d'années. En plus des traits fins que je crois deviner, elle a de beaux cheveux bruns qui pendent dans le vide et s'arrêtent à quelques centimètres de l'herbe.

Une jolie fille. Jusqu'à ce que le meurtrier l'empale sur un tronc d'arbre, comme pour l'offrir en sacrifice aux dieux.

— On ne l'a pas encore identifiée, précise Isaac, mais on nous a signalé une disparition à Sag Harbor et la description semble coller. Auquel cas il s'agit de…

Il ouvre son carnet et le déchiffre à la lueur des projecteurs.

— … de Bonnie Stamos. Vingt-quatre ans. Plusieurs arrestations pour… je te le donne en mille.

— Elle faisait le trottoir.

Pas vraiment surprenant. Les prostituées croisent la route de toutes sortes de clients, c'est un peu comme ce que je ressentais à l'époque où j'effectuais des patrouilles en approchant d'un conducteur que je venais d'arrêter : on ne sait jamais à quoi s'attendre.

— C'est complètement différent de ce qu'on a découvert sur Ocean Drive, remarque Isaac. Un vrai bain de sang, alors que ce crime est comme… posé. Mis en scène. À la façon d'un rituel, d'une ancienne cérémonie maya. Quel rapport vois-tu entre les deux scènes de crime ?

Je m'accroupis au pied du pieu en lui désignant l'écorce.

— Tu vois ces traces sur le tronc, et sur la terre tout autour ?

— Je vois du sang partout, si c'est ce que tu veux dire.

— Il y a effectivement du sang partout. Son cœur continuait donc de battre. C'est en *ça* que je vois un rapport entre ces différents meurtres.

— Je ne te suis pas.

— Elle était toujours en vie quand il l'a empalée sur ce tronc.

Je me relève, prise de nausée.

— Le symbolisme de la scène est accessoire, Isaac. Il a voulu la tuer à petit feu, avec la certitude de provoquer un maximum de souffrance.

11

Le chef allume l'ampoule de la galerie en me voyant arriver. Le moteur de la voiture de patrouille qui m'a amenée tourne au ralenti dans l'allée. La porte d'entrée est ouverte et j'aperçois une bouteille de gin et deux verres sur la table de la cuisine. La vaisselle sale qui débordait de l'évier quand je suis passée plus tôt dans la journée se trouve toujours là. On y voit des traces de ketchup et de sauce, un reste de hamburger. Le carrelage aurait bien besoin d'être nettoyé, lui aussi. L'horloge murale me rappelle qu'il est presque 2 heures du matin.

Mon oncle a mauvaise mine. Il a beaucoup grossi depuis que tante Chloé l'a quitté il y a deux ans. Des taches marbrent son visage, son nez proéminent est parcouru de veinules éclatées, il a des valises sous les yeux. Il porte un maillot de corps qui souligne son embonpoint, des touffes de poils blancs frisés dépassent du coton au niveau de la poitrine.

— Tu n'as pas l'air dans ton assiette, dit-il en guise d'accueil.

Je lui dépose un baiser sur le front avant de rejoindre le réfrigérateur.

— Je me faisais la même réflexion à ton sujet. Je vois que tu as continué à boire.

Un coup d'œil à l'intérieur du frigo m'indique qu'il n'a pas touché à ma salade de fruits, mais une deuxième part de lasagnes aux épinards a disparu.

Je hausse un sourcil interrogateur dans sa direction.

— Tu vois bien que je suis tes conseils, grommelle-t-il.

Je m'assieds en face de lui.

— Ah oui? Je serais curieuse de savoir si je ne trouverais pas une part de lasagnes intacte en fouillant la poubelle.

— Voilà que tu m'insultes, à présent.

Il ne nie pas pour autant, mais je ne peux pas passer mon temps à le sermonner.

— Je suis sérieux, insiste oncle Lang. Tu parais épuisée ; tu fais toujours des cauchemars?

Je hausse les épaules. Je suis régulièrement victime de malaises la nuit depuis mon arrivée à Bridgehampton. Une sensation d'étouffement et de terreur ponctuée de hurlements. Tout à l'heure dans la vieille demeure d'Ocean Drive, c'est la première fois que j'ai ressenti ces mêmes symptômes en plein jour.

Lang me sert un doigt de gin et fait glisser le verre dans ma direction.

— Tu as peut-être eu tort de revenir ici.

J'y ai déjà pensé. J'en profite pour lui poser une question qui me taraude :

— Pourquoi mes parents ont-ils cessé de venir, quand j'étais petite?

Il hausse les épaules.

— Je te raconterai ça une autre fois.

— Il y a donc une histoire à raconter. Que s'est-il passé?

Il me lance un coup d'œil furtif avant de changer de sujet de conversation.

— Tu as déplacé le corps?

Je hoche la tête.

— Il a fallu couper l'arbre sous elle. Je ne souhaitais pas qu'on retire trop vite ce pieu, au cas où l'identité judiciaire trouverait du grain à moudre.

— C'est bien. De l'avoir retirée de là, je veux dire. Je n'ai aucune envie de voir des photos de la scène s'étaler à la une de *Patch* demain. Il s'agit du meurtre d'une prostituée, et non d'une prostituée retrouvée transformée en chiche-kebab sur un tronc d'arbre. Compris? Pour la presse, c'est une simple prostituée, une pute de plus qui fait ses *adios* aux Hamptons. Un petit article, et on n'en parle plus.

Un petit article. Tout pour sauver les apparences. C'est beau, la politique. Les élections approchent et la maire est déjà assez embêtée avec les meurtres de Zach Stern et de Mélanie Phillips. Un crime spectaculaire de plus ne peut que coller la pression aux autorités locales. Ne pas transmettre à la presse les détails les plus sanglants est également de bonne politique en matière de police. À Manhattan, ça ne fonctionnait jamais. Le NYPD est une vraie passoire. Ici, c'est sans doute différent.

— Noah Walker n'a rien à voir avec cette femme assassinée.

Isaac, tu n'es qu'une sale petite merde. Moi qui parlais de passoire… Pas étonnant que le chef m'ait convoquée ce soir. Isaac a dû profiter d'un moment où j'avais le dos tourné pour lui téléphoner. Je sais à présent à quoi m'en tenir. Quel sale petit connard.

— Il est trop tôt pour le dire.

Le chef relève la tête. Il avale une gorgée de Beefeater et lâche un soupir.

— Il y a quelques heures, tu étais persuadée que Noah était innocent. Maintenant, tu es prête à l'accuser de ce carnage.

— Je n'ai rien pour ou contre lui. Pas encore. Il est possible que cette prostituée ait été assassinée quand il était encore libre, avant son arrestation. Je ne néglige aucune hypothèse. Je suis payée pour ça.

Il émet un grognement en avalant une nouvelle lampée de gin.

— Non, tu es payée pour faire *ce que je te dis.*

— En tant qu'enquêtrice, il m'arrive d'enquêter.

Le gin me caresse la langue et me chauffe la gorge en me laissant dans la bouche un arrière-goût d'agrumes. C'est meilleur que je ne le voudrais. Je prends la bouteille et me sers un autre verre.

— Laisse-moi te poser une question, mon oncle.

Il affiche une moue méfiante.

— Pourquoi avoir procédé à une arrestation aussi brutale ?

— Je ne comprends pas, grommelle-t-il en se resservant à son tour.

— Je parle de l'arrestation de Walker. Pourquoi avoir fait appel à une équipe du SWAT équipée d'armes automatiques ? Une vraie unité de combat alors que Noah n'était même pas armé.

Lang serre les mâchoires tout en évitant soigneusement de me regarder dans les yeux.

— Tu as de la chance d'être ma nièce préférée, la miss.

— Je te rappelle que je suis ton unique nièce.

Ne viens pas foutre la merde dans mon enquête, Jenna !

Il repose bruyamment son verre sur la table.

— Je me suis contenté de cueillir Noah Walker au nid. On m'a donné des ordres en haut lieu. Si jamais tu t'avises de mêler le meurtre de cette fille au double crime, je vais devoir transmettre ton rapport à l'avocat de Walker et il s'empressera de jouer sur le flou qui entoure la date du meurtre, deux ou trois jours, en prétendant que Noah était sous les verrous quand on a réglé le compte de cette fille. D'un seul coup, notre as du barreau affirmera que tous ces crimes sont liés et que Noah Walker est forcément innocent.

— Et si c'était vrai ?

Mon oncle me lance le même regard que celui qu'on adresse à un enfant adorablement précoce. Un regard à la fois fier et agacé. Dans le cas présent, l'agacement a pris le dessus.

— Ne t'occupe pas de Noah Walker. Évite de compliquer ton enquête.

— « Une fille de plus qui fait ses *adios* aux Hamptons », c'est ça ?

Je repousse ma chaise.

— Ne compte pas sur moi. J'ai la ferme intention de suivre la piste, où qu'elle me mène. Si ça ne te plaît pas, tu n'as qu'à me retirer l'enquête.

Le commissaire ne cache pas son épuisement. Il trace dans l'air un signe de croix, en guise d'absolution.

— Par la présente, je te retire toute responsabilité dans l'enquête de la fille retrouvée morte dans les bois.

D'un revers de main, je chasse mon verre de la table. Il s'écrase contre l'évier.

— N'importe quoi, Lang !

— Ah ouais ? Tu as envie d'être mise à pied, par-dessus le marché ?

— Bien sûr !

— Très bien ! Tu es mise à pied pendant une semaine, sans traitement.

— Une semaine seulement ?

Je hurle à présent, emportée par une rage incontrôlable.

— Très bien ! Alors un *mois* ! Je peux te virer, si tu préfères. Tu veux finir au trou ?

Il se lève de sa chaise en me menaçant du doigt.

— Avant de prendre ta décision, la miss, souviens-toi que tu ne connais aucun autre métier que celui de flic. Et que je t'ai accordé une seconde chance. On aurait pu croire que ça me vaudrait ta reconnaissance, mais non !

Je secoue la tête, furibonde.

— Je n'arrive pas à croire que tu aies dit ça.

Il me chasse d'un geste.

— Je vous mets à pied pendant un mois à compter de ce soir, inspecteur. Maintenant, fiche-moi le camp.

12

Pour la première fois de la semaine, il remplit ses poumons d'air frais, marche dans l'herbe, retrouve ses vêtements, revoit le soleil autrement qu'au-dessus d'un vieux mur de béton une petite heure par jour. Noah Walker prend le temps de savourer l'instant avant de monter dans la camionnette qui doit le transporter jusqu'à la gare de Riverhead où il prendra le train à destination de Bridgehampton.

De retour chez lui, il commence par prendre une douche. Sa baignoire n'a rien de luxueux, mais l'eau y coule généreusement, les robinets ne sont pas couverts de moisi, le tout-à-l'égout ne reflue pas à travers la bonde et il n'a pas besoin de surveiller ses arrières au cas où surgirait un visiteur malintentionné. La maison d'arrêt de Riverhead est un centre d'incarcération préventive, personne n'y séjourne longtemps, ce qui est bien le plus pénible. Les condamnés sont envoyés dans des établissements pénitentiaires, alors que la prison de Riverhead est peuplée de détenus qui n'ont pas les moyens de payer leur caution. Quand le juge en fixe une. Résultat des courses, il n'y a pas de programmes éducatifs ou de cours de soutien à Riverhead, pas de salle de détente, pas de repas dignes de ce nom. Rien que des murs, une poignée de bouquins, un aumônier le dimanche, de la merde en guise de nourriture, et des cellules surpeuplées pleines de détenus enragés. Il a fait la connaissance d'un type là-bas, un certain Rufus qui attend son procès depuis plus de quatre ans.

Pas question pour Noah d'en arriver là. Il a exigé un procès rapide, conformément à ses droits constitutionnels. Il se sent incapable d'attendre des mois, voire des années, sans savoir.

À peine sorti de la douche, les cheveux dégouttant d'eau, à la fois réchauffé et rafraîchi, il récupère son portable et appelle un numéro préenregistré.

— Tu es sorti ? lui répond la voix essoufflée de Paige.

— Je suis sorti.

Grâce à elle, au compte en banque à son nom dont son mari n'a pas la maîtrise.

— Je viens de rentrer chez moi.

— Je peux… J'arrive dès que je peux.

La bouffée de désir qui monte en lui est tempérée par la peur.

— Tu es sûre ? Et si…

— Je m'en fiche. Je trouverai une excuse quelconque. Je ne crois pas qu'il soit au courant. Il ne m'a jamais rien dit qui…

— Je t'assure qu'il est au courant, l'interrompt Noah.

Bien sûr que son mari est au courant. C'est obligé. John Sulzman a le bras long. Il lui suffit de claquer des doigts pour qu'un innocent se retrouve en taule. Noah ne connaît rien au monde des puissants, mais il n'a aucun doute là-dessus.

— Eh bien, je viens quand même. J'ai trop envie de te voir !

— Moi aussi.

Noah ferme les yeux.

— Fais… fais tout de même attention, lui recommande-t-il.

13

Noah recroqueville ses doigts de pied dans le sable humide. Il contemple l'Atlantique dont les eaux sombres bruissent dans l'obscurité. La petite brise qui a succédé à la pluie lui caresse le visage. *Le goût de la liberté*, pense-t-il. *C'est ce qui m'a le plus manqué.*

Il reconnaît le ronronnement du moteur avant même que l'Aston Martin ne se gare sur le parking. Elle bondit de son siège et, dans sa précipitation, oublie de refermer sa portière. Noah s'élance à sa rencontre.

Non, rectifie-t-il intérieurement. *C'est elle qui m'a le plus manqué.*

— Je n'arrive pas à y croire, balbutie-t-elle tandis qu'il la serre entre ses bras.

Elle enroule ses jambes autour des siennes, lui agrippe les cheveux. Leurs bouches s'écrasent l'une contre l'autre. Le corps de Noah est comme électrisé.

— Je n'ai pas… tué ces gens, murmure-t-il.

— Tu n'as pas besoin de me le dire. Je le sais.

Paige lui caresse le visage.

— Comment puis-je t'aider? Tu as besoin d'argent pour un avocat? Pour un détective privé?

— Tu ne peux pas, répond Noah. John sera…

— Je me fiche de John. Tu as besoin de quelqu'un à tes côtés. Je ferai le nécessaire. Je n'ai pas l'intention de te laisser traverser une telle épreuve tout seul. Dis-moi de quoi tu as besoin.

— J'ai besoin de toi. À l'heure qu'il est, c'est tout ce dont j'ai besoin.

Noah l'attire à lui, respire l'odeur de fraise qui lui colle à la peau, emmagasine la tiédeur de son corps. Tant qu'il la tiendra dans ses bras, pendant cinq secondes ou pendant une heure, il oubliera qu'on l'accuse de meurtre, qu'il risque la prison à vie. Seule compte Paige, la femme qu'il aime, la femme qui l'aime.

Au même moment lui parvient un bruit de moteur.

Noah relève la tête. La plage était pourtant déserte, du fait de l'heure tardive, de la pluie de tout à l'heure. Il n'a jamais vu le 4×4 qui approche. Le lourd véhicule s'immobilise au milieu du petit parking qui marque l'extrémité d'Ocean Drive, positionné de telle façon que ses phares éclairent en plein Noah et Paige.

Noah, d'un mouvement protecteur, contourne l'Aston Martin afin de se placer entre les phares et Paige.

— Putain, fait la voix de l'inspecteur Isaac Marks qui descend du 4×4. J'arrive juste à temps pour un *coitus interruptus*.

— Qu'est-ce que vous voulez ? s'énerve Noah, les poings serrés.

Il s'approche du policier.

— Doucement, petit, doucement.

Petit. Noah a toujours détesté la condescendance des flics à son égard. C'est particulièrement vrai dans le cas d'Isaac Marks, qui a le même âge que lui et avec lequel il a effectué sa scolarité. Voilà qu'il lui donne du *petit*. Tout ça parce qu'il porte un badge.

— Pas un pas de plus, Noah. Je ne voudrais pas me sentir *menacé*. Je serais obligé de te renvoyer d'où tu viens, pour avoir violé les règles de ta libération sous caution.

Isaac montre Paige d'un mouvement du menton.

— Je pourrais aussi te renvoyer en prison pour outrage à la pudeur.

Noah, vert de rage, ne bouge pas d'un pouce. Il donnerait cher pour effacer le petit sourire satisfait d'Isaac, mais le flic n'attend que ça pour le réexpédier à Riverhead.

— Tu ne me présentes pas ton amie? poursuit Isaac en contournant Noah avant d'aveugler Paige avec le faisceau de sa Maglite. C'est le même beau petit lot que le jour où on t'a coffré?

Quel salopard. Il sait pertinemment qu'il s'agit de Paige. Toute cette histoire est liée à son histoire avec Paige. Forcément. John Sulzman doit tirer les ficelles dans l'ombre.

— Qu'est-ce que tu veux, Isaac?

— Inspecteur Marks, si ça ne te dérange pas.

— C'est du harcèlement! hurle Paige. Nous ne faisons de mal à personne, nous n'attentons en aucun cas à la pudeur! Le seul attentat, c'est celui que commet la police en harcelant un innocent. Vous n'avez rien de mieux à vous mettre sous la dent, *inspecteur*?

— Laissez-moi vous donner un conseil, ma petite dame, réplique Isaac. C'est sûrement très agréable de s'encanailler en baisant les domestiques, mais il se trouve que votre étalon est un dangereux assassin. Je ne sais pas d'où il tire le putain de fric qui lui a permis de payer sa caution, mais je vous prie de croire qu'on le tient à l'œil et qu'on ne le laissera pas seul en compagnie d'une femme après le sort qu'il a fait subir à cette serveuse…

— J'ignore de quoi il retourne, réagit Paige, au comble de l'exaspération, mais Noah est innocent et la police ferait mieux de chercher le tueur plutôt que de suivre quelqu'un qui a payé sa caution.

— Vous avez du chien, ma petite dame, pas vrai? ricane Isaac en montrant les dents. Malgré tout, si je vous revois tous les deux ensemble, Noah retourne en prison.

Il se tourne vers le jeune homme.

— C'est pas trop compliqué à comprendre pour vous, monsieur Walker? Vous voyez, ma petite dame, le sieur Noah, ici présent, n'était pas précisément un crack à l'école…

— Tu veux vraiment qu'on reparle de *l'école*?

Noah fait un pas en direction d'Isaac. L'espace d'un instant, les deux hommes retrouvent la cour du collège, oubliant qu'ils sont flic et inculpé.

— Tu tiens vraiment à reparler du bon vieux temps, Isaac ? Parce que je ne manque pas d'histoires à raconter. Tu veux que je lui explique d'où vient ton surnom…

— Ça suffit, petit, l'arrête Isaac en levant l'index. Un mot de plus et je te renvoie à Riverhead. Tu as le choix.

Noah serre les poings. Il est coincé.

— C'est bien, approuve Isaac. Madame Sulzman, je vous conseille de vous en aller et de dire adieu aux Hamptons jusqu'à l'été prochain. Noah aura pris pension à Sing Sing d'ici là, mais je suis certain que vous trouverez un autre jouet pour vous amuser, un autre vide-gouttière pour passer le temps.

C'en est trop, Paige fond en sanglots. Isaac en profite pour exécuter un demi-tour en règle au volant de son 4×4 avant de s'éloigner.

— Ne t'inquiète pas, je vais trouver une solution, murmure Noah en serrant Paige dans ses bras et en caressant ses joues mouillées de larmes. Je vais trouver une solution.

Au même instant, comme par miracle, la solution lui vient en un éclair.

14

Non, je t'en supplie. Ne me force pas, je ne veux pas...

Des rires d'enfant, on me serre le cou, l'obscurité, puis la lumière...

Un oiseau, un oiseau agressif doté d'un bec crochu, tout droit...

Je t'en supplie, ne me force pas...

Je me réveille haletante, je lève la tête brutalement de l'oreiller en aspirant une bouffée d'air, les rires et les cris affolés s'estompent lentement, la sensation d'étouffement s'éloigne, les mains se desserrent autour de ma gorge.

— Vacherie.

Je reprends peu à peu ma respiration. Le réveil me signale qu'il est 6h58. À quoi bon avoir un réveil quand on fait des cauchemars pareils ?

Je saisis mon iPhone et passe en revue les photos qui s'y trouvent, à la recherche de la stèle en pierre dans le jardin du 7 Ocean Drive, l'oiseau gris et noir avec son bec crochu et sa longue queue. Le même que dans mon cauchemar. Super.

Je prends une douche, avale des toasts et quelques fruits, le tout arrosé de grands verres d'eau fraîche, histoire de chasser ma gueule de bois, souvenir des deux bouteilles de vin vidées la veille avec Matty, mon dernier jour de mise à pied. Je reprends le boulot ce matin. Matty est parti depuis longtemps, il s'est éclipsé vers 5 heures pour regagner Manhattan.

L'odeur de son eau de toilette me revient le temps d'un flash, en même temps que son baiser d'adieu.

Je n'ai rien fichu depuis un mois. J'ai l'impression d'être une touriste en terre inconnue, sûre de rien. Je me demande quel accueil me réserveront les autochtones en me voyant.

L'antenne de police de Bridgehampton n'est pas particulièrement intimidante. Elle se trouve dans un recoin du petit centre commercial de Bridgehampton Commons, à un jet de pierre de Main Street. Des boutiques de chaînes, Gap, Staples, Panera, une épicerie King Kullen, Victoria's Secret et, bien évidemment, un Dunkin' Donuts (je sais, l'association entre les flics et les doughnuts relève du cliché). Les voitures de patrouille noires sont alignées à l'angle du bâtiment, à côté d'une rangée de conteneurs de déchets réservés aux vêtements et aux chaussures à recycler.

Je gare mon vieux tas de tôle à l'arrière du bâtiment et pénètre dans l'antenne du commissariat, un sac sur l'épaule, la peur au ventre. Je suis accueillie par les applaudissements moqueurs de quelques collègues qui saluent mon retour. Cette vipère d'Isaac Marks n'est pas là. À l'heure qu'il est, il doit être occupé à lécher le cul du chef.

Quelqu'un a rangé mon bureau en mon absence. Non pas qu'il soit encombré en temps ordinaire, à part une photo de mes parents et un portrait de mon frère Ryan. À l'époque où je travaillais au NYPD, j'avais sur mon bureau une photo particulièrement réussie de toute ma famille à Coney Island, avec oncle Langdon et tante Chloé, mais je n'ai pas souhaité insister sur les liens qui m'unissent au chef à mon arrivée ici. Les gens m'en veulent déjà assez comme ça, des rumeurs de népotisme ont circulé, même si ma mise à pied a mis fin aux accusations de favoritisme.

Margaret, l'une des secrétaires, dépose une pile de documents devant moi. Du courrier et des formulaires administratifs.

— Le chef te demande, Murphy.

— Il est ici ?

Lang ne vient que rarement au poste de Bridgehampton, il travaille essentiellement au commissariat d'Old Riverhead Road.

Il attend visiblement ma visite. Il me fait signe d'entrer et me désigne le siège qui lui fait face tout en terminant une conversation téléphonique. Il aboie des ordres à l'un de ses adjoints, raccroche et m'observe longuement, une main sur la bouche.

— Assieds-toi.

— Je suis très bien debout.

Il croise les doigts.

— Quand l'oncle dit à sa nièce de s'asseoir, il n'y a rien de mal à ce qu'elle lui dise qu'elle est aussi bien debout. Mais quand le chef de la police dit à l'une de ses subordonnées de s'asseoir, elle obéit. À cette heure, inspecteur, je suis votre chef.

Je détourne les yeux en me mordant la langue. Il a raison sur ce point précis, en dépit de tout le reste.

Alors je m'assois.

— Je constate que tu n'as pas démissionné. Je me suis posé la question.

Je hausse les épaules, comme si c'était sans importance. Je n'ai pas l'intention de démissionner. Je l'ai compris après avoir passé un mois dans l'appart de Matty à Greenwich Village, entre les dîners et les séances de jogging, les grasses matinées à regarder de vieux films, les pièces de théâtre et les matchs des Yankees. J'adore Manhattan, mais j'aime plus encore mon métier de flic. Et si je perds mon boulot au STPD, personne ne m'accordera une troisième chance.

Lang feuillette des documents posés sur sa table de travail.

— Le service participe à une enquête sur le trafic d'héroïne en provenance de Montauk. Tu commences aujourd'hui.

J'ouvre la bouche avant de la refermer. Autant ne rien dire. Qu'on soit clair, je n'ai pas la prétention d'être trop bien pour la brigade des stups. Avant de quitter le NYPD, j'étais infiltrée dans un réseau de trafic d'héroïne. Je m'étais portée volontaire, le boulot d'agent infiltré était un nouveau challenge après avoir bossé au sein de la Criminelle et du Grand Banditisme. En revanche, m'affecter à une équipe de base des stups est une façon mal déguisée de me rétrograder. Mon cher oncle le sait mieux que quiconque.

— Bien, chef. D'autres instructions ?

— C'est tout.

Je me lève en hochant la tête. Il me rappelle à l'instant où je franchis le seuil de la pièce. Je me retourne.

— Je me suis préparé de la salade pour le déjeuner. Et je fais deux kilomètres de marche quotidienne depuis quinze jours.

Je ne lui ferai pas le plaisir d'esquisser un sourire.

— Je ne vois pas en quoi le régime alimentaire et sportif de son chef concerne un simple inspecteur.

Il m'adresse un clin d'œil sans sourire.

— Tu es toujours ma nièce préférée.

Pas de mal, je suis la seule. Pas question de mordre à l'hameçon.

— Ne t'inquiète pas, ta nièce préférée t'aime toujours. Ce qui n'empêche pas ton enquêtrice préférée de continuer à penser que tu es un gros naze.

15

— La Cour suprême du comté de Suffolk reprend les débats du procès de Noah Lee Walker, claironne l'huissier.

Noah secoue doucement la tête. Il déteste ces annonces. Comment croire qu'il pourra s'en tirer face à l'État de New York? Sans parler de l'usage de son nom complet. Personne ne l'appelle jamais Noah Lee. Un nom digne d'un assassin de président, ou d'un tueur en série.

Il commence à avoir la tête de l'emploi. Depuis son arrestation, trois mois plus tôt, Noah s'est coupé les cheveux qu'il portait un peu trop longs. Ses boucles frisées encadrent désormais son visage mal rasé. *USA Today* a été le premier à l'affubler du surnom de «Jésus du surf» que tout le monde a adopté depuis, y compris le *Times* et Nancy Grace de CNN.

— Monsieur Akers?

La juge, une femme d'un certain âge aux cheveux gris, regarde par-dessus ses lunettes Sebastian Akers, l'adjoint du procureur. Un type svelte avec une épaisse chevelure et l'allure d'un sportif universitaire ou d'un candidat à l'élection présidentielle. Il n'y a pas que le look. Il respire le charisme, la confiance en soi, les bouffées d'adrénaline. Chaque fois qu'il se lève et prend la parole dans le tribunal bondé, largement peuplé de représentants des médias, on dirait qu'il prend plusieurs centimètres et sa voix descend d'une octave.

— Si la cour m'y autorise, commence Akers en boutonnant la veste de son costume.

Il se plante devant les jurés. Quinze paires d'yeux se fixent sur lui. Douze jurés et trois suppléants.

— Mélanie Phillips faisait partie de notre communauté. Elle est née et a grandi à Bridgehampton. Elle n'était peut-être pas première de sa classe au lycée et elle n'a jamais eu l'occasion d'aller à l'université, mais elle avait des ambitions. À vingt ans, elle était serveuse dans un restaurant de fruits de mer dans la journée et suivait des cours d'art dramatique le soir avec l'espoir de réaliser son rêve de devenir actrice. Elle avait peut-être visé trop haut. C'est souvent le cas lorsque l'on rêve, mais nous ne sommes pas américains pour rien, et nous avons tous le droit de rêver. Mélanie… Mélanie n'aura jamais la chance de voir aboutir son rêve. Sa vie s'est arrêtée brutalement lorsqu'elle a été sauvagement assassinée, le corps lacéré de coups de couteau dans une villa du bord de mer il y a trois mois.

Akers prend le temps de laisser pénétrer ses paroles en secouant la tête d'un air triste.

— Zachary Stern, reprend-il, ranimant l'attention des jurés. Zach a fait le même rêve, lui aussi, il y a longtemps. Il a exercé le métier d'acteur. Sans véritable succès, peut-être, mais avec opiniâtreté. Une publicité par-ci, un rôle à la télévision par-là. Lorsqu'il a compris que le destin ne ferait pas de lui une vedette de l'écran, il a choisi d'aider d'autres personnes à réaliser leurs désirs. Il est devenu agent d'acteurs, l'un des plus connus d'Hollywood. Un jour, alors qu'il était en vacances dans les Hamptons, il croise la route de Mélanie Phillips. Il s'apprêtait à la prendre sous contrat dans son agence. L'aurait-il rendue célèbre ? Peut-être. Nous ne le saurons jamais parce que Zach est mort assassiné en même temps que Mélanie.

Akers se déplace légèrement de façon que les jurés puissent bien voir Noah Walker sur le banc des accusés. Il se tourne vers lui et pointe un index accusateur dans sa direction.

— Cet individu, Noah Lee Walker, a sauvagement assassiné Mélanie Phillips et Zach Stern dans un accès de rage. Il a lacéré leurs corps et les a laissés pour morts.

Noah fait non de la tête en regardant les jurés dans les yeux. Son avocat lui a conseillé de toujours conserver son calme et sa dignité, mais il est incapable de rester sans réaction.

— Il a tué sous l'effet de la jalousie et de la rage, enchaîne Akers. Un crime passionnel. Car Noah Walker était amoureux de Mélanie Phillips. Il ne voulait pas que Zach Stern et Hollywood la lui enlèvent. Gare à celle qui ose quitter Noah Walker, elle en paiera le prix.

Akers adresse un signe de tête à son assistant qui enfonce un bouton. L'avocat de Noah a tenté désespérément d'éviter cette manœuvre, mais la juge a refusé de lui donner raison.

Sur l'écran s'affichent des photographies de Mélanie Phillips prises sur la scène de crime. Des gros plans, des vues générales, son regard éteint perdu dans le vide, sa bouche entrouverte, les plaies provoquées par le couteau de l'assassin, certaines profondes, d'autres superficielles. Les photos de Zach Stern ne sont guère plus engageantes. Moins parlantes, peut-être, mais tout aussi horribles. Les jurés ont tous un mouvement de recul, des haut-le-cœur et des murmures s'élèvent de leurs rangs, puis l'écran vire au noir. Akers s'approche de la barre des témoins.

— Vous entendrez les témoignages de ceux qui connaissaient Mélanie et Noah. Ils vous parleront de leur relation. Ils vous diront à quel point Noah était obsédé par Mélanie. Ils vous expliqueront qu'il ne supportait pas l'idée de la perdre, qu'il était fou de jalousie.

Akers s'approche de la table sur laquelle sont posées les pièces à conviction et s'empare d'un sachet.

— Vous entendrez les experts vous confirmer que ce couteau était couvert du sang de Zach et de Mélanie. Vous entendrez le responsable de la police de Southampton, Langdon James, vous raconter comment il a découvert ce couteau sous une canalisation de chauffage dans la cuisine de Noah Walker, avec le collier fétiche qui n'avait jamais quitté le cou de Mélanie depuis l'âge de six ans.

Akers laisse s'écouler un instant avant de conclure.

— Ce n'est pas tout. Langdon James témoignera également que Noah Walker a *avoué* ces meurtres en sa présence, dans un moment de faiblesse. Il a reconnu les avoir assassinés et a fourni à Langdon James un compte rendu détaillé du crime.

Akers se retourne à nouveau et montre Noah du doigt.

— Nous vous apporterons toutes les preuves nécessaires, mesdames et messieurs, je m'y engage. Et lorsque ce procès touchera à son terme, je vous demanderai de rendre à Mélanie et Zach la seule chose qui puisse leur importer à présent : la justice. Je vous demanderai de déclarer par deux fois Noah Walker coupable de meurtre avec préméditation.

En l'espace de dix minutes, Akers a résumé l'affaire de manière à ne laisser planer aucun doute sur la culpabilité de Noah. Il a horrifié les jurés en exhibant ces clichés atroces, il les a émus en évoquant le rêve hollywoodien brisé de Mélanie. Il a réussi l'exploit de présenter cette sangsue de Zach Stern comme un type génial.

Noah le lit dans les yeux des membres du jury, dans le mépris qu'ils affichent à son endroit, dans la façon dont ils suivent le procureur du regard au moment où celui-ci regagne son siège.

Il faudrait un miracle pour qu'il s'en tire.

16

— Remy Handleman, appelle l'huissier dans le couloir à l'adresse du premier témoin de l'accusation.

L'intéressé s'avance et s'installe à la barre. Il porte un costume neuf au col trop large dont la veste lui tombe des épaules. Remy n'a probablement jamais porté de costume de sa vie avant cette occasion.

Il prête serment, peigne ses cheveux gras avec ses doigts et s'agite sur sa chaise sans savoir où mettre les mains. Le comportement caractéristique d'un menteur. D'un mauvais menteur.

— Monsieur Handleman, commence le procureur en boutonnant sa veste tout en s'approchant de la barre. Votre présence ici est-elle le fait d'une convocation officielle ?

— Officielle…

Remy jette un coup d'œil à sa propre tenue.

— On m'a dit de mettre un costume. C'est ça que vous voulez savoir ?

En dépit de sa situation critique, Noah ne peut s'empêcher de plaindre Remy. Le pauvre est trop bête pour comprendre ce qui provoque autant de fous rires dans la salle. Noah était en cinquième quand Remy est arrivé à Bridgehampton. Un de ces gamins paumés qui cherchent désespérément à ce qu'on les aime, qui ne comprennent pas pourquoi ce n'est pas le cas, et qui passent leur vie à courir derrière l'affection de leurs camarades. Noah a été gentil avec lui, il l'a même défendu plusieurs fois dans des bagarres de cour d'école, mais Remy n'a jamais trouvé sa place nulle part. Il fumait beaucoup d'herbe, en vendait un peu. Il était déjà connu du STPD quand les flics l'ont arrêté pour la première fois, alors qu'il dealait de l'Oxy derrière un restoroute il y a quatre ans.

— Monsieur Handleman, connaissiez-vous la victime, Mélanie Phillips ?

— Oui, je connaissais Mélanie, je mange chez Tasty's une ou deux fois par semaine.

— Vous voulez parler du restaurant dans lequel Mélanie était serveuse ?

— Ben oui.

— Intéressons-nous au premier week-end du mois de juin de cette année, monsieur Handleman. Au jeudi 2 juin, plus particulièrement. Êtes-vous allé chez Tasty's ce jour-là ?

— Ben oui. J'ai déjeuné là-bas.

— Qui vous a servi ce jour-là ?

— Mélanie.

— L'accusé se trouvait-il chez Tasty's le même jour, à la même heure ?

— Ouais, répond Remy en montrant Noah d'un mouvement de tête. Noah était là. Il la suivait partout.

— Mélanie exerçait son métier de serveuse, et Noah la suivait partout ?

— Ouais.

— Les avez-vous entendus discuter entre eux ?

— Ouais. Mélanie lui a dit un truc du style : « Fous-moi la paix » et Noah a répondu : « Donne-moi une autre chance, je t'aime » ou une phrase du genre.

— Bien.

Akers acquiesce avec gravité, comme si le témoin venait de faire une déclaration brillante. Remy est tout sauf brillant. Assez, pourtant, pour saisir la chance qu'on lui a donnée. Trois mois plus tôt, le STPD l'a arrêté une deuxième fois pour avoir vendu de l'Oxy, avec la perspective de se retrouver derrière les barreaux pendant un bon bout de temps. Par un fait exprès, il disposait d'informations de première importance qui ont permis au STPD de résoudre les meurtres les plus spectaculaires jamais perpétrés dans la région. Alors qu'il encourait une peine de huit ans, Remy a finalement écopé de vingt mois grâce à son témoignage d'aujourd'hui.

— L'accusé a donc dit à Mélanie qu'il l'aimait?

— Ouais.

— Il a demandé à Mélanie de lui accorder une nouvelle chance?

— Ouais, il lui a dit: «Redonne-moi ma chance», mais elle lui a répondu que c'était fini.

— Elle lui a dit que c'était fini?

Le procureur se penche vers le témoin, comme si ses déclarations l'intéressaient brusquement.

— L'accusé a-t-il prononcé d'autres paroles en votre présence?

— Ouais, il lui a dit: «Je te laisserai pas partir.» Et il l'a agrippée en disant ça.

— De quelle façon l'a-t-il agrippée?

— Ben, par le bras. Même qu'elle a laissé tomber un plat.

— Il l'a agrippée par le bras en lui disant: «Je ne te laisserai pas partir»?

— Exactement.

— Cette scène a donc eu lieu deux jours avant le meurtre de Mélanie?

— Ouais, tout à fait.

Sebastian Akers secoue la tête. On pourrait croire qu'il entend le témoin pour la première fois et qu'il n'en croit pas ses oreilles.

— Pas d'autre question, conclut-il.

17

Le procès de Noah Walker entre dans sa deuxième semaine. C'est la première fois que je viens, la salle est comble, apparemment comme chaque jour. Les services du shérif du comté de Suffolk ont été contraints de mettre en place une loterie à l'intention du public, et une autre pour les médias. Les journalistes qui tirent un mauvais numéro peuvent assister au procès dans une salle à l'écart où les débats sont retransmis sur un écran. Même les flics comme moi ont du mal à entrer, mais je connais bien l'huissier, Rusty. Il m'a dégoté une place au quatrième rang, entre un vieux monsieur et une jeune femme au parfum entêtant.

Je profite de quelques jours de congé après les neuf semaines d'enquête consacrées au réseau de trafiquants d'héroïne. On a réussi à coincer une vingtaine de personnes dans le borough de Long Island, dont le principal d'une école privée de Montauk. Faute de mieux après avoir couru mes huit kilomètres ce matin-là, j'ai pris une douche et je suis allée voir comment se porte le «Jésus du surf».

Assis sur le banc des accusés, il se gratte la barbe en murmurant à l'oreille de son défenseur. La presse s'est initialement intéressée à l'affaire parce que l'une des deux victimes était Zach Stern et que le crime avait eu lieu dans les Hamptons, mais c'est désormais Noah qui intéresse les commentateurs des chaînes câblées, pour plusieurs raisons: son côté beau gosse basané, tout d'abord, mais aussi son tempérament rebelle, caractérisé par son refus de porter un costume. Il a préféré jouer au naufragé sur une île déserte en choisissant un jean et une chemise blanche.

Le témoin suivant est un certain Dio Cornwall, un Afro-Américain d'à peu près vingt-cinq ans avec un long cou tout maigre et des dreads serrées. En attente de son procès pour attaque à main armée, il a eu la chance de partager sa cellule avec Noah Walker au lendemain de l'arrestation de ce dernier, avant que Noah ne soit libéré sous caution.

— Ça devait être le deuxième soir, ou le troisième, rapporte Cornwall. Il s'est mis à parler, sans que je lui demande rien. Il s'est juste mis à parler.

— Qu'a-t-il dit précisément? l'interroge le procureur, Sebastian Akers, avec ses airs de Ken.

— Qu'il lui avait réglé son compte, répond Cornwall en haussant les épaules. Qu'il avait réglé son compte à la fille.

— Lui avez-vous demandé des précisions?

— Ouais. Il m'a dit : « C'est pas une salope qui va me laisser tomber. Je l'ai gentiment tailladée. Elle risque plus de faire carrière au cinéma. »

Oups. Voilà qui ne présage rien de bon pour Noah. En même temps, tout va mal pour lui, d'après ce que j'ai pu lire dans les journaux ou voir à la télé.

Je regarde l'accusé, tout serré contre son avocat. Une fois de plus, je me sens mal à l'aise. La première fois que je l'ai vu, j'ai pensé que c'était un type élevé à la dure qui n'éprouvait pas une affection débordante pour la police. Le genre d'oiseau qui a le profil type d'un cambrioleur, ou d'un bagarreur, mais pas d'un meurtrier.

De toute façon, mon opinion n'a aucune d'importance. Seule compte celle des jurés. Le premier témoin a raconté que Noah harcelait Mélanie à son boulot, qu'il l'a suppliée de ne pas le quitter avant de proférer des menaces contre elle quand elle a refusé. Et puis il y a les pièces à conviction. Le couteau découvert dans sa cuisine portait des traces d'ADN de Zach et de Mélanie. Un médecin légiste a confirmé que la pointe du couteau était tordue, ce qui correspond à certaines plaies retrouvées sur les corps des victimes.

En clair, il ne fait aucun doute que le couteau caché chez Noah est bien l'arme du crime. Et voilà que ce Cornwall incrimine une nouvelle fois Noah.

— Lorsqu'il a déclaré que ce n'était pas une « salope » qui allait le laisser tomber, ajoutant qu'elle ne risquait plus de « faire carrière au cinéma », l'accusé a-t-il identifié la personne dont il parlait ?

— Mélanie, répond Cornwall. Il a précisé qu'elle s'appelait Mélanie.

Sebastian Akers approuve d'un hochement de tête et se tourne vers les jurés. Les témoins vont dans le sens de l'accusation, c'est vrai, mais ce Cornwall n'est pas très différent du premier témoin. Une balance qui vendrait sa grand-mère pour obtenir la clémence de la justice.

Le dernier témoin est d'autant plus important puisqu'il s'agit de mon oncle, Langdon James. C'est lui qui a trouvé le couteau dans la cuisine de Noah, c'est à lui que ce dernier a avoué son crime. Sans lui, il n'y aurait qu'un couteau et deux témoins douteux.

Noah Walker sera foutu une fois que le chef aura témoigné.

18

Langdon James aspire une bouffée de son joint et plisse les paupières en direction de la télé où quatre avocats bien habillés s'affrontent au sujet du témoignage de Dio Cornwall et, plus généralement, des atouts du procureur dans le procès du «Jésus du surf».

Si j'étais le défenseur de Noah Walker, j'insisterais sur le fait que les témoins de l'accusation ont été achetés, déclare l'un des avocats. *Remy Handleman et Dio Cornwall sont des délinquants prêts à tout pour sauver leur peau.*

Le procès est loin d'être terminé, Roger. Le chef de la police témoigne demain et...

Le chef voit apparaître à l'écran une photo de lui prise il y a plus de dix ans, quand il avait vingt kilos de moins. Il est debout devant le commissariat, des lunettes noires sur le nez, les mains sur les hanches, la tête tournée vers la droite.

Seigneur! Comme le temps file. À bien des égards, sa vie a basculé. Chloé ne l'avait pas encore quitté, il débutait à la tête du STPD et considérait comme un honneur de porter un badge, il avait encore la foi.

Jenna, sa nièce, l'admirait au point de vouloir imiter son exemple en entrant dans la police. Il n'a rien oublié de l'époque où, à la suite de la disparition de son père et de son frère, elle passait des soirées entières à l'écouter raconter des histoires de gendarmes et de voleurs, de bons et de méchants, de vérité et de justice, les yeux écarquillés. Il se souvient de la fierté immense qu'il a ressentie le jour où Jenna est entrée à l'école de police, où l'on devinait son impatience d'endosser un jour l'uniforme et de contribuer à la paix du monde.

Le chef éteint la télévision et se frotte les yeux. Jenna est une fille bien. Il regrette leur différend au sujet de Noah Walker. Après tout, elle s'est comportée en flic digne de ce nom en cherchant à remonter la piste qu'elle avait trouvée. Au lieu de quoi il lui a coupé les ailes quand elle a commencé à s'interroger sur la culpabilité de Walker.

Il s'en est terriblement voulu d'éteindre sa flamme aussi brutalement. Elle a plus d'intuition dans son petit doigt que la plupart des flics n'en ont dans tout le corps, mais elle a le défaut de ne pas voir la situation dans sa globalité. Noah Walker est coupable. Il en est certain. Et c'est bien l'essentiel, quels que soient les preuves et le fonctionnement du système.

Personnellement, il doute que le meurtre de la prostituée ait un lien avec ceux d'Ocean Drive. Jenna n'avait aucun moyen d'en avoir la certitude, elle agissait d'instinct. Il se fait néanmoins la promesse d'en avoir le cœur net, très vite. Mais pas tout de suite. Pas tant que l'avocat de Noah pourra s'en servir. Lang mènera sa propre enquête une fois que Noah aura été condamné.

— Oh, Jenna ! marmonne-t-il entre ses dents.

Elle a peut-être eu tort de revenir à Bridgehampton. Ses cauchemars, son penchant pour l'alcool – il a bien vu qu'elle picolait –, tout a commencé quand elle est arrivée. Est-ce une coïncidence ?

Non, bien sûr que non.

Sept longues heures qu'il ne risque pas d'oublier. S'il avait la possibilité d'effacer de sa mémoire une période de sept heures, il choisirait celle-là. Sept heures de la vie de Jenna.

Sept heures d'enfer.

La mère de Jenna n'a jamais voulu qu'elle remette les pieds dans les Hamptons après ça. Jusqu'au jour où elle est revenue à l'âge adulte, pour y exercer son métier de flic.

Il n'a rien fait pour l'en dissuader. Il a cru l'aider, après ce qui s'était passé à Manhattan. Il a cru bien faire.

Il repousse les notes prises en prévision de son témoignage du lendemain. Il a témoigné dans des centaines de procès. Il connaît par cœur le feu roulant des questions, la meilleure façon de formuler ses réponses, les expressions à éviter, l'importance de préserver son image. Il écrase la fin du joint, de peur de ne pas avoir les idées claires le lendemain. Depuis quelque temps, il a constamment besoin d'un lubrifiant le soir pour supporter sa vie.

Il se lève du lit sur lequel il était allongé et gagne la cuisine pour se servir un verre de Beefeater. Rien qu'un verre ce soir, surtout après ce qu'il a fumé…

Un détail… un détail cloche.

Il est pris d'un frisson. Il vient d'entrer dans la cuisine lorsqu'il comprend que le détail en question n'est pas devant lui, mais derrière. Un déplacement d'air, un craquement du plancher, une chaleur humaine qui n'est pas la sienne.

Il pivote sur lui-même à l'instant où la silhouette émerge de la salle de bains et s'avance dans le couloir. Un individu masqué, alors qu'Halloween est encore loin.

— Attendez, tente-t-il en voyant l'inconnu lever le bras et le viser avec le canon de son arme. Attendez, on peut…

Il ressent un pincement aigu, une brûlure en haut de la cuisse gauche, une fraction de seconde avant d'entendre le *pffft* du silencieux. Il se plie en deux sans perdre l'équilibre, il a tout juste de temps de crier *Attendez!* avant qu'un autre projectile lui déchire le biceps gauche. La violence du choc le projette de côté, il tombe cette fois et cherche à échapper à son bourreau en fuyant à quatre pattes, tel un chien blessé. L'inconnu le suit d'un pas lent et décidé.

Le chef traverse la cuisine en s'appuyant sur sa jambe et son bras intacts. Une balle lui broie le pied et ricoche sur le carrelage. Il laisse échapper un cri étouffé et s'effondre au milieu de la pièce. Il s'oblige à respirer pour ne pas entrer en état de choc. Il vient de se redresser en s'aidant de son bras valide quand un quatrième projectile lui explose le coude. Cette fois, il a son compte.

Le carrelage tournoie, il découvre le décor de la cuisine à l'envers. L'intrus le domine de son ombre, pas particulièrement pressé de mettre un terme à ses souffrances. Le commissaire se prend à espérer que l'inconnu aura décidé de le punir, et non de le tuer.

La balle suivante lui perfore le mollet droit. L'espace d'un instant, il entrevoit une issue en constatant que l'autre a systématiquement visé ses membres, pas le torse et la tête, épargnant les organes vitaux. Son assaillant a peut-être décidé de lui laisser la vie sauve. Peut-être…

Un pied lui tâte doucement le flanc.

— Je vous laisse… quelques instants, déclare l'individu masqué d'une voix posée, d'un calme glaçant. J'ai remarqué que vous aviez une vieille cheminée.

19

J'exhibe mon badge d'une main et repousse violemment de l'autre le double battant. Plusieurs collègues se trouvent déjà aux urgences. À peine m'ont-ils reconnue qu'ils me désignent l'extrémité du couloir d'un air désolé. L'endroit, brillamment éclairé, est trop étroit pour tous ces flics en uniforme et ces médecins en tenue de chirurgien. Quelqu'un tente de m'arrêter.

— Je suis de la famille !

Plusieurs pièces s'ouvrent sur ma gauche, fermées par des rideaux gris-bleu. L'un d'eux s'écarte à la volée, un lit roulant passe à toute vitesse, entouré de médecins et d'infirmières au pas de course qui tiennent des poches de perfusion en se criant des ordres.

Une main me saisit le bras. Isaac Marks.

— Ils partent l'opérer, Murphy. Il…

— Appelle tante Chloé.

— C'est déjà fait.

Je dégage mon bras et m'élance à la poursuite des médecins. L'un d'eux tente de me retenir.

— Je suis sa nièce.

Je me glisse entre l'ascenseur et l'équipe médicale pour qu'on ne puisse pas m'empêcher de suivre le brancard.

Oncle Langdon est méconnaissable, le nez et la bouche recouverts d'un masque à oxygène. Son ventre dessine une bosse sous la couverture. Je lui prends la main droite.

— Je suis là, Lang.

J'ai dû crier pour qu'il m'entende dans le brouhaha ambiant. Ses doigts serrent les miens en retour. Les portes de l'ascenseur s'écartent et nous nous engouffrons tous à l'intérieur. Je me glisse entre deux médecins. Loin de s'interposer, ils nous accordent ce bref moment d'intimité et j'en profite pour glisser quelques mots à l'oreille de Lang.

— Tu verras, tout ira bien.

Il lève lentement le bras, comme s'il soulevait des haltères, sa main finit par trouver le masque à oxygène qu'il baisse sur son menton.

— Jenna Rose, dit-il d'une voix à peine audible qui me serre le cœur.

— Je suis là.

— Tu es… un bon flic.

— J'ai été à bonne école.

Je pose délicatement la main sur son front, je suis en larmes, la gorge nouée.

— Je suis désolée de t'avoir posé toutes ces questions et dit…

— Non.

Il bat des paupières et fait non de la tête d'un mouvement à peine perceptible.

— N'arrête jamais… les questions… cherche… Chloé… cherche Chloé…

— Promis. Chloé sera là dans un instant…

— On y va !

Les portes de l'ascenseur coulissent, je l'embrasse sur le front.

— Tu es mon oncle préféré.

Les mots ont jailli entre deux sanglots. J'esquisse péniblement un sourire, une larme coule le long de sa tempe et se perd dans le creux de son oreille.

— Tu n'as pas… d'autre oncle, murmure-t-il.

L'instant d'après, on nous sépare, un bras me retient, mon oncle entre en salle d'opération sur son brancard, je l'entraperçois une dernière fois entre les portes de l'ascenseur qui se referment.

Pas Lang... Pas lui aussi. Je vous en supplie, pas lui.

Lorsque les portes se rouvrent, je reconnais la voix d'Isaac Marks, en discussion avec un autre flic.

— Cinq balles au niveau des membres, lui explique-t-il. Après quoi il lui a enfoncé un tisonnier brûlant dans un rein.

Je me tourne vers Isaac sans le voir. Ses paroles se bousculent dans ma tête. *Blessé par balles au niveau des membres et embroché avec un tisonnier.*

Il a été torturé. Comme Zach Stern et Mélanie Phillips. Comme la prostituée retrouvée dans les bois, empalée sur un tronc.

— Hé, Murphy.

Isaac pose une main sur mon épaule.

— Ça va?

Je suis incapable de parler.

— Il en a pour des heures au bloc, Murph. Peut-être que... tu ferais peut-être mieux d'aller prendre l'air. D'oublier cet endroit. En passant par l'entrée de service, pour éviter les journalistes qui font le pied de grue devant l'hôpital. Le chef était censé témoigner demain au procès de Noah Walker.

Noah Walker.

Je me dirige vers l'entrée de service d'un pas mal assuré. L'air moite de la nuit m'accueille, je laisse couler longuement les larmes réprimées dans l'ascenseur. Je pleure rarement, mais, quand ça m'arrive, c'est une avalanche de sanglots. Je tombe à genoux, je me retrouve à quatre pattes par terre, et je craque. Les images de mon enfance me reviennent brutalement, Langdon qui me prend dans ses bras après la mort de papa et de Ryan, Langdon qui vient nous voir dans le Bronx les week-ends en pensant toujours à m'apporter un jouet ou un gadget quelconque, Langdon qui me raconte systématiquement des histoires de voyous qu'il a arrêtés.

Pas Lang. Dieu, je t'en supplie, je sais que je t'ai délaissé, mais je ferai tout ce que tu veux si tu ne me l'enlèves pas.

Enfin, après un long moment dont je ne pourrais évaluer la durée exacte, mes sanglots se tarissent. Je me relève en m'époussetant les genoux et les mains. La vague de chagrin qui roule dans ma poitrine se fige. Mes sens reprennent le dessus. Le flic reprend le dessus. Ma vision s'éclaircit, mon nez cesse de couler, mes muscles se tendent.

Noah Walker.

Je m'assure que mon chargeur est plein avant de remiser mon arme dans son étui.

À en croire Isaac, l'opération va durer plusieurs heures. J'ai donc tout le temps. Le domicile de Noah Walker se trouve à une demi-heure de l'hôpital.

Je fourre mon badge au fond de ma poche. Je n'en aurai pas besoin ce soir.

20

La maison de Noah Walker est plongée dans l'obscurité. S'il est chez lui, il fait semblant de dormir. Il n'aura bientôt plus besoin de feindre, il va s'endormir pour de bon.

La nuit est poisseuse, mais calme. Seuls résonnent dans le silence de rares bourdonnements d'insectes. Je remonte l'allée de gravier sur la pointe des pieds et contourne la maison. Sur l'arrière se trouve un petit jardin bordé d'arbres, un barbecue protégé par un couvercle dresse sa silhouette sur une dalle de béton improvisée. La porte de derrière est plus vulnérable que celle de l'entrée principale, surtout après le sort qu'elle a subi le jour de l'arrestation.

Elle s'ouvre quasiment sans bruit. Je fais courir le faisceau de ma Maglite à travers la pièce. Des casques de moto, une vieille machine à écrire Corona, un chevalet sur lequel repose une marine, des cartons remplis de babioles et de vêtements, un vieux bureau dans un coin, des toiles dans leurs cadres posées contre un mur.

Je parcours lentement le couloir, ma lampe et mon arme en avant, à bout de bras, en fouillant du regard les pièces successives : la cuisine, l'entrée, le salon.

Je me fige, l'oreille tendue. La maison craque. Dehors, le vent joue avec les arbres.

Il ne reste plus qu'une pièce : la chambre sous les toits.

Je tâte du pied la première marche qui grince sous mon poids. Je grimpe les degrés un à un, courbée en deux, en déplaçant le poids de mon corps d'une marche à l'autre, telle une araignée guettant sa proie, le rayon de ma torche baissé.

Mes yeux parviennent à hauteur du palier. Je reste aux aguets. Le silence n'existe pas dans une maison. Sauf que celle-ci se fait brusquement silencieuse.

Je pose un pied sur le plancher du grenier, un vaste plateau sous les toits. Le faisceau de ma lampe s'arrête sur un lit juste en face de moi, les couvertures rejetées, le creux d'une tête encore imprimé dans l'oreiller. Je pivote sur moi-même lorsqu'un choc d'une grande violence me laboure la joue gauche. Ma tête vole du côté opposé, une pluie d'étoiles danse devant mes yeux. La Maglite roule sur le plancher en dessinant sur le mur un kaléidoscope de cercles lumineux. Je parviens à rester debout tout en peinant à maintenir mon équilibre, complètement désorientée. Une seule notion me vient à l'esprit…

Baisse-toi !

À l'instant où je m'exécute, un bolide me fonce dessus. Noah me manque de peu, il passe au-dessus de moi dans une figure digne des numéros de voltige de *SportsCenter*, mais ses genoux me frôlent le dos. Emporté par son élan, il s'écrase contre le mur dans un coin de la pièce tandis que je m'étale sur le dos. Ma nuque rebondit sur le plancher, j'ai perdu mon arme. Le décor danse autour de moi sans que j'aie le temps de m'en inquiéter. Nous nous relevons tous les deux à la même seconde. Il se met en posture de combat, je distingue à peine sa silhouette à la lueur diffuse de la torche dont le faisceau trace un large cercle jaune sur le mur du fond.

Mon instinct reprend le dessus, je lève les poings, écarte les jambes et plie les genoux pour bien répartir le poids de mon corps, comme on me l'a enseigné. Noah fait un pas dans ma direction, je lui écrase le nez d'un direct du gauche, il se cabre, je lui assène une droite sans lui accorder de répit, mes phalanges s'arrêtent contre ses dents. Sa tête pivote sous le choc, il se reprend aussitôt, plus vite que je ne l'aurais cru, et se rue sur moi tête baissée pour ne pas commettre la même erreur. Je lance la jambe gauche, mais je n'ai plus l'habitude et je perds mes repères. De toute façon, il est trop rapide, en trop bonne forme physique. Son épaule s'enfonce dans mon estomac, je bascule en arrière en l'entraînant dans ma chute. Le choc, brutal, me coupe le souffle.

— Qui êtes-vous? me crache-t-il à la figure, à cheval sur moi.

Ses mains me maintiennent solidement au sol.

— Qui… Une petite seconde… Vous… vous êtes la flic qui…

Le temps de retrouver mon souffle, je replie le genou droit et ma main se referme sur la crosse de l'arme de rechange cachée au niveau de ma cheville. Le temps de la sortir de son étui, je lui enfonce le canon du pistolet dans les côtes.

— Lâchez-moi tout de suite.

Il relâche la pression. Mon bras gauche enfin libre, je le repousse brutalement avec la paume de la main afin de me dégager. Je me relève avec difficulté sans cesser de le viser, galvanisée par une bouffée d'adrénaline.

— Je ne savais pas qui vous étiez, halète Noah en tâtant son visage tuméfié. Vous entrez toujours chez les gens sans prévenir?

Ce soir, je ne suis pas flic. Je suis la nièce d'un amour de type que son agresseur a blessé par balle à cinq reprises avant de l'embrocher avec un tisonnier.

— Ça va? s'inquiète Noah. Je n'ai jamais frappé une femme de ma…

— Taisez-vous!

Je fais un pas vers lui.

— Vous les avez tués. Reconnaissez-le. Reconnaissez-le *tout de suite* ou je tire.

Mes yeux ont fini par s'accoutumer à la pénombre et je distingue mieux Noah. Vêtu d'un caleçon, il est en position accroupie. Je distingue le blanc de ses yeux.

— Je n'ai tué personne.

Je lui envoie un coup de pied avec la force d'un buteur sur un terrain de foot. Mon pied s'écrase contre ses bras et ses genoux, peut-être même son menton. Il s'écroule sous mes yeux. Mes yeux qui s'arrêtent sur d'autres images. *Oncle Lang me balançant sur sa jambe quand j'étais petite. Oncle Lang le regard humide à ma sortie de l'école de police, me disant combien mon père aurait été fier…*

Les larmes sont près de jaillir, des hurlements fusent dans ma tête, l'adrénaline noie mon cœur. J'ai toutes les peines du monde à ne pas tirer.

— Avouez que vous l'avez tué, ou je vous abats sans hésiter.

Je voudrais qu'il me défie. J'ai envie de le tuer. De lui tirer dessus comme il a tiré sur mon oncle, aux endroits où la douleur est la plus aiguë, la souffrance la plus grande, jusqu'à ce qu'il crie grâce, avant de lui enfoncer un tisonnier brûlant dans les reins…

— Je n'avouerai jamais un crime que je n'ai pas commis, se défend Noah d'une voix calme. Libre à vous de m'abattre si vous le souhaitez. Je ne crois pas que vous le ferez. Parce que vous êtes quelqu'un de juste. Au fond de vous, je suis persuadé que vous savez…

— Taisez-vous ! Vous… vous me l'avez pris… vous l'avez pris…

Je tremble de tout mon corps, j'ai la gorge nouée, je pleure à chaudes larmes, je respire par à-coups. Je baisse le canon de mon arme, puis je le relève, les cris dans ma tête noient tout le reste.

— De quoi parlez-vous ? m'interroge Noah.

Je m'avance d'un pas mal assuré, les mains crispées autour de la crosse du pistolet.

— Dites-le !

De toute façon, je me fiche de ce qu'il pourra me dire. *Je ne résisterai pas. Je vais appuyer sur la détente.*

— Je n'ai tué personne.

Les poumons gonflés, j'enfonce la détente. Une seule fois. Une seule balle. Et puis je lâche mon arme.

21

Je me tiens debout près de la tombe dont la glaise encore meuble rappelle l'enterrement d'hier. Une belle cérémonie avec toutes les forces de police locales en uniforme, des salves tirées en l'honneur du défunt, la totale. Tout l'inverse d'un enterrement dans l'intimité. Lang n'avait *aucune* famille en dehors de moi ; c'était essentiellement un homme reconnu au sein de sa communauté dont il dirigeait la police depuis près de vingt ans.

Lang est mort pendant l'opération, cette nuit-là à l'hôpital. Il avait perdu trop de sang à la suite de ses blessures.

Chloé Danchisin, ma tante Chloé, glisse son bras dans le creux du mien et pose son menton sur mon épaule.

— Il a toujours adoré ce cimetière, me dit-elle. Il a acheté cette concession quand nous nous sommes mariés.

Je me mouche avant de reprendre ma respiration. J'ai la gorge en feu à force d'avoir pleuré tous ces derniers jours.

— Je… je n'arrive toujours pas à croire qu'il n'est plus là.

Chloé me masse le dos en dessinant de petits cercles avec sa main.

— C'est injuste pour toi, ma chérie. J'ai l'impression que Lydia est morte hier.

Ma mère a été emportée par un cancer il y a trois ans quasiment jour pour jour.

— Tu sais au moins à quel point Lang t'aimait?

Je lui réponds par un hochement de tête silencieux. Ma voix est méconnaissable tant ma gorge est serrée. J'ai le crâne qui bourdonne en permanence.

— Il était tout excité quand il t'a engagée dans son service. Il m'a appelée. On ne s'était pas parlé depuis plus d'un an, mais il tenait à partager la nouvelle avec moi. On aurait dit un gamin.

Avec toutes les larmes que j'ai déjà versées, je ne devrais plus avoir de réserves, mais mes yeux sont à nouveau humides.

— J'ai remis en cause son jugement. J'ai mis en doute l'enquête qu'il avait menée sur le double meurtre d'Ocean Drive. Je lui ai même laissé entendre que… que Noah Walker pourrait être innocent…

Avec le recul, j'en suis atterrée. La culpabilité de Noah ne fait plus aucun doute à mes yeux. Il a tué Lang pour l'empêcher de témoigner, avec la même cruauté qui a présidé aux meurtres de Zach, de Mélanie et de la prostituée dans les bois. Les méthodes étaient différentes, mais la sauvagerie est identique, il s'agissait de provoquer un maximum de souffrance chez ses victimes en les laissant perdre tout leur sang.

Chloé me prend par les épaules et m'éloigne de la tombe en direction de l'océan.

— Tu faisais ton travail. Je suis certaine qu'il était fier de toi. Ne va pas confondre entêtement et déception chez lui.

Nous poursuivons notre promenade vers la plage. Chloé a bonne mine malgré les circonstances. Depuis deux ans qu'elle est à nouveau célibataire, elle a dû perdre dix kilos, a coupé ses cheveux et s'habille avec recherche, comme si elle avait quarante ans et non soixante. Ma gueule de bois commence à s'estomper. J'ai vidé une bouteille de vin en quittant Chloé avant de rentrer chez moi hier soir. Je bois tous les jours et ça me plombe, je me sens perdue et vaseuse. À ce stade de ma vie, c'est tout ce dont je suis capable.

Les joggeurs, les cyclistes et les touristes qui se bousculent sur Ocean Drive se dirigent vers la plage, comme nous.

Je retrouve les mêmes odeurs, le même bourdonnement que dans mon enfance.

Je me tourne vers ma tante.

— Chloé, pourquoi mes parents ont-ils cessé de venir ici quand j'étais petite ?

Elle garde la tête baissée.

— Lang m'a expliqué qu'il y avait eu une histoire.

— Tu n'es pas au courant ? me répond-elle.

— Non.

— Alors si tu n'es pas au courant, je ne suis pas au courant non plus.

Elle balaye des yeux les maisons en construction, les fondations que l'on distingue un peu partout.

— C'est bien cette maison-là, non ?

La question de tante Chloé me ramène à la réalité. Nous passons devant le 7 Ocean Drive, la « Villa rouge ». Les bandes jaunes de police ont disparu, mais l'immense bâtisse gothique n'a rien perdu de son allure sinistre. Tout me revient d'un bloc. Mon exploration de la scène de crime, l'altercation avec Lang, ma mise à pied.

Nos rapports n'ont plus jamais été les mêmes après cet épisode. Reléguée dans la brigade des stups, je le voyais rarement. J'ai refusé à plusieurs reprises de le retrouver pour dîner, prendre un verre, ou passer un après-midi à la plage. Je lui en voulais. Je souhaitais le punir. À présent qu'il a disparu, je donnerais tout ce que j'ai de plus précieux pour revivre ces dernières semaines. Je lui dirais combien je l'aime, je lui expliquerais qu'il m'a sauvé la vie plus d'une fois, de bien des façons.

Nous arrivons à la plage. Chloé pousse un soupir de satisfaction. Derrière elle, les villas du bord de mer sont bien différentes des vieilles demeures à toit de cèdre que l'on voit sur Ocean Drive. D'énormes cubes de béton modernes troués d'immenses baies vitrées.

— Je peux te parler franchement, ma chérie ?

Je lui prends la main.

— Bien sûr.

Une petite brise joue avec les mèches sur son front.

— Tu as réfléchi à la possibilité de retourner à Manhattan?

Je m'accroupis et ramasse une poignée de sable que je soupèse machinalement. Une cicatrice de quelques centimètres traverse la paume de ma main. À en croire ma mère, je me suis blessée en voulant couper une tomate quand j'étais petite.

Ce sont les détails de ce genre, les mille et un souvenirs sans importance qui sont les plus douloureux.

— Lang m'a appelée il y a quinze jours, poursuit-elle. Il m'a expliqué que tu faisais des cauchemars toutes les nuits. Il a ajouté que tu buvais beaucoup, sans doute par un réflexe de protection.

Je relève la tête.

— Il t'a dit ça?

— Oui, il se faisait du souci. Il était heureux que tu sois là, bien sûr, sans avoir la certitude que travailler ici soit idéal pour toi.

Je ramasse un coquillage que j'envoie voler dans l'océan. Le vent et la brume de mer me forcent à plisser les yeux.

Chloé s'accroupit à côté de moi.

— Tu as passé ton existence à t'occuper des autres, me dit-elle. Quand ton père et Ryan sont morts, ta mère… Lydia était au fond du trou. Tu l'étais aussi, je le sais, mais c'était toi qui la consolais. Tu étais terriblement jeune à l'époque. Tu avais quel âge? Douze ans?

— Oui.

Le drame est survenu un mois avant mon treizième anniversaire.

— Je me souviens juste que quelques jours après leur mort, tu étais censée être couchée, Lydia pleurait et Lang la tenait dans ses bras. Nous étions tous les trois sur le canapé quand tu es entrée dans la pièce. Tu venais de te réveiller. Tu avais les cheveux encore tout collés et les yeux bouffis de sommeil dans ton pyjama. Tu as ouvert grand les bras et tu as dit à ta mère : « Ne t'inquiète pas, maman. J'ai assez d'amour pour tout le monde. » Tu t'en souviens ?

Je chasse une larme. Je me souviens, en effet. Je revois le regard de ma mère, comme si son monde s'était écroulé.

Chloé me caresse le bras.

— Il serait peut-être temps que tu prennes mieux soin de toi. Retourne à New York, Jenna. C'est là que sont tes amis. Matty aussi. Tu n'as plus personne ici.

Le vent du large se lève lorsque je me redresse. Je me tourne en direction des villas, de l'immense étendue de sable. Je ne suis pas ici chez moi et ce ne sera jamais chez moi, c'est vrai. Mais j'y ai trouvé un élément de réconfort que je n'aurai nulle part ailleurs.

La phrase sort d'elle-même.

— C'est le seul endroit où je peux exercer mon métier de flic.

22

La salle ressemble davantage à une prison de haute sécurité qu'à un tribunal. Le shérif a fait doubler ses effectifs, ses adjoints occupent littéralement chaque mètre carré de mur tout autour de la pièce. Des types aux aguets, armés de pistolets, de tasers et de menottes. La tension fait monter la température d'un cran. L'atmosphère, étouffante, est quasi insoutenable.

Tout en attendant que la juge fasse son entrée, je déroule des photos sur mon iPhone. Lang figure sur la plupart des plus récentes : avec son maillot de bain à pois ridicule sur la plage ; en train de faire griller des hamburgers au barbecue dans son jardin, un cigare entre les dents ; assoupi sur une chaise longue, le bas de son maillot de corps laissant apparaître ses kilos superflus (je me suis souvent servie de cette photo quand on se disputait au sujet de son régime). Des clichés idiots qui me tiennent à cœur, le genre d'instantanés de vie qui prennent tout leur sens avec le recul.

Parmi ces photos, celle prise sur la pelouse du 7 Ocean Drive. L'écusson représentant un oiseau au bec crochu, la même créature qui a définitivement trouvé sa place dans mes cauchemars quotidiens. À quoi peut bien rimer ce volatile idiot ?

La salle se lève et le silence se fait instantanément tandis que la juge s'installe.

— Nous reprenons le procès de Noah Lee Walker, annonce-t-elle d'une voix sèche. Pour mémoire, les débats ont été interrompus pendant une semaine. Il y a six jours, le témoin suivant appelé à la barre, le chef de la police de Southampton, M. Langdon James, a fait l'objet d'une agression à son domicile et il est mort des suites de ses blessures. La cour a interrompu les débats à la demande de l'accusation.

Je me tortille sur mon banc. Le procureur a veillé à me donner une place au premier rang. Noah Walker a nié avec virulence toute implication dans le meurtre de Lang, ce qui n'a pas empêché la juge d'annuler sa mise en liberté sous caution, de sorte qu'il est incarcéré à Riverhead entre deux séances au tribunal.

— Pour mémoire, M. Akers représente l'État de New York et M. Brody représente l'accusé.

La juge retire ses lunettes.

— Bien évidemment, l'accusé, M. Walker, est également présent.

Mon regard se pose sur Noah, mains croisées et yeux baissés. Il croise les chevilles et son jean, légèrement remonté, montre qu'il est pieds nus dans ses chaussures. Il n'a pas jugé bon de porter des chaussettes pour son procès. Il a tout d'un hippie des îles.

Je t'ai laissé la vie sauve, sale petite merde. Tu pourrais au moins faire preuve d'un minimum de respect.

Je sens une bouffée d'adrénaline m'envahir en repensant à ce soir-là, dans le grenier de sa maison. J'ai été à un doigt de céder à la tentation. De lui coller une balle entre les deux yeux, au lieu de tirer au-dessus de sa tête.

Comme s'il sentait peser sur lui le poids de mon regard, Noah tourne la tête et nos yeux se rencontrent. Il porte encore les traces du cocard que je lui ai fait dans la bagarre, même si l'hématome a viré au jaune. Sa lèvre fendue s'est ressoudée, sa bouche n'est plus enflée. Sa mâchoire le fait sans doute encore souffrir, mais il n'a rien de cassé.

De ce que j'en sais, Noah n'a pas porté plainte à la suite de ma visite à son domicile cette nuit-là, aux coups de pied et aux coups de poing, à la balle qui lui a frôlé le cuir chevelu.

Je m'attends à tout instant à être accusée de brutalités policières, à ce qu'on me réclame dix millions de dollars de dommages et intérêts pour les traumatismes encourus.

Pour l'heure, il se contente de me regarder fixement. Je ressens un pincement à la poitrine en lui retournant son regard, taraudée par l'impression étrange de ne pas le comprendre, de ne pas le connaître. Je ne détecte chez lui aucune hostilité, aucune arrogance. Ses yeux n'expriment ni plaisir, ni ressentiment. Il me regarde comme si nous nous découvrions l'un l'autre, comme si un lien s'établissait entre nous, comme s'il se passait quelque chose entre lui et moi.

Je détourne les yeux d'un mouvement de tête, le front perlé de sueur. Je prends une longue respiration en écartant les mèches qui me tombent sur le visage.

Ce type est un monstre qui embobinerait n'importe qui. C'est un sociopathe capable de vous sourire gentiment tout en imaginant les mille et une façons de vous torturer. Eh bien, ce ne sera pas moi, mon vieux. C'est fini. Je me suis laissé piéger au début, mais plus maintenant.

Je me retourne à nouveau. Il n'a pas bougé et continue de m'observer derrière sa barbe de trois jours et ses cheveux qui commencent à repousser. Mon cœur fait un bond dans ma poitrine. Je décroise les jambes en me tripotant les mains. Je secoue doucement la tête, avec discrétion, sans vraiment savoir à quoi je joue. Je me contente de répondre non à une question qu'il ne m'a pas posée. Ses paupières se plissent jusqu'à dessiner deux fentes. Il lève le menton en écartant les lèvres, comme s'il voulait parler. Impossible. Pas en plein procès, alors que la juge s'exprime.

Il ne me parlera plus jamais. Je ne lui parlerai plus jamais.

Je me lève et remonte l'allée centrale vers la sortie, gardée par deux hommes du bureau du shérif. J'en ai ma claque de Noah Walker. Je reviendrai le jour du verdict, quand la juge lui annoncera qu'il passera la fin de ses jours en taule. *Ouais, mon vieux. Ce jour-là, on pourra se regarder tranquillement. On verra bien quelle tête tu feras.*

— Monsieur Brody, dit la juge. Vous avez une requête.

— Oui, madame le juge.

Les avocats de la défense sont les champions toutes catégories des requêtes. Les rois des arguties foireuses, des écrans de fumée, des tactiques de diversion. J'ai beau le savoir, les mots qui sortent de la bouche du défenseur de Noah Walker me glacent le sang au moment où je m'apprête à quitter la salle d'audience.

— Madame le juge, déclare Brody. La défense demande la levée de l'ensemble des charges qui pèsent sur mon client.

23

La salle, qui conservait un silence respectueux jusqu'alors, se fige brusquement en entendant Joshua Brody, l'avocat de Noah Walker, demander la relaxe pure et simple de son client.

— Il n'existe aucune preuve tangible permettant d'établir un lien entre l'arme du crime et mon client, déclare-t-il. Aucune empreinte n'a été retrouvée sur cette arme et la seule preuve de la présence de ce couteau dans la maison de mon client devait nous être fournie par M. James, qui se trouve aujourd'hui dans l'impossibilité de témoigner pour les raisons que nous connaissons.

— Madame le juge ! s'écrie Sebastian Akers en bondissant sur ses jambes, son calme olympien fissuré pour la première fois. J'entends appeler à la barre l'inspecteur Isaac Marks… pardon, le chef de la police Isaac Marks afin qu'il témoigne du fait que son supérieur lui a montré l'arme après l'avoir découverte sous l'arrivée de chauffage dans la cuisine de l'accusé.

— À ceci près que M. Marks n'a pas *vu* ledit couteau sous cette arrivée de chauffage. Seul son supérieur *l'aurait* vu, rétorque l'avocat de Noah. La défense avance la théorie que M. James a dissimulé lui-même ledit couteau, ce qu'il nous sera impossible d'établir, faute de pouvoir l'interroger. L'accusation ne peut affirmer que ce couteau a été retrouvé au domicile de mon client alors que nous sommes privés de la possibilité d'interroger à ce sujet la personne qui l'aurait « trouvé ».

La juge se tourne vers le procureur.

— Monsieur Akers, la défense fait valoir un argument irréfutable. Faute de pouvoir interroger M. James sur la possibilité d'un piège, il m'est difficile de vous laisser affirmer que l'arme du crime a été retrouvée dans la maison de l'accusé.

— Tout le monde ici connaît les circonstances qui empêchent M. James de témoigner, réagit Akers d'une voix tremblante. Tout le monde sait à qui l'on doit les circonstances en question, ajoute-t-il en se tournant vers Noah Walker.

— Si le représentant de l'État est convaincu que mon client a tué M. James, il a toute liberté de l'inculper, se défend Brody. À ma connaissance, aucune preuve tangible n'a été retrouvée sur la scène de crime. Personne ne sait qui est responsable de la mort de M. James, seules circulent de simples suppositions. En outre, le présent procès ne concerne pas le meurtre de M. James, mais le double meurtre de Zach Stern et de Mélanie Phillips. Aucune preuve ne permet d'établir un lien entre mon client et l'arme du crime depuis la disparition prématurée de M. James. De même que M. James n'est pas en mesure de témoigner des aveux supposés de mon client.

Il écarte les mains.

— Que reste-t-il, en l'absence de l'arme du crime et des aveux de mon client ? En l'absence de toute preuve tangible ? L'accusation a montré que mon client s'était disputé avec Mélanie Phillips au Tasty's Diner, et elle dispose du témoignage discutable d'un détenu douteux affirmant avoir recueilli les aveux de mon client.

— Le témoignage de ce détenu n'est donc pas une preuve à vos yeux ? rétorque la juge.

— Soyons sérieux, madame le juge. Quel crédit peut-on accorder au témoignage d'un mouchard tel que Dio Cornwall ? Chacun sait qu'il a bénéficié d'une généreuse remise de peine en échange de ses affirmations ridicules à l'encontre de mon client.

Brody s'avance vers le magistrat.

— Qui accepterait de condamner un homme accusé de deux meurtres avec préméditation en l'absence de tout témoin oculaire, de preuves tangibles et d'aveux, sinon ceux recueillis auprès d'un délinquant soucieux de négocier son propre avenir judiciaire ? Madame le juge, nous avons toujours défendu la théorie selon laquelle M. James aurait poussé le détenu concerné à témoigner. Et voilà qu'il nous est impossible de vérifier cette hypothèse. Le témoignage de Dio Cornwall ne peut être retenu contre mon client, au même titre que les circonstances qui entourent la découverte de l'arme du crime.

Je suis atterrée. Brody a réussi à donner à sa théorie un vernis de vraisemblance et la juge semble vouloir le suivre sur ce terrain. Comment peut-on…

Non. Non, non et non.

— Monsieur Akers, reprend la juge. Je suis d'accord avec la défense au sujet de l'arme du crime. L'accusation ne peut apporter la preuve que celle-ci a été découverte au domicile de l'accusé. Quant au témoignage du détenu, il me paraît bien faible au regard des enjeux d'un tel procès.

Elle lève la paume de sa main droite. On la sent gênée à l'idée de relaxer le prévenu, elle aimerait disposer de bases solides sur lesquelles s'appuyer.

— Il reste les aveux de l'accusé à M. James, sachant que ce dernier n'est plus en mesure de nous les confirmer. Y aurait-il… qui d'autre aurait pu être présent au moment de ces aveux et pourrait en témoigner ?

— Je…

Sebastian Akers secoue la tête d'un air perplexe.

— Si ma mémoire est bonne, monsieur Akers, M. James entendait témoigner qu'il se trouvait seul avec Noah Walker lors de ces aveux supposés.

— Sans doute, madame le juge, mais il serait particulièrement anormal au regard de la justice que Noah Walker puisse *bénéficier* du meurtre du principal témoin…

— Monsieur Akers ! le tance la juge. J'ai bien conscience que vous soupçonnez M. Walker d'être mêlé au meurtre de M. James, mais ce meurtre a eu lieu il y a six jours et vous n'avez pas réclamé l'arrestation de M. Walker, encore moins son inculpation. Oui ou non, disposez-vous de preuves, je dis bien de *preuves*, permettant d'établir la culpabilité de Noah Walker dans le meurtre de M. James?

Akers esquisse un geste d'impuissance.

— Je crois savoir que l'enquête en est à ses balbutiements...

— J'en déduis que la réponse est non, le coupe la juge en secouant la tête. Maître, je vous pose à nouveau la question: est-il exact que M. James était la seule personne susceptible de témoigner des aveux de M. Walker?

— Madame le juge, je voudrais...

— Monsieur Akers, vous connaissez le dossier. Inutile d'user de manœuvres dilatoires. M. James était-il seul présent lorsque Noah Walker a avoué son crime?

Sebastian Akers feuillette les documents posés devant lui afin de gagner du temps, mais il connaît la réponse aussi bien que l'avocat de Noah ou que moi. Le chef se trouvait seul avec Noah lorsque celui-ci est passé aux aveux.

Il a suffi à la défense de tirer un fil pour détricoter tout le travail de l'accusation. Sans le témoignage d'oncle Lang, il est impossible d'apporter la preuve que l'arme du crime se trouvait bien chez Noah. De la même façon, le procureur se trouve dans l'impossibilité de prouver que l'accusé est passé aux aveux en présence d'un membre respecté et décoré de la police de Southampton. L'accusation ne repose plus que sur le témoignage douteux d'un détenu véreux, si la juge ne décide pas de l'invalider.

En un mot, l'accusation ne repose plus sur rien. Je n'en crois pas mes oreilles. Le dossier est vide. Le meurtre de mon oncle aura permis à Noah de s'absoudre des deux assassinats précédents.

Quand je pense que j'ai laissé passer une telle occasion de lui coller une balle en pleine tête.

— L'audience reprend dans trente minutes, annonce la juge. Monsieur Akers, je vous conseille de mettre à profit ce délai. À moins de me présenter des arguments recevables, ce procès est terminé.

24

Je pousse Sebastian Akers dans la pièce réservée aux témoins, à côté de la salle d'audience, et je referme la porte.

— C'est hors de question.

— Je comprends votre mécontentement, inspecteur, mais je dois me rendre à…

Je le coupe.

— Le rapport de police. Lang a rédigé un rapport à la suite de la confession de Noah. Il s'agit bien d'une preuve, non?

Akers, défait, pousse un soupir à fendre l'âme.

— Un rapport de police ne constitue pas un témoignage direct. On peut s'en servir uniquement si la personne qui l'a rédigé est en mesure de répondre aux questions de la défense.

— Mais Noah a *tué* le flic en question!

— Nous ne sommes pas en mesure de le prouver, inspecteur. Vous savez aussi bien que moi que nous n'avons pas découvert le moindre indice sur place. Il nous reste uniquement le mobile.

Je lève les yeux au plafond d'un air désespéré, comme si la peinture écaillée pouvait m'apporter des réponses.

— Il m'a dit que Noah avait avoué. Lang me l'a dit.

— Bien sûr! s'énerve Akers en agitant les mains. Il en a probablement parlé à plusieurs personnes. Il en a même parlé à la presse, mais vous savez quoi?

Je baisse la tête.

— Il ne s'agit pas de témoignages directs.

— Exactement. Et les témoignages indirects ne sont pas recevables.

Un long silence s'installe. Je m'appuie des deux mains sur la table pour ne pas m'écrouler. Je relève instinctivement les yeux, prise d'un pressentiment, et constate qu'Akers m'observe d'un air étrange.

— À moins..., dit-il.

Je me redresse d'un bloc.

— À moins que quoi?

— Chaque règle a ses exceptions, m'explique-t-il sur un ton prudent. Y compris la règle qui régit les témoignages indirects.

Il pose sur moi un regard brûlant. Sebastian Akers est connu pour son caractère ambitieux. Ce procès peut servir de tremplin à sa carrière. Ou se transformer en enterrement de première classe s'il rate son coup. Cinq minutes plus tôt, face à la juge, il a bien failli voir l'affaire lui exploser à la figure devant le pays tout entier.

Et j'ai bien failli voir le type qui a tué mon oncle, et trois autres personnes en prime, ressortir libre du tribunal.

— Quelles exceptions?

Akers me dévisage longuement en se demandant si nous parlons le même langage. J'en arrive à me poser la question moi-même.

— Une exception en particulier, répond-il. Tout dépend du moment précis où le chef vous a parlé de ces aveux. S'il y a fait allusion dans la soirée, par exemple, ça ne marche pas.

— Il y a un *mais*.

— Mais s'il vous a rapporté les faits *immédiatement après* leur déroulement, mettons qu'il soit sorti de la cellule de Noah et qu'il vous en ait parlé sous l'effet de l'excitation et de la surprise, la loi considère dans ce cas que votre témoignage est assez fiable pour être retenu. Techniquement, on appelle ça une « révélation sous l'effet de l'excitation ».

J'éprouve le besoin de m'asseoir.

— Une révélation sous l'effet de l'excitation.

— Oui. À condition qu'il se soit confié à vous au moment des faits.

— Sous l'effet de l'excitation et de la surprise.

— Exactement, inspecteur.

Akers pose sur moi deux yeux ardents. Il retient son souffle.

— Soit Noah Walker est condamné par la justice, soit il ressort libre en nous riant au nez, précise-t-il d'une voix posée. Tout dépend de votre réponse.

D'autres éléments entrent en ligne de compte. À commencer par mon serment d'officier de police. Je me souviens très bien du moment où Lang m'a parlé des aveux de Noah. La scène se déroulait en début d'après-midi, sur la galerie de sa maison. Il m'a clairement expliqué que Noah était passé aux aveux ce matin-là, plusieurs heures plus tôt.

Je m'éclaircis la gorge, la tête emportée par une montée d'adrénaline.

— Si je peux témoigner du fait que le commissaire m'a parlé des aveux de Noah juste après les faits…

— Alors qu'il se trouvait encore sous l'effet de l'excitation…

Des souvenirs m'assaillent. Mon estomac tourne à la vitesse d'une bielle de locomotive. Quelle est la fonction exacte d'un flic ? S'agit-il d'appliquer strictement le règlement ou de servir la cause de la justice ? En fin de compte, quel est mon but ?

Que ferait mon oncle pour moi si les rôles se trouvaient inversés ?

Sebastian Akers se laisse tomber sur une chaise en face de moi.

— Nous disposons de quelques minutes à peine. Je vais vous poser une question, inspecteur.

Je croise son regard.

— À quel moment précis le chef vous a-t-il parlé des aveux de Noah Walker ?

***

Un profond silence s'abat sur la salle d'audience au moment où la juge regagne sa place. Les hommes du shérif sont encore plus nombreux que précédemment, prêts à calmer les ardeurs de la foule en cas de besoin. La tension est insoutenable. Ou bien peut-être est-ce moi qui peine à respirer, assise au premier rang.

La juge observe le procureur par-dessus ses lunettes.

— Monsieur Akers, l'accusation est-elle en mesure de présenter à la cour de nouveaux éléments ? demande-t-elle.

La salle se fige. Sebastian Akers se lève lentement en boutonnant sa veste. Il se tourne dans ma direction sans pour autant croiser mon regard.

— J'appelle à la barre l'inspecteur Jenna Murphy.

25

La juge rappelle à l'ordre l'assistance à grands coups de maillet à la reprise des débats, après le déjeuner. Les avocats, usant de formules juridiques auxquelles personne ne comprenait rien, se sont affrontés toute la matinée pour savoir si mon témoignage était recevable ou non.

À la suite de quoi j'ai témoigné pendant une heure. J'ai commencé par dire la vérité, à savoir que mon oncle m'avait parlé des aveux de Noah, et puis j'ai menti. Au sujet de *l'heure* à laquelle il m'en avait parlé. Est-ce si important qu'il m'ait raconté ça juste après la confession de Noah, ou quelques heures plus tard ?

C'est ce que je me répète sans cesse, que quelques heures pèsent peu s'il s'agit d'envoyer un assassin en prison, ou de le laisser libre de tuer à nouveau.

Joshua Brody bondit sur ses pieds au moment de m'interroger à son tour. Je sens monter l'adrénaline car je sais ce qui m'attend, mais je suis prête à en payer le prix bien volontiers.

— Inspecteur Murphy, se lance-t-il. Je crois savoir que vous avez travaillé pour la police de New York. Je me trompe ?

Il n'y va pas par quatre chemins.

— C'est exact. J'ai donné ma démission il y a un an, à peu près.

— À l'époque, vous faisiez l'objet d'une enquête menée par la police des polices. C'est bien le cas ?

— Oui.

Je sens mon visage s'empourprer.

— Vous étiez soupçonnée de détournement d'argent et de drogue lors de l'arrestation d'un trafiquant. C'est exact?

— Il y a bien eu enquête, mais je n'ai jamais été inculpée.

— Vous n'avez pas été inculpée parce que vous avez donné votre démission. Le NYPD n'est pas en capacité d'émettre des sanctions à l'endroit d'un ancien employé.

Je m'applique à lui répondre avec le plus grand calme.

— Je n'ai pas été inculpée parce que je n'avais rien fait.

— Ah, je vois.

Brody me quitte des yeux, le temps de regarder les jurés, puis il reporte son attention sur moi.

— Par une heureuse coïncidence, vous avez jugé qu'il était temps d'aller voir ailleurs, au moment précis où était mise en œuvre une enquête à votre encontre.

— Exactement, maître. J'ajouterai…

— Nul besoin d'ajouter quoi que ce soit, m'interrompt-il en battant l'air de la main. Vous avez répondu à ma…

— *J'ajouterai* que le bureau du procureur avait toute latitude de m'inculper, que je fasse ou non partie du NYPD. Ce qui n'a pas été le cas.

Je pourrais poursuivre encore longtemps, détailler les raisons qui ont conduit à cette enquête bidon, mais je n'ai pas la force de me battre.

Brody affiche un sourire supérieur. Il a fait mouche.

— Inspecteur, vous n'étiez pas présente vous-même lors de cette prétendue… «conversation» entre Langdon James et Noah Walker.

— En effet, je me trouvais à quelques mètres de là.

— Vous n'avez donc aucune connaissance directe de l'échange qui s'est déroulé entre eux.

— Directe? Non.

— Vous avez pris la parole du commissaire pour argent comptant.

— Oui.

— Vous demandez à ces personnes d'accepter non seulement la parole de votre supérieur, mais également la vôtre, insiste-t-il en me désignant les jurés.

— Je ne suis pas certaine de comprendre, maître.

— Vous demandez aux membres du jury de croire que vous dites la vérité en nous rapportant les propos de votre supérieur, mais *aussi* de croire que votre supérieur disait la vérité quand il vous a rapporté les propos de mon client.

J'acquiesce.

— Oui, je suppose.

— Vous leur demandez de croire quelqu'un qui a démissionné de son poste alors qu'on l'accusait de pratiques illégales…

— Objection, s'écrie Sebastian Akers en bondissant de son siège.

— Objection retenue.

Brody ne se laisse pas impressionner par la décision de la juge.

— Vous leur demandez de croire les dires de votre supérieur, sans avoir la possibilité de l'entendre.

Je marque un temps d'arrêt en sentant monter ma colère.

— C'est exact, monsieur Brody. Ils n'auront pas l'occasion d'entendre mon supérieur parce que votre client l'a assassiné avant qu'il ait pu témoigner.

Je m'attends à ce que Brody se récrie, qu'il se mette en colère, que la juge me fasse la leçon en demandant aux jurés de ne pas tenir compte de ma réponse. À ma grande surprise, Brody ne réagit pas.

— Mon client n'a pas été arrêté pour ce meurtre, que je sache.

— Pas encore.

— À votre connaissance, existe-t-il des preuves à l'encontre de mon client?

— Pas encore.

— Très bien, inspecteur.

Je ne comprends pas pourquoi il ne cherche pas à me contredire. Il pense probablement que les jurés, comme tout le monde dans les Hamptons, sont au courant du meurtre de Lang et croient Noah coupable. Il s'imagine sans doute qu'il est préférable de me laisser dire, de façon à mettre l'accent sur l'absence de preuve.

À moins qu'il n'ait une autre raison.

— Pouvez-vous dire aux membres du jury ce qui vous est arrivé le lendemain de ces prétendus aveux?

— Le... le lendemain?

— Oui, inspecteur, insiste Brody en s'approchant de la barre, le regard brillant. N'est-il pas vrai que vous avez été mise à pied le lendemain pour une durée d'un mois?

Le public réagit à cette révélation, au point que la juge doit rétablir le silence.

— Oui, il me semble bien que c'était le lendemain, maintenant que vous en parlez.

— Pour quelle raison avez-vous été mise à pied?

Parce que je doutais de la culpabilité de Noah Walker. Parce que je pensais que le meurtre de cette prostituée pouvait être lié aux meurtres d'Ocean Drive. Mais je ne peux pas le dire. Ce serait faire un trop beau cadeau à la défense. D'ailleurs, ce n'est pas la raison invoquée par Lang dans son rapport. Jamais il ne l'aurait reconnu officiellement.

— J'ai été mise à pied pour insubordination. J'ai eu le tort de mêler le personnel et le professionnel dans notre relation. Je lui ai manqué de respect.

— Vous lui avez manqué de respect?

— Oui.

J'ai la gorge serrée rien que d'y penser.

— Vous avez eu une dispute avec votre oncle?

Je sens monter en moi les premiers signes de trouble. Il est hors de question que je craque devant les membres du jury.

— Il m'en voulait, en tout cas. Avec raison.

— Vous vous sentez... je vois bien que vous vous en voulez.

Je ne réponds rien. Ce serait inutile.

— Avec le recul, vous vous sentez gênée. Je me trompe? Quelques jours seulement avant sa mort, vous avez manqué de respect à votre oncle.

Je sais ce que je devrais répondre. *Oui, mais ça ne signifie pas pour autant que je serais disposée à mentir pour lui*. C'est pourtant ce que je fais.

— Je me sens gênée, c'est vrai.

— Vous aimeriez pouvoir vous rattraper.

Voyant que je ne réponds pas, il enchaîne :

— Vous êtes convaincue que mon client a tué votre oncle, pas vrai?

Je hoche la tête en signe d'assentiment.

— Oui.

— Vous serez toutefois prête à reconnaître que, en dépit des moyens mis en œuvre par le STPD depuis près d'une semaine, aucune preuve n'est venue étayer vos soupçons.

— Jusqu'à maintenant.

— Si bien que ce procès, insiste Brody en désignant la salle d'audience, pourrait bien constituer votre unique chance de vous venger de Noah Walker.

— Objection, intervient Akers.

Cette fois, la juge ne lui donne pas raison.

— Langdon James se trouvant dans l'incapacité de témoigner au sujet de ces aveux supposés, et alors que mon client pourrait bien obtenir la relaxe, voilà que vous vous souvenez *brusquement* d'avoir entendu votre supérieur vous parler de cette confession. Par un heureux hasard, juste après les faits, ajoute Brody en claquant des doigts.

Je regarde fixement le plancher de la salle d'audience, avant de relever la tête et de me tourner vers l'avocat de la défense.

— Quelle coïncidence ! ajoute Brody en agitant les mains. Elle tombe au meilleur moment.

Je pose mon regard sur Noah Walker, le menton sur ses poings. Il m'observe avec attention, les sourcils haussés, comme s'il avait pitié de moi.

— Pas d'autre question, conclut Brody.

26

Noah Walker appuie doucement le front contre les barreaux de sa cellule et frôle le visage de Paige Sulzman de l'autre côté. Ses mains s'échappent des barreaux et se referment sur celles de la jeune femme.

— Je n'aime pas beaucoup que tu viennes ici, lui dit-il. Je n'aime pas beaucoup que tu me voies comme ça.

— Je sais, mon chéri. Tu connais mon entêtement.

— Ce n'est pas une très bonne idée. Comment réagirait John…

— John est en Europe. À Copenhague, je crois. Je te l'ai déjà dit, il ne rentre que dans trois semaines.

Malgré ses protestations, Noah attend avec impatience les quinze minutes de visite auxquelles il a droit tous les soirs. Riverhead est un cul-de-basse-fosse sombre et humide. L'établissement sert de purgatoire à tous les inculpés du comté de Suffolk qui y trouvent davantage de désespoir que de réconfort. Paige, avec sa nouvelle coupe, son sourire généreux, son regard bienveillant et sa douceur naturelle, fait figure de rose dans cet océan de purin.

— Tu aurais besoin de te raser et de passer entre les mains d'un coiffeur, remarque-t-elle avec une légèreté feinte.

Il lui est reconnaissant de vouloir le dérider, mais il a du mal à sourire à l'heure qu'il est. Le procès atteint un seuil critique, il lui faut prendre des décisions difficiles.

— Ton avocat a marqué des points aujourd'hui.

L'espoir qui se lit sur le visage de Paige, tout comme ses yeux humides, trahit son manque d'objectivité, mais Noah n'est pas loin de penser comme elle.

— Ouais, c'est vrai, mais il ne faut pas se bercer d'illusions, chérie. Les jurés ont entendu un flic déclarer que j'avais avoué les meurtres. Comment crois-tu qu'ils vont réagir?

— Ils penseront qu'elle ment, répond Paige. Qu'elle s'efforce de se rattraper après avoir déçu son oncle. C'était visible comme le nez au milieu du visage.

— Je sais.

Noah ne paraît guère convaincu, parce qu'il ne l'est pas. C'est vrai, son avocat a interrogé Jenna Murphy avec brio, mais elle n'en bénéficie pas moins de la sympathie des jurés, et seule compte l'opinion de ces derniers.

— Elle a menti, insiste Paige, mauvaise. Elle a *menti*.

Noah fait la moue.

— Elle est persuadée de ma culpabilité. J'ai pu m'en rendre compte le soir où elle s'est introduite chez moi. Elle pense que j'ai tué son oncle, que j'ai également tué Zach et Mélanie. Elle est convaincue d'agir au nom de la justice.

Paige lui retire ses mains.

— Tu prends sa défense? C'est une plaisanterie, ou quoi?

Noah est le premier à rire d'un tel paradoxe. C'est vrai qu'il a tendance à trouver des excuses à cette flic qui a menti sous serment dans le seul but de l'envoyer moisir en prison.

— Non, c'est juste que… je comprends ses motivations.

Il voudrait en vouloir à Murphy, qui n'est pas tendre avec lui. Il n'en est pas moins intrigué par son comportement. On dirait qu'elle cherche à prouver quelque chose à quelqu'un sans très bien savoir quoi, et à qui. Malgré son attitude au procès ce jour-là, il a la sensation que… qu'ils sont sur la même longueur d'onde. Qu'elle n'est pas convaincue de sa culpabilité, au fond d'elle-même.

— Comment a-t-on pu en arriver là? murmure Paige.

Noah ne répond pas. Il se trouve en pleine tempête, loin des réalités. Il se sent malmené, ballotté dans tous les sens, sans rien pouvoir y faire. Il a perdu le contrôle de sa propre existence, il dépend de forces extérieures qui le dépassent. Les médias et leur soif de sensationnel, les magistrats soucieux de leurs carrières, les flics tordus, tous se sont ligués contre lui pour établir sa culpabilité sans lui laisser la moindre chance de se défendre.

Il doit se concentrer sur un objectif unique : leur opinion à tous n'a pas d'importance, seul compte l'avis des douze jurés. Il les a longuement dévisagés, il a lu le dégoût sur leurs traits, il a constaté combien ils fuyaient son regard. Il sait que la bataille sera rude. Il lui faut espérer qu'ils auront conservé suffisamment d'objectivité pour l'écouter.

Car Noah, contrairement à l'avis de son avocat, souhaite témoigner. Il n'a pas le choix. Il lui faut trouver le moyen de convaincre les membres du jury qu'il n'est pas un assassin.

En cas d'échec, sa vie est fichue.

27

Joshua Brody pousse un soupir. Il interroge Noah depuis près de trois heures, le procès touche à sa fin. L'avocat marque une pause dramatique, histoire de bien insister sur les dernières questions. Des questions qu'il a déjà posées, qui ont déjà obtenu des réponses, mais qu'il est essentiel de répéter.

— Je vous le demande une dernière fois, Noah, insiste-t-il. Avez-vous tué Mélanie Phillips ?

Noah s'approche du micro installé devant la barre des témoins.

— Non, je ne l'ai pas tuée.

— Avez-vous tué Zach Stern ?

— Non, je ne l'ai pas tué.

Joshua Brody lance un coup d'œil en direction des jurés.

— Je n'ai pas d'autres questions.

Noah prend le temps de souffler. Il se trouve à mi-chemin. Il a fait le moins dur, et sa tâche n'avait rien de facile. *Vous devez vous comporter de la façon la plus naturelle possible, il ne faut pas donner l'impression que tout est calculé*, lui a répété à l'envi son avocat lors de la préparation de son témoignage. Noah estime s'être montré globalement convaincant. Il a régulièrement regardé du côté des jurés tout au long de son interrogatoire. Il serait bien incapable de dire s'il a su éveiller le doute chez eux. Il manque d'habitude. Il est concentré, tendu. Il n'ose se fier à son instinct.

Il ne peut s'empêcher d'espérer. Il a tenté sa chance.

— Monsieur Akers, des questions ? demande la juge.

Le procureur laisse tomber son bloc sur le pupitre installé près de la barre. Akers ne vit que pour des instants de ce genre. Une salle d'audience bondée, une affaire très médiatisée, une série de questions dont dépend l'issue du procès.

Ne perdez pas votre sang-froid, a bien recommandé son avocat à Noah. *Akers va essayer de vous présenter sous les traits d'un assassin qui a agi sous l'emprise de la colère. Il fera tout pour en convaincre les jurés, pour vous énerver, vous déstabiliser.*

— Monsieur Walker, commence Akers. Je ne crois pas me tromper en affirmant que vous n'avez pas d'alibi pour le soir du double meurtre.

Noah s'éclaircit la gorge.

— Je l'ai expliqué à M. Brody, je me trouvais chez moi ce soir-là.

Akers fait la grimace.

— Laissez-moi préciser ma pensée : personne n'est en mesure de corroborer votre alibi. C'est bien exact ?

— C'est exact.

— Vous demandez donc aux jurés de vous croire sur parole.

— Oui, je suppose.

— Vous reconnaissez avoir eu en votre possession la clé de l'entrée principale du 7 Ocean Drive. C'est exact ?

— Oui. J'effectue des travaux dans la maison depuis des années. Au point que la société qui m'emploie a pensé qu'il était plus simple de me confier une clé.

— Une clé qui a disparu comme par miracle.

— Je ne sais pas s'il s'agit d'un miracle. Je dis juste que je ne sais pas ce qu'elle est devenue.

La porte de la maison n'a pas été forcée le soir du crime. Le fait de posséder une clé ne plaide pas en faveur de Noah.

— Vous niez avoir avoué le crime au commissaire Langdon James. Car vous le niez, n'est-ce pas ?

— Oui.

— Vous prétendez donc qu'il mentait.

— Il ne disait pas la vérité.

— Par conséquent, l'inspecteur Murphy ment également en affirmant que son supérieur lui a parlé de ces aveux.

— Je ne sais pas si elle ment ou non. Je n'ai aucun moyen de savoir ce qu'il lui a dit.

— S'il a parlé d'aveux, il lui a donc menti.

— En effet.

— À moins que l'inspecteur Murphy n'ait tout inventé? C'est exact, monsieur Walker?

Noah commence à transpirer.

— Peut-être.

— Vous affirmez donc qu'elle ment peut-être. C'est exact, monsieur Walker?

— Peut-être.

— Bien sûr, ricane Akers en agitant la main. Quant à Dio Cornwall, dont vous avez partagé la cellule et qui a témoigné vous avoir entendu avouer le meurtre de Mélanie, dire que vous l'aviez «tailladée» et qu'elle ne risquait plus de «faire carrière à Hollywood», vous dites qu'il mentait également. C'est exact, monsieur Walker?

— C'est un mensonge. Je ne lui ai rien dit de tel. Je ne lui ai jamais parlé de l'affaire.

— Je vois, réagit Akers en regardant les membres du jury. Comment expliquer que M. Cornwall ait su qu'elle s'appelait Mélanie et qu'elle souhaitait devenir une star de cinéma, si vous ne lui avez jamais parlé d'elle?

— Je… je ne sais pas. Il a très bien pu le lire dans le journal.

— Le journal? Monsieur Walker, il était incarcéré, comme vous. Vous souvenez-vous d'avoir eu accès à la presse lorsque vous étiez incarcéré?

Noah hésite. Il baisse les yeux.

— Si vous le souhaitez, je peux demander aux adjoints du shérif chargés de la surveillance de la prison de nous expliquer si…

— Non, on n'avait pas de journaux, reconnaît Noah. Je ne sais pas comment Dio a pu se procurer cette information. Peut-être lui a-t-elle été fournie par M. James.

— M. James ? Après avoir affirmé que M. James avait menti au sujet de vos aveux, vous nous dites à présent qu'il aurait aidé Dio Cornwall à inventer cette histoire ?

— Je ne sais pas.

— Il est regrettable que M. James ne soit plus en mesure de témoigner. Vous ne trouvez pas, monsieur Walker ?

Noah fusille du regard le procureur. Son sang se glace dans ses veines.

— Lors de votre témoignage à la barre, vous avez reconnu être allé trouver Mélanie à son travail, au Tasty's Diner, afin de lui demander de renouer avec vous. C'est bien exact ?

Noah agite la tête, il s'oblige à se concentrer sur la question du procureur.

— Oui, je reconnais m'être disputé avec elle et lui avoir agrippé le bras, mais Remy se trompe sur la date. Il place l'incident deux jours avant le meurtre de Mélanie. Le 2 juin. C'est faux. Nous nous sommes séparés en avril avec Mélanie. C'est-à-dire sept semaines avant sa mort. C'est à ce moment-là que je suis allé la trouver chez Tasty's.

Il a fait la connaissance de Paige une semaine après avoir été plaqué par Mélanie, en avril. Il est passé à une autre histoire, sauf qu'il n'en a jamais parlé à personne. Il n'a jamais officialisé sa relation avec Paige, et il n'a pas l'intention de le faire aujourd'hui. En dépit des injonctions de l'intéressée. Il est hors de question de la mêler à tout ça.

Akers hoche la tête, une lueur de satisfaction dans les yeux.

— Il y a une grande différence entre le mois d'avril, sept semaines avant le meurtre, et *deux jours* avant.

— Absolument.

— De sorte que Remy ment, lui aussi.

— Je ne sais pas s'il ment…

— Il ne dit pas la vérité, en tout cas.

— Tout à fait.

— Si je résume bien, déclare Akers en s'approchant des jurés, M. James, l'inspecteur Jenna Murphy, Dio Cornwall et Remy Handleman… aucun d'eux ne dit la vérité. En revanche, monsieur Walker, vous qui êtes inculpé de meurtre, avec qui Mélanie a rompu pour sortir avec Zach Stern, c'est *vous* qui dites la vérité.

Noah sent son pouls s'affoler. La façon dont Akers présente la situation… personne ne croira jamais Noah. Pour la première fois, il prend la mesure de la catastrophe. *Ils ne me croiront jamais. Je vais être condamné.*

— Je dis la vérité, supplie-t-il. Je le jure. Jamais je ne ferais de mal à quiconque.

— Jamais vous ne feriez de mal à quiconque ? répète Akers d'un air faussement innocent. Dites-moi, monsieur Walker, est-il exact que vous ayez apporté une carabine à l'école de Bridgehampton, au cours de l'année 1995, et que vous ayez tiré sur plusieurs de vos camarades de classe ?

28

L'émotion est à son comble dans la salle d'audience à l'énoncé de la question de Sebastian Akers. Joshua Brody, le défenseur de Noah, bondit de son siège en poussant des cris. La juge descend de son perchoir et gagne un coin éloigné du tribunal en entraînant dans son sillage le procureur et l'avocat de la défense pour s'entretenir avec eux à voix basse. La salle bruisse des murmures de l'assistance.

Je ne me trouvais pas à Bridgehampton en 1995, mais je me souviens d'avoir entendu oncle Lang raconter qu'un gamin muni d'une carabine à plomb avait tiré sur un groupe de collégiens qui se rendaient à l'école. Il n'a jamais prononcé le nom du coupable, mais pourquoi l'aurait-il fait? L'incident est survenu avant le drame de Columbine, avant que l'on mette en place à travers le pays des politiques de tolérance zéro et que des gamins se fassent expulser de leur établissement scolaire pour avoir apporté en classe des armes factices.

Si l'affaire remonte à 1995, Noah était très jeune. Il devait avoir entre onze et treize ans. Il a donc été jugé par un tribunal pour enfants, à huis clos. Je me demande si les habitants de la ville ont même été informés de l'identité du coupable. Des rumeurs auront circulé, bien sûr, mais à en juger par les réactions du public, essentiellement composé de natifs de Bridgehampton, personne n'était au courant.

Le procureur, l'avocat, le greffier et la juge regagnent leurs places et le silence retombe dans la salle.

Brody, l'avocat de Noah, soulève une objection.

— Il s'agit d'un délit relevant du tribunal pour enfants, souligne-t-il.

— Madame le juge, réplique Sebastian Akers. L'accusé vient de déclarer sous serment n'avoir jamais fait de mal à personne. C'est lui qui m'a entraîné sur ce terrain, j'ai le droit de le contredire.

— Objection rejetée, décide la juge. Poursuivez, monsieur Akers.

Le procureur ne se fait pas prier, le regard brillant.

— Vous avez été arrêté le jour d'Halloween 1995 pour avoir tiré sur plusieurs collégiens au niveau de l'aire de jeux de la cité scolaire de Bridgehampton. Est-ce exact, monsieur Walker?

— J'ai été arrêté, c'est vrai. Il s'agissait d'une carabine à plomb.

— Quinze collégiens ont tout de même été blessés ce jour-là.

— Oui… il me semble.

— Je crois savoir que l'une des victimes a été blessée à l'œil.

Noah acquiesce en silence.

— Un enfant de neuf ans qui a dû subir deux opérations, précise Akers. Est-ce exact?

Noah regarde fixement le plancher.

— Oui, c'est arrivé.

— Oui, c'est «arrivé», comme vous dites. C'est *arrivé* parce que vous lui avez tiré dessus avec une carabine à plomb.

Noah ne dit rien, tête baissée.

— Votre silence signifie-t-il que vous êtes d'accord, monsieur Walker?

— Ce n'est pas moi qui lui ai tiré dessus, répond Noah dans un murmure que le micro se charge d'amplifier.

— Vous n'avez pas tiré sur cet enfant? Dois-je en déduire que vous avez été injustement accusé, une fois de plus?

— Ce n'est pas moi qui lui ai tiré dessus.

— Je vois. De sorte que lorsque les autorités de la cité scolaire ont affirmé que vous étiez le coupable, elles ne disaient pas la vérité, elles non plus?

Noah se recroqueville sur lui-même, comme s'il cherchait à se protéger d'un orage.

— Je refuse d'en parler, dit-il.

— Allons bon, glousse Akers. De quoi donc souhaiteriez-vous parler? Des chances des Yankees à l'issue du championnat?

L'assistance éclate de rire. La formule n'est pas pour me déplaire, et j'observe Noah. Ratatiné sur lui-même, il est cramoisi. Akers, s'il possède la moitié du talent dont il se targue, ne peut laisser passer une telle occasion.

Le procureur attend que la juge rétablisse l'ordre à coups de maillet pour s'approcher lentement de Walker. On dirait un tigre prêt à bondir sur sa proie.

— Vous avez tiré sur quinze personnes ce jour-là, monsieur Walker.

— Je... non... je n'ai pas envie de... je ne veux pas...

— Vous prétendez donc que les responsables de l'école ont menti.

— J'ai dit que je n'avais pas...

— Tout comme vous prétendez que Langdon James, un policier décoré, a menti.

Noah secoue la tête.

— Tout comme l'inspecteur Murphy aurait menti.

Il est clair désormais que Noah ne répondra pas, à la grande satisfaction d'Akers. L'accusé se liquéfie à la barre sous ses yeux. Sous les yeux de toute la salle. Akers le pousse dans ses derniers retranchements.

— Tout comme Dio Cornwall a menti. Tout comme Remy Handleman a menti.

Noah détourne la tête, désormais indifférent à l'interrogatoire.

— Ils ont tous menti, poursuit Akers. Vous n'avez pas le sentiment d'être victime d'un complot, monsieur Walker? Que la terre entière s'est liguée contre vous?

Noah prononce des paroles inintelligibles tant il est loin du micro.

— Monsieur Walker…

— Oui! grince Noah en se tournant vers le procureur d'un mouvement brusque qui manque de renverser le micro.

Akers fait un bond en arrière. La juge marque sa surprise, elle aussi. Plusieurs des jurés reculent instinctivement sur leur siège en découvrant une facette de Noah Walker qu'ils ne connaissaient pas.

— Tout le monde ment! Le commissaire, cette femme inspecteur, le détenu qui m'a dénoncé, et même Remy, qui serait incapable de lacer ses propres chaussure sans qu'on l'aide. Ils mentent tous! Je suis victime d'une machination!

Noah se lève d'un bond en écartant des mains. Cette fois, le micro fait les frais de sa véhémence.

— Ils se sont tous ligués contre moi! Ce sont tous des menteurs, ils ont voulu me piéger!

— Asseyez-vous, monsieur Walker, ou je vous fais menotter! lui ordonne la juge. Gardes!

À son appel, deux hommes du bureau du shérif s'approchent de l'accusé.

Voyant que Noah ne se rassoit pas, l'un d'eux lui saisit le bras. Il se dégage aussitôt. Les huissiers sortent leur matraque, mais Noah se laisse tomber sur son siège. La juge multiplie les coups de maillet. Tout espoir s'est évanoui du visage de Noah, l'amertume déforme ses traits.

Il relève la tête, sa grimace laisse place au désespoir. Le temps d'un éclair, je suis persuadée qu'il me regarde avant de m'apercevoir que ses yeux fouillent la salle derrière moi. [illegible] coup d'œil par-dessus mon épaule, je découvre la femme [illegible]ait avec lui le jour de son arrestation. Paige, si [illegible]s bien. Elle lui adresse une recommandation silencieuse en remuant les lèvres, mais je n'arrive pas à déchiffrer le message qu'elle lui envoie.

Noah lui répond non de la tête et détourne les yeux.

— Je n'ai pas d'autre question, madame le juge, conclut Sebastian Akers.

29

Le premier jour, Noah ne s'est pas inquiété outre mesure. Le procès a été long, les jurés doivent digérer un grand nombre d'informations. Ils ont certainement voulu se montrer scrupuleux en examinant chaque pièce du dossier.

Le deuxième jour, il s'est posé des questions. Faute d'avoir la moindre expérience en matière judiciaire, il s'est efforcé de ne pas trop y penser.

Le troisième jour des délibérations, il s'est pris à espérer. L'un des membres du jury doit douter de sa culpabilité. « Évitez d'y voir un signe, lui conseille son avocat, venu lui rendre visite. Il est dangereux de parier sur le cheminement de la pensée des jurés. »

À 13 h 15 le quatrième jour, l'un des hommes du shérif vient chercher Noah dans sa cellule pour le conduire au palais de justice. Il doit entrer, comme d'habitude, par la petite porte réservée aux prisonniers, mais le véhicule qui le transporte se trouve bloqué à une rue de là et avance au ralenti. Les trottoirs sont trop étroits pour contenir la foule qui déborde sur la chaussée. Les barrières de sécurité ne suffisent plus à contenir cette masse grouillante. La camionnette se fraye péniblement un chemin au milieu des gens qui s'écartent à regret en lançant des invectives. Certains vont jusqu'à frapper les vitres et la carrosserie du véhicule.

Celui-ci se gare devant la petite porte du palais de justice et Noah découvre plusieurs rangées de camions aux armes des principaux médias nationaux. Il reconnaît les visages des principaux journalistes de télévision qu'il connaît tous par leur prénom, à force. Il distingue aussi la foule des reporters qui n'ont pas pu prendre place à l'intérieur de la salle d'audience et montent la garde sur le côté du bâtiment dans l'espoir de le filmer quelques instants ou de voler une photo de son visage.

Il y a là plusieurs milliers de personnes présentes pour des raisons diverses : des retraités oisifs qui ne ratent jamais un procès, des citoyens inquiets, des badauds venus assister au spectacle, des amis et des proches de Mélanie Phillips. À plusieurs reprises, Noah a remarqué dans la salle des personnes qui présentent certaines ressemblances avec Mélanie. Il s'est demandé s'il pouvait s'agir de cousins, d'oncles ou de tantes. Mélanie était issue d'une famille nombreuse que Noah n'a jamais eu l'occasion de croiser. Ils étaient ensemble depuis deux mois seulement lorsqu'elle a mis un terme à leur relation.

Il se souvient parfaitement du jour où elle a rompu, de sa résolution, de la fermeté de ses propos. « Je suis désolée, mais ma décision est prise. » Et c'est tout. Il a bien tenté de protester, elle n'a rien voulu entendre. Elle s'est contentée de répéter la phrase afin de lever toute ambiguïté. Noah a longtemps pensé qu'elle en avait discuté avec des amis ou des proches. Quelqu'un lui avait probablement prodigué des conseils. « Autant te montrer ferme. Contente-toi de rompre, inutile de palabrer ou de t'expliquer pendant des heures. » Que d'autres puissent avoir été mis au courant avant lui l'a beaucoup dérangé.

Il s'oblige à repasser cet épisode dans sa tête dans l'espoir de ne pas penser à ce qui l'attend. Il remonte un couloir le long duquel sont postés des flics armés et pénètre dans la salle d'audience par une porte latérale en attirant instantanément sur lui des centaines de regards. La présence policière est impressionnante. Les hommes du shérif cernent littéralement l'auditoire, prêts à rétablir l'ordre à la lecture du verdict.

Il a l'impression de flotter dans une atmosphère irréelle. Son avocat lui glisse quelques mots à l'oreille, mais Noah ne l'écoute même pas. Il s'est envolé vers une autre planète, prêt à affronter la suite. La juge regagne son perchoir et fait chercher les jurés. Ceux-ci entrent dans la salle en file indienne et chacun d'eux reprend sa place. La rumeur voudrait que l'on puisse deviner le verdict en observant le visage des jurés. *S'ils te regardent en face, c'est qu'ils ont décidé de t'acquitter. Dans le cas contraire, tu peux être certain d'être condamné.* Ce genre de recommandation lui a toujours paru ridicule. Pourquoi tenter de deviner quand on saura quelques instants plus tard ? Il se retourne et découvre le visage de Paige, installée au quatrième rang, près de l'allée centrale. Elle se décale afin qu'ils puissent se voir entre les spectateurs. Sa bouche dessine les mots : *Je t'aime.* Il voudrait la regarder plus longtemps, mais son avocat lui saisit le bras et l'oblige à se lever à la lecture du verdict.

Il regarde droit devant lui sans s'intéresser aux jurés. Il concentre son attention sur un carré de mur et repense à tout ce qu'il a vécu en se demandant comment il a pu en arriver là.

Une voix féminine lui parvient. La porte-parole des jurés est une mère célibataire de deux enfants qui dirige une petite agence de graphisme. Elle est assise au premier rang, la quatrième à partir de la gauche. Est-ce un bon point que les jurés aient choisi une femme comme porte-parole ? De toute façon, ça ne change rien. Seuls comptent les mots qu'elle s'apprête à prononcer.

— Sur le premier point, le meurtre avec préméditation et circonstances aggravantes de Mélanie Phillips, nous déclarons l'accusé, Noah Lee Walker, coupable.

Noah a un haut-le-corps.

— Sur le deuxième point, le meurtre avec préméditation et circonstances aggravantes de Zachary Stern, nous déclarons l'accusé, Noah Lee Walker, coupable.

Noah se retourne vers Paige. Il fait mine de la rejoindre en voyant qu'elle se lève précipitamment et remonte l'allée centrale en courant. Plusieurs huissiers gardent la barrière qui sépare la cour du public, d'autres ont reçu l'ordre de surveiller Noah. Paige réussit presque à les déborder et se retrouve à quelques mètres du banc des accusés. Les huissiers se ruent sur Noah qu'ils agrippent par les bras et le cou. Il feint de se laisser maîtriser pour mieux les surprendre, se libère et rejoint Paige.

Il sait que cela ne durera qu'un instant, mais il veut la toucher une dernière fois.

— Mon chéri, lui dit-elle, en larmes.

Il pose sa main sur la nuque de la jeune femme et l'embrasse rapidement.

— Ne m'abandonne pas, lui glisse-t-il à l'oreille alors que les gardes le tirent en arrière. Comme il résiste, l'un d'eux pose un taser sur son cou et une violente décharge électrique le foudroie. Ses bras et ses jambes se tétanisent, il s'écroule lourdement sur le sol avant de perdre connaissance, emportant avec lui une ultime image de la salle d'audience.

Livre II

BRIDGEHAMPTON, 2007

30

Dédé Paris et Annie Church ont disparu. Elles ont été vues pour la dernière fois le 9 mai, à la sortie de leur dernier examen de deuxième année à l'université Yale. Elles ont expliqué très vaguement à leurs amis leur intention de parcourir l'Europe, sac au dos, avec leurs économies de serveuses. Dans le même temps, elles ont affirmé à leurs parents respectifs qu'elles comptaient rester à New Haven afin de suivre des cours d'été en louant un appartement. Aucun des parents n'a pris la peine de vérifier leurs dires, de sorte que personne n'a revu les deux jeunes filles depuis le 9 mai, il y a plus de trois semaines.

Il ne leur viendrait pas à l'idée de s'en plaindre.

Dédé et Annie émergent de l'océan en se tenant la main, elles rejoignent leurs serviettes et leurs sacs sous le parasol. Elles chaussent leurs tongs et mettent des lunettes de soleil. Deux jeunes femmes de vingt ans, belles, bronzées et amoureuses, qui évitent de se poser trop de questions sur l'existence. Elles auront toute la vie pour trouver leur voie, faire des stages, soutenir leur thèse, affronter la dure réalité du monde. Cet été, elles ont décidé de partir à la découverte l'une de l'autre, rien d'autre.

Elles auront tout le temps de sécher en regagnant leur refuge, le soleil torride ne leur laisse aucun répit. Heureusement, elles ne vont pas loin. Elles se sont réfugiées au 7 Ocean Drive, à deux minutes à pied de la plage.

À défaut de leur appartenir, la maison est vide, et ce serait un crime de la laisser inoccupée tout l'été.

— J'adore son côté train fantôme, s'enthousiasme Dédé en examinant la sinistre façade gothique de la bâtisse.

Elle est grande et mince, avec des cheveux blonds décolorés coupés à la garçonne que son bronzage fait ressortir.

— On se croirait dans *Elvira, maîtresse des ténèbres*, ajoute-t-elle en riant.

Elles longent la propriété, protégée à cet endroit-là par une haie touffue. Dédé, la plus musclée et aventureuse des deux, a exploré les buissons la première, en quête d'un point d'entrée. Les barbelés dissimulés au cœur des taillis constituaient un obstacle, mais rien dont une pince ne puisse venir à bout, à condition d'avoir du temps et de la patience, ce dont elles ne manquent pas cet été. Un simple trou leur a suffi, à travers lequel elles se sont glissées en enrobant de caoutchouc les extrémités acérées des barbelés, de façon à ne pas se couper ou s'égratigner en entrant et sortant. Elles doivent certes s'accroupir et passer de profil, mais le jeu en vaut la chandelle. Une villa de neuf cents mètres carrés pour elles seules, et gratis.

Elles traversent la haie et Annie s'arrête pour observer la maison, avec sa façade de pierre usée, ses vitraux, ses toits pentus et ses sculptures médiévales. Elle se souvient de la semaine qu'elle a passée dans les Hamptons quand elle était gamine, des histoires qu'on leur avait racontées, à elle et à sa sœur, au sujet de cet endroit.

— *Personne ne ressort vivant / De la villa sur l'océan*, récite-t-elle en prenant une voix sépulcrale digne d'un vieux film d'horreur. *Ami ou ennemi, pour de vrai ou pour la frime / Nul ne survit jamais à la Maison du crime.*

— Arrête, tu me fiches les jetons, la tempère Dédé.

Elles se dirigent vers l'arrière de la maison. La haie, haute de plus de trois mètres, les protège des regards indiscrets, mais la demeure elle-même est perchée en haut d'une butte et elles ont décidé de se montrer aussi discrètes que possible à chacun de leurs passages. L'entrée située sur l'arrière était probablement réservée aux domestiques autrefois. La porte, faute de poignée, est munie d'un loquet protégé par une chaîne qui n'a pas résisté longtemps à la pince de Dédé.

Une forte odeur de désinfectant et de savon les accueille lorsqu'elles entrent. Elles ont nettoyé le vestibule à grande eau la première fois qu'elles se sont introduites dans la maison, histoire d'enlever les toiles d'araignées, de décrasser le sol et les murs. L'accès à la cave leur fait face, également protégé par un verrou. Elles ont trouvé un peu étrange qu'une porte intérieure soit barricadée de la sorte, sans s'en inquiéter davantage. Le reste de la demeure suffit amplement à leurs besoins, leur envie de flipper a des limites, la cave peut bien conserver ses mystères.

Elles traversent le vestibule sans se soucier des pièces qui le bordent, aussi figées que des salles de musée, puis elles s'engagent dans le grand escalier en volute dont les marches craquent sous leurs pas. La terrasse jouxtant l'une des chambres du premier étage, découverte lors de leur exploration initiale une semaine plus tôt, dispose d'une vue panoramique sur l'océan.

Annie s'appuie contre la rambarde et soupire d'aise. Sa queue-de-cheval couleur cannelle s'est éclaircie au soleil. Dédé s'approche d'elle et dépose un baiser sur sa nuque bronzée tout en suivant des doigts les formes de son corps. Annie se laisse aller dans les bras de sa compagne et pousse un gémissement alors que Dédé prend ses seins dans ses mains, caresse son ventre plat.

— Tu me chatouilles, réagit Annie en pivotant sur elle-même pour regarder Dédé.

Elles s'embrassent longuement et s'allongent sur la couverture étalée à leurs pieds, jambes entremêlées.

Un bruit les fait sursauter. Un cliquetis métallique, des bruits de pas, un sifflement masculin. À plat ventre, les deux filles s'approchent du garde-fou et glissent un coup d'œil prudent en contrebas, à travers les barreaux.

Un homme se dirige vers la maison, muni d'une grande échelle. Son torse nu met en valeur sa musculature, ses abdos bien dessinés. Des mèches noires bouclées s'échappent de la casquette des Yankees qu'il porte à l'envers.

— Beau mec, chuchote Annie. Si j'aimais les garçons…

Le beau mec pose l'échelle contre la façade et gravit les premiers échelons. Les deux filles retiennent leur souffle en le voyant atteindre le premier étage.

— Tenez-vous bien, mesdemoiselles, dit-il sans même regarder dans leur direction. D'accord?

Chopées ! Les deux jeunes femmes restent muettes, comme pétrifiées.

— D'accord? répète-t-il.

Dédé se relève et s'appuie contre la rambarde.

— C'est pas drôle s'il faut se tenir bien.

Annie se redresse à son tour.

— Qu'est-ce que tu racontes, mec?

L'inconnu, d'un mouvement du menton, montre le toit.

— Je viens réparer la toiture. Contrairement à vous, je ne suis pas là pour rigoler.

— Pas cool, remarque Annie sur un ton enjôleur.

L'invitation est si claire, Dédé lui donne un coup de coude.

— Tu t'appelles comment?

— Noah.

— Tu as l'intention de nous dénoncer, Noah? s'inquiète Dédé.

Il les dévisage longuement.

— Ce serait pas très sympa de ma part.

— Non, pas très.

— Évitez de laisser du bordel en partant, leur recommande-t-il. C'est moi qui devrai nettoyer.

Il reprend son ascension sous leur regard admiratif. Elles ont beau être lesbiennes, Noah est particulièrement séduisant.

— Un dernier conseil, ajoute-t-il. N'allez pas dans la cave.

— Pourquoi ça, Noah?

— On vous l'a pas dit? Cette maison est hantée.

L'instant suivant, il prend pied sur le toit et disparaît.

31

La vieille Coccinelle d'Annie s'arrête devant le portail du 7 Ocean Drive. Il est 21 heures, le soleil s'est couché, les filles ne courent aucun risque d'être vues. Elles se servent rarement de la voiture et jugent plus prudent de circuler à la nuit tombée.

Dédé descend afin d'ouvrir les lourds battants contre lesquels elle s'arc-boute. Puis elle se retourne et plisse les yeux, aveuglée par les phares.

Au niveau de la rue, elle croit distinguer une silhouette qui observe son manège. Elle met une main en visière afin de mieux voir, sans succès, et s'écarte pour échapper au faisceau des phares.

On dirait que…

Bizarre. La silhouette se déplace en même temps qu'elle avant de disparaître, comme si elle avait été avalée par la haie. Dédé, encore éblouie par les phares, voit danser des points noirs dans son champ de vision.

Elle remonte précipitamment dans la Volkswagen.

— Qu'est-ce que tu as ? lui demande Annie.

— Je sais pas… j'ai cru voir quelqu'un. Dans la rue. Il nous observait.

Annie se retourne.

— J'ai remarqué personne quand on est arrivées.

— Je sais. Moi non plus.

— À quoi il ressemblait ?

Dédé frissonne.

— J'ai pas bien vu. Un mec, je crois. Ne rigole pas, on aurait dit une sorte d'épouvantail. Avec des mèches toutes raides dans tous les sens. Je crois qu'il portait un chapeau.

— Un épouvantail? répète Annie, faussement horrifiée. Tu crois qu'il est venu… avec l'Homme de fer-blanc?

— Arrête.

— Ou alors le Lion peureux! suggère Annie en posant une main sur sa bouche, feignant l'affolement.

— Démarre et tais-toi.

Annie tapote la jambe de Dédé.

— T'es parano, ma grande. Comme on n'a pas le droit d'être ici, tu crois que tout le monde nous surveille. Un type qui se balade sur Ocean Drive en plein été, c'est pas vraiment extraordinaire.

Elle embraye et parcourt quelques mètres. Dédé descend de voiture, referme le portail derrière la Volkswagen, en profite pour sonder la rue dans la nuit, sans rien remarquer d'anormal.

— C'est ça le plus étrange, remarque-t-elle en regagnant la place passager. Il ne se baladait pas. Il nous observait. Enfin, je crois. J'ai pas bien vu, à cause des phares. Si ça se trouve, j'ai eu une hallu.

Annie gare la Coccinelle sur la pelouse, le long du garage, où personne ne pourra la voir. Elle lâche un soupir.

— C'est bon de rentrer chez soi, dit-elle. Y'a pas à dire, on est bien ici. On est bien…

— Tu vas te taire, oui?

En s'approchant de l'entrée de service, elles découvrent dans l'herbe l'échelle du couvreur aperçu la veille.

— Ce Noah était vraiment mignon, déclare Annie.

— Comment ça, *mignon*?

Dédé lui envoie un coup de coude.

— Allons, chérie, tu sais bien que je n'ai d'yeux que pour toi.

Elles entrent dans la vieille maison et sortent leurs courses. Elles ont déniché à Montauk un endroit où l'on vend des huîtres et des queues de homard pas trop chères. Dédé, qui a l'air majeure, a même réussi à acheter du champagne. Le premier prix. Ce soir, elles célèbrent une sorte d'anniversaire : il y a six mois qu'elles se sont rencontrées sur le campus.

Annie dispose leurs emplettes dans des assiettes tout en sifflant « If I Only Had a Brain », une des chansons du *Magicien d'Oz*. Dédé lui donne un coup de poing affectueux dans le bras mais Annie, loin de se taire, se met à chanter à tue-tête. Son esprit taquin est l'un des traits que Dédé aime le plus chez elle.

C'est vrai que je l'aime, se dit-elle intérieurement. Dédé se sent libre avec Annie. En confiance. Elle assume son homosexualité depuis le lycée. Il faut reconnaître qu'à Santa Monica, dont elle est originaire, être gay est un atout davantage qu'un handicap. Annie, à l'inverse, n'est jamais sortie avec une fille avant de rencontrer Dédé. Elle *savait*, inconsciemment, mais dans le Michigan rural où elle a grandi, comment aurait-elle pu afficher ses préférences sexuelles auprès de ses amis ou de ses parents, catholiques pratiquants ? Elle refusait même de se l'avouer à elle-même. On pourrait penser qu'en 2007 les gens seraient moins coincés, mais Dédé sait pertinemment que l'intolérance ne disparaîtra pas du jour au lendemain. Il faudra du temps pour que les discriminations s'effacent.

Le dîner est super. La salle à manger au décor surchargé déborde de statuettes sculptées. Les immenses fenêtres sont lourdement ornées, une énorme suspension pend au-dessus d'une grande table pentagonale entourée de chaises à haut dossier et assise de cuir. Henri VIII rencontrant le comte Dracula.

Les filles écoutent sur un lecteur portable de la musique symphonique choisie par Annie, qui pratique le violon. Elle joue les maestros en dirigeant l'orchestre avec sa fourchette. Le homard et les huîtres sont un délice. Le mauvais champagne pétille dans la bouche de Dédé comme des bonbons Pop Rocks. L'alcool ne tarde pas à lui monter à la tête et nourrit son euphorie. *Annie et personne d'autre*, pense-t-elle. *C'est la femme de ma vie.*

Elle se retourne d'un bloc en entendant trembler les vitres. Le vent, probablement. Elle s'approche de la fenêtre, fait écran avec sa main pour éliminer les reflets, scrute Ocean Drive plongé dans l'obscurité.

— L'épouvantail est toujours là ? Je m'inquiéterais vraiment s'il avait un cerveau, plaisante Annie.

— Tu as toujours le mot pour rire, pas vrai ?

Dédé se retourne et découvre sa compagne assise sur le rebord d'une fenêtre, de l'autre côté de la salle à manger.

— Qu'est-ce que tu fabriques ?

Annie, son couteau suisse entre les mains, taillade le bois de la fenêtre.

— Annie, ne fais pas ça ! Cette maison doit avoir trois cents ans. Tu ne vas jamais pouvoir l'effacer.

Elle rejoint Annie afin de voir à quoi elle joue. Dédé en était sûre : Annie est en train de graver leurs initiales en caractères grossiers :

DP + AC

— Je n'ai rien envie d'effacer du tout, rétorque Annie. Je veux que ça reste pour l'éternité.

Dédé l'enlace et l'attire contre elle. Elle hume le parfum de son shampoing.

— Pour l'éternité ? répète-t-elle d'une voix timide, le cœur battant.

Elle ne se sent jamais aussi vulnérable que dans ces moments-là, le cœur à nu. N'importe qui pourrait le prendre, ou le piétiner.

— Pour l'éternité.

Annie sonde Dédé des yeux. Le champagne est encore meilleur lorsque Dédé le savoure sur la langue d'Annie.

32

Les filles ont pris possession d'une chambre orientée au sud-ouest, au premier étage de la vieille demeure du 7 Ocean Drive. La décoration est violet et doré, la pièce meublée d'un lit à baldaquin recouvert de velours. Il s'agit de la plus belle chambre de la maison. Elles ne le savent pas, mais c'est là que dormait autrefois Winston Dahlquist, il y a plus de deux siècles.

Dédé et Annie, entièrement nues, s'amusent l'une avec l'autre. Leurs corps jeunes, bien dessinés, souples et musclés, sont avides de désir. Peut-être même d'amour, qui sait? Les deux bouteilles de champagne qu'elles ont vidées ont largement fait tomber leurs inhibitions tout en altérant leur prudence. Sans doute est-ce la raison pour laquelle elles ont oublié de tirer les rideaux.

À leur décharge, la fenêtre de la chambre est orientée plein sud et donne sur la plage. L'unique maison qui sépare la vieille demeure de l'océan est moins élevée. N'importe qui serait persuadé que personne ne peut les voir, même les rideaux grands ouverts, ce qui rend d'autant plus surprenante la présence sur la plage d'un individu muni de jumelles.

L'individu concerné, qui se donne à lui-même le nom de Holden dans sa tête, laisse retomber les jumelles, retenues autour de son cou par une courroie.

Attends! Non, non et non.

Il jette les jumelles au fond de ce qu'il appelle son «sac à malices». À une heure aussi tardive, la présence de jumelles risquerait d'attirer l'attention sur lui. Personne n'observe les oiseaux à 22 heures. Autant porter un écriteau VOYEUR autour du cou.

Tu devrais te montrer plus prudent, Holden ! Il adore ce pseudonyme. Ça lui donne de l'entrain, au même titre que ces deux filles doivent à l'alcool leur témérité sexuelle. Il fait rouler sa tête sur ses épaules, s'étire, fait craquer ses doigts, court sur place quelques instants en faisant voler des giclées de sable autour de lui.

Il ramasse son sac à malices et remonte en haut de la plage afin de retourner sur Ocean Drive. Il se sent sur un nuage, c'est tout juste s'il n'a pas le vertige. Le ciel a pris une teinte violacée et une légère brise caresse ses cheveux. Il est en parfaite forme physique. Ce soir, dans la peau de Holden, il se sent prêt à tout.

Il se demande combien de temps elles vont rester dans cette chambre. Elles sont capables de s'endormir, épuisées par l'alcool et le sexe. Aucune importance. Il sera prêt.

Elles ont probablement verrouillé les portes de la vieille maison. Elles auraient tort d'agir autrement, avec tous les cinglés qui circulent ! Mais ce n'est pas une serrure qui l'arrêtera. D'ailleurs, il a la clé.

Il se refuse toutefois à utiliser l'entrée principale. La porte grince trop. Non, il se servira de son entrée personnelle secrète, celle qu'il réserve aux grandes occasions.

Et tous les éléments sont réunis pour que ce soir soit une grande occasion.

33

Holden se repose dans la pièce que Winston Dahlquist avait baptisée autrefois le « salon des invités ». Une sorte de salle d'attente donnant sur le salon du rez-de-chaussée. Une pièce au décor ridiculement surchargé, comme tout le reste de la maison. Des appliques, des lustres, des moulures, une cheminée surmontée d'un manteau de marbre, un immense tapis persan.

Elles sont quasiment au-dessus de sa tête. Il ferme les yeux et écoute leurs rires à l'étage. Tout indique qu'elles sont amoureuses. Son cœur bat à tout rompre. Il est là sans qu'elles le sachent. Ce simple constat suffit à l'émoustiller. Elles sont loin de se douter qu'il partage avec elles ce qu'elles s'imaginent être un moment d'intimité.

Il s'empare d'un petit miroir et s'assure que tout est en ordre. Ses cheveux sont peignés, sa chemise est repassée. Il a enfilé un pantalon beige tout neuf dont son sexe tendu cherche à crever la toile.

Il éprouve un mélange indicible d'interdit, d'intime, de sexuel, d'abandon à des possibles dont lui-même n'a pas idée. Car il n'a encore rien décidé. Aucun mot ne saurait traduire ce qu'il ressent.

Comment réagiront-elles en le voyant? Que diront-elles? Que feront-elles? Il imagine la nature trouble de la conversation qui suivra. La tentation du flirt. Car elles vont forcément le trouver attirant. Comment pourrait-il en être autrement? Pourquoi pas… une partie fine à trois? Waouh. Peut-être.

Des pas résonnent au-dessus de sa tête. Holden sort de sa rêverie et tend l'oreille. Où donc se dirigent les pas? Vers le couloir conduisant à l'escalier?

Non, l'une des filles se déplace dans la chambre. Il entend couler un filet d'eau.

Il soupire. Ce n'est pas ce qu'il espérait. Il s'attendait à mieux. La situation est amusante, mais ce n'est pas la grande occasion qu'il espérait. Il est trop loin d'elles. Peut-être devrait-il se rapprocher, monter à l'étage? Non, trop risqué.

Ou alors la cuisine. Il est sûr d'y trouver les assiettes et les verres qu'elles ont touchés. Peut-être même un vêtement oublié sur place. Ça l'aiderait. Ça l'aiderait vraiment.

Il a besoin de pisser, sans pouvoir se le permettre. Quand bien même il utiliserait les toilettes qui donnent sur l'arrière de la maison, quand bien même il pisserait assis sur le trône comme une petite fille, par souci de discrétion, il serait obligé de tirer la chasse et elles l'entendraient, à moins de vouloir laisser les traces de son passage derrière lui. Il n'est pas idiot à ce point, tout de même. Il est tout sauf idiot. Il est très malin. Peut-être serait-il mieux inspiré de s'en aller.

Sauf que, ce soir, je suis Holden.

D'accord. Par souci de discrétion, il ôte ses chaussures et les glisse dans son sac à malices. Il ramasse celui-ci, pousse silencieusement la double porte du salon, traverse le vestibule et s'immobilise au pied de l'escalier en les entendant chanter à l'unisson avec Justin Timberlake :

I'll let you whip me if I misbehaaaave! It's just that no one makes me feel this way...

Il sourit intérieurement, se détend peu à peu. Rasséréné, il s'avance dans la salle à manger où deux bouteilles de champagne vides, une bouteille d'Évian entamée, un flacon de Tabasco, deux assiettes sur lesquelles gisent des coquilles d'huîtres et des restes de queues de homard, un pot de sauce au raifort montent la garde sur une table pentagonale et sous un lustre monumental. Winston Dahlquist réunissait là des filles avec lesquelles il festoyait autour de plats de canard, de homard, de dattes et d'olives en dégustant des vins fins français. Sans doute entendait-il les engraisser avant de les mener à l'abattoir.

Il prend à l'épaule son sac à malices, saisit délicatement une assiette et l'une des bouteilles de champagne avant de gagner la cuisine.

Il n'a jamais aimé cette pièce dont il estime qu'elle manque d'originalité. À l'époque où Winston a fait édifier cette demeure, la cuisine, aussi minuscule que fonctionnelle, était réservée aux domestiques. Dans les années 1970, les descendants de Winston ont refait la pièce dont ils ont triplé la surface en y faisant installer des placards de merisier, des plans de travail en marbre et toutes sortes d'ustensiles en inox. La cuisine est ennuyeuse, sans personnalité, mais elle fera l'affaire.

Il ouvre le sac à malices par mesure de précaution, histoire d'être sûr, d'être prêt. Il imagine les filles en train de faire l'amour au-dessus de sa tête avant de chanter « SexyBack », et cette pensée le rassure. Il ne peut que leur plaire, il n'a aucun doute à ce sujet. Ils ont tant à partager.

Il renifle la bouteille de champagne sans y découvrir rien de particulier. Il y découvre des traces de rouge à lèvres qu'il goûte. Il ne s'agit pas de ChapStick couleur cerise, mais d'un rouge épais et sucré. Oui. Parfait. Voilà qui lui donne des ailes. Il a bien fait…

Et voilà que tout bascule au moment où il s'y attendait le moins. Il ne sait pas comment c'est arrivé étant donné les précautions qu'il a prises, mais des pas précipités résonnent dans l'escalier. Ils se dirigent à présent vers la salle à manger voisine. Il s'approche silencieusement de l'ouverture en espérant, en *priant* que personne ne l'ait entendu, et coule un regard dans la pièce.

Il découvre la blonde, la plus grande des deux, avec ses cheveux courts. Elle est occupée à débrancher la chaîne hi-fi posée sur le rebord de la fenêtre. Elle est ravissante en culotte et soutien-gorge, penchée en avant. Une chair ferme et souple. Elle est… parfaite.

Seigneur, si je pouvais…

Il recule, au cas où elle aurait la mauvaise idée de se retourner. Son cœur bat si fort qu'il n'entend rien d'autre, incapable de se concentrer. Il se prépare au cas où, il a tout planifié au cas où, il repasse les détails de son plan dans sa tête. *Je suis le propriétaire de la maison*. Au cas où.

Il fouille le sac à malices, toujours au cas où.

Il se tapit dans un coin de la cuisine et retient son souffle.

Tout se passera bien, pense-t-il. *Ce sera même mieux. L'expérience n'en sera que plus réaliste, plus forte.*

C'est ce qu'il se dit pour se rassurer au moment où la blonde pénètre dans la cuisine.

34

La blonde ne l'aperçoit pas immédiatement. Elle avance tête baissée, les bras chargés de reliefs du repas – la bouteille de champagne, celle d'Évian, les plats et le flacon de Tabasco – et se dirige vers le plan de travail au centre de la cuisine pour se débarrasser de son fardeau lorsqu'elle s'aperçoit qu'elle n'est pas seule.

Elle a un mouvement de recul, le souffle coupé, lève les mains dans un geste de défense et sa charge s'écrase bruyamment sur le carrelage. Des éclats de verre volent dans tous les coins, le vacarme vient alimenter sa peur.

Feins l'indignation. Tu es chez toi. C'est elle l'intruse. Dis-lui. Dis-le-lui bien !

— Je suis le… propriétaire, bredouille-t-il.

Il tente un geste d'apaisement.

La fille reste pétrifiée, mais Holden a tout prévu. Le piège a fonctionné, elle ne fait pas mine de s'enfuir. Pas pour le moment.

— Oh ! Je… vous êtes le prop…

Dédé. Tout va bien ?

L'autre.

— Dédé ?

La blonde se tourne vers le salon avant de reporter son attention sur Holden.

— Combien… combien êtes-vous ? demande-t-il.

Génial ! La réaction type du propriétaire indigné.

— Nous ne sommes que deux…

La fille baisse les yeux au moment précis où Holden sent un liquide tiède souiller son pantalon au niveau du sexe. Il vient de se pisser dessus. Il regarde brièvement la tache et recentre son attention sur elle.

— Nous partons tout de suite, monsieur. Je suis sincèrement désolée.

Elle exécute un demi-tour lorsque Holden fond sur elle d'une détente. Elle devine sa présence derrière elle et se met à courir. Il la rattrape devant la porte et pose les électrodes du taser sur sa nuque. Elle s'écroule lourdement, tétanisée par le choc, incapable de ralentir sa chute, se cogne le visage contre le mur de la cuisine et s'étale brutalement sur le carrelage.

— Dédé ? insiste la voix depuis les escaliers.

Holden tire le corps de la blonde, de cette Dédé, dans la cuisine de façon qu'on ne puisse pas le voir de la salle à manger. Des traînées de sang maculent les carreaux. Est-elle… morte ? Elle a fait une mauvaise chute. Du sang coule de son nez et de son front.

Qu'a-t-il fait ? Comment s'en tirer ? Il réfléchit à toute vitesse, mais l'adrénaline l'électrise, pas question de se laisser paralyser par la peur, il doit réfléchir, réfléchir, réfléchir…

Holden saisit une poêle sur une étagère et la lève.

La brune pousse un petit cri avant même d'entrer dans la pièce, sans doute à la vue des traces rouges sur le carrelage. Elle se précipite et son regard se fige sur le corps de son amoureuse. Elle pousse un hurlement à glacer le sang, relève la tête et croise le regard de Holden. Au même instant, la poêle s'abat sur son crâne.

Sous le choc, la poêle s'échappe des mains de Holden. Il n'a jamais frappé aussi fort de sa vie. La brune, étourdie, cherche des doigts un appui qu'elle ne trouve pas. Elle tombe à genoux, prête à s'écrouler. Holden ramasse la poêle et lui assène un second coup sur le crâne. Elle s'effondre sur le carrelage, inanimée, comme une baudruche crevée. Ses yeux grands ouverts le regardent fixement.

Est-elle *morte* ?

Holden observe alternativement les deux filles. La blonde respire encore, contrairement à la brune.

— C'était… un accident, balbutie-t-il. Je n'ai pas… je voulais juste…

Vite, réagir. La panique s'empare de lui. *Tu dois t'enfuir*, pense-t-il. *Impossible, je laisse trop d'indices derrière moi.* La blonde a eu le temps de le voir.

Elle pousse un gémissement, ses épaules tressaillent. Elle essaye de se retourner.

Holden ne la quitte pas des yeux, il la voit se débattre. Il voit qu'elle souffre. Mais aussi, c'est leur faute. Elles n'auraient jamais dû le surprendre. Elles sont responsables de ce qui est arrivé.

— Non… non…

La blonde s'agite sur le carrelage. Il la tâte du bout du pied et elle se met à geindre. Il se penche et la retourne sur le dos, tourne son visage couvert de sang vers la gauche afin qu'elle voie sa compagne.

— Regarde-la, lui dit-il. Regarde.

Elle écarquille les yeux, horrifiée. Un gémissement sourd et guttural monte de sa gorge.

Jamais il n'a entendu un son plus mélodieux.

35

Holden pose une main sur son ventre. La douleur est physique, un gargouillis semblable à la morsure de la faim, un grondement comparable au vrombissement de la moto qu'il est en train de piloter.

Il en a besoin à nouveau. Il a besoin de ressentir l'excitation de la chasse, le plaisir de l'anticipation, la jouissance finale. Un an s'est écoulé depuis Dédé et Annie, et il serait bien incapable de déterminer ce qui le rassasie le plus : l'approche initiale, lorsqu'il s'introduit subrepticement dans la vieille demeure ; l'acte physique ; la douleur et la souffrance…

… L'embarras du choix. Un peu comme s'il fallait décider ce que l'on préfère dans la pizza : le fromage, la sauce tomate, ou la garniture. Autant d'ingrédients inséparables dont la conjugaison contribue au délice final. Pourtant, s'il lui fallait décider, il ne choisirait aucun de ces éléments. Pour lui, le meilleur se situe après, ce qu'il vit tous les jours depuis, ce sentiment d'invincibilité qui accompagne le fait de savoir qu'il s'en est tiré, qu'il peut agir comme bon lui semble sans se faire prendre, sans que personne l'arrête.

Il y a eu une enquête, bien sûr. Il se trouve que les filles, Dédé Paris et Annie Church, n'avaient soufflé mot à personne de leur programme de vacances. Elles avaient servi un mensonge à leurs amis, un autre à leurs parents, de sorte que personne ne connaissait leur véritable destination. C'est uniquement grâce à leurs fadettes de portable que la police a finalement pu retrouver leur trace dans les Hamptons. Les recherches ont débuté quinze jours après le double meurtre et elles n'ont pas été menées avec le plus grand zèle. Personne ne savait à quel endroit précis des Hamptons elles se trouvaient, les enquêteurs ne se sont jamais vraiment intéressés à Bridgehampton, encore moins à la maison du 7 Ocean Drive. Tout le monde a cru qu'elles avaient élu domicile à Montauk lorsqu'on a retrouvé la voiture d'Annie à la fourrière locale, après qu'elle a été découverte, dépouillée de ses plaques d'immatriculation, sur le parking d'une église. (Oui, Holden s'est félicité d'avoir eu l'idée de bouger la Coccinelle.) Il a fallu attendre que la police mette la main sur cette voiture pour déclarer officiellement… *attention, roulement de tambour…* que la disparition des filles était « un acte criminel ».

Bravo, les flics ! Ils n'ont pas la moindre idée de ce qui s'est passé. Résultat des courses : *À condition d'être intelligent, bien organisé, de choisir soigneusement ses victimes et de ne pas se montrer trop vorace, on peut faire ce qu'on veut.*

Il passe à nouveau devant la boîte de nuit, dépasse la ruelle où elles se réfugient dans l'obscurité, à l'affût des voitures en maraude. Il roule lentement en regardant sur la droite, à l'endroit où elles se tiennent. Plusieurs d'entre elles émergent de l'ombre en le cherchant des yeux. Les réverbères jettent une lueur crue sur leurs robes moulantes et courtes, leurs cheveux crêpés, leurs seins remontés. Il en compte une demi-douzaine, des minces et des girondes, des Blanches, des Blacks, des Hispaniques. Une véritable panoplie de victimes potentielles.

Des victimes. C'est amusant de penser à elles en ces termes. Pas comme des femmes, mais comme des proies.

Il élimine d'emblée la grande blonde aux jambes interminables, elle ressemble trop à Dédé – même s'il s'est bien amusé avec Dédé à la fin. Il n'empêche, la diversité est le sel de la vie. Surtout, Holden est trop intelligent pour laisser dans son sillage un profil facilement identifiable.

Très vite, il réduit son choix à une Black aux gros seins et à une petite blonde.

Va pour la blonde ! Un modèle réduit, cinquante kilos à tout casser, facile à maîtriser en cas de pépin.

D'un autre côté, pourquoi y aurait-il un pépin ? Il s'est muni de son sac à malices, mais contrairement à la fois précédente, lorsqu'il s'est laissé surprendre par Dédé et Annie, il compte bien faire du charme à sa victime, gagner sa confiance, la piéger.

Elle ne se doutera jamais de ce qui l'attend, persuadée que le tire-bouchon servira à déboucher la bouteille, que les menottes sont un simple accessoire.

Elle risque toutefois de s'interroger au sujet du petit chalumeau de cuisine.

Il est minuit passé et les gens entrent et sortent en nombre de la boîte de nuit voisine. Autant de témoins potentiels dont Holden, prudent comme il est, doit tenir compte, mais ils sont plus ou moins éméchés et il voit mal ce qu'ils pourraient raconter aux flics à son sujet. Il porte un casque à visière teintée et il a pris la précaution de dévisser la plaque minéralogique de la moto. Au mieux, les témoins décriront un type casqué en blouson de cuir circulant sur une moto noire.

De toute façon, ce ne serait pas drôle s'il ne courait aucun risque.

Ce qui ne l'empêche pas d'être pris d'un doute en adressant un signe de tête à la petite blonde. En sera-t-il capable ? Il a perdu l'habitude, il s'est passé plus d'un an depuis la dernière fois. Il a eu beau sublimer son crime dans sa tête depuis, il retrouve brusquement le sentiment de peur qui l'étreignait. Il hésite entre l'excitation et la peur.

La blonde s'approche de la moto d'un pas nonchalant, vêtue d'un ensemble noir à peine plus couvrant qu'un bikini. Elle a un joli ventre plat, avec un piercing au nombril. Si son corps est celui d'une fille de vingt ans, son visage est plus marqué. Ses talons la grandissent de cinq bons centimètres, mais elle est toute menue.

— Salut, beau gosse. Tu cherches quelqu'un ?

— Je voudrais… passer la nuit avec toi, répond-il sans relever la visière de son casque.

— Je travaille à l'heure, chéri.

— Je voudrais… passer la nuit avec toi.

Holden est malin. S'il l'engage pour la nuit, personne ne s'étonnera de ne pas la voir revenir ce soir-là. Personne ne la cherchera avant le lendemain. Si tant est que quelqu'un s'inquiète d'elle.

— La nuit ? C'est deux mille.

Elle caresse le blouson de Holden au niveau du bras.

— Tu le regretteras pas.

— Trop cher, réplique-t-il.

Il est malin, une fois de plus. S'il marchande, c'est qu'il a l'intention de la payer.

— Cinq cents, propose-t-il.

— Cinq cents pour ça ? réagit-elle en se passant les mains sur le corps au rythme de la musique qui s'échappe de la boîte de nuit. Allez, chéri, mille cinq cents. Le prix d'une nuit inoubliable.

Il n'a pas idée des tarifs des tapineuses, mais ça ne doit pas être autant.

— Euh… mille.

— C'est bon, chéri. Attends-moi.

La fille rejoint ses copines et leur glisse quelques mots. *Tu vois, tu avais raison. Elle leur explique qu'elle ne reviendra pas ce soir, leur recommande de ne pas l'attendre. Holden, tu es un petit malin.*

— J'ai besoin d'un casque ? s'enquiert-elle en grimpant sur la selle.

Il se retourne tandis qu'elle s'accroche à lui.

— Non, répond-il. Avec moi, tu n'as rien à craindre.

36

Holden conduit sa tapineuse blonde dans un motel de Sunrise Highway. Deux jours plus tôt, il a loué sur l'arrière du bâtiment une chambre qu'il a réglée d'avance en liquide. Il gare la moto juste devant la porte qu'il ouvre à la fille. L'endroit est miteux. La moquette est déchirée, le papier peint se décolle des murs, l'éclairage est triste et le matelas fin comme du fromage en tranche, mais c'est propre et sans odeur. Il a connu pire. Elle aussi, très certainement.

Il pose son casque sur la petite table à côté de la télévision. Le sac à malices l'attend dans un coin. Il se regarde dans le miroir et recoiffe ses cheveux ébouriffés.

— Commençons par régler nos affaires.

Il se retourne et la découvre pour la première fois à la lumière. Elle a un visage rond, des yeux un peu trop écartés et un sourire en coin qu'elle croit sans doute sexy. Ses cheveux blond foncé sont remontés en chignon sur son crâne. Elle est très mince, avec une peau laiteuse couverte de taches de rousseur, des petits seins et des petites fesses rondes.

— D'accord.

Il a mille dollars en liquide. Il compte les billets et les lui tend. Elle les fourre dans son sac. Drôle de coffre-fort. Pas très fort, en fait, si l'on considère qu'elle partage sa chambre avec un inconnu. Son argent n'est pas vraiment en sécurité. Elle non plus. Il faut croire que ce sont les risques du métier.

Un métier dur, ça ne doit pas être rigolo tous les jours de gagner sa vie avec des inconnus qui…

Arrête-toi. Évite d'y penser.

— Je vais me rafraîchir, dit-elle en gagnant la salle de bains, son sac rouge accroché à l'épaule.

Il se regarde dans le miroir. *Ne pense pas à sa vie. Pense uniquement à ce que tu veux. Pense à ce qui va se passer. Pense aux menottes, au tire-bouchon, au chalumeau. Ne fous pas tout en l'air. Ça fait un an que tu attends ce moment…*

Elle le rejoint, l'air un peu plus enjoué, les yeux vitreux.

Elle est stone. Elle a pris un truc dans la salle de bains.

Il scrute ses bras, à la recherche de traces de piqûres. Rien. Elle sniffe probablement de la cocaïne. C'est sûrement ce qui l'aide à tenir.

Arrête. Tu n'as rien à foutre de cette fille et de ce qu'elle fait de sa vie. Tu t'en fiches.

— Alors, mec? Qu'est-ce qui te ferait plaisir?

Elle est nettement moins enjôleuse que tout à l'heure, dans la rue. Elle passe aux choses sérieuses.

— Qu'est-ce…

— Tu veux que je te fasse quoi?

Les yeux de la fille lui sortent des orbites, preuve de son impatience.

— C'est que… on pourrait pas… on pourrait pas discuter?

Il tremble. Elle s'en aperçoit en regardant ses mains.

— OK, discutons.

Elle s'assied sur le lit et lève son visage vers lui.

— De quoi tu veux parler?

— Je…

Il avale sa salive. *Qu'est-ce qui te prend?*

— Comment t'appelles-tu?

Elle hausse les épaules.

— Qu'est-ce qui te plairait?

Il secoue la tête.

— Non… non.

— Bon, d'accord. Je m'appelle Barbie.

Jamais de la vie. C'est son surnom dans la rue.

— Tu as envie… de savoir… mon nom *à moi*?

— Bien sûr. La plupart des types n'ont pas envie que je sache comment ils s'appellent. C'est ton fric.

Il l'observe longuement, hésitant.

— OK, alors comment tu t'appelles?

Elle est dure. Fermée. Droguée. Elle écartera les jambes et le sucera au besoin, elle se tortillera dans tous les sens s'il le lui demande, mais elle sera absente. Elle n'est pas dans la réalité.

Ça ne va pas du tout. Dédé et Annie étaient dans la réalité, même s'il regrette de ne pas les avoir connues au départ, de ne pas avoir fait l'amour avec elles, de les avoir tuées tout de suite. C'était tout de même mieux. Mieux que cette…

— T'as pas de quoi boire?

Il fait non de la tête, incapable de prononcer une parole. Il aurait dû y penser. Il aurait dû apporter une bouteille de bourbon, par exemple.

— T'as de la musique?

Merde. Il fait à nouveau non de la tête. Il sent que tout lui échappe, qu'il a pris tous les mauvais virages…

— Je… je ne peux pas, murmure-t-il.

— Tu ne peux pas quoi?

Des gouttes de sueur perlent sur son front. Son cœur bat trop vite. Il se sent mal.

— Je… je ne peux pas te tuer, répond-il.

Il lève lentement les yeux sur elle.

Elle le dévisage longuement, lèvres écartées, à mesure que ses traits trahissent sa peur. Il sent son sexe se durcir. Son ardeur se trouve comme décuplée.

Elle écarquille les yeux en voyant son expression.

Là! Enfin!

Elle saute du lit et bondit vers la porte.

Oui!

— Non! hurle-t-elle lorsqu'il lui agrippe le bras. Non, je t'en supplie!

Il la colle contre le mur en la bâillonnant avec la paume de la main. Elle le mord violemment, mais il la repousse et lui cogne la nuque contre la paroi de toutes ses forces. Elle tourne de l'œil et glisse le long du mur, sans connaissance.

Il se baisse, la tire près du lit et la dispose comme il le souhaite.

— Merci, Barbie, murmure-t-il.

Il s'y était mal pris, heureusement qu'elle a sauvé le coup à la dernière minute.

Il saura en tirer la leçon. Pas question de commettre la même erreur la prochaine fois.

Il se relève et s'approche du coin où est posé son sac à malices.

Livre III

BRIDGEHAMPTON ET SING SING, 2012

37

La prison de Sing Sing, à cinquante kilomètres au nord de New York sur la rive orientale de l'Hudson, accueille près de deux mille détenus sur une surface de plus de vingt-deux hectares. Le Bloc A, surnommé A Maximum, est situé sur une butte à l'écart du reste de l'établissement. C'est l'un des quartiers de haute sécurité les plus importants au monde, avec ses six cents prisonniers enfermés dans des cellules de deux mètres sur trois. Un ramassis d'assassins, de violeurs, de proxénètes, de responsables mafieux et de trafiquants de drogue divisés en factions ethniques rivales : les Bloods et les Crips, les Latin Kings et les Trinitarios, l'Aryan Brotherhood. À condition d'appartenir à l'un de ces gangs, on peut espérer bénéficier de leur protection. En théorie seulement, car les tares individuelles rejaillissent sur le gang. À l'intérieur du Bloc A, les représailles sont aussi fréquentes que les quatre appels quotidiens effectués par les gardiens.

Les occupants du Bloc A ont fait l'objet de mesures d'enfermement à quatre reprises au cours des huit derniers jours, à la suite des règlements de comptes entre Bloods et Latin Kings. Les armes à feu sont rares ; la plupart des détenus s'attaquent à l'aide de rasoirs et de couteaux de fortune, n'importe quel objet susceptible d'être aiguisé devient une arme.

À son arrivée au Bloc A, Noah Walker a été frappé par l'horreur du lieu. Le bloc, étagé sur quatre niveaux, s'étale à l'infini avec des cellules de part et d'autre d'une allée centrale. Un mur sans fin d'acier et de grilles. Le bruit l'a stupéfié, un vacarme assourdissant alimenté par les clameurs de centaines d'individus en cage, le hurlement des radios, les portes qui claquent.

C'est là qu'il vit désormais, au dernier étage du Bloc A, enfermé dans la septième cellule de la Galerie L. Il passera là le restant de ses jours. L-7. Il vivra dans un univers de cages surmontées d'un dôme de béton et de briques dont les fenêtres sont trop crasseuses pour laisser pénétrer beaucoup de lumière, encore moins les rayons du soleil. L'air vicié qui circule à l'intérieur du bâtiment, le vacarme, la solitude de toutes ces heures passées dans une cellule de la taille d'un placard... depuis soixante-treize jours qu'il est là, l'environnement ambiant s'est chargé de l'éteindre, de tuer chez lui tout espoir, d'effacer ses rêves, de le plonger dans l'hébétude.

C'est une autre histoire hors de sa cellule : au réfectoire, dans les douches, à l'atelier, dans la cour. Noah se tient constamment sur ses gardes, le regard aux aguets. Il n'est pas affilié à un gang. La seule option pour un Blanc est l'Aryan Brotherhood, mais il n'a aucune envie de fréquenter ces abrutis racistes. De sorte qu'il est une proie facile pour tout le monde. N'importe qui est libre de le poignarder dans le dos, de le violer dans les douches ou de lui sauter dessus dans la cour sans risque de représailles. Noah est vraiment seul au monde.

Chaque jour qui passe le détache de tout. Il est condamné à laisser filer le temps jusqu'à sa mort.

Il n'a guère d'effets personnels dans sa minuscule cellule. Il n'a pas encore gagné suffisamment d'argent pour s'acheter une radio à la cantine. Quant aux postes de télé, ils sont interdits. Il n'a conservé qu'une photo de Paige et un exemplaire de son roman préféré, *L'Attrape-cœurs.*

Le portrait de Paige la montre dans la chambre de Noah, sous les toits. Une main en avant, elle cherche à se protéger de l'objectif, une expression à la fois amusée et gênée sur ses traits. Des boucles encadrent son visage. Noah adore cette photo parce qu'elle lui parle de bien des façons. Il entend la voix de Paige quand elle lui a crié : « Non, pas de photos ! » Il respire l'odeur qu'il a toujours préférée chez elle, juste après l'amour. Il sent sa main sur son bras quand elle a tenté de l'empêcher de prendre ce cliché avec son téléphone.

Paige qu'il ne reverra jamais. Il lui a demandé de ne pas venir le voir, allant jusqu'à lui préciser qu'il refuserait de se rendre au parloir si elle lui désobéissait. Ils n'ont plus aucun avenir, autant qu'elle conserve le souvenir des moments heureux passés ensemble au lieu de le voir s'étioler lentement avec le temps, à mesure qu'il devient aigri et dur.

Il a vu son avocat la veille, et ce dernier lui a dit qu'il allait devoir patienter un mois avant de pouvoir interjeter appel. Noah lui a répondu que ce n'était pas grave. Il sait qu'il n'a aucune chance. Il n'est pas pressé d'apprendre que son appel a été rejeté.

Et c'est bien le pire. Pire que la peur qui lui noue les entrailles dans la cour de la prison, pire que la solitude, pire que la honte d'être condamné pour un double meurtre. L'absence d'espoir, savoir qu'il n'a aucun avenir et que sa vie n'a plus de sens le tuera à coup sûr. Si on ne l'a pas poignardé avant.

La date de sa mort est bien la seule incertitude qui pèse encore sur lui.

38

L'atelier de Sing Sing se trouve dans l'ancienne « salle de la mort » où la chaise électrique, Old Sparky, a eu raison de plus de six cents condamnés en soixante-dix ans, dont les espions Julius et Ethel Rosenberg. Old Sparky a terminé ses jours dans un musée lorsque l'État de New York a aboli la peine capitale. Noah en arrive à le regretter. Au lieu de quoi il travaille dans l'atelier à assembler des chaises pour enfants qui finiront probablement dans des écoles ou des hôpitaux.

Ce travail lui a procuré les seuls instants de plaisir qu'il a connus depuis deux mois et demi qu'il est enfermé à Sing Sing. Il travaille avec soin, fier de réaliser ces sièges. Il a toujours aimé se servir de ses mains, le travail manuel constitue à ses yeux un excellent moyen de se valoriser. Un enfant s'assoira sur cette chaise, apprendra à lire ou à compter sur cette chaise. Quelqu'un rira sur cette chaise.

— Debout pour l'appel !

Les prisonniers sont comptés quatre fois par jour de façon à s'assurer qu'il n'en manque aucun. Les gardiens n'ont pas les moyens de les suivre à la trace en permanence. Lors de leurs déplacements, ils les regroupent dans les couloirs, à droite de la ligne jaune qui sépare l'espace en deux, avant de les laisser gagner seuls la cour ou la salle de sport.

Noah se tient droit pendant l'appel, les bras le long du corps, tandis que les gardiens comptent les détenus à voix haute. Ils sont onze en tout dans l'atelier, lui-même divisé en plusieurs secteurs : imprimerie, soudure et travail du bois. L'atelier de menuiserie n'accueille que trois prisonniers, Noah compris.

L'appel terminé, il retourne à sa tâche, un genou à terre. Dans son dos, ses deux collègues, des Afro-Américains, Al et Rafer, posent brusquement leurs outils et quittent la pièce. Noah comprend aussitôt.

Il vient de se relever lorsque trois détenus s'avancent. Contrairement à Al et Rafer, ils ne sont pas noirs, mais blancs. Il reconnaît Eric Wheaton, le leader de l'Aryan Brotherhood à Sing Sing, accompagné de deux sbires impressionnants au crâne rasé, leurs énormes bras couverts de tatouages.

Wheaton, déjà grand par rapport à la moyenne, a l'air d'un nain à côté de ses compagnons. La cinquantaine, c'est le chef incontesté du clan. Il adresse à Noah un sourire carnassier.

— Alors, Noah. J'ai cru comprendre que tu nous évitais. Mes amis t'ont pourtant proposé d'être tes amis.

— Je me passe d'amis dans ton genre, réplique Noah qui regrette de n'avoir pas eu le réflexe de ramasser le marteau qui traînait à ses pieds.

— Tu te passes d'amis ? Tu serais le seul mec du Bloc A à te passer d'amis. Comment tu vas pouvoir te débrouiller avec tous les singes qui traînent dans le coin ?

Les deux acolytes de Wheaton se postent de part et d'autre de Noah. Deux autres détenus de l'AB, presque aussi gros que les premiers sbires, pénètrent à leur tour dans l'atelier. Ils sont désormais cinq contre un.

— Je suis venu te le demander gentiment, poursuit Wheaton. C'est la dernière fois.

Noah prend sa respiration. Il s'attend au pire.

— Je me passe très bien de toi et des connards de racailles blanches racistes qui te servent de potes.

Le sourire de Wheaton s'élargit sur deux rangées de dents jaunes mal plantées.

— On n'est pas assez bien pour lui, les amis. Il se prend pour Jésus. Vous avez entendu ça ? Le Jésus du surf.

Rafraîchissez-moi la mémoire, les gars. Il lui est arrivé quoi, à Jésus, déjà ?

Les quatre géants s'approchent de Noah qui envoie un coup de poing dans la bouche de l'un des types dont la tête vole en arrière. Il pivote sur lui-même et défonce du gauche la mâchoire d'un second agresseur en le déséquilibrant, sans l'assommer pour autant. Il se retourne, mais pas assez vite pour éviter le choc. Le plus gros de ses adversaires se jette sur lui de toute la masse de ses cent cinquante kilos et l'envoie rouler par terre. Noah tente de se dégager d'une détente des jambes lorsqu'une botte s'écrase contre sa tempe. Des éclairs traversent son champ de vision. La brute qui le chevauche lève le bras et abat son poing. Noah écarte la tête juste à temps et le poing s'écrase sur le sol de l'atelier. Le géant pousse un hurlement de douleur. Noah en profite pour lui envoyer une ruade en plein ventre dans l'espoir de se dégager.

Il est rapidement mis en minorité par des ennemis beaucoup plus lourds que lui. S'il les a ralentis dans un premier temps, il succombe sous le nombre. Il est seul, ils sont cinq. Cinq brutes qui l'immobilisent par terre et le rouent de coups de pied et de coups de poing. Le sang jaillit de sa bouche et de son nez à chaque nouvel assaut, il n'est plus qu'un punching-ball humain. Ses côtes émettent des craquements sinistres sans qu'il puisse se défendre. Sa vie ne tient plus qu'à un fil, il n'a aucun moyen de les stopper s'ils ont décidé de le tuer.

Le poids qui l'étouffait au niveau de la poitrine s'efface, on le saisit par les mains et les pieds, on le soulève, on le jette sans ménagement sur l'un des établis.

— Écartez-lui les bras, les gars, ordonne une voix.

Noah, à la limite de la perte de connaissance, comprend tout juste qu'on lui tire les bras, paumes en l'air. Deux de ses agresseurs grimpent sur l'établi et s'assoient sur ses avant-bras pendant que deux autres lui maintiennent les tibias. Il ne peut plus bouger.

Quand la pointe du premier clou se pose sur la paume de sa main, il n'a même plus la force de crier. Comme dans un brouillard, à travers ses paupières meurtries, il voit Wheaton lever le marteau au-dessus de sa main droite.

Le marteau s'abat sur le clou, un flot de sang jaillit de la plaie avec la force d'un jet de pétrole brut lors d'un forage. Noah pousse un hurlement animal et ses yeux se révulsent. Le reste va très vite. Tandis qu'on lui cloue l'autre main sur l'établi, Noah n'a plus qu'une prière en tête.

Achevez-moi.

39

— Tu es prête, chérie ?

Je tourne une page du dossier avant de revenir en arrière. Des rapports de police, des comptes rendus d'enquête, les minutes du procès.

— Chérie ?

— Euh… oui. Je suis quasiment prête.

C'est faux. En tailleur sur le lit, je travaille toujours. Mais j'en ai pour un instant à me préparer.

Matty passe la tête par la porte. Il porte un manteau Hugo Boss tout neuf et l'eau de toilette qui va avec, les cheveux encore mouillés de la douche.

— Qu'est-ce que tu fabriques ? Tu n'es même pas lavée !

— Non… désolée. Je lisais.

— Tu lisais quoi ? Putain, Murphy, ça t'arrive de ne pas bosser ? C'est un trader de Wall Street qui te pose la question. Un comble !

Il s'approche du lit et tend la main vers la liasse de documents que je suis en train de consulter. Des boutons de manchette en or massif brillent à ses poignets.

— C'est le type qui a tué ton oncle ? Le Jésus du surf ?

Je relève la tête.

— Oui. Je voulais vérifier un truc.

— Tu voulais vérifier quoi ? Il a été condamné il y a quoi ? Quatre mois, c'est ça ? Je ne vois pas ce qu'il reste à vérifier.

Je hausse les épaules.

— Une fusillade au collège de Bridgehampton il y a longtemps. Le jour d'Halloween en 95.

— Quel rapport avec ton type ?

— La police a arrêté Noah à l'époque.

— Noah, répète Matty. Parce que vous vous appelez par vos prénoms, maintenant ?

— J'ai sorti son dossier hier. Écoute un peu ça.

— D'accord, mais vite.

Il en profite pour se regarder dans le miroir accroché au-dessus de ma commode afin d'arranger le col de sa nouvelle chemise.

— On a tiré sur quinze gamins ce jour-là, au niveau de l'aire de jeux située au sud du bâtiment. Noah se trouvait au niveau du petit bois voisin, à l'est. Huit des quinze victimes étaient à moins de dix mètres de l'endroit où il se tenait avec sa carabine à plomb.

— D'accord.

— Les sept autres se dirigeaient vers le collège, un peu plus loin, à l'ouest de Noah.

— OK.

Il lisse ses cheveux et se regarde une dernière fois dans la glace, satisfait du résultat.

— Ceux-là se trouvaient plutôt à vingt ou vingt-cinq mètres. L'un d'eux, un gamin nommé Darryl Friese, a reçu un plomb dans l'œil.

— Aïe !

— L'œil *gauche*.

Matty se rend dans la salle de bains où il fait couler de l'eau. Il en ressort aussitôt en se séchant le visage avec l'essuie-mains. Il hoche la tête.

— Tu n'as toujours pas pris ta douche, remarque-t-il.

— Tu ne m'écoutes pas.

— Bien sûr que si.

J'hésite à lui demander de répéter ce que je viens de dire, mais je n'ai pas envie qu'on soit ridicule, tous les deux.

— Comme Darryl Friese marchait en direction du collège, vers le nord, et que Noah se trouvait à l'est, comment Darryl a-t-il pu être blessé à l'œil gauche?

Matty me répond qu'il n'en sait rien d'un haussement d'épaules. Il s'en fiche complètement. Il achève de s'essuyer le visage et me lance un regard en coin.

— J'ai vu le Noah en question à la télé, dit-il. Très beau mec. Je devrais être jaloux?

— Matty…

— Lequel tu trouves le plus beau, de nous deux? Lui, ou moi?

— Tu plaisantes, j'espère?

Il tend l'index dans ma direction.

— Tu ne réponds pas à ma question. Tu le trouves mieux que moi? Il gagne pourtant moins de fric, non? Allez, Murphy, avoue, ajoute-t-il en m'agrippant la cheville. Tu l'aimes plus que moi?

Je me dégage d'un mouvement brusque, saute à bas du lit et quitte la pièce. Il me suit dans le couloir.

— Qu'est-ce qu'il y a? Puisque je te dis que je t'écoutais. En quoi ça te concerne, Murphy? Cette histoire est arrivée il y a une éternité. Je sais bien que ton oncle te manque et j'en suis désolé pour toi…

— Tant d'attention me touche.

— … mais tu dois impérativement te reprendre. Tu es en train de devenir chiante.

Je fais volte-face.

— Ah oui?

— Exactement, si tu veux que je te dise la vérité.

Je fais un pas vers lui.

— Ce type a tué mon oncle. J'essaye de comprendre ce qui se passe dans sa tête.

— Parce que tu crois que ça t'aidera à faire le deuil?

— Je ne sais pas. Peut-être.

— Eh bien, arrange-toi pour faire ton deuil les jours où je n'ai pas réservé chez Quist dans…

Il consulte sa montre.

— … dans vingt-quatre minutes.

— Je t'ai dit que je serai prête.

— C'est ça. Tu te contenteras de mettre tes cheveux mouillés en queue-de-cheval et d'enfiler un truc pas assez chic pour ce genre de restau. Je remarque que tu ne te mets jamais en frais pour moi quand je viens te voir. C'est tout juste si tu prends deux minutes pour te coiffer et tu ne te maquilles même pas. Tu es la fille la plus sexy que je connaisse, mais on dirait que tu n'en as rien à foutre.

Je fronce les yeux pour mieux observer le dénommé Matt Queenan.

— Mais je n'en ai *vraiment* rien à foutre ! C'est la première fois que tu t'en rends compte ?

— Je crois que je vais te livrer un petit secret, princesse, réplique-t-il en agitant l'index. Je connais plein de filles qui seraient trop heureuses d'avoir l'air sexy pour moi. Tu te figures peut-être que je ne me fais jamais draguer ? Ça m'arrive tous les jours. Je connais une bonne douzaine de femmes qui seraient ravies de sortir avec moi.

— Oh, il doit même y en avoir des centaines.

Je n'ai pas cherché à masquer mon ironie.

— Le grand Matt Queenan qui gagne plus d'un million de dollars par an ! Mais qu'est-ce qui t'empêche d'aller retrouver une de tes admiratrices dès ce soir ?

Je retourne dans ma chambre lorsqu'il m'attrape le bras.

— Tu sais quoi ? Je crois que je vais suivre ton conseil, réplique-t-il entre ses dents.

Je me dégage brutalement.

— Je t'interdis de me toucher.

— Et toi, bordel, je t'interdis de me pousser ! siffle-t-il en me collant contre le mur.

Mon sang irlandais ne fait qu'un tour. Je lui envoie mon poing dans les dents, sa mâchoire rend un bruit sinistre.

— Tu te sens mieux, comme ça ?

Il titube en arrière, hébété, caresse sa bouche de la main et découvre du sang sur ses doigts.

— Espèce de *salope*. Personne ne me frappe.

Je hausse les épaules.

— Casse-toi, Matty. Si tu ne veux pas que je te fasse vraiment mal.

— Ah ouais ?

Je lève le poing en le voyant tenter un pas dans ma direction et il recule précipitamment. Il ne fait pas le poids, il sait que je suis capable de l'allonger. Son ego ne s'en remettrait pas.

— Je te souhaite tout le bonheur du monde dans ton trou de merde avec ton boulot de merde, déclare-t-il en battant en retraite. Je peux déjà te dire que j'aurai trouvé un autre rencart avant même d'avoir regagné Manhattan.

40

Matty à peine parti, je mets une casquette de base-ball et gagne ma voiture. Je n'ai aucune envie de traîner chez moi où les effluves de son eau de toilette me le rappelleront constamment. J'ai les nerfs à fleur de peau, tout en sachant que notre relation n'allait nulle part. Notre séparation était jouée d'avance.

Je m'applique parallèlement à ne pas penser alors que, je le sais au fond de moi, j'ai un problème avec les mecs en général et je ne suis pas faite pour la vie à deux. Je lève toujours les yeux au ciel quand on m'assène le cliché du flic marié à son travail, mais ce n'est pas un stéréotype pour rien. Ce n'est pas que je me fiche de tout en dehors de mon boulot, c'est plutôt que le boulot de flic ne vous laisse jamais en paix. À force de côtoyer la mort, la misère et la souffrance, on n'est plus capable de les laisser au vestiaire en rentrant chez soi. Ces trucs-là ne partent pas au lavage et ne s'évanouissent pas quand votre amoureux vous serre dans ses bras. Ils vous polluent au point de vous rendre toxique, alors vous vous mettez en retrait de façon à n'infecter personne. Une partie de vous-même reste soigneusement enfermée au fond d'un placard.

Et puis, tant qu'à me montrer parfaitement honnête avec moi-même, je me suis *toujours* sentie seule, bien avant de devenir flic. J'ai toujours été différente. J'ai coutume de dire que je suis le mouton rouge de la famille, à cause de ma tignasse rousse alors que mes parents et Ryan étaient blonds. (Il paraît que je tiens ça d'une arrière-grand-mère que je n'ai pas connue, et dont j'ai uniquement vu un portrait en noir et blanc.) J'étais grande et sportive alors que Ryan était râblé et studieux. J'étais une semeuse de merde de première alors qu'il était aussi calme que réservé. J'étais une rebelle indécrottable au sein d'une famille aimante, il me manquait le gène qui m'aurait permis de trouver ma place dans la vie comme tout le monde.

Je me rends à la petite maison d'oncle Lang sur North Sea Road. La haie est soigneusement entretenue, sur les instructions de l'agent immobilier chargé de vendre la propriété. La porte d'entrée est fermée, mais j'ai la clé. L'intérieur a été nettoyé, la moquette shampouinée, la cuisine récurée, le frigo vidé. Ça me fait bizarre de ne pas trouver de fringues dans tous les coins, de ne pas sentir cette odeur de chaussettes sales et de mauvaise friture qui caractérisait la maison depuis le départ de Chloé.

Cherche Chloé, ce sont les derniers mots qu'a prononcés Lang au moment où on l'emmenait au bloc. Sa dernière pensée a été pour l'amour de sa vie. Même lui n'a pas réussi à préserver leur relation. Alors moi…

C'est la question qui me vient à l'esprit en dévissant le bouchon de la bouteille de Beefeater. J'ai envie de la voir à moitié pleine par souci d'optimisme, ce qui tombe bien car j'ai envie de boire.

Je suis décidément tombée bien bas. Je ne suis qu'une flic butée au bout du rouleau, paumée dans un patelin qui lui colle des cauchemars quasiment toutes les nuits, avec un problème d'alcool et une incapacité notoire à s'accorder avec la gent masculine, placée sous les ordres d'un supérieur qui ne l'aime guère et fait tout pour la pousser à la démission en lui collant des missions nazes. Pas étonnant que Matty se soit barré en courant…

Je finis par dénicher au fond d'un placard une tasse à café que je remplis de gin et je me rends dans la chambre d'amis où les affaires de Lang sont rangées dans des cartons. Un spectacle de désolation. Son ordinateur se trouve toujours sur le petit bureau en bois, son clavier posé sur une planche coulissante. Je le mets en route et le cadre réservé au mot de passe s'affiche sur l'écran. Je tape JENNAROSE sur le clavier avec un pincement au cœur et la page d'accueil apparaît.

Lang conservait une copie de ses «meurtres» chez lui. Les rapports de police, les notes des enquêteurs, les photos des scènes de crime, les rapports d'autopsie, les comptes rendus d'interrogatoire, tout est entreposé dans le garage. Il rédigeait également un résumé de chaque affaire sur son ordinateur en relatant les faits, depuis la découverte du crime jusqu'au procès. Il envisageait depuis des années d'écrire ses mémoires le jour où il prendrait sa retraite, dans l'espoir d'arrondir ses fins de mois et de laisser une trace de son travail aux générations futures. *Et s'ils décidaient de produire une série télé, ça ne me dérangerait pas*, plaisantait-il.

Le dossier intitulé AFFAIRES contient plus d'une cinquantaine de fichiers dont les plus anciens sont vieux de quelques décennies. Je remonte à l'année 1995 et cherche en vain le compte rendu de la fusillade du collège de Bridgehampton. Sans savoir exactement pourquoi, je voudrais comprendre ce qui s'est passé ce jour-là. Ce connard de Matty avait raison, pour une fois, mais je ne suis pas le genre de flic qui se satisfait des apparences, j'ai besoin de reconstituer entièrement le puzzle. Cette histoire de carabine à plomb peut sembler anodine, certains détails ne collent pas.

Hypnotisée par l'écran, je regarde successivement l'icône de l'antivirus, celle de la poubelle, le dossier contenant les fichiers Word. Et puis je découvre dans un coin un document isolé baptisé CHLOE.

Cherche Chloé, m'a recommandé Lang aux urgences juste avant de mourir. Sur le moment, j'ai pensé qu'il me demandait de la contacter, de la prévenir de ce qui lui était arrivé, de l'appeler à son chevet. Et s'il s'agissait de chercher… ce fichier baptisé Chloé?

Je clique sur l'icône et le document s'ouvre à l'écran. Il s'agit d'une lettre, datée de deux jours avant sa mort.

Ma Chloé chérie, il faut que j'en parle à quelqu'un, et même si tu es partie pour toujours, le quelqu'un en question ne peut être que toi.

Je ne peux retenir mon émotion en découvrant la suite. L'écho de ma voix se répercute sur les murs de la pièce vide.

— Mon Dieu ! Oh, mon Dieu !

41

— L-7.

Le gardien frappe à la porte de la cellule avec la pointe d'un stylo. Pas de réponse.

— L-7, répète-t-il. Je fais la tournée.

Noah relève la tête, enfouie entre ses mains, et bat des paupières, aveuglé.

— Où vas-tu après le déjeuner, L-7?

Noah secoue la tête. Il a regagné le Bloc A trois semaines plus tôt, au terme d'un mois d'hospitalisation à l'infirmerie de la prison après avoir été longuement opéré au Phelps Memorial Hospital sous bonne garde, les chevilles menottées aux barreaux de son lit. Depuis son retour dans la Galerie L du Bloc A, il n'a quitté sa cellule que pour se rendre au réfectoire, suivre des cours ou voir le psy épisodiquement. Il ne travaille pas, faute d'avoir retrouvé suffisamment l'usage de ses mains pour être efficace, et refuse d'aller dans la cour ou de fréquenter la salle de sport. Les détenus ont normalement le droit de quitter leur cellule après le déjeuner, mais il préfère rester enfermé toute la journée à contempler les murs de sa cage. Sans doute dort-il, mais l'hébétude de zombie dans laquelle il est plongé l'empêche de distinguer le sommeil de l'éveil, le rêve de la réalité. Sa vie n'est plus qu'un brouillard diffus, dépourvu d'espoir comme de désespoir, de peur comme de satisfaction.

— L-7?

Une « chemise blanche », le surnom couramment donné aux gardiens-chefs, a rejoint son jeune collègue.

— Tu as mal ? Si tu veux des antalgiques, il suffit de nous indiquer le nom de tes agresseurs.

Le directeur de l'établissement a supprimé les antalgiques dès la sortie de Noah de l'hôpital afin de l'obliger à dénoncer l'Aryan Brotherhood. Tout le monde connaît l'identité des coupables, mais il est impossible d'entamer des poursuites contre eux, ou même de les frapper de mesures disciplinaires, si Noah refuse de coopérer avec la direction.

Noah ne se sent pas une âme d'indic. Il serait ravi de rendre la monnaie de leur pièce à Eric Wheaton et ses copains, mais il ne se voit pas balancer quelqu'un. Quand il était jeune, c'était la ligne à ne pas franchir. Tout le monde prenait des libertés avec la loi, quitte à la violer ouvertement, et il n'était pas rare que l'on fasse subir à d'autres ce qu'on n'aurait pas aimé subir soi-même, mais personne ne caftait.

— Comme tu veux, L-7.

Le gardien et son supérieur s'éloignent.

Le temps donne l'impression de s'arrêter. Noah se rend au réfectoire à l'heure du déjeuner, sans toucher à son assiette. Il a perdu dix kilos depuis l'agression.

En fin d'après-midi, un autre gradé se présente devant sa cellule.

— L-7, du courrier pour toi.

Il passe la main à travers les barreaux et dépose une enveloppe dans le petit seau réservé à cet effet.

— Désolé de tous tes ennuis.

Il est désolé ? Noah lève la tête et voit le gardien secouer la tête avant de passer à la cellule voisine. Le courrier des détenus est censuré à Sing Sing, sauf s'il émane d'un avocat, de sorte que le *désolé* est certainement lié à la lettre qu'il vient de recevoir.

Je vois mal comment ma situation pourrait être pire, se dit Noah.

Il se lève de son lit, les membres engourdis après trois heures sans bouger. Il récupère dans le seau le courrier décacheté par celui qui l'a lu et découvre un Post-it sur lequel est écrit le mot *Désolé*, attaché à une coupure de presse. Il déplie celle-ci, les intestins noués, et découvre un gros titre : SUICIDE PAR NOYADE D'UNE PERSONNALITÉ DU TOUT-MANHATTAN. Une photo de Paige Sulzman en robe bain de soleil, prise lors d'un gala quelconque, illustre l'article.

— Non ! Non !

Il s'oblige à lire l'article en diagonale, le temps d'apprendre que Paige a été retrouvée morte dans sa piscine, et s'agrippe aux barreaux de la cellule en les secouant désespérément.

— Non !

Des auréoles de sang traversent les pansements de ses mains mal cicatrisées, mais il est imperméable à toute forme de douleur physique. Il hurle à s'en arracher la voix, les centaines de détenus du bloc lui répondent par des cris et des sifflements.

Noah, épuisé, finit par s'écrouler par terre, adossé à la grille de la cellule.

— Pas elle, murmure-t-il. Pas Paige…

Il lui avait demandé de l'oublier, de reprendre le cours d'une existence normale. Elle était censée quitter John Sulzman et monter la boîte de décoration intérieure dont elle avait toujours rêvé. Elle lui avait promis d'avoir une vie. Elle le lui avait *promis.*

Il pleure à chaudes larmes, pour la première fois depuis une éternité, au point de s'étouffer dans ses sanglots.

Le destin a décidé de ne rien lui laisser. Allongé sur le sol poussiéreux de la cellule, il ne prête aucune attention aux insectes qui rampent à quelques centimètres de son visage. Le regard perdu dans le vide, il se console en se disant qu'il retrouvera Paige à la première occasion. Cette fois dans un monde meilleur.

— L-7 ? l'apostrophe un gardien. Tout va bien ?

Noah relève la tête.

— Je veux aller en promenade, demande-t-il.

— Il reste moins d'une heure, répond le gardien.

Aucune importance. Ce sera amplement suffisant.

42

La cour du Bloc A est une grande aire de béton rongée par les mauvaises herbes. Elle est équipée d'un terrain de basket, le tout entouré d'un grillage surmonté de fil de fer barbelé. La température est anormalement clémente pour une fin de février, ce qui n'empêche pas la plupart des détenus de porter la veste et le bonnet de rigueur.

Noah a négligé de s'habiller chaudement car il n'a pas l'intention de rester là longtemps. Il se dirige vers le terrain de basket d'un air déterminé.

Eric Wheaton et quatre autres membres de l'Aryan Brotherhood, installés sur les gradins en bois qui bordent le terrain, discutent bruyamment en fumant des cigarettes. Ils se redressent en voyant Noah Walker s'avancer. Une lueur amusée, presque satisfaite, s'allume dans leurs yeux. Elle s'éteint lorsqu'ils constatent que Noah, ramassé sur lui-même, serre les poings.

Les deux AB les plus impressionnants, ceux qui se font appeler les « gardes du corps », jaillissent des gradins et se portent à sa rencontre. Sans chercher la bagarre, ils n'ont pas l'intention de l'éviter pour autant.

— Tiens, tiens, dit Eric Wheaton en se levant à son tour.

— Comment vont tes mains ? demande l'un des gardes du corps.

Noah ralentit. Ses mains sont loin d'être guéries. Plusieurs tendons ont été gravement atteints et deux des doigts de sa main gauche ne se replient plus normalement.

Par chance, Noah est droitier.

Il lance un regard à droite, pivote dans la direction opposée et envoie son poing dans la mâchoire de l'un des gardes du corps. Au bruit, il sait qu'il a fait mouche.

Le second garde du corps et les deux autres sbires de Wheaton se ruent sur Noah qui fonce dans le tas tête baissée. Les malabars, qui s'attendaient à une bagarre à coups de poing, n'ont pas anticipé la manœuvre.

Eric Wheaton a tout juste le temps de laisser échapper un *Non !* retentissant. Les bras levés, il tente d'esquiver l'attaque, mais Noah lui saute dessus et le fait tomber en arrière. Les deux adversaires roulent à terre et Wheaton se cogne violemment la tête contre le montant des gradins. Noah le retourne sur le dos et lui serre le cou de toutes ses forces. Derrière lui, les Aryens multiplient les cris au milieu de la rumeur des autres détenus ravis du spectacle, des coups de sifflet des gardiens, du haut-parleur qui ordonne aux prisonniers de s'éloigner, à la façon d'un arbitre retenant l'adversaire d'un boxeur au tapis.

Noah, qui s'acharne sur Wheaton, est repoussé avec une force inouïe sans avoir s'il s'agit d'un Aryen ou d'un gardien. Il n'en a cure. Une masse humaine s'abat sur lui, il ferme les yeux et ne pense plus à rien au milieu du chaos ambiant. Il reçoit une pluie de coups au niveau de la nuque, il sent qu'on lui immobilise les poignets dans le dos à l'aide de menottes en plastique, on le relève de force, quatre bras le saisissent, ses pieds quittent le sol et on l'emmène en position horizontale, dos au ciel, le nez et la bouche pissant le sang. Aucune importance. Il se fiche bien de savoir s'il a tué Eric Wheaton ou bien s'il lui a uniquement donné un sérieux mal de gorge. Quoi qu'il en soit, le résultat sera le même.

— Tu vas au trou, caïd, gronde l'un des gardiens.

L'Unité spéciale – le trou pour les intimes – est un petit bâtiment trapu à l'écart du Bloc A. Les étages supérieurs sont réservés aux détenus que la direction souhaite protéger parce qu'ils ont mouchardé, ou bien parce qu'on les soupçonne de vouloir se venger à la suite d'une agression. C'est toutefois au rez-de-chaussée qu'est conduit Noah. Dans un établissement connu pour abriter la lie des criminels, le rez-de-chaussée du trou est réservé à la lie de la lie. Des êtres qui n'ont plus rien d'humain, des prédateurs que l'on enferme comme des animaux dans des cellules basses de plafond, munies de fenêtres minuscules.

Noah est jeté sans ménagement dans l'une de ces cages au sol poisseux qui pue l'urine et les excréments. Les autres détenus poussent des hurlements de hyènes en faisant crisser des ongles leurs barreaux. Une main coupe les liens en nylon qui enserrent les poignets de Noah, les gardiens battent en retraite précipitamment et la porte de la cellule se referme sur lui en le plongeant dans l'obscurité.

Noah sait que la fin est proche. Elle viendra sans doute d'un gardien en cheville avec l'AB. À Sing Sing, on a coutume de dire que la seule différence entre les détenus et les gardiens tient à la couleur des uniformes. Noah s'en moque. Il se fiche d'être poignardé avec un couteau de fortune au réfectoire ou dans la cour, ou bien par un gardien en pleine nuit. Son sort est déjà réglé.

Les heures s'écoulent sans qu'il cherche à les compter. À un moment, il entend s'ouvrir la porte du bâtiment et des pas approcher. Un, deux, trois gardiens en tenue de combat pénètrent dans la cellule. Casques à visière, bottes et gants renforcés, gilets pare-balles, coudières et genouillères, longues matraques. Il fait trop sombre pour que Noah puisse distinguer leurs visages, leurs silhouettes inquiétantes se découpent dans la lumière du couloir. Des armoires à glace, des combattants aguerris, plus musclés que les gardes du corps de l'AB.

— Debout, passe tes mains à travers les barreaux, lui ordonne l'un des gardiens. Au moindre problème, on te défonce.

Noah obtempère. Il n'a aucune intention de leur compliquer la tâche. Il quitte le bâtiment avec eux et respire une dernière fois l'air frais qui caresse son visage en levant les yeux en direction des étoiles. La dernière valse, comme le voulait l'expression consacrée à l'époque où l'on conduisait les condamnés à mort à la chaise électrique.

Il franchit une porte avec eux, remonte un couloir dont les murs se font l'écho de leurs pas. Désorienté, il pense à Paige en fredonnant une valse classique. Il attend la fin, quelle qu'elle soit.

Il foule brusquement un sol en moquette, ce qui ne lui est pas arrivé depuis des mois. Il ne comprend plus rien, d'un seul coup, en découvrant une porte sur laquelle s'étale l'inscription BUREAU DU DIRECTEUR.

Les gardiens ricanent en voyant son expression, puis ils ouvrent le double battant et Noah se retrouve dans l'antre du chef d'établissement. Comment a-t-il pu se retrouver là? Il reconnaît le directeur, un grand Black d'un certain âge, et découvre à côté de lui…

Non!

— Que… qu'est-ce qui se passe? demande-t-il.

C'est l'inspectrice Jenna Murphy qui lui répond.

— Je suis ici pour procéder à votre transfert, Noah. On vous ramène à la prison du comté de Suffolk en attendant une nouvelle audience.

— Une nouvelle audience… pourquoi?

— Vous avez été victime d'un coup monté, Noah, réplique-t-elle. J'en ai la preuve.

43

La salle d'audience est pleine à craquer. Le grand public et les représentants des médias, des flics et des magistrats, les habitants du cru. Il règne un calme tel que l'on perçoit le léger sifflement qui souligne un silence absolu. Tout le monde tend l'oreille pour ne pas perdre une miette du témoignage en cours. La juge elle-même semble hypnotisée par le témoin qu'elle observe par-dessus ses lunettes, le front barré d'un pli, une moue aux lèvres.

C'est la chaîne CNN qui a diffusé la nouvelle en premier, sans fournir le moindre détail. On devrait tout savoir aujourd'hui. À l'occasion de cette audience. Tout de suite.

L'inspectrice Jenna Murphy, en tailleur bleu, témoigne depuis plus d'une heure maintenant. Elle s'est contentée jusque-là de donner le cadre général de son intervention. Joshua Brody, l'avocat de Noah, procède méticuleusement. Il a commencé par rappeler son parcours et le rôle subalterne qu'elle a joué pendant l'enquête avant de poser de nombreuses questions permettant à la cour d'apprécier « l'authenticité » de la lettre découverte par le témoin dans l'ordinateur de son oncle. La juge a finalement décidé que cette lettre pouvait être admise comme pièce à conviction, ce qui autorise Brody à aborder le vif du sujet.

— Comme chef de la police locale, mon oncle avait toute latitude de se rendre sur les scènes de crime en premier, explique Murphy. Il s'est rendu au 7 Ocean Drive à la suite du double meurtre, ce qui lui a permis de récupérer le couteau maculé du sang des victimes ainsi que le collier de Mélanie avant l'arrivée des enquêteurs. Ensuite, c'est lui qui a procédé à la fouille de la maison de M. Walker après l'arrestation de ce dernier.

Elle hausse les épaules.

— Il pouvait tout se permettre sans que personne se doute de rien.

Joshua Brody acquiesce.

— Si je comprends bien, vous nous expliquez que…

— Je vous explique que mon oncle a scotché le couteau et le collier au tuyau de chauffage avant de les « découvrir » là, le coupe Murphy. Je vous explique que mon oncle a dissimulé ces preuves lui-même dans la cuisine de Noah Walker.

La salle tout entière a un haut-le-corps. Noah entend une rumeur dans son dos. Les journalistes, interdits de portable à l'intérieur de la salle d'audience, se précipitent hors du bâtiment pour envoyer des SMS et des tweets, passer des coups de téléphone. L'entrée du tribunal doit ressembler à une ruche, entre les journalistes qui sortent et ceux qui rentrent après avoir transmis la nouvelle, impatients d'entendre la suite.

Mais Noah Walker n'a pas l'intention de se retourner. Il ne quitte pas Jenna Murphy des yeux. Cette fille qui lui a envoyé un coup de pied en pleine figure la première fois qu'il l'a vue, le jour de son arrestation ; celle qui est entrée chez lui par effraction quelques semaines plus tard avant de tirer une balle juste au-dessus de sa tête ; celle à qui il doit sa condamnation à la suite de son témoignage crucial. Et voilà que la même Jenna Murphy témoigne en sa faveur après avoir découvert cette lettre dans l'ordinateur de son oncle.

— Lors du procès, dit Brody, vous avez pourtant témoigné que mon client avait avoué les meurtres de Mélanie Phillips et de Zach Stern.

Murphy hoche la tête en battant lentement des paupières, le visage impavide. Si elle savoure l'instant, elle n'en montre rien, pas plus qu'elle n'affiche ses affres si elle en a. Noah a l'intuition qu'elle est passée maître dans l'art de dissimuler ses pensées et de masquer ses émotions.

— C'est ce que le chef m'avait dit, réplique Murphy. C'était un mensonge. Il m'a menti et j'ai répété ses paroles aux jurés sans me douter qu'il s'agissait d'un mensonge.

Le public réagit bruyamment une fois de plus, la juge le rappelle à l'ordre d'un coup de maillet.

— Je ferai évacuer tous ceux qui ne sont pas capables de rester tranquilles.

— Noah ne s'est pas davantage confessé auprès de Dio Cornwall, poursuit Murphy. Je suis allée le voir après la découverte de cette lettre. Le chef James lui a promis une réduction de peine s'il acceptait de témoigner contre Noah, et une condamnation plus lourde s'il refusait. Il lui a fourni les éléments dont il avait besoin pour que ses accusations soient convaincantes. Dio m'a confirmé l'exactitude des aveux contenus dans la lettre de mon oncle.

— Je vois, approuve Brody. Qu'en est-il des aveux que Noah aurait passés en présence du commissaire?

Murphy secoue la tête.

— Il n'y a jamais eu d'aveux. Il a menti à tout le monde à ce sujet. Il a menti à ses subordonnés, au procureur, à…

Elle se racle la gorge. C'est la première fois qu'elle manifeste un semblant d'émotion depuis le début de son témoignage.

— Il m'a menti, reprend-elle.

Noah, électrisé, sent les larmes lui monter aux yeux. Il refusait d'y croire jusque-là. Surtout après un tel parcours en dents de scie, cette sensation de chute libre, ce périple terrifiant à travers les méandres d'un système opaque auquel il n'accordait plus aucune confiance. Pas même en pénétrant dans la salle d'audience aujourd'hui. Il refusait d'entretenir le moindre espoir, de peur de tomber de haut, une fois de plus.

Et voilà que les événements lui donnent tort.

— Si vous m'autorisez à vous poser la question, inspecteur, reprend Brody. Pourquoi vous être manifestée ? Après tout, il s'agit de votre oncle, vous auriez pu ne rien dire.

Jenna Murphy secoue la tête en baissant les yeux.

— Parce que ça ne marche pas comme ça. L'important n'est pas de gagner, mais de servir la justice. Au fond de lui-même, mon oncle l'avait également compris, sinon il n'aurait pas écrit cette lettre.

Noah tremble à présent de tous ses membres, il pleure à chaudes larmes. Il a perdu espoir si souvent, il a voulu mourir si souvent. Il pense à Paige, qui ne peut pas assister à cette scène, et il serre les paupières en pleurant comme il n'a pas le souvenir de l'avoir jamais fait.

Et, pendant que son avocat passe un bras autour de ses épaules, le procureur Akers rappelle à la cour que, grâce à l'inspecteur Murphy, l'accusation a fait surgir la vérité et qu'il est lui-même le premier à servir la cause de la justice.

C'est ensuite au tour de la juge de s'exprimer.

— Écoutez, Noah, lui glisse Brody à l'oreille.

Il relève la tête, les yeux brouillés de larmes, la gorge nouée au point d'en rester muet.

— Eu égard aux éléments dont dispose la cour comme au témoignage reçu ce jour, déclare la magistrate, et en l'absence d'objection de l'accusation, une seule décision s'impose à la cour. L'accusé ayant été victime d'un déni de justice patent, la cour accède à la requête en annulation de son jugement, conformément aux termes de l'article 440.

La juge retire ses lunettes et se penche vers Noah en cherchant ses mots.

— Monsieur Walker, l'État de New York vous doit des excuses. Vous avez traversé une période particulièrement sombre de près d'un an. J'ai cru comprendre que vous aviez beaucoup souffert pendant votre incarcération, pour prix d'un crime que vous n'aviez pas commis. J'espère seulement que cette épreuve ne provoquera chez vous ni amertume ni colère, et que vous saurez en tirer des leçons positives.

S'il était en mon pouvoir de vous rendre l'année qui vient de s'écouler, je le ferais. C'est malheureusement impossible. Je me contenterai de constater, avec toute la force de la loi, que votre condamnation ne repose sur rien.

C'est tout juste si Noah, submergé par l'émotion, parvient à répondre par un hochement de tête.

— La requête de l'accusé est acceptée, conclut la juge en ponctuant sa décision d'un coup de maillet. La condamnation de l'accusé pour les meurtres de Mélanie Phillips et de Zachary Stern est annulée. J'ordonne la libération immédiate de l'accusé.

44

Les portes s'ouvrent et Noah Walker s'avance d'un pas décidé en observant le décor de la rue comme s'il découvrait un monde nouveau. Sans doute est-ce l'impression qu'il ressent. La prison, pour ce que j'ai pu en voir de l'autre côté de la barrière, est un univers à part. En particulier pour ceux qui sont condamnés à perpétuité. Perdre espoir est un poison dangereux, capable de transformer n'importe qui en mort vivant.

J'ai envoyé pas mal de monde à Sing Sing, des assassins et des violeurs comme des trafiquants de drogue, et ce n'était jamais de gaieté de cœur. Si j'avais les coudées franches, je choisirais un autre moyen de punir la plupart des criminels. Je dis bien la plupart, pas tous. Mais comme on trouve systématiquement des solutions de masse aux problèmes de masse dans ce pays, on se contente de construire des prisons et d'y laisser moisir un grand nombre d'individus.

J'observe la scène, adossée à ma voiture, et je vois Noah se figer à l'instant où nos regards se croisent. Il a changé, et pas uniquement à cause de son crâne rasé de détenu qui le rajeunit. À son regard, on le sent plus décontracté, comme revigoré.

— Quelqu'un est censé me reconduire, dit-il.

— C'est moi.

Ma réponse le laisse songeur.

— Ça n'a pas l'air de vous plaire.

Il hausse un sourcil.

— Mais je ne vous mets pas un flingue sur la tempe, si vous n'avez pas envie.

— Non, vous l'avez déjà fait la dernière fois.

Il tient à la main un petit sac contenant les affaires qu'il avait à Sing Sing. Il s'approche et monte dans la voiture.

Je fais le tour de l'auto et prends place derrière le volant. Ma vieille Chevrolet n'est pas exactement une limousine, mais c'est toujours mieux qu'un bus de l'administration pénitentiaire.

— Tenez, c'est pour vous.

Je pose sur ses genoux le *New York Post* du jour sur lequel s'étalent à la une les paroles de la juge, L'ÉTAT DE NEW YORK VOUS DOIT DES EXCUSES, suivies d'un sous-titre : « Le témoignage ému de l'inspectrice met hors de cause le "Jésus du surf" ».

Noah jette un rapide coup d'œil à l'article, puis il pousse un soupir et regarde le paysage à travers sa vitre.

— Je n'aurais jamais pensé que vous étiez émue, laisse-t-il tomber. J'aurais été infoutu de savoir ce que vous pensiez.

— Bienvenue au club.

Il m'observe en silence. Il émane de lui une chaleur dont je n'arrive pas à déterminer la nature exacte. De la colère peut-être, une forme d'agressivité ou de rage contenue. Je mets en route la climatisation. Je me rassure en me disant qu'il fait incroyablement doux pour un mois de mars.

Nous n'avons pas échangé une seule parole lorsque je m'engage sur le Long Island Expressway. Tout en me concentrant sur la route, je cherche une station de radio digne de ce nom. Faute de trouver le style de musique qui me convient, je me rabats sur une chaîne d'info, il n'est question que de l'entraînement des Yankees et des Mets. Vu la douceur qui règne à New York en ce moment, je me demande bien pourquoi les Yankees ont éprouvé le besoin d'aller s'entraîner en Floride.

Noah continue de m'observer sans un mot. Je monte la clim (ou je la baisse, comme vous voulez, histoire de diminuer la température), mon chemisier me colle à la peau. Prise d'un mauvais pressentiment, je sens de la peur monter en moi.

— Ça vous ennuierait de ne pas me regarder comme ça, Noah ?

— Vous comptez m'arrêter ?

Je lance un coup d'œil dans sa direction. Sa coupe de prisonnier fait ressortir les muscles de son cou et de ses épaules, que cachaient précédemment ses cheveux longs. Il a également coupé sa barbe, mais il ne s'est pas rasé depuis deux ou trois jours.

— Vous transpirez, remarque-t-il.

— Pas du tout.

— Excusez-moi.

Il reste tourné dans ma direction, comme prêt à me sauter dessus. Ce ne serait pas très malin de la part de quelqu'un qui vient tout juste de retrouver le goût de la liberté. Après tout, il aime peut-être jouer avec le feu. Ou alors il a décidé de me mettre mal à l'aise.

Je poursuis ma route en montant la radio, comme si les commentaires des journalistes sportifs au sujet de Mariano Rivera (il s'agit de savoir s'il prendra sa retraite fin 2012) pouvaient m'aider à oublier le regard de Noah.

On traverse Queens quand il se décide à rompre le silence :

— Vous comptez sur moi pour vous dire merci ?

— Pas du tout. Je me fiche de votre reconnaissance.

— Tant mieux, parce que je ne vous dois rien. Vous avez menti au procès. C'est à cause de vous que j'ai été condamné.

Je change brusquement de file et m'engage de justesse sur la bretelle du Little Neck Parkway. Quelques instants plus tard, je me gare le long d'un petit parc que longe le Horace Harding Expressway.

— Allez, venez.

Je descends de voiture et j'entre dans le parc. Il me rejoint en quelques enjambées. Je m'attends presque à ce qu'il se jette sur moi et m'étrangle. Il s'arrête si près que je remarque la présence d'une petite coupure au niveau de sa lèvre supérieure et sens sur lui l'odeur caractéristique de la prison, un mélange de colère et de transpiration.

— C'est vous qui les avez tués?

Il plisse les paupières, la tête légèrement penchée, comme s'il ne comprenait pas ma question.

— Vous bénéficiez d'une immunité totale puisque vous avez été acquitté. Personne ne peut plus vous poursuivre pour les meurtres de Mélanie et de Zach. Alors je vous pose la question droit dans les yeux. C'est vous qui les avez tués?

Il m'adresse un sourire amusé.

— Vous vous foutez de moi.

— Pas du tout. Ce n'est pas parce que vous avez été victime d'un coup monté que vous êtes innocent. Lang était convaincu de votre culpabilité, mais il ne pensait pas pouvoir en apporter la preuve. Monter une machination contre un coupable…

— Non, me crache-t-il au visage. Je ne les ai pas tués.

Le cœur battant, la gorge nouée et les poings serrés, je lui pose la question suivante.

— Et le meurtre de mon oncle?

Il secoue la tête.

— Vous êtes inouïe.

— Je veux savoir.

Il me regarde longuement, fait un pas en avant et se penche assez près pour m'embrasser. Je retiens mon souffle.

— À ma connaissance, inspecteur, je ne bénéficie d'aucune immunité pour ce meurtre. Je me trompe?

— C'est tout comme. Vous êtes le chéri des médias. On passerait pour des monstres si on vous inculpait à nouveau. Sebastian Akers préférerait encore avaler sa cravate. Alors, cow-boy? Votre réponse?

Nos nez se touchent presque, je sens son haleine sur mon visage, il me sonde du regard, la vague de chaleur qui émane de lui est plus vive que jamais.

— Très bien, dit-il. Je vais répondre à votre question.

Il s'approche, sa joue mal rasée touche la mienne, sa bouche effleure mon oreille.

— Je n'ai pas tué votre oncle, me glisse-t-il dans un murmure.

L'instant d'après, il fait volte-face et regagne la voiture.

45

En arrivant au boulot le lendemain, j'ai droit aux regards en coin de mes collègues et tout le monde murmure sur mon passage. Ces temps-ci, le STPD m'accueille avec autant d'enthousiasme qu'une maladie vénérienne. Il faut bien reconnaître que j'ai sérieusement terni l'image de la police de Southampton. J'imagine qu'en insistant un peu certains finiraient par me donner raison d'avoir voulu éviter une erreur judiciaire, même au prix de l'image du service et de son regretté chef.

Il n'empêche, on se souvient essentiellement que j'ai couvert d'opprobre la police locale en franchissant la ligne blanche.

— Le chef te demande, m'annonce l'une de ses assistantes en passant à côté de moi.

Comme un bonheur n'arrive jamais seul, mon ancien coéquipier, Isaac Marks, dirige les opérations à présent. La municipalité a supprimé de son titre la mention *par intérim* il y a quinze jours, si bien qu'Isaac est désormais notre nouveau chef. On pourrait croire que sa nomination me profitera et que mon ancien coéquipier portera sur moi un œil bienveillant, mais ce n'est pas le cas. Isaac était présent lors de la perquisition effectuée chez Noah Walker, le jour où mon oncle a dissimulé le couteau et le collier. Depuis que j'ai témoigné, Isaac a dû répondre aux questions de la presse et de sa hiérarchie. On s'en doute, il s'est empressé de nier toute implication dans les manœuvres spécieuses de Lang, mais personne ne le croit tout à fait, de sorte qu'il n'entame pas son règne sous les meilleurs auspices, grâce à moi !

Il a eu la chance d'être nommé à son poste avant toutes ces révélations. Il est certain qu'il n'obtiendrait pas une telle promotion aujourd'hui.

Pourtant, Isaac ne donne nullement l'impression de savoir qu'il a de la chance lorsque j'entre dans son bureau.

— Bonjour.

— Assieds-toi, Murphy.

Il me lance un épais dossier sur lequel s'étale la mention PROGRAMME DE SÉCURITÉ EN MILIEU SCOLAIRE. Je devine aisément la suite.

— Après la fusillade qui a eu lieu dans un collège de l'Ohio au mois de février, m'explique-t-il, le bureau des affaires scolaires voudrait que nous revoyions les procédures de sécurité. L'évacuation des élèves, les mesures de prévention et le reste. Je te demande de t'en charger. Tu es à la disposition du collège de Bridgehampton pendant quelques mois. Tu trouveras tous les éléments dans ce dossier.

Je n'en reviens pas. On ne confie pas une mission de ce genre à un enquêteur confirmé. Il le sait aussi bien que moi. Isaac ne peut pas me virer, car je me trouve dans l'œil des médias et la presse s'emparerait immédiatement de l'affaire en estimant, à juste titre, que le STPD cherche à se venger de moi au prétexte que j'ai témoigné contre Lang, mais il existe bien des façons de punir un flic qui est sorti des clous. Le plus simple est encore de lui confier une mission de merde dans l'espoir que l'ennui le poussera à la démission.

— Écoute, Isaac.

— Tu m'appelles comment? réagit-il en relevant sèchement la tête.

— Désolée, *chef*. J'ai fait des recherches au sujet des meurtres du 7 Ocean Drive, maintenant qu'on repart de zéro...

— On ne repart pas du tout de zéro. On connaît le nom du coupable. On lui a même offert l'impunité. Pas vrai, inspecteur?

Ses bajoues se sont légèrement empourprées.

— Je… comprends. Tu ne veux pas savoir ce que je crois ?

Il lève la main en signe de défense et se cale au fond de son fauteuil.

— Dis-moi ce que tu crois, Murphy. Je suis impatient de t'entendre.

— En plus de ces deux meurtres, il y a l'assassinat de mon oncle, et celui de cette prostituée dans les bois, empalée sur un tronc d'arbre, sur lequel nous avons enquêté ensemble.

— Oui ? dit-il en se grattant le cou. Et alors ?

— Eh bien, ces quatre meurtres ont été commis par quelqu'un qui voulait torturer ses victimes en les laissant mourir à petit feu. En particulier mon oncle et la prostituée dans les bois, empalés tous les deux. Je pense que ce n'est pas un hasard. Ces affaires sont liées entre elles.

— Noah Walker a tué Zach et Mélanie. Il a probablement aussi tué Lang, mais, à présent qu'il est intouchable grâce à toi, le procureur ne s'attaquerait pas à lui quand bien même Dieu descendrait du ciel et le déclarerait coupable. Quant à cette prostituée, va savoir qui l'a tuée. Les flics de Sag Harbor n'ont qu'à s'en occuper.

Une pute de plus qui fait ses adios aux Hamptons, comme me l'a dit Lang.

— Je t'interdis de t'occuper de ces meurtres, décrète Isaac. Tu es détachée auprès du collège à compter d'aujourd'hui. Tout manquement à cet ordre t'exposerait à des sanctions. Je ne te retiens pas.

Il me chasse d'un geste de la main.

J'ai comme l'impression que je vais devoir bouffer de la merde pendant un bon moment. Je retourne à mon bureau, le temps de réunir mes affaires.

Une voix féminine m'interrompt. En me retournant, je découvre une jeune recrue en uniforme, la seule îlotière affectée à l'antenne de Bridgehampton, qui compte tout juste six semaines d'ancienneté.

— Je n'ai pas encore eu l'occasion de me présenter. Agent Ricketts.

Je lui serre la main. Elle doit avoir dans les vingt-cinq ans, mais elle a tout d'une adolescente avec ses grands yeux naïfs et sa coupe blonde très courte.

— Ravie de faire ta connaissance, Ricketts. Appelle-moi Murphy. N'hésite pas à me téléphoner si tu as besoin d'aide.

— C'est-à-dire…, balbutie-t-elle alors que je retourne à ma tâche.

— C'est-à-dire quoi?

— Je me demandais au contraire si ce n'était pas moi qui pourrais vous aider. J'ai beaucoup entendu parler de vous. Je serais ravie de travailler avec vous.

Elle m'évoque mes débuts, le fait d'être une fille dans un univers essentiellement masculin. La soif de se rendre utile, de faire ses preuves.

À vrai dire, il y aurait bien une mission…

— Tu vas devoir agir officieusement, sur ton temps personnel.

— Aucun souci, répond-elle sans chercher à dissimuler son excitation.

Après tout, pourquoi pas?

— D'accord, Ricketts. Fais-moi la liste de tous les meurtres qui n'ont pas été élucidés au cours des dix dernières années dans le coin. Intéresse-toi en priorité aux victimes tuées à l'arme blanche, ou qui ont été embrochées.

— À l'arme blanche… ou embrochées, répète-t-elle en prenant des notes.

— Poignardées, empalées, tailladées, découpées en morceaux, tout ce qui s'approche de ça. Ce type-là adore tailler en pièces ses victimes.

46

Dès mon arrivée à la cité scolaire de Bridgehampton, un bâtiment en briques rouges avec des colonnes blanches sur Main Street – Montauk Highway, si vous préférez –, on m'envoie chez la principale, Paulina Jacoby. Elle a le physique de l'emploi : tenue sévère, cheveux gris impeccables, et pas l'air de rigoler. Son bureau, très sobre, a une jolie vue sur les terrains qui entourent l'école, côté sud. Derrière elle, alignés sur une étagère, je découvre les annuaires des élèves depuis les années 1970.

Nous commençons par discuter de tout et de rien. Jacoby m'explique qu'elle avait de bonnes relations avec l'ancien chef. Elle est au courant que je suis sa nièce, comme tout le monde à présent.

— Nous avons été… agréablement surpris d'être contactés par le chef Marks, m'explique-t-elle.

Le chef Marks. Je vais mettre du temps à m'y habituer.

— Nous sommes ravis de l'intérêt que nous porte le STPD. Il n'y a jamais trop de mesures de sécurité à prendre dans un collège.

Je ne vais pas lui donner tort. En clair, elle est en train de m'expliquer que c'est nous qui l'avons contactée, et non l'inverse. Voilà qui ne me surprend guère. Isaac s'est donné du mal pour me dégoter la mission la moins glorieuse sans en avoir l'air. Il n'aurait pas pu me demander de surveiller les parcmètres sans montrer ouvertement qu'il me punissait.

De ce point de vue, cette mission en milieu scolaire est parfaite. Qui pourrait prétendre que la sécurité au collège n'est pas essentielle de nos jours ? Il n'empêche, ce genre de mission revenait de droit à un flic nettement moins aguerri que moi. Isaac est un petit salopard roué.

— Nous avons la chance de ne pas avoir été victimes d'une fusillade depuis seize… plus exactement depuis dix-sept ans, poursuit la principale en tapotant du doigt le plateau en bois de son bureau.

C'est vrai. Comment ai-je pu l'oublier ?

— L'attaque à la carabine à plomb de 1995.

Je tends l'index en direction de la fenêtre.

— L'incident s'est déroulé là, sur l'aire de jeux. C'est bien ça ?

Elle acquiesce en regardant à son tour par la fenêtre.

— Le jour d'Halloween. On a interdit aux élèves de venir costumés pendant plus de dix ans après cette histoire.

— Il s'agissait de Noah Walker. C'est lui qui a tiré sur ces gamins avec une carabine à plomb.

Elle pose sur moi un regard indécis. Comme Noah n'était pas majeur au moment des faits, la procédure judiciaire s'est déroulée à huis clos. Le collège n'a pas été autorisé à révéler son identité.

— Eh bien, je me doute que ce n'est plus vraiment un secret, vu les révélations lors de son procès, l'an dernier.

Tu parles d'un secret. Je la sens toutefois mal à l'aise, et je n'insiste pas.

— Je voudrais vous présenter à nos équipes de sécurité, suggère-t-elle en se levant de sa chaise. En quoi d'autre puis-je vous être utile ?

— Un dernier détail. M'autoriseriez-vous à consulter l'annuaire des élèves de l'année 1995 ?

Une fois achevé mon rendez-vous avec les responsables de la sécurité de l'établissement, on m'affecte un bureau, une minuscule pièce dépourvue d'ouverture qui a dû servir de placard au concierge autrefois. Enfin seule, j'ouvre l'annuaire prêté par la principale et cherche dans l'index l'entrée qui m'intéresse.

Je feuillette jusqu'à la page indiquée, et mon doigt s'arrête sur le nom *Walker, Noah* au niveau de la colonne de droite. Il devait avoir douze ou treize ans à l'époque. J'avoue être curieuse (le terme est faible) de savoir à quoi ressemblait ce beau gosse musclé à l'adolescence.

Aucune photo de lui n'apparaît en face de son nom. Le cadre où devrait s'afficher son portrait est vide, et porte la mention PAS DE PHOTO DISPONIBLE. C'est logique puisqu'il a été renvoyé après la fusillade survenue à Halloween. Il ne faisait plus partie de l'établissement à l'époque où les élèves ont été pris en photo. Je laisse échapper un soupir de déception avant de me reprendre. Pourquoi serais-je déçue ? Et en quoi les biceps de Noah Walker me concernent-ils ?

À côté du cadre vide où aurait dû se trouver le portrait de Noah, je découvre un gamin à tête de fouine, aux yeux trop rapprochés, et à la tignasse couleur paille séparée en deux par une raie. Il ne sourit pas, ne fait pas davantage la moue, on le sent perdu, comme s'il découvrait l'invention de la photographie ce jour-là.

Je connais cette tête-là. Je comprends en déchiffrant le nom correspondant : il s'agit d'Aiden Willis. Le même Aiden Willis aux yeux de raton laveur qui travaille comme fossoyeur au cimetière. Celui qui officiait à l'enterrement de Mélanie, le même qui s'est éclipsé quand je lui ai payé une bière dans mon bar préféré.

Le monde est petit. Tout le monde se connaît forcément dans un patelin pareil.

Je retourne à l'index, à la recherche de la page consacrée à Isaac Marks. Ce torche-cul d'Isaac, mon ex-coéquipier et nouveau patron, a le même âge que Noah et Aiden. Son portrait le montre avec l'expression menaçante d'un ado qui se prend pour un dur. Ça colle parfaitement avec le personnage. À l'époque, Isaac rêvait sans doute d'un rôle important, de gagner un respect dont il ne jouissait pas auprès de ses camarades. Ce ne sont que des suppositions, mais elles cadrent avec l'individu que je connais aujourd'hui. Et puis les gens ne changent pas tant que ça en vieillissant.

Je relève la tête. Noah, Aiden Willis et Isaac Marks. Isaac et Noah étaient dans la même classe car ils avaient le même âge. Aiden avait un an de plus. Ils se connaissaient forcément à l'époque. Le collège est trop petit pour qu'il en soit autrement. Tout le monde se connaît.

Je compose le numéro de poste de la principale sur le téléphone intérieur.

On finit par me la passer.

— Madame Jacoby ?

— Je vous en prie, appelez-moi Paulina.

— D'accord, Paulina. J'aimerais m'entretenir avec un membre de votre équipe qui se trouvait là au moment de la fusillade de 1995.

47

Côté sud, la cité scolaire de Bridgehampton est bordée par un pré d'un demi-hectare qui abrite un terrain de base-ball ainsi qu'une aire de jeux pour les plus petits. Un peu plus loin, sur ma droite, se trouve le petit bois qui délimite le terrain à l'est. À ma gauche, au nord-ouest, j'aperçois le parking auquel on accède depuis Main Street.

— C'est là, m'explique Darryl Friese. Je me trouvais là. Je n'ai pas compris tout de suite ce qui m'arrivait. J'ai d'abord cru que j'avais un insecte dans l'œil ou un truc du genre. C'est bête, non?

Je fais non de la tête.

— Il n'y a rien de bête dans une situation pareille.

Il se tourne vers moi. Darryl avait neuf ans en 1995, il en a donc vingt-six, peut-être vingt-sept, mais ces dix-sept années n'ont pas été tendres avec lui. Il commence à perdre ses cheveux et son ventre cache sa ceinture. Le gris de son œil gauche contraste étrangement avec le bleu vif de l'œil droit, mais, à ce détail près, il n'a conservé aucune séquelle de l'accident.

— Bon, j'aimerais comprendre ce qui s'est passé exactement. Veuillez vous placer à l'endroit précis où vous avez reçu ce plomb, dans la même position.

Il se plie à ma requête.

— Je me trouvais là. Je m'en souviens parce qu'une fille, Angela Krannert... Seigneur, ça fait une éternité que je n'avais pas pensé à elle! Quoi qu'il en soit, Angie était au niveau de l'entrée arrière du collège et je me dirigeais vers elle. Je me souviens… c'est la dernière pensée qui m'est venue avant de recevoir ce plomb dans l'œil, j'essayais de trouver une remarque susceptible de la faire rire.

Il fait face au nord. De l'endroit où il se tient, l'entrée arrière de la cité scolaire se trouve droit devant lui. Il tend l'index en direction du petit bois.

— Vous voyez cette espèce de renfoncement ? C'est là que les élèves allaient se planquer pour fumer des cigarettes et s'embrasser. Techniquement, ça fait toujours partie de l'école, mais personne ne peut vous voir.

J'acquiesce. Une vieille souche d'arbre au milieu d'une petite clairière.

— C'est là que Noah s'était tapi ?

— Ouais.

Noah, s'il se tenait effectivement là, se trouvait à droite de Darryl.

— Dans ce cas, comment a-t-il pu vous blesser à l'œil gauche ?

Darryl éclate de rire.

— Si vous croyez que je n'ai pas posé la question. Ils ont mis ça sur le compte du désordre qui régnait ce jour-là. Il faut dire que c'était le chaos total. De mon côté, j'étais hors circuit. Je me roulais par terre en hurlant, mais personne ne m'entendait parce que tout le monde hurlait. Personne ne se doutait qu'il s'agissait d'une carabine à plomb. Au début, en tout cas.

— Les enquêteurs ont pensé que vous vous étiez retourné, ce qui aurait permis d'expliquer cette blessure à l'œil gauche.

Il rit de plus belle.

— C'est exactement ça. En même temps, je comprends qu'on ne m'ait pas cru, j'étais un gamin. J'ai un fils de sept ans, il faut voir les trucs qu'il sort.

Il secoue la tête avec virulence.

— En attendant, je peux vous assurer que j'ai reçu ce plomb dans l'œil avant que les autres se rendent compte de quoi que ce soit. Avant les cris et le chaos, avant que les gens s'égaillent dans tous les sens. J'ai probablement été le premier atteint. Non, je vous assure, j'avançais tout droit vers l'entrée du collège où se tenait Angie.

J'inspecte une nouvelle fois les lieux. Le petit bois et le renfoncement où se cachait Noah sont sur ma droite, côté est.

Au nord-ouest, le parking de l'école.

Un parking que protège une haie touffue. Une planque idéale.

— Vous travaillez dans le cadre d'une enquête ? m'interroge Darryl. Vous avez rouvert l'enquête sur la fusillade d'Halloween ?

— Non, pas du tout.

Ce n'est pas vraiment un mensonge. Techniquement, je ne m'intéresse pas à la fusillade de 1995. J'essaye seulement d'en savoir plus sur Noah Walker et sur les ados qu'il fréquentait à l'époque. Je ne me suis pas encore renseignée sur les gamins avec qui il traînait.

En revanche, je sais déjà que l'un d'eux était le second tireur ce jour-là.

48

— Le tout est de dénicher un sujet qui les intéresse, m'explique Arnie Cooper, un prof de gym black d'un certain âge.

Il est grand et bien bâti, même si le temps s'est chargé d'ajouter quelques centimètres à son tour de taille, mais on devine sans peine l'athlète qu'il a été, à en croire la légende. J'en ai trouvé la confirmation avec les coupes exposées dans les vitrines à l'entrée du gymnase et les photos encadrées qui sont accrochées au mur. Il est né et a grandi à Bridgehampton, « de l'autre côté de Main Street », ainsi qu'il le précise d'emblée, et il a remporté le championnat de course de haies de l'État de New York en 1978. Retenu au sein de l'équipe olympique américaine lors des Jeux de Moscou en 1980, il n'a pu y participer à cause du boycott américain.

Derrière nous, plusieurs cibles de tir à l'arc sont alignées le long du terrain de sport : un centre jaune, entouré de ronds orange, bleus et noirs. La moitié des gamins de CM1 tirent à côté, les flèches à embout caoutchouté s'écrasent dans l'herbe sans provoquer de dégâts.

— J'ai de plus en plus de mal à faire courir et jouer les gamins, se plaint l'enseignant. Ils ont constamment le nez plongé dans leur téléphone et autres gadgets. Je ne faisais rien de tout ça quand j'avais leur âge, je passais mon temps à courir.

Il adresse un signe à un élève plus âgé qui lui fait office d'assistant.

— Brendan, j'en ai pour quelques minutes. D'accord?

Coop, le surnom auquel il tient, marche désormais en boitant. Il paye le prix de ses courses de haies.

— Je courais encore bien à la trentaine, précise-t-il. Et je courais très bien le jour de la fusillade.

Il me montre de la main l'entrée sud de la cité scolaire.

— Je mettais des paniers dans le gymnase quand j'ai entendu les cris, poursuit-il. Au début, je n'y ai pas pris garde. Les gamins passent leur temps à crier. Jusqu'à ce que j'entende les braillements d'un adulte. Les plus petits viennent à l'école avec leurs parents. Quand j'ai entendu un premier parent crier, j'ai su que quelque chose ne tournait pas rond. Alors je suis sorti par cette porte.

— Qu'avez-vous fait?

— J'étais à peine dehors… c'était terrible. Des gamins allongés dans l'herbe, des parents qui essayaient de les protéger, des gens qui couraient dans tous les sens comme des cafards. Je vous laisse imaginer le tableau. Je me suis dit: *Quelqu'un a tiré sur ces gamins. On leur a vraiment tiré dessus. À balles réelles.* D'un autre côté, il n'y avait pas de sang, alors j'avais du mal à comprendre.

Il se tait et secoue la tête, les mains sur les hanches.

— Ça faisait longtemps que je n'avais pas eu aussi peur.

— Ensuite, vous…

— Quelqu'un a tendu la main vers l'est en disant: «Il est parti par là! Par là!» Un autre hurlait: «Il est déguisé en Spider-Man, c'est Spider-Man!», alors je me suis précipité, j'ai contourné le bâtiment pour rejoindre l'entrée principale, sur Main Street, à la recherche de Spider-Man.

Nous effectuons le trajet qu'il a parcouru ce jour-là, longeons le bâtiment côté est et remontons vers le nord en foulant une pelouse manucurée, parsemée d'arbres, avant d'atteindre l'allée pavée qui mène à Main Street.

— J'ai couru jusqu'à la rue, sans savoir où il était.

Je le suis sur le trottoir.

Il tend la main vers la droite, côté est.

— Il était là, précise-t-il. À côté de Small Potato.

Il me désigne une cabane abritant un étal, vide à cette saison, surmonté d'une pancarte verte pittoresque sur laquelle figure l'inscription : PRODUITS DE LA PLUS VIEILLE FERME DES HAMPTONS. C'est là que j'ai acheté mon sapin à Noël dernier.

— Ce jour-là, ils vendaient des citrouilles, mais ils avaient remballé. Il n'y avait plus personne. À part Noah, assis sur un banc juste à côté dans son costume de Spider-Man dont il avait retiré le masque. Il attendait là, tranquille, des écouteurs sur les oreilles. On aurait pu croire… je sais que ça peut paraître bizarre, mais on aurait dit qu'il attendait le bus.

— Mais… il avait sa carabine ?

Il hausse les épaules.

— Je ne l'ai pas vue. Elle a été retrouvée par la suite. Il s'en était débarrassé dans les taillis derrière lui. Je lui ai demandé de m'accompagner, je l'ai attrapé et je l'ai ramené de force au collège sans qu'il cherche à résister. Il ne se débattait même pas. Il s'est contenté de me demander ce qu'il avait fait.

Ce qu'il avait fait ?

— Si je vous comprends bien, Coop, ce gamin tire sur une vingtaine de personnes avec une carabine à plomb, il s'enfuit en courant en contournant le bâtiment et s'installe tranquillement sur un banc… comme s'il attendait le bus ? Comme si de rien n'était ?

Coop éclate de rire en secouant la tête.

— Je sais. Je comprends votre étonnement. À mon avis, il y a deux explications.

Je le dévisage.

— Soit il n'avait effectivement rien fait de mal, soit ce salopard est un monstre, incapable de ressentir quoi que ce soit. Le genre d'individu capable de vous éventrer avec un grand sourire avant de nier en vous regardant droit dans les yeux. Je ne sais pas si vous voyez ce que je veux dire.

Je baisse les yeux en hochant lentement la tête.

— Je crois voir ce que vous voulez dire. Je crois que je vois.

49

Je quitte Sag Harbor Turnpike au niveau d'une allée dont les gravillons crissent sous mes pneus. Je m'arrête devant un petit cabanon recouvert de tuiles en bois. L'entrée, protégée par un vélum, est surmontée d'un vieil écriteau délavé sur lequel est gravé le mot TASTY'S.

Le parking est plein, le restaurant aussi, comme je peux m'en rendre compte en m'avançant dans la salle où règnent de délicieux effluves de fruits de mer. Le genre d'endroit que j'adore, pas de chichis, des tables recouvertes de nappes en papier, des photos sur les murs, des plats servis dans des barquettes en carton. Le menu du jour est détaillé sur une ardoise : deux sortes de soupe aux palourdes, des palourdes à la vapeur, des crevettes à la coriandre et au basilic, des coquilles Saint-Jacques, des huîtres, des moules, des palourdes frites, quatre recettes différentes de homard, et des frites maison.

Ricketts, la nouvelle recrue de Bridgehampton, est de repos aujourd'hui et m'attend à la table qu'elle nous a réservée. Elle tète une bouteille de Miller High Life dont la jumelle est posée devant elle. Reste à savoir si elle l'a commandée pour elle, ou pour moi. Dans un cas comme dans l'autre, cette gamine me plaît.

— Salut, la nouvelle.

— J'adore cet endroit, répond-elle. Les meilleurs fruits de mer de la région, et les moins chers. Ils n'ont pas augmenté leurs prix depuis dix ans.

Elle est un peu plus décontractée que lors de notre première rencontre au commissariat. Il faut dire qu'elle était en uniforme ce jour-là. Cette fois, elle porte un jean avec un pull, et ses cheveux blonds sont tout ébouriffés.

Un serveur en chemise grise, coiffé d'une casquette des Mets à l'envers, s'approche. Ricketts commande des coquilles Saint-Jacques, moi aussi, nous prenons deux bouteilles d'eau et un cornet de frites pour deux.

Ricketts tire un dossier de son sac.

— La liste que vous m'avez demandée. Tous les meurtres non élucidés depuis dix ans dans le coin, tous commis à l'arme blanche ou avec un instrument tranchant.

Je hoche la tête.

— Combien?

— Huit.

— *Huit?* Donne-moi ça.

Je tends la main.

Elle hésite.

— Euh... vous ne préférez pas manger avant? J'ai peur que ça vous coupe l'appétit.

— À ce point?

Elle n'a peut-être pas tort.

— Je ne m'attendais pas à ce qu'il y en ait autant.

— J'ai compté Mélanie et Zach dans le lot.

— Tu as raison.

— Ainsi que la prostituée retrouvée empalée sur un tronc d'arbre l'été dernier.

— Bien sûr.

Bonnie Stamos. Certaines images ne s'effacent jamais de votre mémoire. C'est le cas de la malheureuse, le corps ouvert en deux sur ce tronc d'arbre.

— J'ai également ajouté à la liste... enfin, vous savez...

— Mon oncle? C'est normal.

Elle avale une gorgée de bière.

— En tout, ça fait huit.

Elle embrasse la salle d'un geste avant d'ajouter:

— Au fait, c'est ici que travaillait Mélanie Phillips.

Je l'imite en goûtant à la bière qu'elle a commandée à mon intention, histoire de ne pas la heurter. Je ne voudrais pas non plus qu'elle se sente seule.

— Je suis bête, vous étiez forcément au courant. Je suis désolée. Peut-être que… peut-être…

— Du calme, Ricketts. Je ne suis pas du genre à me vexer.

Elle prend une longue respiration.

— En fait, j'étais inquiète à l'idée de vous rencontrer. Je vous ai vue une autre fois au commissariat, mais vous m'intimidez.

— Moi?

La bière est délicieuse.

— Tu as tort. Il faut se serrer les coudes, entre filles.

— Je sais bien, mais vous êtes… tout le monde a peur de vous. Vous avez travaillé à Manhattan, vous êtes intelligente, vous avez du caractère et… en plus, vous êtes belle. La plupart des types ne savent pas comment vous prendre. À les entendre, la plupart d'entre eux ont envie de coucher avec vous. En même temps, ils seraient ravis de vous voir vous casser la figure.

La description me paraît réaliste, surtout la dernière partie.

— Mon conseil, garde la tête baissée et concentre-toi sur ton boulot. La réussite, si elle est méritée, finira par arriver. C'est uniquement grâce à tes actes que tu pourras prouver ta valeur à ces hommes des cavernes. Laisse glisser le reste, les commentaires sexistes et toutes ces conneries. Rien de tout ça ne comptera à la fin si tu fais du bon boulot.

— D'accord, acquiesce-t-elle en bonne élève.

— Ne couche jamais avec un collègue, c'est le meilleur moyen de tout foutre en l'air. Même si tu es une flic de première, tu auras à jamais une réputation de salope.

Elle lâche un grand soupir.

— Je ne dis pas que c'est juste, ma jolie. Je cherche à t'éviter de te prendre la tête. On t'en demandera toujours deux fois plus parce que tu es une femme, tu devras réussir mieux que n'importe quel mec pour être considérée comme leur égale.

Elle hoche la tête.

— D'accord. D'accord.

— Il y a plein de mecs bien dans le service. Je fais uniquement allusion aux planches pourries, mais il se trouve que certaines de ces planches pourries décident pour tout le monde. Alors évite de faire des vagues et bouge-toi le cul un maximum. Surveille les arrières de ton coéquipier. Et n'hésite pas à m'appeler en cas de pépin, de jour comme de nuit.

Son visage s'illumine.

— C'est vrai ?

— Bien sûr.

— Voilà pour vous, les filles. Deux coquilles Saint-Jacques avec un cornet de frites.

Un autre serveur, en jean et chemise à boutons cette fois. Le teint hâlé, grand et bien fichu, un joli sourire, des cheveux bruns coiffés sur le côté. Le genre de type que les parents ont envie de voir sortir avec leur fille. Les coquilles Saint-Jacques ont l'air délicieuses.

— Justin, je te présente Jenna Murphy. Jenna, voici Justin Rivers. Le propriétaire des lieux, m'explique Ricketts.

— Je fais partie des meubles, réagit-il. Ravi de vous connaître.

Il essuie sa main sur son jean et me la tend, sa poigne est ferme.

— Moi aussi. Alors c'est vous qui n'avez pas augmenté votre prix depuis dix ans ?

— Eh bien oui, c'est ma foi vrai.

Il soutient mon regard un poil trop longtemps, puis il baisse les yeux. C'est un timide, l'inverse d'un prétentieux. J'ai toujours eu un faible pour les types timides et un peu gauches. Pourquoi faut-il toujours que je sorte avec des sales cons ?

En plus, il ne porte pas d'alliance. Ce genre de détail n'échappe jamais aux femmes.

— Bien ! dit-il en tapant dans ses mains. Heureux de vous avoir rencontrée, et bon appétit.

— Pas de souci pour ça.

Je le regarde s'éloigner.

— On est d'accord, non ? sourit Ricketts. Maintenant, vous savez pourquoi j'adore cet endroit.

Je n'ai jamais mangé de coquilles Saint-Jacques aussi bonnes, la cuisson est parfaite, avec un soupçon de beurre et de citron pour ne pas tuer le goût de la chair. Les frites sont bien assaisonnées et la sauce à l'ail qui les accompagne pourrait me convaincre de changer de religion. On commande une nouvelle tournée de bières en l'honneur de ce festin, mais j'ai la ferme intention de m'arrêter là.

À présent que j'ai entraperçu le maître de maison, dispensé mes conseils et avalé les meilleures coquilles Saint-Jacques de toute mon existence, il est temps de passer à la suite.

— Bon ! Il est temps de refréner mon appétit.

— Vous pouvez compter là-dessus, réplique Ricketts.

50

— Voici la liste, commence Ricketts en tirant une première feuille de son dossier. Huit crimes non élucidés au cours des dix dernières années.

— Je connais déjà ceux de l'été dernier. Zach et Mélanie, Bonnie Stamos et mon oncle. Commençons par ceux qui ont été commis avant mon arrivée ici.

— C'est ce que j'ai fait, répond-elle en me laissant déchiffrer les noms.

— Dédé Paris, aperçue pour la dernière fois le 10 mai 2007.

— Les deux premières victimes vont de pair, précise Ricketts. Dédé Paris et Annie Church. Toutes deux étudiantes en deuxième année à l'université de Yale. Elles ont quitté le campus de New Haven le 9 mai en racontant des bobards à leurs proches et à leurs familles. Elles n'ont jamais parlé à personne de leur décision de venir dans les Hamptons. On a appris leur destination plus tard, grâce aux fadettes de leurs téléphones portables. Leur voiture a également été retrouvée dans le coin, à Montauk, au terme de recherches poussées.

Elle sort du dossier deux portraits qu'elle me tend.

— Dédé est la blonde, Annie la brune.

Dédé a été photographiée lors d'un match de volley. Elle est grande et musclée, avec des cheveux blonds coupés très court. La photo d'Annie est une photo de lycée, elle a un sourire lumineux et un regard chaleureux, des cheveux brun-roux qui lui tombent sur les épaules.

— Elles ont été tuées à Montauk ?

Ricketts hausse les épaules.

— Personne ne sait. C'est là qu'on a retrouvé leur voiture, mais leurs corps n'ont jamais été découverts. Plutôt, la plus grande partie de leurs corps.

Ricketts a établi la liste des détails connus avec beaucoup d'application et de professionnalisme. Le sort réservé à Dédé est résumé en une ligne.

— Un doigt ?

— Oui, on a retrouvé un doigt de Dédé dans une forêt près de Montauk deux ans après leur disparition. Les enquêteurs étaient persuadés d'un acte criminel sans en avoir la preuve jusqu'à ce qu'un chien déterre ce doigt. On a pu l'identifier grâce à son ADN.

Les filles auraient été assassinées en 2007 et un seul doigt aurait fait surface en 2009. Deux ans sans que personne le retrouve. C'est possible, bien sûr, mais…

— Parle-moi de ce doigt. Était-il en état de décomposition ? Des signes distinctifs ?

— Oui et non.

Ricketts écarte le rabat de son dossier et sort une photographie en gros plan du doigt.

— Vous verrez qu'il n'est pas décomposé, il est même bien conservé, avec une bague de lycée. Celui de Santa Monica, si je lis correctement l'inscription dessus.

— Très bien.

Je lui rends la photo qu'elle range dans le dossier tandis que je découvre sur la liste le nom de la victime suivante.

— Passons au troisième meurtre… celui de Brittany Halsted, en juillet 2008.

— Une prostituée, précise Ricketts en me montrant une photo d'identité judiciaire de l'intéressée.

Une fille toute jeune, qui paraît à peine dix-huit ou dix-neuf ans sur la photo. Mince, blonde, plutôt jolie, avec la mine de chien battu de la plupart des tapineuses.

— Elle se faisait appeler Barbie dans le métier, poursuit ma jeune collègue. La dernière fois qu'on l'a vue vivante, devant une boîte de Shirley, elle est partie à moto avec un client en prévenant ses copines qu'elle ne repasserait pas ce soir-là.

Ce petit malin l'a engagée pour la nuit, de sorte que personne ne s'inquiète de ne pas la voir revenir.

— La dernière fois qu'on l'a vue *vivante*. J'en déduis qu'on a retrouvé son corps ?

— On a effectivement retrouvé Brittany, me confirme Ricketts en sortant du dossier un nouveau cliché. À quelques kilomètres de l'endroit où elle est montée sur cette moto, sur Sunrise Highway.

Le cadavre est allongé sur le ventre au milieu des feuilles mortes, le visage tourné vers l'objectif, les yeux fermés. Elle a la rigidité irréelle d'un mannequin, preuve qu'elle est morte depuis plusieurs jours. La partie inférieure du corps baigne dans une mare de sang.

— La photo ne le montre pas, précise Ricketts, mais il l'a éventrée, sans doute avec un tire-bouchon, d'après le médecin légiste.

— Seigneur ! Un tire-bouchon ?!!

Je sais, ma réaction est idiote. Comme s'il y avait de bons et de mauvais moyens d'éventrer quelqu'un.

Je me penche sur la liste.

— En 2010, nous avons une certaine Sally Pfiester avant d'arriver en 2011 où nous avons Mélanie et Zach, Bonnie Stamos et mon oncle. Intéressant.

— Comment ça ?

Ricketts m'observe attentivement avec de grands yeux. On sent qu'elle a envie d'apprendre, alors je m'explique.

— Rien ne nous dit que nous sommes en présence du même homme, mais, si c'est le cas, regarde les dates. Il tue en 2007, puis à nouveau en 2008 avant de recommencer en 2010 avec Sally Pfiester.

— Mais… je ne vois pas ce qu'on peut en déduire puisqu'il n'a rien fait en 2009.

— Il n'a pas *rien* fait en 2009. Il s'est arrangé pour qu'on découvre le doigt de Dédé. Il ne fait aucun doute qu'il l'avait soigneusement conservé, sinon il aurait été en état de décomposition avancée. Et, au cas où les enquêteurs auraient eu du mal à l'identifier, il a veillé à choisir le doigt qui portait cette bague de lycée. Il aurait tout aussi bien pu écrire sur un écriteau : « Attention, tout le monde. Ce doigt appartient à Dédé. »

— Il voulait qu'on sache, réagit Ricketts. Pour quelle raison?

Elle réfléchit longuement en parcourant machinalement la salle de restaurant des yeux.

Je réponds à sa question :

— Il luttait contre lui-même. Il ne voulait plus tuer, mais un détail le dérangeait.

— Lequel?

— Il avait besoin d'attirer notre attention.

Elle a un mouvement de recul.

— Attirer notre attention? Vous croyez qu'il souhaite se faire prendre?

— Oh non. Il ne veut *surtout pas* se faire prendre. Bien au contraire, ça l'excite au plus haut point de nous échapper, de commettre impunément des actes aussi atroces. Je suis convaincue qu'on a largement évoqué la disparition d'Annie et Dédé dans les journaux de la région en 2007. Deux étudiantes de Yale disparues? Les journalistes ont dû s'en donner à cœur joie. Le meurtre de cette prostituée en 2008? Pas aussi spectaculaire, mais la façon dont elle a été tuée ne sera pas passée inaperçu. Une fois de plus, il attire l'attention sur lui, ce qui le rend tout-puissant. Des crimes monstrueux qui font la une des journaux? Des crimes qu'il a commis? Il doit se délecter à la lecture des comptes rendus publiés dans la presse, tranquillement installé chez lui en robe de chambre, une tasse de café à la main.

— Sauf que sa conscience le travaille, ajoute Ricketts.

— Exactement. En 2009, il a des scrupules, il ne veut plus tuer, mais il a besoin de continuer à exister. Alors quelle est sa réaction?

— Il se rappelle à notre bon souvenir en revenant aux meurtres commis en 2007.

— Exactement. Il dépose le doigt de Dédé avec la bague à un endroit où il sera facilement découvert, et voilà ! La presse s'empare à nouveau de l'affaire, on a désormais la preuve que les deux étudiantes de Yale sont bien mortes, quel drame, quelle horreur, que fait la police…

— Et qu'est-ce que je suis fort, ajoute Ricketts.

— Fort et malin. Il revient au centre de l'attention, sans risque et sans verser une goutte de sang.

— C'est fascinant, murmure-elle d'un air pensif en posant sa tête sur une main. La façon dont vous décryptez tout ça, je veux dire.

Je balaye le compliment d'un geste.

— Si ça se trouve, je me trompe complètement. Rien ne prouve que nous soyons en présence d'un seul et même coupable. Surtout à la vue de ce qu'il a fait subir à Sally Pfiester en 2010.

Livre IV

LES HAMPTONS, 2010

51

Il est frigorifié alors qu'il est assis en plein soleil à la terrasse d'un café sur la plage et que la température a franchi la barre des trente degrés.

Il a envie de pisser. Il est pourtant allé aux toilettes il y a vingt minutes.

Il vient de manger et son estomac émet des grincements de machine rouillée.

À l'abri de ses lunettes de soleil, il observe le corps souple et bronzé de sa proie dans la lumière aveuglante. Elle porte un sac à dos, un débardeur blanc et un short en jean. Ses lunettes noires remontées sur ses cheveux d'un blond presque blanc, elle se prend elle-même en photo avec son téléphone, l'Atlantique en arrière-plan.

Il la surveille depuis un moment. Elle a déjeuné à cette même terrasse, des légumes frais servis avec de l'houmous et un verre de chardonnay. Il l'a vue envoyer des SMS, entendue raconter ses vacances à la serveuse, et cette dernière lui indiquer une plage sympa pour « dormir à la belle étoile » le soir même. Elles ont même parlé musique avec la serveuse, elle aime la pop actuelle tout en préférant le classique, surtout les œuvres pour violoncelle, Yo-Yo Ma et Jacqueline du Pré bien sûr, mais aussi la nouvelle génération, notamment une certaine Alisa Weilerstein.

Joli nom, Alisa. Ce serait cool d'avoir une petite amie prénommée Alisa.

Il a tout noté. La plage où elle compte passer la nuit, ses goûts musicaux. Ainsi que son prénom : *Sally*. Elle a dit à la serveuse qu'elle s'appelait Sally.

Un nom pas aussi excitant qu'Alisa.

Il saisit la note et s'aperçoit que sa main tremble. Il a les ongles rongés jusqu'au sang. Une habitude détestable, il en a bien conscience. Sa mère ne manquerait pas de lui dire que ça manque de « classe ».

Il a pourtant beaucoup de classe.

Il sent sa vessie se gonfler, prête à éclater.

Sally quitte la plage, marche sur le macadam du parking, les pouces accrochés aux lanières de son sac à dos. Les muscles de ses jambes se dessinent agréablement à chaque pas. Des muscles fins et fuselés.

Mais le détail qui fait mouche est le sac à dos. C'est la preuve qu'elle est de passage. Elle n'est pas originaire du coin. Une solitaire.

Personne ne l'attend ce soir. Ni ami, ni amant, ni conjoint.

Holden est intelligent. Pas de façon intellectuelle, peut-être, mais il est tout sauf bête.

Et il connaît ses classiques :

> *Un paysan, n'importe quel paysan, si possible un inconnu*
> *N'importe qui, si personne ne l'attend, sera chez moi le bienvenu.*

Il retourne à sa moto, met le casque dont il laisse la visière relevée, enfourche la selle, et regarde passer Sally en lui adressant un signe de tête.

Il est incapable de lui parler. C'est aussi bien, sa voix tremblerait. Il se sent nerveux. Il n'a plus l'habitude.

Il s'éloigne à moto, laisse s'écouler la journée, attend que le soleil disparaisse à l'ouest dans un festival de couleurs.

Il utilise l'entrée secrète du 7 Ocean Drive, celle qui lui est réservée. Celle par laquelle il est entré quand Annie et Dédé squattaient la maison. Celle dont il se sert chaque fois qu'il veut dormir là, c'est-à-dire de temps en temps.

C'est sa maison, après tout. Bien que personne ne le sache.

Une fois arrivé au sous-sol, il pose son sac à malices et se met au travail. Il étale la bâche sur le sol, vérifie la solidité des chaînes accrochées au plafond, s'assure que les menottes fonctionnent correctement.

Ce soir, il a prévu un vrai festin : canard et faisan avec du raisin et du fromage.

Après quoi il ira chercher Sally et la ramènera dans son antre.

52

Sally Pfiester s'allonge paresseusement sur le sable et pose la nuque sur son sac à dos en se laissant bercer par le bruit des vagues à moins de dix mètres d'elle. Elle contemple le ciel rougeoyant en poussant un soupir de satisfaction. Cet été lui fait un bien fou. Après ces deux ans coincée derrière un bureau. Surtout après ce mariage ridicule. Elle sentait bien qu'elle ne pourrait jamais rebrousser chemin si elle attendait plus longtemps. Il n'était pas méchant, pourtant. Un sourire à tomber raide dingue et un certain sens de l'humour, mais elle n'a jamais ressenti le déclic avec lui.

La vie n'est pas faite pour s'ennuyer. On est censé aimer son boulot, et non le supporter faute de mieux. On n'est pas censé s'engager avec quelqu'un parce que c'est le « moment », ou parce qu'on a envie d'avoir des enfants, mais parce qu'il vous fait vibrer.

Autant de considérations qui relèvent de l'évidence aujourd'hui. Ce n'était pas le cas quand elle se laissait entraîner par la routine, comme un hamster dans sa cage. Il lui a suffi de rompre, de démissionner de ce boulot merdique et de calculer que ses économies lui permettaient de voyager pendant un an pour ouvrir enfin les yeux. Elle a envie d'explorer le monde, de rencontrer toutes sortes de gens, de vivre de nouvelles expériences. Elle a envie de rencontrer un garçon aventureux et ouvert, surtout pas matérialiste. Un garçon patient et bien dans sa peau, capable de l'entraîner dans des univers qui lui sont inconnus. Sinon, rien à foutre, elle peut très bien se débrouiller sans mec.

Elle ne regrette pas un instant d'avoir pris la décision de voyager seule, même si sa mère lui a dit qu'elle était folle et que ses amis étaient verts de jalousie. Elle a entamé son périple il y a neuf semaines tout juste, elle a souhaité commencer par les plages de Long Island cet été avant de se rendre sur la côte Ouest, puis en Europe. Elle a déjà beaucoup appris sur elle-même, ses envies, ses besoins, ses attentes.

À force de marcher, elle a retrouvé la silhouette que la pratique du triathlon lui avait donnée, avant qu'elle ne s'enferme dans un bureau il y a deux ans. Elle se reconnaît enfin.

Mais la solitude a ses limites, et elle sort son smartphone. Elle poste régulièrement des commentaires sur sa page Facebook et reste en contact avec ses amis par SMS. Au même moment, elle voit une silhouette en combinaison de plongée sortir de l'eau. Elle aussi aime nager au clair de lune, mais elle a renoncé ce soir en jugeant qu'il faisait trop frais.

Le type s'arrête un peu plus loin. Sally n'y avait pas prêté attention, mais il a ses affaires à une vingtaine de mètres d'elle. La plage est pourtant calme ce soir, c'est bien pour cette raison qu'elle a choisi de passer la nuit dans un endroit aussi isolé.

Une lumière s'allume au niveau de l'inconnu. Une torche électrique? Non, il s'agit d'une lampe sur accu. Tout indique qu'il va passer la nuit là. Elle observe ses préparatifs pendant quelques minutes avant de tourner à nouveau son visage vers le ciel.

Il lui arrive de rechercher la présence d'autrui certains soirs, autour d'un feu, d'une bouteille de vin ou d'un joint. D'autres fois, elle préfère rester seule, comme aujourd'hui. C'est ce qui donne toute sa saveur à sa liberté, Sally décide en fonction de ses envies.

C'est alors que lui parvient une rumeur, distincte de celle des vagues qui s'écrasent sur la grève. De la musique. Une plainte douce-amère qui dessine dans la nuit des arabesques acrobatiques.

Un violoncelle, pense-t-elle. *Il écoute une œuvre pour violoncelle.*

53

Il comprend pourquoi Sally aime cet instrument. Le violoncelle a le pouvoir de voguer d'un univers feutré à un décor rutilant, tout en voyageant au gré de rythmes lents ou rapides. Il peut se montrer violent, voire brutal, ou bien laisser place à une berceuse. Il est capable d'engendrer de la joie et de la tristesse dans un même morceau. Sauf qu'on n'appelle pas ça un morceau, mais un *concerto*. Il connaissait ce terme, il l'avait entendu avant même de chercher des enregistrements de violoncelle cet après-midi.

Ce soir, en tout cas, cette musique possède un autre pouvoir : celui d'attirer l'attention de Sally, allongée sur le sable un peu plus loin.

— Excusez-moi.

Il feint la surprise en entendant sa voix. Il n'a pas vraiment besoin de se forcer tant il est nerveux. Le beurre et l'argent du beurre.

— Excusez-moi de vous déranger. Il s'agit d'Alisa Weilerstein ?

— Euh… la musique est… elle est trop forte ?

— Non, pas du tout.

— Je suis désolé.

— Au contraire, j'adore. Vous êtes fan ?

— Ouais.

Il hausse les épaules.

— Je ne m'y connais pas vraiment, mais j'aime ça.

Il a tout prévu. S'il avait prétendu s'y connaître en violoncelle, elle lui aurait posé des questions auxquelles il n'aurait pas su répondre. Encore une fois, il n'était peut-être pas très brillant à l'école, mais ça ne l'empêche pas de réfléchir.

Elle sourit.

— C'est tout ce qui compte. Les gens ont souvent tendance à se laisser emporter par toute cette merde prétentieuse.

— Ouais. C'est juste que…

Il se penche en avant.

— On dirait que ça rend triste et heureux en même temps.

— Je suis tout à fait d'accord. C'est incroyablement émouvant.

Il distingue à peine le visage de Sally, debout face à lui. En revanche, il sent très bien son odeur. Une odeur fruitée.

— J'ai un peu de… de vin, si vous voulez, lui propose-t-il.

— Ouais, super… si ça ne vous dérange pas.

— Non, pas du tout.

Il se sent toujours mal à l'aise. Aucune importance, il lui paraîtra d'autant plus inoffensif.

Elle s'installe à côté de lui sur la couverture qu'il a étalée sur le sable, à côté du sac à malices dont dépasse un goulot de bouteille.

Une arabesque de violoncelle s'échappe du haut-parleur de l'iPod après un passage calme.

Holden remplit de vin un gobelet en plastique et le tend à Sally.

— Ce vin n'a rien… rien d'extraordinaire, s'excuse-t-il.

— Peu importe.

Il espère qu'elle ne remarquera pas ses ongles rongés dans l'obscurité.

Ils se laissent emporter par la musique. L'odeur de l'océan, le bruit caressant des vagues, le parfum fruité du shampoing de Sally…

— C'est le paradis, remarque-t-elle. Quoi de mieux que d'écouter une musique aussi belle dans la rumeur des vagues sous le regard des étoiles, avec un verre de vin ?

Une rafale de vent vient ébouriffer les cheveux de Sally. Elle a enfilé un sweat, mais ses jambes sont nues. Il hésite à lui proposer une couverture, mais autant ne pas aller trop vite en besogne.

Les dernières notes du concerto s'éteignent dans la nuit, Sally s'extasie sur la fluidité des coups d'archet de la violoncelliste, son gobelet est bientôt vide. C'est le moment.

— À propos, je m'appelle Sally.

— Holden, se présente-t-il à son tour.

Elle le dévisage.

— C'est un beau nom. Pas courant. Oh!

Elle se redresse, une main sur sa poitrine, en entendant commencer le concerto suivant. La violoncelliste atteint des sommets, à l'accompagnement d'un orchestre à cordes et de percussions.

— Il me semble… je crois que…

Sally achève sa phrase par un gémissement sourd.

Il tourne vers le ciel son visage que caresse la brise du soir.

— Je crois que… c'est le moment, dit-il.

— Je… je ne me sens pas très bien, geint Sally.

Elle tente de se relever, mais ses membres refusent de lui obéir. Impossible de remuer les bras et les jambes.

— Je comprends… enfin, murmure-t-il, emporté par une vague de chaleur intérieure, comme s'il avait avalé une tasse de chocolat chaud.

J'abrite un monstre au fond de moi. Un monstre capable de sommeiller pendant des jours et des mois, mais qui ne disparaîtra jamais.

— Aidez… aidez-moi…

Sally pose sur lui des yeux apeurés, elle le sonde du regard. Il l'observe attentivement, constate que ses lèvres tremblent. Elle a les narines dilatées sous l'effet de la panique. Si pure, si réelle.

Ses fonctions motrices lui échappent, elle est totalement paralysée à présent. Les mots peinent à sortir de sa bouche, mais elle parvient encore à respirer.

— Je… s'il vous plaît…

Elle s'exprime dans un murmure. Ses dernières forces l'abandonnent et elle s'affale sur la couverture à l'instant précis où la musique s'apaise. Le violoncelle aime les pleins et les déliés. Ou les montagnes russes. Comme l'estomac de Holden par moments.

La bouche de Sally est agitée d'un tremblement, ses yeux roulent dans tous les sens. C'est tout ce dont elle sera capable tant que les effets de la drogue ne se seront pas dissipés. Mais il sera trop tard.

Il se penche au-dessus d'elle, approche son visage tout près du sien.

— Ne craignez rien, lui murmure-t-il d'une voix nettement plus assurée. Vous n'êtes pas en état de bouger… mais vous pouvez sentir.

Les lèvres de la jeune femme s'agitent, elle voudrait parler.

— Vous allez même tout sentir…, conclut-il.

54

Il pose la joue contre le mur de béton qui exhale une légère odeur de chlore. La pièce est bétonnée du sol au plafond. L'acoustique est médiocre, la lumière diffuse. Il n'y a pas d'électricité et la lumière du soleil ne pénètre jamais ici, aussi se contente-t-il de l'éclairage dispensé par trois lampes à pétrole disposées à des emplacements stratégiques. L'effet produit par ces petites flammes qui s'agitent dans leur bocal de verre est sinistre.

Était-ce comme ça, autrefois? Probablement. Sans doute les murs étaient-ils capitonnés d'une façon ou d'une autre. Et puis il y avait une cage, et une longue chaîne. À ces détails près, le décor devait être le même.

— Laissez-moi partir… je vous jure de ne rien dire à personne…

Sally, suspendue au plafond comme un vulgaire jambon, le dos cambré dans une position douloureuse, les mains entravées dans le dos, les chevilles également, les deux paires de menottes reliées entre elles par une troisième accrochée à une chaîne qui traverse un anneau scellé au plafond avant de rejoindre la manivelle fixée au mur. Un système de poulie artisanal. Pas tant que ça, finalement. Assez bien conçu en fin de compte puisqu'il fonctionne toujours alors qu'il n'a pas été utilisé depuis des décennies. Les artisans d'aujourd'hui ne sont plus ce qu'ils étaient.

Un pieu métallique d'un mètre cinquante, encastré dans le sol, dresse sa pointe acérée à quelques dizaines de centimètres du corps de Sally, à hauteur de son nombril, prêt à lui transpercer les entrailles le moment venu.

Il donne un tour de manivelle et Sally descend brutalement de trente centimètres. La chaîne grince, mais tient bon. La tête de la jeune femme branle dangereusement sous le choc sans que le corps, cambré au maximum, ne bouge. Elle pousse un cri aigu qui n'a rien d'humain. Il s'approche afin de mesurer la distance entre la pointe en acier et le ventre de sa victime dont les yeux terrifiés brillent d'un éclat primitif dans la pénombre. Il la trouve si belle. Il émane d'elle une peur d'une pureté absolue.

Elle tente de se dégager avec un courage qui force l'admiration. En vain. Elle est comme ligotée dans le vide, et quand bien même elle parviendrait à se débarrasser des trois paires de menottes en rivalisant d'habileté avec Houdini, elle mourrait instantanément, embrochée sur le pal.

Peut-être le souhaite-t-elle à ce stade. Peut-être a-t-elle renoncé à se battre, contrairement à Dédé qui a lutté jusqu'au bout. La prostituée, Barbie, a fini par abandonner en priant le ciel que sa fin soit rapide. Quelle jouissance de voir l'ultime soupçon d'espoir s'effacer de son regard.

Il caresse le visage de Sally qui a un mouvement de recul. Ce n'est vraiment pas gentil de sa part.

— Je vous en supplie, détachez-moi ! J'ai de l'argent !

Il s'en rend compte à présent. Il ne peut se permettre de la laisser partir.

Toute résistance est inutile. Résiste-t-on à la vie ?

Troublé, il gagne le mur où l'attend la manivelle.

J'abrite un monstre au fond de moi. Un monstre capable de sommeiller pendant des jours et des mois sans donner de nouvelles.

Il donne un nouveau tour de manivelle.

Un monstre qui ne disparaîtra jamais.

Un monstre qui me rongera inexorablement jusqu'au jour de ma mort.

Livre V

BRIDGEHAMPTON, 2012

55

Je me tourne vers Ricketts, qui descend Ocean Drive à côté de moi en direction de la mer. En l'absence de vent, le soleil tape dur.

— Tu as tort de me suivre.

— Reçu cinq sur cinq, réplique ma jeune collègue.

— Je suis dans une impasse. Je ne sais pas si tu peux comprendre.

— Je crois que si. Vous êtes au pied du mur professionnellement. C'est ça ?

— Reçu cinq sur cinq.

Sans même m'en apercevoir, j'ai ralenti le pas en approchant du 7 Ocean Drive.

— Résultat des courses, je n'ai plus rien à perdre. Le commissaire me collera des missions sans intérêt les unes après les autres jusqu'à ce que je démissionne. Alors autant résoudre un meurtre ou deux pendant mes heures de liberté. Ce qui n'est pas ton cas, Ricketts. Tu as toute ta carrière devant toi.

Elle porte un T-shirt rouge des Red Sox avec un short et des Nike. Elle est mince et musclée comme moi, à la différence près que c'est de naissance chez elle, contrairement à moi qui fais beaucoup d'exercice.

— Mon père m'a toujours reproché d'avoir l'esprit de contradiction, répond-elle.

— D'où ce T-shirt des Red Sox au pays des Mets.

Je sens les battements de mon cœur s'accélérer et mes poumons se contracter.

— Ça va, Murphy?

Je m'arrête le temps de reprendre mon souffle. C'est chaque fois pareil quand j'approche de cette fichue baraque. Je me croirais dans mon cauchemar récurrent, sauf que je suis éveillée. Un cocktail de peur panique et de claustrophobie bien frappé.

— Ça va. Allons-y.

Je repars sur des jambes vacillantes. Je n'ai aucune envie de partager avec la petite nouvelle mes histoires de cauchemars et de crises d'anxiété.

— Pourquoi souhaitez-vous aller dans cette maison?

Sa question a le mérite de chasser mon angoisse en me ramenant à l'affaire qui nous préoccupe.

— Cette fille, Brittany Halsted. Il lui a enfoncé un tire-bouchon si profond que la tige a failli ressortir de l'autre côté. Quant à Sally Pfiester, la fille au sac à dos, il l'a embrochée avec une lance.

— Tout en la vidant quasiment de son sang, ajoute Ricketts. Quand on l'a retrouvée sur une plage d'East Hampton, elle était blanche comme un linge.

— Absolument. L'an dernier, il empalait l'autre prostituée, Bonnie Stamos, sur un tronc d'arbre. Sans parler de mon oncle Lang…

Les mots restent coincés dans ma gorge, mais Ricketts a compris. L'assassin lui a enfoncé au niveau d'un rein un tisonnier chauffé à blanc qui l'a traversé avant de se ficher dans le plancher de la cuisine.

— Il ne se contente pas de les taillader, approuve Ricketts. Il éprouve le besoin de les embrocher. Vous pensez que ça peut avoir une signification sur le plan sexuel?

Nous sommes arrivées au niveau des grilles monumentales du 7 Ocean Drive. Brusquement, c'est comme si une main invisible venait de faire monter la température ambiante. J'ai du mal à respirer, je me sens oppressée. Je me remplis les poumons en fermant les yeux.

— Putain, Murphy ! Vous êtes sûre que vous n'êtes pas en train d'avoir une crise cardiaque ?

Le temps de me reprendre, je me glisse à travers les battants de la grille et je me retourne vers elle.

— Nous sommes ici sans autorisation, alors que nous sommes flics.

— Oui, acquiesce-t-elle.

— En clair, nous n'avons pas le droit d'entrer ici.

— Reçu cinq sur cinq.

— Il n'est pas trop tard pour rebrousser chemin, Ricketts.

— Je sais.

— C'est ce que tu as de mieux à faire.

— Vous avez sans doute raison, mais tant pis. Je vous suis. Maintenant, expliquez-moi pourquoi c'est important de visiter la « Villa rouge ».

Elle se glisse à son tour à travers l'interstice entre les battants et me rejoint. Je prends ma respiration et nous voilà parties sur l'allée qui traverse le terrain en ligne droite avant de bifurquer en direction de l'ancienne remise. À l'embranchement, je m'engage sur le petit chemin de pierre conduisant à l'entrée principale de cette demeure aussi grandiose que monstrueuse.

— Cette maison m'a toujours fichu les jetons, remarque Ricketts. On dirait un monstre à plusieurs têtes. Ces pierres de taille de couleurs différentes, cette multitude de toits, ces gargouilles et ces flèches pointues.

— Oui, l'endroit respire la gaieté.

Je m'éloigne du chemin dallé pour rejoindre la fontaine de pierre avec son écusson et son inscription, au centre de la pelouse.

— Voici la raison de notre venue ici.

— Cette fontaine ? s'étonne Ricketts.

Je lui montre du doigt la pierre avec son inscription, l'emblème représentant un oiseau à bec crochu et à longue queue entouré de dagues croisées.

— Non, ce putain d'oiseau.

Elle ne peut pas se douter que ce volatile hante mes nuits.

— On dirait un oiseau ordinaire, remarque-t-elle en s'approchant. Il est horrible, mais il paraît inoffensif. Pourquoi choisir une bestiole pareille pour ses armes familiales? Je verrais plus volontiers un faucon, un aigle, ou un oiseau majestueux quelconque.

Il m'a fallu deux jours entiers pour identifier cet animal parmi des centaines de spécimens sur un catalogue. J'ai commencé à comprendre quand j'ai trouvé de quelle espèce il s'agit.

— C'est une pie-grièche. Un oiseau de petite taille dépourvu de serres, avec des ailes assez modestes, qui n'a rien d'un oiseau de proie. Tu as raison, il paraît inoffensif, mais je te laisse deviner la façon dont la pie-grièche tue les animaux qu'elle mange.

Ricketts lève les yeux d'un air pensif.

— En utilisant mes dons de déduction, je dirais… qu'elle les transperce?

— Tu brûles. Elle les empale.

Elle a un mouvement de recul.

— C'est vrai?

— Tout ce qu'il y a de plus vrai. Elle attrape des insectes, des rongeurs, tout ce qu'elle trouve, les emporte sur des buissons d'épineux ou des clôtures en barbelés, tout ce qu'elle trouve, et elle en fait des chiches-kebabs qu'elle déchire ensuite avec son bec crochu.

Ricketts hoche lentement la tête.

— La plupart de nos victimes sont mortes empalées d'une façon ou d'une autre.

Je tends un doigt accusateur vers la fontaine avec sa pie-grièche.

— Ce n'est pas une coïncidence. Nous sommes en présence d'un sociopathe qui a une véritable fascination pour cette famille, ou bien cette maison. Essaye d'en apprendre un maximum sur cette propriété, ainsi que sur l'inscription figurant sur l'écusson: *Cecilia, ô Cecilia / La vie était la mort déguisée.* Je voudrais comprendre la signification de cette devise.

— Je m'en occupe tout de suite, dit Ricketts sans chercher à dissimuler son excitation.

— Super. Maintenant, je veux que tu rentres chez toi.

— Pourquoi? Que comptez-vous faire?

Je lui montre la maison d'un mouvement du menton.

— Je compte effectuer une petite visite.

— Je vous accompagne.

Je fais non de la tête.

— Pas question. C'est une chose de pénétrer sur la propriété, c'en est une autre d'entrer à l'intérieur de la maison par effraction. Je ne veux pas t'entraîner dans cette aventure.

— J'en prends le risque.

— Va-t'en. C'est un ordre. Sans compter que tu as du pain sur la planche.

56

Je pousse la porte d'entrée en retenant mon souffle. À peine ai-je fait un pas dans la maison que je sens un grand poids s'abattre sur mes épaules. Je bouge au ralenti, je me sens envahie par des bouffées de chaleur.

Reprends-toi. Tu as une mission à accomplir. Vas-y!

J'avance d'un pas hésitant, prise de vertige, comme sous l'effet d'une drogue.

J'ai l'impression d'avoir une chaudière à la place des poumons.

Les fresques tirées de l'Ancien Testament au plafond, les portraits dorés de tous ces inconnus en costume d'époque, j'ai l'impression que tous m'observent d'un air moqueur.

À court d'oxygène, je m'applique à respirer par petites bouffées en gardant le menton bien haut pour ne pas perdre tous mes moyens. La même petite voix d'enfant résonne dans ma tête.

Je t'en prie, ne m'oblige pas à aller là

Je t'en prie, pas ça

Je veux rentrer à la maison

Les murs du vestibule dessinent des angles bizarres, des taches me brouillent la vue, mais je refuse de fuir, je dois impérativement trouver ce que je cherche…

Je me retrouve face à l'escalier conduisant à l'étage. À ma droite s'ouvre un salon habillé de meubles anciens, de moulures et de lustres, dans lequel j'aperçois une cheminée lourdement décorée. En dépit de tous mes efforts, je suis incapable d'entrer dans la pièce. Comme poussée dans la direction opposée par une force gravitationnelle, je titube vers la gauche et manque de perdre l'équilibre…

La salle à manger. Des murs moulurés, de hautes fenêtres sculptées, un lustre qui pend du plafond au-dessus d'une table en chêne octogonale entourée de chaises à haut dossier. Je saisis l'une d'elles, comme si ma vie en dépendait.

— Je ne peux pas…

Mes lèvres ont murmuré la phrase à mon insu, la voix d'enfant continue de me défier, au point d'étouffer la mienne. *Il faut que je vienne ici, mais je ne peux pas.*

Je repousse la chaise, traverse la salle à manger en direction de ce qui doit être la cuisine, les nerfs à fleur de peau. Je vois trouble, j'ai l'impression de respirer péniblement à travers une paille.

Je sors mon arme de service, sans raison valable.

Va-t'en

Reste et cherche à comprendre

Mes jambes finissent par céder et je me retrouve à genoux dans une position implorante.

Laisse-moi partir

Ne m'oblige pas à ça

Aide-moi, je t'en supplie

Laisse-moi m'en aller

Je m'appuie au rebord de la fenêtre. Je me relève péniblement tout en continuant de tenir mon Glock serré dans l'autre poing, toute tremblante.

J'écarquille les yeux en découvrant deux séries d'initiales gravées à même le bois.

DP + AC

Des points noirs dansent devant mes yeux, mon corps se liquéfie, mes jambes ne me portent plus, le temps s'arrête, mes pieds sont comme enlisés, j'étouffe…

Laisse-moi m'en aller
Boum-boum-boum
Laisse-moi m'en aller
Boum-boum-boum

Je reconnais les motifs compliqués du carrelage de l'entrée, je pose la main sur la poignée et je pousse, je pousse de toutes mes forces, pourquoi est-ce que… puis je tourne la poignée et je *tire*, une bouffée d'air frais me caresse le visage, les rayons du soleil…

J'aspire goulûment l'air du dehors et je claque la porte derrière moi.

Je tombe à genoux devant l'entrée, le temps de reprendre mes esprits. Je ne comprends pas ce qui a bien pu se passer, tout ça est inexplicable, tout comme mes cauchemars, c'est de pire en pire. Soudain, je me transforme en fontaine, je tremble de tous mes membres, je sanglote à ne plus pouvoir respirer, je ne comprends rien à ce qui m'arrive, je ne comprends pas pourquoi tout s'écroule en moi, je ne sais plus comment m'y prendre pour que ça s'arrête.

Je dispose toutefois d'un élément nouveau.

— Elles étaient ici.

Je me suis exprimée à voix haute, me parlant à moi seule.

Dédé Paris et Annie Church ont séjourné ici.

57

Je continue tout droit en voyant la moto s'engager à gauche sur un petit chemin, mais je fais demi-tour à la première occasion et repars en sens inverse. Quelques instants plus tard, je me gare sur le parking gravillonné.

En poussant la porte de Tasty's, j'aperçois Noah Walker installé à une petite table dans un coin, une bière intacte à la main. Il porte la bouteille à ses lèvres lorsqu'il me reconnaît. Le patron, Justin Rivers, se tient derrière le comptoir. Il m'adresse un salut militaire. Il est joli garçon, mais je le trouve un peu ringard avec son air de premier de la classe, ce qui ne m'empêche pas de le saluer d'un hochement de tête.

— La police de Bridgehampton, m'accueille Noah après avoir avalé une gorgée de bière.

Son look grunge, T-shirt, short en toile et sandales, lui va bien. Il ressemble nettement moins à Matthew McConaughey depuis qu'on lui a coupé les cheveux à Sing Sing, il a tout d'un bodybuilder décérébré. Une large veine serpente le long de son biceps alors qu'il pose sa bière.

Non pas que je m'intéresse particulièrement à ses biceps.

Je me plante en face de lui, les mains sur les hanches, dans la salle quasiment vide.

— Vous savez quoi, Walker? Je ne sais toujours pas si vous êtes le criminel le plus malin que j'aie croisé dans ma vie, ou le roi de la malchance.

Il finit d'avaler sa gorgée de bière.

— Moi aussi, je vous souhaite le bonsoir, inspecteur.

Je fais le tour de la salle des yeux. Je ne compte que deux clients tout au fond. Il est tard, le coup de feu est passé.

Je pose deux photos devant lui, à côté de la bouteille.

— Vous les connaissez?

Noah examine négligemment les portraits dans un premier temps, mais je vois un éclair s'allumer dans ses yeux lorsqu'il les reconnaît. Il s'empare des photos et les regarde attentivement. Il écarte les yeux d'un air pensif. Il relève enfin la tête.

— Pourquoi?

— La question est pourtant simple, Noah. Si vous n'avez rien à cacher, mes raisons vous importent peu.

— Leur tête me dit quelque chose, mais je ne sais pas quoi. Ça vous va?

Il repose les photos devant lui.

— Vous avez travaillé au 7 Ocean Drive pendant des années.

Il affiche un air amusé.

— Vous en revenez à cette maison? À l'heure qu'il est, la planète entière doit être au courant que j'ai travaillé là-bas.

— Ces deux filles y ont séjourné en 2007, avant de disparaître. Deux étudiantes de Yale venues passer l'été dans les Hamptons. Personne n'a jamais pensé à les chercher à Bridgehampton, encore moins dans cette maison. On sait désormais qu'elles y sont passées. C'est le deuxième couple assassiné qui a séjourné là-bas…

— Vous essayez de me mettre ça sur le dos aussi?

Il se lève d'une détente en renversant sa chaise.

— Vous savez quoi, inspecteur? Moi aussi, j'ai du mal à vous cerner. Vous commencez par foutre ma vie en l'air en faisant un faux témoignage qui me conduit en taule. Vous allez ensuite trouver la juge pour lui expliquer que j'ai été victime d'un coup monté, et je me dis qu'après tout vous avez peut-être une parcelle d'humanité. Et voilà que vous m'accusez de tous les crimes qui se sont déroulés dans le coin. Je ne peux même plus dîner tranquillement…

Je le dévisage, les paupières plissées. Comme précédemment, je n'arrive pas à sentir chez lui une fibre d'assassin. Je ne sais pas ce que je sens, à vrai dire.

Il me regarde avec un air de défi. Une odeur de transpiration flotte jusqu'à mes narines.

Je recule de quelques pas.

— Il y a décidément beaucoup de coïncidences autour de vous, Noah. En attendant, je vous laisse dîner.

Les autres clients, intrigués par l'incident, retournent à leur assiette en me voyant repartir. Je salue Justin au moment de quitter la salle, mais Noah m'arrête alors que j'ai la main sur la porte.

— Hé!

Je me retourne et le vois venir dans ma direction.

Il m'observe en faisant jouer sa mâchoire mal rasée.

Je suis prise d'une bouffée de chaleur.

— Je voudrais vous poser une question. Vous avez un minimum d'expérience en tant que flic, non? Vous avez dû croiser pas mal de sales types et de tueurs dans votre carrière.

— Plus souvent qu'à mon tour.

— Vous trouvez vraiment que j'ai le physique de l'emploi?

Il écarte les bras pour me donner toute latitude de l'examiner. Au passage, je vois les paumes de ses mains mutilées, après sa crucifixion à Sing Sing.

C'est mon problème depuis le début. Même quand tout indique qu'il est coupable, je n'arrive pas à m'en convaincre lorsque je le regarde au fond des yeux. Je lis de la colère chez lui, il est clair que ce n'est pas un enfant de chœur, mais de là à y voir une rage incontrôlable, à commettre des actes d'un sadisme atroce? De là à déceler chez lui le déclic qui fait de lui un monstre à intervalles réguliers?

Je lui avoue la vérité.

— Je ne sais pas.

58

Minuit. La température est retombée aux alentours des dix degrés, le vent souffle fort depuis la mer, un kilomètre plus au sud, porteur de nuages de pluie qui m'ont prise de court puisque je porte une chemise à manches courtes. Il a cessé de pleuvoir lorsque je suis sortie du bar, l'esprit embrumé. L'alcool n'est pas en cause ce soir, mon malaise est lié aux émotions qui m'étreignent, je n'arrête pas de penser aux meurtres, à l'oncle Lang, au naufrage qu'est ma vie. Au lieu de rentrer chez moi, je me retrouve dans le cimetière de Main Street.

L'éclairage public est chiche, le cimetière est plongé dans une obscurité presque totale. Il m'est impossible de lire l'inscription sur la tombe, mais je la connais par cœur.

LANGDON TRAVIS JAMES. IL VEILLAIT SUR NOUS.

Il avait lui-même dicté la phrase à Chloé. Le jour venu, il voulait qu'on se souvienne qu'il avait consacré son existence à la protection d'autrui. Ce qui était le cas. C'est vrai, il a pris quelques libertés dans l'affaire des meurtres d'Ocean Drive, mais il était convaincu de la culpabilité de Noah. Il était persuadé de piéger un tueur dont les crimes seraient restés impunis autrement. Si la méthode était douteuse, l'intention était bonne.

Il a fallu que ce soit moi qui le dénonce. Je n'avais pas le choix. J'espère qu'il en a conscience, où qu'il soit. Tante Chloé me dit que oui. Tante Chloé, que sa tombe attend à côté de celle de Lang. Il a acheté ces deux stèles peu après leur mariage, ainsi qu'elle me l'a raconté, pour qu'ils soient ensemble à jamais.

Le départ de Chloé a brisé Lang. J'imagine qu'elle avait ses raisons, mais il a perdu l'amour de sa vie. Ce n'était plus le même homme après ça. Tout comme ma mère n'était plus la même personne quand mon père et Ryan sont morts dans cet accident de voiture. J'en arrive à me demander s'il vaut mieux perdre son âme sœur, dans un accident ou à la suite d'un divorce, ou bien ne jamais la rencontrer. Est-il préférable de perdre l'être aimé, comme le veut l'expression, ou bien de ne jamais avoir aimé ?

Je m'accroupis devant la tombe, épuisée. Chloé a raison. Je ne peux pas rester ici. Cet endroit ne me vaut rien. Mais ça veut dire que je vais devoir renoncer à être flic. Personne ne m'accordera une nouvelle chance. Ce boulot est probablement la seule raison qui me sera donnée d'aimer dans ma vie. Je sens bien que je vais devoir partir. Je ne survivrai pas éternellement à ces terreurs nocturnes, à ces crises de panique, quelles qu'en soient les raisons.

En attendant, un problème à la fois.

Je pose la main sur la tombe de Lang.

— Je ne partirai pas tant que je n'aurai pas découvert qui t'a assassiné.

Le vent est tombé.

Un bruit dans la nuit. Des pas traînants.

Je me relève d'un bond en faisant volte-face. Mes yeux, mal accoutumés à l'obscurité, fouillent les ténèbres.

Le faisceau d'une torche dessine un petit disque de lumière sur le sol à une vingtaine de mètres.

Je sors mon arme.

— Qui va là ?

La lumière glisse fugitivement sur mon visage avant de revenir et de se poser sur moi en m'aveuglant.

— Police !

La lumière s'éteint. Je papillote des yeux, incapable de rien distinguer, tout en me mettant en position accroupie.

— Identifiez-vous !

Un bruit me parvient, des pas dans l'herbe humide. Je crois entrevoir une ombre furtive. Le faisceau de la torche a disparu, l'obscurité est totale. Je m'élance, l'arme au poing. Je n'ai pas les yeux en face des trous à cause de cette fichue torche qui m'a aveuglée, j'évite les tombes tant bien que mal en me guidant sur les lumières ténues en provenance de la rue.

Je retrouve la silhouette, l'inconnu s'enfuit en courant.

— Stop ! Police !

J'accélère, je gagne du terrain, un léger crachin me fouette le visage. La rue est toute proche, qui nous sépare des bois où il n'aura aucun mal à se cacher. Je cours à toutes jambes, mais le temps joue contre moi.

Je vise le sol et je tire. L'écho de la détonation troue la nuit et le chuintement des pas dans l'herbe mouillée s'arrête brusquement.

— Ne bougez pas ! Police !

J'avance prudemment en serrant la crosse de mon arme à deux mains, encore incapable de distinguer la moindre silhouette.

— Les mains bien en vue !

Autant le persuader que je le vois.

Je l'aperçois enfin en m'approchant. Il s'est retourné, les bras en l'air.

Un visage de fouine, des mèches filasse qui s'échappent d'une casquette de base-ball portée à l'envers.

— Qui êtes-vous ?

Je crois déjà avoir la réponse à ma question.

— Et vous, qui êtes-vous ? demande-t-il.

— Inspecteur Murphy, STPD. Dites-moi qui vous êtes, et pas un geste !

— Aiden Willis.

Je m'approche prudemment, je ne suis plus qu'à dix mètres.

Le vent choisit ce moment pour repartir à l'assaut en provoquant un tourbillon de feuilles mortes humides de crachin.

— Vous avez l'habitude de vous enfuir quand vous croisez un flic, Aiden ?

— Je ne savais pas qui vous étiez.

— Je vous l'ai pourtant crié.

Je suis tout près, l'arme en avant, dopée par l'adrénaline.

— Et alors ? Je pouvais pas savoir que c'était vrai.

L'explication se tient. Surtout dans un cimetière en pleine nuit.

— Où se trouve votre lampe de poche ?

— Dans ma main.

— Allumez-la et éclairez votre menton. Et pas de mouvements brusques. Je suis armée.

Il s'exécute et je vois apparaître son visage avec ses deux yeux fureteurs. Un visage digne des histoires de fantôme qu'on se raconte le soir autour du feu pour se faire peur quand on est gamin.

— Qu'est-ce que vous faites dans le coin, Aiden ?

Je ne suis plus qu'à cinq mètres.

— Et vous, qu'est-ce que vous faites dans le coin ?

— C'est bon, arrêtez de me renvoyer mes questions et répondez-moi.

— Je travaille ici.

C'est vrai. Isaac m'a confirmé qu'il entretenait le cimetière, le jour de l'enterrement de Mélanie.

— À minuit ?

— Il pleuvait. Il y a une inhumation demain, la tombe est déjà creusée. Je venais vérifier que tout était en ordre, il arrive que la pluie provoque des éboulements.

— Qui enterre-t-on ?

— Qu'est-ce que j'en sais ?

Je sens redescendre l'adrénaline.

— Vous m'avez foutu la trouille.

— C'est vous qui m'avez foutu la trouille.

Il m'énerve, à répéter tout ce que je dis. Je n'ai aucune raison de l'arrêter et, maintenant que mon pouls a retrouvé un rythme normal, le vent qui s'introduit sous ma chemise et cingle mon visage trempé de sueur me rappelle qu'il fait un froid de chien.

— Je me souviens de vous maintenant, marmonne-t-il dans sa barbe.

Du moins est-ce ce que j'ai cru comprendre.

— Comment?

Il se *souvient* de moi?

Il bat des paupières.

— Je peux m'en aller?

Je pousse un soupir.

— Oui.

La lumière s'éteint sous son menton et son visage disparaît dans l'obscurité.

59

Laisse-moi sortir
Boum-boum-boum
Laisse-moi sortir
Boum-boum-boum
Je ne vois rien, j'étouffe
L'obscurité, puis une trouée lumineuse au-dessus de ma tête, une silhouette qui s'en détache
Un visage apparaît, qui se découpe en contre-jour dans le jaune aveuglant de la lumière
Un gamin, des cheveux longs, une main
Ne me touche pas, je t'en supplie, ne me touche pas...

Je me redresse dans mon lit, réveillée en sursaut, au bord de l'asphyxie, le cœur qui bat à cent à l'heure.

Le même cauchemar, mais différent.

Je suis enfermée dans le noir, *laisse-moi sortir*, j'étouffe...

Et un gamin. Cette fois, c'est un gamin.

Je ferme les yeux dans l'espoir de voir réapparaître son visage, de le reconnaître, mais c'est aussi futile que de vouloir saisir à pleines mains un nuage de vapeur. On ne peut pas obliger un rêve à surgir des profondeurs de l'inconscient.

Il va et vient à sa guise.

Je repousse les couvertures, je me lève en essuyant l'épais voile de transpiration qui me couvre le front, je me passe le visage à l'eau froide dans la salle de bains. 4h45. J'ai dormi quatre heures.

J'enfile un short et une chemise, je noue les lacets de mes New Balance et je pars courir mes quinze kilomètres.

Le charme incomparable des Hamptons au lever du jour, avec ses anses tranquilles, ses plages désertes, ses routes paisibles, l'odeur de pluie fraîche. Je cours sur le sable, sur l'herbe et le macadam, histoire de chasser les courbatures, d'exorciser les démons de la nuit.

Quelques heures plus tard, je monte en voiture et me rends à la cité scolaire où m'attend la passionnante mission qui m'a été confiée. J'appelle les renseignements sur mon portable, je leur demande de me mettre en contact avec l'église attachée au cimetière.

— Église presbytérienne, me répond la voix enjouée d'une femme d'un certain âge.

— Bonjour. J'aurais aimé savoir si vous aviez un enterrement aujourd'hui.

— Aujourd'hui ? Une minute.

J'entends un bruit étouffé de conversation en arrière-plan.

— Aujourd'hui ? Non, madame. Nous n'avons aucun enterrement prévu cette semaine. Quel est le nom du défunt ?

Aucun enterrement aujourd'hui. Aiden Willis m'a menti.

— Désolée, j'ai dû me tromper de cimetière. Merci beaucoup.

Quelle raison a pu pousser Aiden à me dissimuler la raison de sa présence dans ce cimetière la nuit dernière ?

Mon portable vibre dans ma main. Le numéro du commissariat de Bridgehampton s'affiche à l'écran.

— Murphy à l'appareil.

— Inspecteur, c'est Margaret. Le chef souhaite vous voir.

— Je suis en route pour la cité scolaire.

— Il veut vous voir tout de suite.

Je pousse un soupir.

— Et il n'a pas l'air de bonne humeur, ajoute-t-elle d'une voix douce.

60

Je rebrousse chemin pour me rendre au poste de Bridgehampton. Reste à savoir quelle mission me réserve ce cher Isaac. La surveillance des enfants à la sortie de l'école, par exemple ?

J'ai repris du poil de la bête lorsque j'entre dans son bureau. Je n'ai plus rien à perdre.

Isaac prend son temps avant de poser le rapport qu'il est en train de lire. Me faire attendre est une manière de marquer son autorité. Il s'adresse à moi sans même relever la tête.

— Inspecteur Murphy, je serais curieux de savoir pour quelle raison tu poses toutes sortes de questions à la cité scolaire sur une fusillade qui a eu lieu il y a dix-sept ans.

J'aurais dû m'en douter.

— J'essaye de comprendre qui est Noah Walker. Je voudrais savoir avec qui il traînait à l'époque. Qui l'a aidé à tirer sur ces gamins.

— Qui l'a *aidé* à tirer sur ces gamins ?

Isaac en lâche son rapport.

— Personne ne l'a aidé à tirer sur ces gamins. Il a agi seul.

Je fais non de la tête.

— Il y avait un second tireur.

— Pas du tout. J'étais là, puisque j'ai le même âge que Noah. On allait à l'école ensemble.

J'en suis bien consciente, Isaac.

— J'en ai la preuve, grâce aux angles de tir. En plus, pourquoi Noah se serait-il tranquillement installé sur un banc en attendant qu'on vienne le cueillir s'il était coupable ?

— Tu plaisantes ? Ce type est un sociopathe, Murphy. Après avoir massacré une famille entière, il serait capable de monter dans le bus et de parler de la pluie et du beau temps avec son voisin. Il n'a aucun remords, aucun sentiment de culpabilité, aucun sens du mal.

Il se penche vers moi.

— Je ne vois même pas pourquoi on parle de ça. Pour quelle raison t'intéresses-tu à cette histoire ?

— Si Noah n'a pas commis le double meurtre du 7 Ocean Drive et s'il n'a pas tué mon oncle, quelqu'un d'autre a tout fait pour le piéger.

— D'après toi, on a voulu le piéger. Et on aurait déjà voulu le piéger il y a dix-sept ans, le jour de la fusillade. Tu essayes de me dire que les deux événements sont liés ?

Je hausse les épaules.

— Prends ça pour une intuition, mais oui. La ville est petite, je crois que c'est possible. De toute façon, j'enquête sur mon temps libre, ça ne gêne en rien la mission que tu m'as confiée.

— Ce n'est pas une question de temps libre, tu enquêtes sur rien du tout. Arrête de poser des questions sur ce second tireur. Arrête de t'intéresser au 7 Ocean Drive et au meurtre de ton oncle. C'est clair ?

— Tout ce qu'il y a de plus clair, chef. À vrai dire, je t'adresse mes plus vifs compliments sur la clairvoyance dont tu fais preuve, *chef*. Maintenant, si tu veux bien m'excuser.

Isaac me fusille du regard en gonflant la joue avec sa langue. Il jaillit de son fauteuil et contourne son bureau. Je me lève à mon tour.

— Parlons franchement, décide-t-il.

— D'accord.

— Cette conversation reste entre nous.

— Volontiers.

— Pourquoi Noah Walker exerce-t-il une telle fascination sur toi?

— Il n'exerce aucune fasc…

— Tu as envie qu'il te baise, c'est ça?

J'ai un mouvement de recul.

— Qu'est-ce que tu viens de dire?

Isaac lève la main d'un air dégoûté.

— C'est toujours pareil avec ce type. Déjà au collège, c'était un putain de délinquant juvénile, ce qui n'empêchait pas toutes les filles de fantasmer sur lui. C'est un bon à rien depuis toujours. Crois-moi, je le connais infiniment mieux que toi, Murphy. Ne te laisse pas avoir par ses allures d'acteur hollywoodien. Ce type est de la mauvaise graine.

J'en reste sans voix. Isaac a du mal à respirer, son visage est cramoisi. J'ai l'impression de me retrouver à l'école.

— Il t'a piqué ta petite amie ou quoi, Isaac?

Il me lance un regard assassin et m'enfonce l'index dans le sternum.

— Noah Walker est l'auteur du double meurtre du 7 Ocean Drive et il a tué ton oncle. Noah est l'auteur de cette fusillade et il a agi sans l'aide de personne. Je t'interdis d'essayer de prouver le contraire, sinon je te retire ton badge.

Je retiens ma respiration dans l'espoir de me calmer.

— Puisque cette conversation reste entre nous, laisse-moi te dire que tu es un pauvre garçon.

Il hoche la tête, un mauvais sourire aux lèvres, en dévoilant des dents jaunes. Son haleine sent le café.

— Tu as tort de te croire intouchable. J'aurai ta peau tôt ou tard.

— Ah ouais? Tu m'en vois ravie.

Je lui tourne le dos, prête à quitter son bureau, mais il me rappelle.

— Murphy?

Je lui fais face. Il a eu le temps de se reprendre.

— Puisque ça reste entre nous, autant que je te le dise : ton oncle était un pauvre connard de merde.

61

L'homme qui se prend pour Holden sent monter son malaise intérieur. L'été est encore loin, mais ce mois de mars est l'un des plus chauds qu'il ait jamais connus. Peut-être que lui aussi pourrait prendre de l'avance ?

Il sera toujours temps d'y penser ultérieurement. Pour l'heure, autant observer la clientèle de Tasty's. L'endroit ne manque pas de cibles potentielles, des hommes et des femmes. Il lui faudra établir une liste et mettre un plan au point. Il planifie toujours ses actes.

Il lui suffit, pour en avoir la preuve, de songer à l'été précédent, l'été 2011. Quatre victimes ! Son tableau de chasse a doublé en l'espace d'une saison. Zach et Mélanie, cette pute qui s'appelait Bonnie, et ce bon vieux James. Le chef de la police locale en personne !

Et personne ne l'a mis en prison.

Qu'on n'aille pas prétendre qu'il n'est pas malin. Il faut l'être pour tuer le chef de la police sans être inquiété.

Son regard flotte au-dessus des clients et il aperçoit une silhouette qu'il connaît bien de l'autre côté de la vitre.

L'inspecteur Jenna Murphy, la rouquine sexy, descend de voiture après s'être garée. Veste bleu marine, chemisier blanc, jean moulant, talons plats. Elle se croit futée. Plus futée que tout le monde.

Elle n'est pas si futée que ça.

Si elle l'était, elle se souviendrait de moi.

Autrefois.

Ce serait rigolo de lui rafraîchir la mémoire un de ces jours.

62

Moi qui espérais déjeuner chez Tasty's avec Ricketts, je n'ai pas de chance aujourd'hui, toutes les tables sont prises. On s'installe toutes les deux au comptoir, face aux cuisines. Des cuistots en toque et tablier blancs s'activent aux fourneaux et le long des plans de travail, les commandes accrochées au-dessus de leurs têtes. Une odeur d'ail, de sauce tomate et de friture flotte dans l'air.

Aiden Willis mange seul à une table au milieu de la salle, son éternelle casquette vissée à l'envers sur la paille qui lui sert de cheveux, ses yeux de fouine constamment en action. Il lit tout en mangeant du poisson frit dans une barquette en carton. Le moment venu, je lui demanderai comment s'est déroulé cet «enterrement» hier, je suis curieuse de savoir s'il s'entêtera à me mentir. Il est encore trop tôt pour abattre mes cartes.

On prend des coquilles Saint-Jacques toutes les deux, Ricketts commande un thé glacé vendu dans une de ces grandes canettes colorées, je me contente d'eau bien fraîche.

Un coup d'œil par-dessus mon épaule me montre qu'Isaac Marks déjeune ici, lui aussi. Une serviette autour du cou, il déguste une portion de homard servie avec une sauce au beurre. Encore un qui mange seul. Il m'a sûrement vue, mais nous n'avons plus rien à nous dire depuis notre conversation d'hier. Mieux vaut prévenir Ricketts.

— Fais gaffe, le chef est assis derrière nous. Autant se montrer discrètes.

Elle se penche vers moi.

— On n'a qu'à parler doucement. J'éviterai de sortir mes notes.

Elle se frappe la tempe de l'index.

— De toute façon, j'ai tout là-dedans.

La rumeur ambiante est suffisamment forte, ça peut marcher.

— Fais-moi un résumé.

Elle prend une longue respiration. Un serveur pose les boissons devant nous, mon eau est servie dans un gobelet en plastique.

— Le résumé fout les jetons.

Un rire gras éclate dans notre dos. En me retournant, je vois une tablée d'ouvriers du bâtiment dans un coin, un vrai festival de testostérone.

Noah Walker fait partie de la bande. Il porte un T-shirt moulant, un jean sale, des godillots de chantier.

Je sens monter en moi une bouffée de chaleur, mon chemisier me colle à la peau.

Pourquoi le nier? Ce type me fait un drôle d'effet que je serais bien en peine d'analyser.

Nous sommes assises dos à la salle, mais je vois Noah et Aiden Willis du coin de l'œil quand je me tourne vers Ricketts. Seul Isaac échappe à mon champ de vision.

Ils ont tous les trois le même âge, tous les trois ont été scolarisés à Bridgehampton.

Ricketts se lance dans ses explications.

— La vieille demeure du 7 Ocean Drive a été construite à la fin du XVIIIe siècle par un colon hollandais qui s'appelait Winston Dahlquist. Il possédait une énorme fortune qu'il devait à une grande exploitation de pommes de terre. Il avait une femme prénommée Cecilia et un fils.

Cecilia, ô Cecilia / La vie était la mort déguisée

— La Cecilia en question est morte en 1813. On a dit qu'elle s'était tuée en se jetant par la fenêtre de sa chambre. Elle a atterri sur les pointes acérées de la grille.

— Elle a… *atterri* sur la grille?

— Oui, on a retrouvé son corps empalé sur la grille qui était haute de six mètres. Le choc l'a quasiment coupée en deux, mais l'auteure du bouquin qui raconte toute cette histoire a calculé l'angle et la distance. Elle en conclut que jamais Cecilia n'aurait atterri aussi loin en sautant de sa fenêtre, elle serait tombée au pied de la grille.

— Si je comprends bien, elle a été poussée.

Ricketts acquiesce.

— Parle-moi un peu du fils.

— Il s'appelait Holden. Holden Dahlquist.

Du coin de l'œil, je vois Noah s'interrompre en pleine conversation quand il remarque ma présence. Il paraît surpris et m'observe longuement, les yeux mi-clos.

— Holden était fou, poursuit Ricketts. Il avait un caractère imprévisible et violent, au point de ne pas pouvoir suivre des études normales. L'historienne qui a écrit ce bouquin est persuadée que Holden a tué sa mère. Il avait dix-sept ans à l'époque.

— Il a tué sa mère.

Je répète la phrase sur un ton badin en hochant la tête, comme si elle me parlait de la paire de hauts talons qu'elle vient d'acheter.

— Apparemment, Winston ne s'est jamais remis de la mort de Cecilia, au point de perdre la boule à son tour. De mémoire, il écrit dans une lettre : « J'hésite entre deux maux inquiétants : constater combien mon fils ressemble à une bête sauvage, ou constater combien je ressemble à mon fils. »

Aiden Willis se lève, sort d'une poche de l'argent qu'il pose sur la table. Il glisse son livre sous le bras. *Des souris et des hommes* de Steinbeck.

Je ne m'attendais pas à ce que notre Aiden soit un amateur de littérature.

— La mort de Cecilia a été suivie par toute une série de meurtres et de disparitions, enchaîne Ricketts. Plus de vingt meurtres en l'espace de deux décennies.

Je me tourne vers ma voisine.

— Parle-moi un peu des victimes.

— Essentiellement des putes et des émigrants qui disparaissaient pendant l'été et dont on retrouvait les corps transpercés, de part en part le plus souvent.

Mon cœur fait un bond dans ma poitrine.

— Empalés.

— Exactement, avec une lance ou un outil tranchant. Les victimes étaient souvent entièrement vidées de leur sang.

J'ai un mouvement de répulsion.

— Putain... Jamais on n'a inquiété Winston? Ou son fils, Holden?

Aiden glisse les mains dans les poches, me lance un long regard en coin en sortant, le livre coincé sous son bras.

Au fond de la salle, Noah ne me quitte pas des yeux en buvant sa bière, toujours attablé avec ses copains.

Son regard se durcit brusquement, il tourne la tête et pose les yeux sur...

... Isaac se plante devant lui et toute la tablée se tait. Il s'adresse à Noah avec sa morgue de flic. La lueur qui s'allume dans le regard de Noah me fait craindre une altercation, puis Isaac s'éloigne et gagne l'entrée de la salle en m'adressant au passage un sourire ironique.

— Jamais Winston et Holden n'ont été inculpés, me répond Ricketts. À en croire la légende, Winston avait la police locale dans sa poche. C'était l'un des hommes les plus riches de Long Island.

Je réfléchis à ce que ma jeune collègue vient de m'expliquer.

— Il choisissait des prostituées et des émigrants. C'est-à-dire des marginaux. Des gens...

— ... des personnes susceptibles de disparaître sans que personne s'inquiète. Le bouquin fait référence à la devise de Winston: «Un paysan, n'importe quel paysan, si possible un inconnu / N'importe qui, si personne ne l'attend, sera chez moi le bienvenu.»

On nous sert les coquilles Saint-Jacques qui exhalent un délicieux parfum de beurre fondu, mais ces révélations m'ont coupé l'appétit.

— Jolie famille.

— Mais ce n'est pas tout, il y a mieux, ajoute Ricketts en veillant à ne pas élever la voix. Toutes les générations suivantes ont produit un fils unique, prénommé chaque fois Holden. Holden junior, Holden III, et cetera, jusqu'à Holden VI. Tous souffraient de troubles mentaux, la plupart étaient violents. L'un d'eux a tué sa femme, plusieurs se sont suicidés.

— Où se trouve le dernier Holden en date ?

Ricketts embroche une coquille Saint-Jacques avec sa fourchette.

— Il est enterré. Le dernier Holden est mort il y a vingt ans sans laisser de descendants.

63

Je m'assure que le chargeur de mon arme de service est plein avant de replacer celle-ci dans son étui.

J'ai mal à la tête à force d'avoir lu et relu le bouquin à partir duquel Ricketts a effectué ses recherches, *Les Héritiers de Winston : La Maison hantée des Hamptons.* Cette étude retrace la saga des Dahlquist depuis l'arrivée de Winston à Long Island à la fin du XVIIIe siècle jusqu'à la période actuelle, en détaillant la longue filiation des Holden.

À commencer par le premier Holden, qui aurait été enfermé dans une institution s'il avait vécu aujourd'hui, et dont on prétend qu'il aurait assassiné une vingtaine de personnes.

On passe ensuite à Holden junior, père de trois enfants dont un seul a survécu, un garçon.

Holden III, qui a décapité sa femme le jour de leur cinquième anniversaire de mariage avant de se donner la mort en se jetant par la fenêtre, celle-là même qui avait été fatale à Cecilia.

Holden IV, qui a épuisé quatre épouses et éclusé une grande quantité d'alcool avant de se pendre à l'âge de cinquante-deux ans.

Holden V, marié et divorcé à trois reprises, mort d'une overdose d'amphétamines et d'alcool quelques jours après la découverte de quatre vacanciers, poignardés à mort sur la plage à moins de cinquante mètres du 7 Ocean Drive.

Holden VI, enfin, décrit par sa mère comme un « simple d'esprit capable de pulsions violentes et doté d'une capacité d'empathie équivalente à celle d'un serpent à sonnettes, mais à tout prendre un charmant garçon ». Honorablement connu comme philanthrope, il a été suspecté de nombreux viols et agressions sans qu'il soit jamais inquiété. Le dernier des Holden a été retrouvé mort dans sa chambre en 1994. Il s'était tranché la gorge avant de jeter le couteau par la fenêtre, mettant fin à la sinistre lignée des Dahlquist.

Mon arme à portée de main, je quitte mon appartement aux alentours de minuit, accueillie par un air glacé.

Je mets le contact et j'enclenche une vitesse. Les routes sont désertes à cette heure, d'autant qu'on est seulement en mars et que l'afflux des estivants n'a pas commencé.

Les rues que je traverse sont grises et tristes.

J'éteins mes phares en arrivant en vue de ma destination, je lève le pied de l'accélérateur. Je me gare sur Main Street et je coupe le moteur. Autant effectuer à pied le reste du chemin. Je tiens ma Maglite d'une main, l'autre est posée sur la crosse de mon Glock.

J'arrive au cimetière par l'ouest. Une forte humidité annonciatrice de pluie traverse la nuit, mais il n'est pas encore tombé une goutte. À mesure que je me rapproche, les lumières de la rue s'atténuent, plongeant le cimetière dans une torpeur obscure.

Cette fois, je me suis mieux préparée. Plus de manches courtes mais un pull, des baskets au lieu de mes chaussures plates, et une lampe électrique.

Je franchis la grille silencieusement et je me tapis dans l'herbe au milieu des sépultures. L'attente risque d'être longue, si tant est qu'elle soit récompensée. Autant ne pas signaler ma présence.

Le vent du large se lève, je regrette de n'avoir pas enfilé une couche de vêtements supplémentaire. Pas facile de chasser le froid en restant accroupie, immobile. Mes yeux s'adaptent lentement à l'obscurité, sans grand effet. La nuit est trop noire pour que je puisse distinguer quoi que ce soit, sinon des ombres qui dansent et des mouvements furtifs.

Allez, Murphy. Tu ne vas pas céder à la psychose.

Le manque de sommeil n'aide pas. J'ai les paupières lourdes pour un rien en ce moment. Je me sens lente, mon esprit engourdi carbure essentiellement à l'adrénaline.

Un bruit. À peine perceptible, mais régulier. Dans un premier temps, je crois reconnaître le murmure du vent dans les branches, mais le bruit continue lorsque le vent faiblit. Il semble même se rapprocher.

Des pas. Quelqu'un marche sur la terre meuble en direction du cimetière.

Aucun faisceau de torche ne troue la nuit. Il se déplace dans le noir.

Je me tiens prête, sans oser bouger. Je ne vois rien dans la nuit, mais je ne me suis pas trompée. Quelqu'un vient de pénétrer dans le cimetière.

Il avance dans le noir opaque sans hésitation, sans lampe. Il sait exactement où il va.

Il connaît le chemin par cœur.

Les pas s'arrêtent brusquement.

Je lève la tête sans rien distinguer. Je suis assez près pour entendre, mais trop loin pour voir. Une capuche, peut-être? Oui, un sweat à capuche.

Un rai de lumière déchire l'obscurité. Je manque de tomber en arrière de saisissement.

J'essaye de me repérer grâce au faisceau de la lampe, mais celle-ci s'éteint aussi soudainement qu'elle s'est allumée.

La nuit, le silence… Qu'est-ce qu'il peut bien…

Un bruit différent. Un jet liquide qui vient frapper une pierre.

On dirait…

Non ! Tout de même pas ça !

64

Je reste figée sur place en attendant que le bruit cesse, puis les pas s'éloignent. Il quitte le cimetière en empruntant le même chemin qu'à l'aller avant d'être avalé par l'obscurité.

Je devrais peut-être l'aborder. Je ne vois pas qui ça pourrait être, à part Aiden Willis, comme la fois précédente, mais je ne vois rien. Si je l'intercepte, je risque de perdre l'avantage.

Non. Le mieux est encore de le laisser repartir et d'essayer de comprendre à quoi il joue.

Je laisse s'écouler dix bonnes minutes en veillant à ne pas me laisser distraire de l'endroit où j'ai brièvement vu briller sa torche de façon à m'en servir comme repère.

Une fois prête, je braque la Maglite dans la bonne direction et je me mets en route. Mon système est loin d'être parfait, mais il devrait suffire. Surtout si j'ai bien identifié la nature du bruit.

Une forme de grande taille se dessine dans la pénombre. Le cimetière recèle des tombes de toutes sortes, des simples stèles aux monuments les plus élaborés en passant par toute la gamme des sépultures habituelles. Celle-ci fait partie des plus importantes. Le faisceau de ma lampe s'arrête sur un nom.

DAHLQUIST

Je retrouve sur l'énorme tombe des armes familiales que j'identifie sans peine, grâce à la pie-grièche. La tombe est protégée, à un mètre du sol, par une rambarde métallique que soutiennent à intervalles réguliers des piliers de pierre.

Mon cœur tressaute. Je m'approche en faisant courir le faisceau de ma torche sur le monument.

Le monument domine trois sépultures distinctes, aux noms de Winston, Cecilia et Holden Dahlquist. Les fondateurs de la dynastie. Dessous sont alignées cinq autres pierres tombales, toutes au nom de Holden Dahlquist. Il s'agit probablement des héritiers mâles des générations suivantes.

Je m'attarde successivement sur chaque tombe. Les plus anciennes sont en moins bon état que les dernières en date. Je découvre enfin la plus récente, celle de Holden VI, enterré en 1994.

C'est là.

Je me penche. La pierre est encore humide. Faute de tremper un doigt, je m'approche suffisamment pour que mon nez confirme à mes oreilles ce qu'elles ont deviné.

De l'urine.

Mon mystérieux visiteur de nuit s'est rendu dans le cimetière dans le seul but de pisser sur la tombe de Holden VI.

J'ai bien fait de me munir de l'adresse d'Aiden.

Il est grand temps de lui rendre une petite visite.

65

J'éteins mes phares de sorte qu'Aiden ne puisse me voir arriver chez lui. Il risque en revanche d'entendre le bruit de mes amortisseurs sur les mauvaises routes de ce quartier modeste situé au nord de Main Street.

Un rideau d'arbres protège la maison. Je dépasse l'allée et me gare un peu plus loin sur le bas-côté.

L'été précédent, Bonnie Stamos, la prostituée de Sag Harbor, a été retrouvée empalée sur un tronc d'arbre à moins de cinq cents mètres de là.

Je m'approche prudemment, la maison est plongée dans le noir. Une bâtisse en bois qui menace de s'écrouler d'un côté, et devant laquelle stationne une vieille Chevrolet.

J'ouvre la moustiquaire qui branle sur ses gonds et tambourine du poing contre la porte.

— Ouvrez, Aiden. Police !

Pas de réaction. Je répète l'opération.

Toujours rien.

Il a dû arriver quelques minutes avant moi. Un quart d'heure tout au plus.

Il n'a pas eu le temps de s'endormir.

J'essaye de me convaincre que c'est bien Aiden que j'ai vu.

— Aiden, ouvrez !

Je frappe à la porte jusqu'à en avoir mal au poing.

Un coup d'œil à ma montre m'indique qu'il est minuit et demi. Soit il n'est pas chez lui, soit il refuse de m'ouvrir.

Dans les deux cas, la chance me dessert. Je me vois mal ouvrir la porte à coups de pied. Je n'ai aucun motif valable.

En revanche, rien ne m'interdit de contourner la bâtisse.

L'extérieur n'est pas éclairé et le rideau d'arbres empêche les lumières du voisinage de parvenir jusqu'ici, le mieux est encore d'utiliser la Maglite pour m'éclairer sur l'étroit chemin qui court le long de la maison.

L'arrière-cour, également entourée d'arbres, est plongée dans l'obscurité. Un vélo gît dans l'herbe. Pas de galerie ou de patio.

Je crois voir bouger…

Un écureuil ou un rongeur traverse en courant le cône de lumière de ma torche.

Je reprends ma respiration avant d'éclairer la façade avec ma lampe.

Je découvre une imposte en contrebas, au niveau du sous-sol. Juste assez large pour que je puisse jeter un œil à l'intérieur.

Elle est entrebâillée.

Je m'accroupis dans la tranchée qui court le long du sous-sol. La vitre est crasseuse. Je l'essuie avec la manche de mon pull, mais ma torche ne parvient pas à percer le carreau que la poussière étalée rend opaque, comme les pleins phares d'une voiture par temps de brouillard.

J'écarte l'imposte au maximum, elle coulisse à l'horizontale sur ses charnières jusqu'à former un angle de soixante degrés.

Un bruissement se fait entendre derrière moi dans les bois. Un bruit de feuilles mortes. Je fouille les ténèbres avec ma torche.

Les herbes sèches se balancent lentement sous l'effet du vent. Les squelettes décharnés des arbres dénudés agitent leurs branches dans ma direction.

Un animal quelconque.

L'imposte entrouverte laisse un espace libre de quelques centimètres. Je fais courir le faisceau de ma lampe à l'intérieur.

Une femme assise dans un rocking-chair me regarde fixement.

66

Je fais un bond en arrière sous l'effet de la surprise. Je glisse à nouveau ma torche dans l'interstice afin de m'assurer que je ne me suis pas trompée.

Le petit disque lumineux fouille l'obscurité, à la recherche de la femme…

Là !

Confortablement installée dans son fauteuil à bascule, elle porte un châle à l'ancienne autour des épaules. Ses cheveux sont relevés en chignon, ses mains reposent paisiblement sur ses genoux. Elle affiche une expression sereine. La bouche fermée, le regard fixe, elle est parfaitement immobile.

— Police ! Madame, vous m'entendez ? Madame, tout va bien ?

Le cœur battant, je recule d'un pas et pose mes mains sur le cadre de l'imposte, prête à briser la vitre d'un coup de pied.

Pas si vite. L'attitude de l'inconnue est étrange…

Je fouille les ténèbres du sous-sol une nouvelle fois avec ma torche.

La femme n'a pas bougé. Ses paupières ne cillent même pas sous l'effet de la lumière. Elle est morte.

Je la détaille longuement à l'aide de la lampe.

Sa peau paraît intacte, je ne note quasiment pas de signes de décomposition.

Aucun signe de décomposition, en fait. Sa peau est parfaitement lisse.

Elle n'a rien d'humain.

Je regarde autour d'elle. À côté de son rocking-chair, je découvre…

— Oh, putain!

La lampe électrique tressaute entre mes doigts, le rond de lumière saute jusqu'au plafond. D'une main tremblante, je fouille l'obscurité près de la femme…

Un homme en manteau de tweed, les cheveux lissés en arrière. Il a un visage en lame de couteau, le regard vide. Il est assis sur un canapé, les jambes croisées.

Même peau luisante, mêmes yeux immobiles dont les pupilles ne réagissent pas à la lumière.

Ces gens ne sont pas morts.

Ce ne sont pas des gens, mais des statues de cire.

Je pousse un soupir de soulagement. J'étais à deux doigts d'enfoncer l'imposte pour me porter au secours de deux mannequins de cire.

Je reprends mon exploration du sous-sol à l'aide de ma lampe.

Un tapis au sol, une vieille table basse sur laquelle est posé un vase garni de fleurs. De vraies fleurs coupées, et non des fausses.

Sur le mur, j'aperçois une cheminée en trompe-l'œil, avec des bûches et des flammes.

J'aperçois l'arrière d'un poste de télévision dont s'échappe une lueur bleutée.

Au-dessus de la fausse cheminée est accroché un grand portrait.

Je reconnais Aiden enfant, avec son visage émacié et ses cheveux en bataille, à côté d'une femme.

— C'est quoi ce bordel!

M'exclamer à voix haute m'empêche d'entendre un bruit de pas dans l'herbe, derrière moi.

En revanche, j'entends parfaitement bien le claquement caractéristique d'un fusil à pompe que l'on arme.

67

— Pas un geste ! aboie une voix.

Surprise, je lâche ma torche qui roule sur le gravier. Le disque de lumière s'arrête sur mon visage, au niveau de l'imposte. J'essaye d'échapper au faisceau de la lampe pour voir le propriétaire de la voix, sans succès. Il me domine, debout dans l'arrière-cour plongée dans l'obscurité.

— J'ai dit : pas un geste ! Les mains en l'air !

Si j'obtempère, accroupie comme je le suis, je suis sûre de tomber en arrière.

— Je fais partie…

— Mains en l'air ou je tire !

— Écoutez-moi, j'appartiens à la…

— Tout de suite !

— C'est bon, c'est bon. Doucement.

Je m'efforce de ne pas perdre l'équilibre en me redressant tout en levant les bras, avec des gestes d'acrobate sur une corde raide. Ma torche reste sur le gravier qui couvre le fond de la tranchée. Il me voit de profil, mais impossible de distinguer son visage.

— Je suis flic. J'appartiens à la police de Southampton…

— Qui vous envoie ?

— Je suis flic, je vous dis.

— Qu'est-ce que vous fichez ici ? De quel droit vous êtes chez moi ?

Je reprends ma respiration.

— Pas un geste !

— Je ne bouge pas, je ne bouge pas.

La respiration d'Aiden est rauque.

— Monsieur Willis, je viens de vous dire que je faisais partie de la police. Vous auriez tort de menacer un flic, vous ne croyez pas ?

Il garde le silence.

— Vous n'avez aucune envie de me menacer. Vous me connaissez, Aiden. Je suis l'inspecteur Jenna Murphy. On s'est vus l'autre soir au cimetière.

Cette nuit-là, les rôles étaient inversés. C'est moi qui braquais le canon de mon pistolet sur lui. Tout bien considéré, c'est nettement plus confortable quand on est du bon côté de la barrière.

— Baissez votre fusil, Aiden. Je ne vous le dirai pas deux fois.

Il se déplace de façon à se trouver juste derrière moi.

— Vous êtes venue me tuer.

— Pas du tout, Aiden. Je suis flic et…

— Z'êtes venue me *tuer* ! Vous me suiviez. Vous croyez peut-être que…

— Non, Aiden.

— Pourquoi être revenue ? Z'auriez jamais dû revenir…

— Aiden !

J'ai haussé le ton, dans l'espoir de renverser les rôles.

— Aiden, je suis flic. Vous me connaissez. Je vais sortir de cette tranchée et vous allez poser ce fusil.

Je m'avance doucement.

— Je vais tirer.

Il recule d'un pas traînant qui fait bruire l'herbe.

— Non, vous ne tirerez pas.

Je me hisse dans l'arrière-cour en m'aidant des deux mains.

— Ne bougez pas !

J'écarte les mains tout en sachant qu'il ne doit pas bien me voir dans l'obscurité.

— Allez, posez ce putain de fusil.

J'achève de me relever. Je devine enfin sa silhouette dans le noir, grâce à ses mèches en bataille, au canon de son arme qui dépasse.

— Légitime défense, réplique-t-il en me menaçant.

Je dois trouver une solution. J'ai peu de chances de m'en tirer si je fais mine de sortir mon Glock. Et si je plonge à ses pieds, il risque quand même de m'atteindre, le tir d'un fusil à pompe n'est pas vraiment précis. Il faudrait que je tente le tout pour le tout comme au cinéma : me jeter à terre, exécuter une roulade et lui tirer dessus en même temps.

Le mieux est encore de lui parler.

— Vous étiez au cimetière ce soir.

— Non, je n'y étais pas.

Je me demande dans quelle mesure il peut suivre mes mouvements dans le noir.

— Vous êtes sûr, Aiden ?

Je pose la main gauche sur ma hanche d'un air autoritaire tandis que la droite glisse lentement vers mon arme de service.

Je dégage du pouce le cran de sûreté, mes doigts se referment autour de la crosse.

— Pourquoi avoir pissé sur la tombe de la famille Dahlquist, Aiden ?

— Je n'ai pas pissé dessus. Vous essayez d'inventer des excuses pour venir me tuer chez moi.

Mon index caresse la détente.

Si je sors mon arme, l'un de nous deux n'en sortira pas vivant.

— Aiden, lâchez votre arme.

— Non.

Il met une jambe en arrière, prêt à tirer.

— Vous allez me tuer, dit-il.

Aucun de nous deux n'en sortira vivant.

— Non, Aiden…

Un bruit de pas nous interrompt. Une lampe dessine un trait lumineux dans la cour.

— Aiden Willis, lâche ce putain de fusil.

La voix du chef. Isaac.

68

Isaac entre dans la pièce d'une démarche assurée et se plante derrière son bureau. Il croise les bras et s'adosse au mur, à côté de la bannière étoilée et de celle de la ville de Southampton, un drapeau bleu et jaune maïs au centre duquel est dessinée la silhouette d'un Père pèlerin. Il me dévisage durant une éternité. Il est habillé d'un jean et d'un blouson de police sur un pull.

Je marine dans mon jus depuis une bonne demi-heure dans les locaux du poste de Bridgehampton où il m'a demandé d'aller l'attendre.

J'entame la conversation la première.

— Tu as mis Aiden en cellule ?

Il plisse les paupières.

— À l'heure qu'il est, il doit dormir dans son lit.

— Tu ne l'as pas arrêté ?

Il ouvre de grands yeux haineux.

— Tu es armée ?

Quelle question !

— Bien sûr que je suis armée.

— Donne-moi ton arme.

— Pourquoi ?

Isaac laisse échapper un grand soupir.

— Inspecteur, votre supérieur vous donne l'ordre de lui remettre votre arme.

Je bats des paupières. Mon cœur se serre dans ma poitrine.

Je pose la main sur mon arme.

— Doucement, me conseille-t-il.

— Putain, Isaac ! À quoi tu joues ?

Je pose mon Glock sur son bureau, crosse en avant.

Il s'en empare, éjecte le chargeur qu'il saisit au vol.

— Tu as bu, Murphy ?

— Non, je n'ai pas bu. Pourquoi le chef de la police locale est-il en patrouille à minuit ? Et pourquoi libérer Aiden Willis alors qu'il s'apprêtait à m'abattre ?

Il triture son bouc en m'observant d'un air amusé. Il est ravi de se retrouver en position de force.

— La vraie question à se poser, Murphy, c'est ce que *toi*, tu foutais là-bas.

La réponse ne peut que lui déplaire. Il m'a ordonné de rester à l'écart des meurtres d'Ocean Drive et de m'occuper exclusivement des questions de sécurité à la cité scolaire de Bridgehampton. Je vois mal quel mensonge à peu près crédible pourrait le convaincre de ma bonne foi.

Je lui raconte les grandes lignes de ce qui s'est passé au cimetière en lui avouant que je m'étais rendue sur la tombe d'oncle Lang. Pas la peine de lui expliquer que je guettais Aiden.

— Tu as vraiment vu Aiden pisser sur une tombe ?

Je ne peux pas lui répondre par l'affirmative, faute d'avoir assisté à la scène. Faute d'avoir la certitude qu'il s'agissait bien d'Aiden. Mais je n'ai pas l'intention de me laisser piéger.

— Je me suis rendue chez lui pour lui poser la question. Comme il ne répondait pas quand j'ai frappé, j'ai décidé de jeter un œil. Il faisait noir dehors, alors je me suis servie de ma Maglite. J'ai uniquement fait le tour de la maison, Isaac.

Il m'observe attentivement.

— Tu t'es servie de ta lampe pour éclairer l'intérieur du sous-sol ?

— Ouais, et tu veux savoir ce que j'ai découvert ?

— Quel rapport y a-t-il entre le contenu du sous-sol d'Aiden et le fait de pisser sur une tombe? Quand bien même ce serait vrai. Tu pensais découvrir dans son *sous-sol* des preuves permettant de l'incriminer pour ça? C'est faux. Tu avais une autre raison.

Il me tient. Quelle connerie vais-je pouvoir lui raconter?

En fait, je ne devrais avoir aucune raison de lui raconter des conneries. Je suis flic et j'enquête sur une série de meurtres. Depuis quand est-ce un crime?

Depuis quand est-il répréhensible de me fier à mon intuition?

— Il a pissé sur le caveau des Dahlquist. La famille à qui appartenait la maison dans laquelle Mélanie et Zach ont…

— Non, non!

Il secoue la tête, comme s'il n'en pouvait plus.

Je dois renverser la vapeur au plus vite.

— Il se passe des trucs bizarres dans cette ville et Aiden…

— Aiden Willis serait infoutu d'épeler correctement son nom si on lui indiquait les bonnes lettres, me coupe Isaac. Et il serait infoutu d'écraser une mouche avec un marteau pilon. Je le connais depuis toujours. Il est parfaitement inoffensif.

— Il m'a menacée avec un fusil, Isaac.

— Oui, et tu veux que je te dise? Il en avait le droit. Un rôdeur chez lui en train de s'introduire dans son sous-sol? Il a tous les droits.

— Je lui ai dit qui j'étais.

— Il a très bien pu ne pas te croire. Que veux-tu qu'il croie, Murphy? On a de la chance qu'Aiden soit un garçon raisonnable. Il ne va pas porter plainte.

Je n'ai pas du sang irlandais pour rien.

— Foutaise! Il me connaît parfaitement, même s'il ne m'a pas reconnue tout de suite. Je me suis identifiée. Au début, je veux bien, mais il me connaît, Isaac. Je lui ai clairement dit qui j'étais et je ne le menaçais nullement, ce qui ne l'a pas empêché de vouloir me tirer dessus. Et tu le laisses rentrer chez lui!

— Plutôt deux fois qu'une ! Une flic de mon service, qui espionne la maison d'un citoyen ordinaire sans raison valable ? On risquait le procès. Le service n'a pas besoin que tu lui fasses mauvaise réputation une nouvelle fois.

Je lève les yeux au ciel.

— Je n'y crois pas.

— Inspecteur Murphy, vous avez un comportement irrationnel et erratique.

Mon sang se glace dans mes veines. Il a prononcé la formule magique. La convention collective de la police permet à un responsable de révoquer un flic dont le comportement est « irrationnel et erratique ».

Isaac esquisse l'ombre d'un sourire. Il attendait ce moment depuis longtemps.

— Je t'en supplie, Isaac, accepte au moins de m'éc…

— Inspecteur, veuillez me remettre votre badge.

— Isaac, ne…

— Vous êtes définitivement suspendue de vos fonctions. Je vous retire vos pouvoirs d'officier de police judiciaire. Vous ne faites plus partie de la police. Vous n'aurez qu'à repasser demain matin, je vous accorde une demi-heure pour récupérer vos effets personnels.

Il se penche au-dessus du bureau en me regardant droit dans les yeux, un rictus moqueur aux lèvres.

— En attendant, casse-toi de mon commissariat.

69

Le Rade n'a pas le droit de vendre de l'alcool après 2 heures du matin. En clair, ça signifie que le patron arrête de servir quand la petite aiguille atteint le chiffre 2 et qu'il ne laisse plus entrer de nouveaux clients.

En revanche, rien ne l'empêche de me vendre une bouteille à 1 h 55 et de me regarder la vider pendant une heure, le temps de fermer, d'éteindre une partie des lumières, de retourner les chaises et de les poser sur les tables, de laver le sol et d'essuyer le comptoir.

La bonne nouvelle pour moi, c'est que je suis une habituée, ce qui me vaut ce genre de faveur de la part de Jerry, le barman et propriétaire des lieux.

La mauvaise nouvelle, c'est que je suis une habituée du fait.

— Je n'aime pas dire du mal de mon prochain, me dit Jerry en vaporisant du détergent sur le comptoir, mais je n'ai jamais aimé Isaac. On ne lui a pas rendu service en lui refilant un badge. Voilà ce qui arrive quand on donne un petit pouvoir à un type qui souffre d'un complexe d'infériorité.

Je pose lentement sur lui des yeux ternes et rêveurs. On pourrait presque croire qu'on ne m'a pas retiré une heure plus tôt le truc auquel je tiens le plus. J'ai dit *presque*.

— Isaac n'a qu'à aller se faire foutre.

J'ai la langue pâteuse. Mon corps tout entier est pâteux.

— Bon, il est 3 heures, remarque Jerry. Je ne vais pas tarder à me transformer en citrouille.

Il récupère sur le comptoir la bouteille de Jim Beam aux trois quarts vide.

— Je te la mets de côté, Murph. Ton stock personnel. En attendant, je te reconduis chez toi.

Je lui abandonne la bouteille en faisant non de la tête.

— Tu n'es pas en état de conduire, Murph.

— Pas l'intention de conduire. Je vais marcher. Je passerai... passerai prendre ma bagnole demain.

Je descends prudemment du tabouret en veillant à ne pas perdre l'équilibre.

— C'est pas comme si j'avais un planning chargé.

— Allez, Jenna. Laisse-moi te ramener chez toi.

— J't'assure, ça va.

Marcher me fera du bien. C'est l'idée en tout cas. J'habite à une demi-heure à pied d'ici, l'air de la nuit devrait m'aider à dissiper la brume qui m'empêche de réfléchir. Ma main cherche machinalement mon flingue qui n'est plus là, puisque j'ai été obligée de le rendre. Normal, je ne suis plus flic.

Je ne suis plus flic. Je n'arrive pas encore à m'y habituer.

J'ai la tête qui tourne et les idées pas très claires, j'oscille dangereusement entre le désespoir, l'amertume et la fureur, je m'évertue désespérément à reconstituer un puzzle dont il manque la moitié des morceaux.

Je sens s'installer dans ma tête un mal de crâne carabiné, juste entre les deux yeux.

Mes tempes résonnent douloureusement quand j'arrive enfin chez moi, mais le sang circule à nouveau et les effets de l'alcool commencent à s'estomper.

Le moral, en revanche, ne s'améliore pas. À l'hébétude succède la crainte de ce qui m'attend, la peur d'une vie sans badge.

La peur de dormir, aussi, sachant le cauchemar qui m'attend inévitablement.

J'habite au rez-de-chaussée d'un pavillon de deux appartements. Un salon, une cuisine minuscule, une salle de bains et une chambre. Je m'étais promis d'acheter un truc le jour où je « m'installerais », mais on ne peut pas dire que je me sois installée. Je n'ai jamais rien fait pour que mon appart' ressemble à un lieu de vie, et je ne me suis jamais cherché de toit.

Vu la situation, j'ai bien fait.

Je crois deviner une forme allongée devant ma porte en arrivant. Quelqu'un ?

Je m'approche en cherchant des doigts l'arme que je n'ai plus.

Un type est assis devant ma porte, adossé contre le chambranle.

— Noah ?

70

Noah Walker s'agite en m'entendant monter sur la galerie. Il dormait.

— Ouais…

Il se lève pesamment en chassant le sommeil de ses yeux. Il porte un sweat, un jean, des sandales.

— Qu'est-ce que vous fichez là ?

— Je vous attendais.

— Je répète ma question.

— J'ai un truc à vous dire.

— Je vous écoute.

Il hoche la tête.

— J'ai fini par me souvenir. À propos des filles.

— Dédé et Annie.

— Je les ai vues. Je m'en souviens maintenant. Elles squattaient la grande maison du 7 Ocean Drive dont j'assurais l'entretien. Une toiture à réparer. Je suis quasiment sûr que c'était elles. Il y a cinq ou six ans, je dirais. Des filles plutôt sympas. S'il leur est arrivé des bricoles et que je peux aider…

C'est la confirmation que j'attendais. Sans en avoir la certitude, je me disais bien qu'elles avaient habité là. Je voyais mal comment ces initiales gravées sur le rebord de la fenêtre auraient pu être une coïncidence, mais j'en ai la certitude à présent.

J'observe Noah. Rien ne l'obligeait à me parler de ça.

Son avocat, s'il lui avait posé la question, lui aurait même conseillé de fermer sa grande bouche.

Dommage qu'il soit trop tard.

— De toute façon, ça n'a plus d'importance. Rentrez chez vous.

Il se plante face à moi.

— Ça a de l'importance, au contraire. Vous m'avez posé la question parce que vous croyez qu'il y a un lien entre les deux affaires. Le meurtrier de ces filles est peut-être le même que celui de Mélanie.

Mélanie. J'oubliais qu'il était sorti avec elle.

— Je l'aimais. C'est vrai, elle m'a plaqué et j'en ai souffert. J'ai tourné la page depuis, mais ça ne m'empêche pas de penser à elle.

Il lâche un soupir interminable, les yeux perdus dans le lointain.

— Quand elle est morte, vous m'avez arrêté très vite et je me suis retrouvé d'un seul coup au tribunal avec la perspective de finir en taule jusqu'à la fin de mes jours. Je n'ai pas eu l'occasion de… je ne sais pas.

Il n'a pas eu l'occasion de gérer son chagrin. De faire le deuil.

— Ensuite, quand Paige s'est suicidée…

Il me l'apprend. La fille avec laquelle il est sortie après Mélanie, celle qui se trouvait avec lui le jour de son arrestation.

— Elle est morte quand j'étais en prison, poursuit-il en hochant lentement la tête, emporté par son raisonnement. Je me dis que l'assassin de Mélanie a également tué Paige. Et beaucoup d'autres, apparemment. Dont ces deux filles. Et votre oncle.

Le moment est mal choisi pour me rappeler tout ça. J'ai à nouveau les idées claires, mais le barrage de mes émotions est sur le point de céder. Je n'ai plus aucun avenir à Bridgehampton. Tout est fini. Je n'ai pas réussi à élucider ces meurtres et je ne ferai plus jamais partie de la police.

— Je voudrais vous aider, me propose Noah. Je voudrais vous aider à le coincer.

— Je ne suis plus flic. On m'a retiré mon badge. J'ai tout perdu.

J'en arrive à m'apitoyer sur moi-même sous l'effet de l'alcool.

— J'ai perdu autrement plus que vous, réagit Noah. C'est pas pour ça que je jette l'éponge.

Je le regarde. Il a gardé la tête haute, malgré toutes les épreuves qu'il a traversées. Ce type a été accusé d'un crime dont je reste persuadée, au fond de moi, qu'il est innocent. Il s'est fait crucifier à Sing Sing par une bande de racailles blanches racistes auxquelles il refusait de se soumettre, il a perdu successivement les deux femmes qu'il aimait, la police locale continue de le harceler, et ça ne l'empêche pas de se porter volontaire pour m'aider. À sa place, je me serais enfuie de cette ville à toutes jambes en sortant de prison.

C'est faux. Tu n'aurais jamais fait ça. Tu es bien trop têtue. Comme Noah.

Le badge qui nous séparait n'existe plus, d'un seul coup.

Je voudrais lui répondre, mais les mots restent coincés dans ma gorge. Je me sens emportée par une vague de regret, de colère et de désir, je suis prise d'une bouffée de chaleur comme à chaque fois que je le vois, mais l'alcool et l'émotion ont tout balayé sur leur passage et je ne sais pas si je vais fondre en larmes ou bien…

Ou bien…

— Je peux vous aider, insiste Noah. Je ne suis pas aussi idiot que j'en ai l'air.

— Je ne suis plus flic.

Il hausse les épaules.

— Dans ce cas, je ne vois pas ce qu'on a à perdre.

71

— Vous êtes en train de me dire que la clé du mystère tient à quelqu'un qui est mort il y a vingt ans.

— Dix-huit ans exactement. Mais la réponse est oui.

Nous marchons côte à côte sur Main Street, le lendemain matin, sous un soleil brûlant. J'ai fait l'impasse sur mon jogging quotidien, je me suis bourrée d'aspirine à la place, avec beaucoup d'eau, pour tenir ma gueule de bois à distance. L'adrénaline aide aussi. Curieusement, je me sens regonflée à bloc depuis les paroles d'encouragement de Noah la veille. La perte de mon badge semble même décupler mon envie de me battre.

C'est d'ailleurs compréhensible. J'ai perdu mon statut officiel et mon arme de service, mais je suis totalement libre de mes mouvements. Isaac ne peut plus m'empêcher d'interroger qui bon me semble en effectuant les recherches qui me plaisent.

Je dois simplement me montrer prudente. Sans statut et sans arme, je suis limitée dans ma liberté de mouvement. Noah pénètre dans le cimetière à ma suite, je l'entraîne jusqu'à la concession des Dahlquist.

— Une longue dynastie de déséquilibrés aux pulsions suicidaires, tous prénommés Holden. On estime à vingt ou trente le nombre de femmes tuées par le premier Holden.

— D'après ce livre, me corrige Noah. Rien ne prouve que ce soit vrai.

Il a passé sa nuit à le dévorer. Je doute qu'il ait dormi, à en juger par les cernes noirs qu'il a autour des yeux.

— Ce n'est pas la vérité qui compte. C'est ce qu'il croit.

— Qui ça?

— Notre suspect. L'assassin.

Noah examine longuement le monument funéraire et les sépultures des Dahlquist avant de se tourner vers moi.

— Vous pensez qu'il essaye de reproduire les crimes commis par le premier Holden il y a deux siècles? Vous croyez qu'il est obsédé par cette famille?

— Très bien, Noah. Je constate que vous n'êtes pas si bête que ça.

— 'Cré bon Dieu, m'dame Murphy. Me v'là tout guilleret d'vos compliments.

— C'est bon, arrêtez votre char.

— Bien, m'dame... Me v'là gai comme un pinson sur sa branche. Vrai de vrai.

Je lève les yeux au ciel.

— Ça ne vous ennuie pas qu'on revienne à nos moutons?

Noah, content de son petit numéro, redevient brusquement sérieux.

— D'accord, mettons que ce type soit fasciné par le clan Dahlquist. Jusque-là, j'ai compris, mais vous me dites que le dernier Holden est mort il y a vingt ans.

— Dix-huit.

— D'accord, dix-huit si vous voulez. En tout cas, on parle bien du sixième Holden?

— Oui, le sixième du nom.

— Celui qui est mort sans héritiers, précise Noah. Celui qui déclarait... attendez, laissez-moi retrouver le passage...

Il sort le livre de son sac et l'ouvre à une page qu'il a cornée.

— Le type qui déclarait: «Éviter de procréer à tout prix est le plus beau cadeau que je peux offrir à l'humanité.»

— Exactement.

— Le type qui s'est suicidé en avalant des cachetons arrosés avec deux bouteilles de Jack Daniel's avant de se trancher la gorge et de jeter le couteau par la fenêtre.

— En personne.

— Le type qu'on soupçonnait d'avoir agressé et violé une palanquée de femmes sans qu'on puisse jamais rien prouver.

— Lui-même.

— Le type qui n'a jamais commis de meurtre.

— Celui-là.

— D'après ce qu'on croit savoir, en tout cas.

— Exactement.

Noah referme le livre.

— Vous dites qu'il faut remonter jusqu'à lui ? Mais il n'avait pas d'enfant et il n'a commis aucun meurtre. D'accord, c'était un salopard qu'on soupçonne d'avoir violé plusieurs femmes, mais notre meurtrier à nous ne viole personne. Il tue ses victimes avec une brutalité sans nom.

Je lui adresse un sourire ironique.

— J'ai raté un épisode ? m'interroge Noah en fronçant les sourcils.

— Je crois que oui. Notre homme imite les crimes du tout premier Holden, avec un certain talent, il faut bien le reconnaître. Reste à comprendre pourquoi.

Noah pose de grands yeux sur moi, puis il hausse les épaules.

— Aucune idée.

— À mon avis, il y voit une sorte d'obligation. Il juge que c'est son destin.

Noah écarte les mains en signe d'impuissance.

— Mais… pourquoi serait-ce son destin si…

Il est soudain bouche bée.

Un sourire étire mes lèvres.

— Oh ! Vous croyez vraiment ?

— Oui. Je suis convaincue qu'en dépit de sa volonté affichée, le sixième Holden a eu un fils. Un fils décidé à renouer avec la tradition familiale.

72

Je laisse Noah à la porte du cimetière en lui confiant une nouvelle mission pendant que je repars à pied. Il n'est pas encore 11 heures et Tasty's n'a sans doute pas encore ouvert ses portes, mais c'est aussi bien car je n'ai pas l'intention de m'y rendre pour y déguster des coquilles Saint-Jacques.

Le parking est quasiment désert lorsque j'arrive au restaurant. Constatant que la porte est ouverte, je pénètre dans la salle. En cuisine, le personnel s'active à l'approche du déjeuner, on agite les poêles et les casseroles, les hachoirs volent sur les plans de travail entre deux coups de torchon, un serveur note à la craie le menu du jour sur l'ardoise, des cris fusent de toutes parts, en anglais comme en espagnol. L'odeur d'ail et de beurre fondu me fait regretter d'être venue là uniquement pour le boulot.

J'aperçois Justin Rivers seul à une table en train de remplir une grille de mots croisés, un crayon à la main. Il porte particulièrement bien la chemise en flanelle avec son jean.

C'est plutôt sympa d'être patron et de se la couler douce pendant que ses employés mettent les bouchées doubles avant l'heure du coup de feu.

Il arbore un grand sourire en m'apercevant, avec ses airs de beau gosse sage.

— Inspecteur!

Je le prends comme un coup de poing à l'estomac. Loin de moi l'idée de le détromper. Je ne lui mentirais pas s'il me posait la question, mais tant mieux s'il a envie de croire que je suis toujours flic.

— Salut, Justin. Comment allez-vous?

— Super, super.

Il regarde sa montre.

— Je ne suis pas venue déjeuner. J'aimerais discuter quelques minutes avec vous.

— Avec moi? Pas de souci, dit-il en se levant. Vous voulez…

— Ça vous ennuierait qu'on aille dehors?

— Aucun problème. Je reviens tout de suite, crie-t-il à l'intention du personnel, sans que personne lui prête attention.

Il me suit sur le parking et se plante face à moi avec un large sourire, beau comme un astre.

— Heureux de vous voir, commence-t-il.

Dents blanches, cheveux coiffés de côté, épaules larges. Il a tout pour plaire.

— Euh… merci, moi aussi. Écoutez, j'ai quelques questions à vous poser.

— Ah, vous êtes là à titre officiel?

Il ne cache pas sa déception.

Je hoche la tête en signe d'assentiment.

— Si ça ne vous dérange pas. Mais pourquoi cette question? Vous pensiez que j'étais venue pour… d'autres raisons?

— Euh…, rougit-il. Excusez-moi, je suis très gêné. Je me sens complètement idiot.

Je ne suis pas toujours très rapide, mais je finis par comprendre. Il croyait que je venais lui demander un rencart.

— L'espoir fait vivre, ajoute-t-il.

C'est moi qui me sens gênée, à présent.

— Justin, je suis… ce n'est pas que je ne voudrais pas…

Il m'arrête d'un geste.

— Vous n'avez pas d'explication à me donner. C'est de ma faute. Entièrement de ma faute. Dieu, que je suis gêné.

Il est rouge comme une tomate.

— Pardonnez-moi, inspecteur. Je vous écoute.

Il hoche la tête avec insistance.

Le mieux est encore de lui expliquer ce qui m'amène.

— C'est à propos de Mélanie Phillips, votre ancienne serveuse.

Le nom de Mélanie suffit à l'assombrir.

— Bien sûr. Une fille formidable que tout le monde appréciait.

— Je me demandais si quelqu'un s'était intéressé à elle particulièrement à l'époque où elle travaillait chez vous.

Il prend le temps de réfléchir avant de me répondre, les yeux perdus dans le lointain. J'hésite à lui souffler un nom, mais je préfère enregistrer sa réaction spontanée.

— C'est-à-dire qu'elle était très jolie fille, de sorte que les garçons la regardaient beaucoup, mais de la à fantasmer sur elle. C'est bien la question que vous me posez?

— Exactement.

Il passe une main sur sa bouche.

— Euh… non, pas vraiment. Comme chacun sait, elle avait rompu avec Noah.

Noah. Ce n'est pas le nom que j'espérais, mais puisqu'il en parle spontanément, autant aller jusqu'au bout.

— Noah vous a-t-il toujours paru suspect?

— Moi? Seigneur, je ne suis pas flic. À vrai dire, j'ai toujours apprécié Noah.

— Je constate qu'il continue de venir ici depuis sa sortie de prison.

— Bien sûr. Les prix attirent la clientèle des artisans de la région.

— Je me dis pourtant que si vous pensiez qu'il avait fait du mal à Mélanie… vous ne l'autoriseriez pas à revenir.

— Évidemment. Je ne l'ai jamais cru capable d'un truc pareil. J'ai toujours pensé que c'était un gentil garçon.

Je prends des notes sur mon calepin.

— D'accord. Changeons de sujet. Que savez-vous d'Aiden Willis?

— Aiden?

Il secoue la tête, un sourire aux lèvres.

— Un gentil garçon, lui aussi. Il a beau ne pas être comme tout le monde, il est très gentil.

— Vous pourriez vous montrer plus précis ?

— Je veux dire… il est… différent. Je ne sais pas. Nous le sommes tous, à notre façon. C'est un type bien, en tout cas. Un type bien.

Ce Justin est le roi du consensus. *Il ne faut jamais dire du mal d'autrui*, comme dit mon barman préféré.

— En quoi est-il différent ?

— Eh bien, c'est-à-dire… il est toujours tout seul. Il s'installe et lit son livre. Il ne parle quasiment pas. Il lui arrive de passer prendre une bière le soir, mais sans se mêler aux autres. Il a grandi ici, il est allé à l'école à Bridgehampton. Tout comme Noah, je crois.

— Et vous ?

— Moi ? Je suis originaire de Sag Harbor. Tout près d'ici.

— Vous n'avez jamais été en classe avec Aiden et Noah ?

— Non, j'allais à l'école Lanier, à East Hampton.

Une école privée pour les gosses de riches. J'aurais préféré qu'il soit allé à la cité scolaire, il aurait pu éclairer ma lanterne sur Aiden et Noah.

— Vous ne vous connaissiez pas, quand vous étiez jeunes ?

— Avec Aiden et Noah ? Non. Dites-moi, vous ne soupçonnez pas Aiden, tout de même ?

Je hausse les épaules sans répondre.

— Simples questions de routine, à ce stade.

— Je veux dire, il peut paraître étrange, mais pas de cette façon-là. Quand je dis étrange, il est particulier, mais il ne ferait pas de mal à une mouche.

C'est apparemment le sentiment général. Je n'avais pourtant aucune envie de rire, la veille au soir, quand il me menaçait avec un fusil à pompe.

— En tout cas, ajoute Justin, Aiden n'a pas pu tuer Mélanie.

Le crayon se fige entre mes doigts et je relève la tête.

— Comment pouvez-vous en être sûr ?

— Il a passé la soirée ici avec moi, me répond Justin. J'ai le droit de servir de l'alcool jusqu'à 2 heures du matin. Ce soir-là, c'était ma tournée et Aiden a fait la fermeture.

Je sens ma poitrine se contracter.

— Vous êtes sûr? Vous n'avez pas pu vous tromper de soir? Ça ne date pas d'hier.

— Sûr et certain. Je m'en souviens parce que c'était la veille du jour où Mélanie n'est pas venue travailler. On a essayé de la joindre sur son portable, j'ai même envoyé quelqu'un chez elle. Les flics sont arrivés sur ces entrefaites en nous expliquant qu'elle avait été assassinée cette nuit-là dans la maison d'Ocean Drive. Ils m'ont demandé de leur fournir la liste des gens qui étaient présents au restaurant. Rien de plus facile, il n'y avait qu'Aiden et moi.

Je gribouille des notes dans mon carnet pour dissimuler ma déception.

Je viens de perdre mon suspect principal.

73

Ricketts secoue la tête, les yeux plongés dans les eaux de l'Atlantique. Elle sort de patrouille, elle n'a pas eu le temps d'ôter son uniforme.

— Je n'arrive pas à croire qu'on ait pu vous traiter de cette façon-là, Murphy.

— Tu ferais mieux de m'écouter et de te tenir à distance.

Ricketts acquiesce et me lance un coup d'œil. Elle paraît incroyablement jeune, ses cheveux courts ont assez poussé pour commencer à boucler.

— Je ne suis pas très douée pour écouter les autres.

— Si Isaac apprenait…

— Il me virerait, j'ai compris.

Nous restons silencieuses. Le ciel se couvre et la mer montre les premiers signes d'agitation. Le temps est à l'orage.

— On est censés pourchasser les méchants, insiste Ricketts. Le jour où quelqu'un m'en empêchera, je changerai de métier.

C'est vraiment une fille bien. Elle est infiniment plus mûre et posée que je ne l'étais quand j'ai commencé dans la police. Et tout aussi têtue.

Je la regarde dans les yeux.

— Tu es sûre?

— Arrêtez de me poser la question, Murphy. Dites-moi plutôt de quoi vous avez besoin.

— Si j'ai bien compris, le dernier Holden a été soupçonné de viol à plusieurs reprises. D'accord?

— C'est ce qu'affirme le bouquin, en tout cas.

— Alors, il faudrait essayer de savoir si quelqu'un a porté plainte contre lui. L'une de ses victimes aurait pu tomber enceinte, par exemple.

— OK. Quoi d'autre ?

Je hausse les épaules.

— C'est tout.

— Non, ce n'est pas tout, me corrige Ricketts. Il serait intéressant de voir s'il ne s'est rien produit d'anormal à l'époque, au début des années 1990. Des meurtres non élucidés, des disparitions. Quand vous m'avez demandé de regarder la dernière fois, je suis remontée uniquement dix ans en arrière. Il suffit que je remonte maintenant jusqu'au début des années 1990.

— Pour trouver quoi ?

— Qui sait ? Ça ne coûte rien d'essayer, voir ce que ça donne.

Je pousse un soupir.

— Tu sais, Ricketts. Tu finiras par devenir une excellente enquêtrice, un jour.

— Si je ne me fais pas virer avant.

Je lui prends la main.

— C'est hors de question. Je m'en voudrais à mort si tu te faisais licencier pour avoir voulu m'aider.

Elle balaye l'argument d'un geste.

— Je veux qu'on vous réintègre. Si jamais on arrive à trouver le meurtrier, peut-être que celle qui me sert de modèle retrouvera son poste.

— Pas d'excès d'optimisme.

Elle me dévisage longuement.

— Vous savez ce qui vous manque, Murphy ? Si je puis me permettre.

— Vas-y.

— Vous devriez tirer un coup.

Pour la première fois depuis longtemps, j'éclate de rire, et ça me fait du bien.

— Vous devriez draguer Justin.

Je me tiens les côtes.

— D'accord, je sais qu'il est…

— Il est très mignon et il suffit de voir la façon dont il vous regarde.

J'ai raconté à Ricketts mon entretien avec Justin, mais je ne lui ai parlé que de la partie professionnelle. Je lui raconte le début de notre rencontre.

— Il vous a vraiment dit : « L'espoir fait vivre » ?

Elle me donne une bourrade.

— Vous attendez quoi ? Un carton d'invitation ?

Je laisse échapper un grognement.

— C'est bon, c'est bon. Honnêtement, il est très sympa, mais je ne sais pas.

— Il est trop sympa, c'est ça ?

Je soupire.

— C'est à peu près ça.

— Vous aimez les mauvais garçons. Je me trompe ? Les types un peu limite, voire dangereux.

— C'est mon karma.

— Murphy.

Elle pose ses mains sur mes épaules.

— Ce type est super gentil. Il est patron d'un petit restau qui continuerait de tourner à plein régime même s'il doublait ses prix du jour au lendemain, mais il ne le fait pas. Vous allez passer à côté de lui parce qu'il est *trop* gentil ? Je… je ne comprends pas.

— Je n'ai pas le temps de tomber amoureuse. J'ai trop de pain sur la planche.

— Qui vous parle d'amour ? Je vous parle de sexe. Allez dîner un soir avec lui et sautez-lui dessus. Je compte sur vous pour me raconter ça ensuite.

— Le dîner, ou la nuit ?

— Les deux.

Je lève les yeux au ciel. Je ne sais pas si…

— Vous savez quel est votre problème ? Vous avez peur d'être heureuse.

— Merci, docteur.

Elle me donne un coup de poing amical dans le bras.

— Je m'occupe des recherches.

Elle a remonté la moitié de la plage lorsque je la hèle.

— Hé, Ricketts ! Je ne connais même pas ton prénom.

Elle sourit.

— Je m'appelle Lauren.

— Merci, Lauren. Je suis sérieuse. Merci.

Elle acquiesce.

— Un dernier conseil, me crie-t-elle. Allez dormir. Vous avez une sale gueule.

74

Deux heures du matin. L'orage a fini par éclater. Le vent et la pluie giflent les carreaux, le ciel est violet foncé.

Des dizaines de notes s'étalent devant moi. Sur mon bureau, punaisées au mur, partout. Je m'étire après avoir bu une gorgée de vin. J'ai mal à la tête, les paupières lourdes.

La solution se trouve forcément là. Je dois absolument continuer à secouer le cocotier. À force de relier les points entre eux, je vais finir par y arriver.

Je sens que je brûle.

Je dois me le répéter inlassablement.

Je sens que je brûle…

Je brûle…

Laisse-moi sortir

Boum-boum-boum

Laisse-moi sortir

Boum-boum-boum

Je ne vois rien, j'étouffe

L'obscurité, puis une trouée lumineuse au-dessus de ma tête, une silhouette qui s'en détache

Un visage apparaît, qui se découpe en contre-jour dans le jaune aveuglant de la lumière

Un gamin, des cheveux longs, une main

Ne me touche pas, je t'en supplie, ne me touche pas

Va-t'en, je t'en supplie, ne me fais pas de mal

Je veux rentrer chez moi

Je relève brutalement la tête, mes mains s'agitent dans tous les sens sur le bureau en renversant pêle-mêle les papiers qui s'y trouvent et le verre de vin qui tombe par terre avec un petit *bling*. Je m'applique à respirer pour chasser les toiles d'araignées.

Le gamin avec ses longs cheveux. La main qui se tend vers moi dans l'obscurité.

Son visage. Cette fois, je distingue son visage.

Un visage que je connais. Le gamin de mon cauchemar n'est autre qu'Aiden Willis.

75

Noah Walker arrête sa Harley le long du trottoir à hauteur de l'appartement de Jenna Murphy. Les rues sont encore détrempées à la suite des orages de la nuit. Ses sandales font un bruit de ventouse dans l'herbe qu'il foule jusqu'à sa porte.

Il frappe et attend, se donne une contenance en ajustant la bretelle de son sac sur son épaule.

La porte s'ouvre et il découvre un fantôme.

Les cheveux de Jenna, en bataille, sont tout collés, ses traits sont tirés, ses yeux cernés de noir. En tout et pour tout, elle porte un T-shirt noir des Yankees et un caleçon d'homme.

Elle plisse les paupières, aveuglée par le soleil, en évitant de croiser le regard de son visiteur.

— Vous êtes sûr au sujet d'Aiden? dit-elle en regagnant l'intérieur de l'appartement.

— Bonjour à vous aussi.

Il regrette de ne pas avoir apporté du café. Elle a l'air d'en avoir grand besoin.

La pièce principale tient plus du bureau que du salon. Des papiers traînent partout, sur la table de travail installée dans un coin de la pièce, par terre, jusqu'aux murs qui en sont tapissés. Des coupures de presse, des photocopies de rapports de police surlignés au marker, des Post-it collés dans tous les coins. Tout est trié par colonnes au nom de chacune des victimes, Annie Church et Dédé Paris, Brittany Halsted,

Sally Pfiester, Mélanie et Zach, Bonnie Stamos, sans oublier son oncle, Langdon James.

— Vous êtes sûr au sujet d'Aiden? demande-t-elle à nouveau en faisant les cent pas.

Elle disparaît dans la chambre, puis en ressort aussitôt.

— Si je suis sûr que ce n'est pas un assassin? Oui, je suis sûr. Pourquoi?

Elle secoue la tête machinalement en continuant sa ronde.

— Je n'arrête pas d'avoir des… des cauchemars. Depuis mon arrivée ici.

— Quel genre de cauchemars?

Elle lève les bras au ciel.

— Je suis prise au piège dans un espace confiné. Je supplie qu'on me laisse sortir, et il y a quelqu'un au-dessus de ma tête, un gamin. Il tend la main vers moi pour me maltraiter. Je le supplie : *Je t'en prie, laisse-moi partir, ne me fais pas mal*, vous voyez le topo.

Voilà qui explique le manque de sommeil dont il a remarqué les signes depuis quelque temps. À voir sa tête, elle a dû faire un cauchemar maousse la nuit dernière.

— La nuit dernière, Aiden est apparu dans mon rêve.

— C'était lui le gamin? l'interroge Noah en hochant la tête. C'est parce que vous n'arrêtez pas de penser à lui, Murphy. Vous croyez que ce rêve a une signification? Vous vous mettez à la place de l'une des victimes? Ou alors c'est un rêve prémonitoire?

— Comment voulez-vous que je sache?

Elle tourne comme un lion en cage. Elle s'arrête brusquement et s'appuie des deux mains contre le mur.

— Excusez-moi, je ne sais pas. Je… ça ne signifie probablement rien. Je ne sais pas. C'est juste que…

C'est juste que ça te rend dingue, se dit Noah dans son for intérieur.

Elle se retourne et le dévisage en plissant les yeux.

— Quoi? s'inquiète-t-il.

— Cette fusillade avec une carabine à plomb à la cité scolaire. Quand vous étiez ado.

— Murphy, je vous en prie!

— Je secoue le cocotier.

— Vous secouez quoi?

— Dites-moi.

Elle se plante face à lui, les mains sur les hanches. C'est tout juste si elle tient encore debout.

— Vous n'étiez pas seul. Il y avait un second tireur. C'est lui qui vous a fait porter le chapeau. Et vous l'avez laissé s'en tirer. Une sorte de... de code d'honneur chez vous. On ne balance pas ses copains, ou un truc du genre.

Noah baisse les yeux en se pinçant l'arête du nez. Après tant d'années, et malgré toutes les enquêtes effectuées au moment des faits, tout le monde a toujours pensé qu'il était coupable, et qu'il avait agi seul. Personne n'a jamais remis ça en cause. Tous les éléments qui indiquaient le contraire ont été écartés, les enquêteurs ont conclu unanimement que Noah, et lui seul, avait tiré sur ses camarades. Il aura fallu attendre presque dix-sept ans pour que l'inspecteur Jenna Murphy de Manhattan s'intéresse à l'affaire et qu'elle parvienne à une conclusion différente en interrogeant une poignée de personnes, à partir de rapports sommaires.

— Si mon code d'honneur m'interdit de balancer mes amis, comme vous semblez le penser, pourquoi accepterais-je de les balancer aujourd'hui?

La mâchoire inférieure de la jeune femme va et vient de droite à gauche, ses yeux cernés le sondent.

— Quelle importance, Murphy? Je ne vois pas le rapport avec...

— On a voulu vous piéger, répond-elle. On a voulu vous piéger pour les meurtres de Mélanie et de Zach. On a voulu vous piéger pour le meurtre de cette tapineuse dans les bois, Bonnie Stamos. On a voulu vous piéger pour le meurtre de mon oncle qui...

Sa voix se brise. Elle tremble de partout.

Elle s'éclaircit difficilement la gorge, on dirait un moteur qui peine à démarrer.

— Et on vous a piégé pour que vous portiez le chapeau le jour de la fusillade.

Noah secoue la tête. Les événements de la cité scolaire n'ont rien à voir avec tous ces meurtres. Les faits se sont déroulés il y a plus de seize ans. Elle n'a pas besoin de connaître les détails.

— Ce type est malin, insiste-t-elle. Il est prudent. Il est peut-être dérangé ou schizophrène, c'est peut-être un sociopathe, mais il ne commet *aucune* erreur. Il vous a livré à la police sur un plateau. Putain, j'ai été à deux doigts de vous descendre moi-même tant j'étais persuadée de votre culpabilité.

Noah n'est pas près d'oublier le soir où il l'a vue débouler chez lui après l'agression de son oncle.

— Écoutez, j'ai bien conscience de me raccrocher à n'importe quoi, je fais feu de tout bois, reprend-elle. C'est vous qui avez proposé de m'aider en me servant votre baratin sur…

— Je *veux* vous aider, l'interrompt Noah en posant le sac qu'il portait en bandoulière. Vous ne m'avez même pas demandé pourquoi j'étais là. Vous vous souvenez de la mission que vous m'avez confiée, au moins?

Le regard de Jenna s'arrête sur le sac.

— Vous avez fait une découverte, dit-elle.

76

— Ce n'est presque rien, m'explique Noah en ouvrant son sac. Je suis allé fouiner dans les archives. Il se trouve que je connais une fille qui y travaille, on a grandi dans la même rue. Elle m'a aidé.

Il tire du sac une enveloppe de papier kraft.

— Le sixième Holden a fait l'objet de poursuites à trois reprises dans le comté de Suffolk.

— Des demandes de reconnaissance de paternité ?

— Non, mais mon ancienne voisine m'a expliqué que les reconnaissances en paternité étaient souvent conservées sous scellés. C'est-à-dire que…

— Que les noms sont effacés des procès-verbaux de manière qu'ils ne soient pas accessibles au public. Je sais. De sorte que s'il existe des demandes de reconnaissance en paternité, on ne le saura pas forcément.

— Ouais. En attendant, j'ai fait des copies des trois dossiers que j'ai trouvés. Ce ne sont pas des affaires criminelles, elles relèvent du civil. La première concerne un litige de propriété, la suivante est une plainte pour diffamation, si ça vous parle, et la troisième est une plainte pour coups et blessures déposée par un voisin, un type à qui Holden aurait donné un coup de poing lors d'une réception.

Il me tend les copies des trois documents. Il n'est pas juriste, moi non plus, mais les flics possèdent tout de même quelques notions de droit.

— Aucune demande de reconnaissance de paternité et aucune accusation de viol. Bref, nous ne savons rien.

— Pas tout à fait, me contredit Noah en me reprenant les documents des mains.

Il les feuillette, à la recherche d'une page précise dans chacun d'eux.

Il s'agit de la page sur laquelle figurent à chaque fois les noms des avocats représentant le plaignant et l'accusé.

— Nous connaissons le nom de l'avocat de Holden, conclut Noah.

77

Le serveur débouche la bouteille de vin et tend le bouchon à Justin qui s'en remet à mon jugement. Il verse quelques gouttes de pinot dans mon verre, je fais rouler le liquide entre les bords, le hume, le goûte, et approuve d'un hochement de tête.

— À la vôtre, déclare Justin en approchant son verre, très élégant en veste bleue et chemise blanche à col ouvert.

Nous nous trouvons dans un restaurant très agréable à un croisement de Main Street. Pas très loin, en fait, du restaurant de Justin, Tasty's. Celui-ci est plusieurs crans au-dessus de son boui-boui : lambris de chêne, cuir couleur caramel, éclairage tamisé, clientèle très habillée.

— Pourquoi avoir changé d'avis ? me demande-t-il.

Je hausse les épaules.

— Une amie m'a conseillé de dîner avec vous.

Ce n'est pas l'unique raison. Je tourne et retourne l'enquête dans ma tête depuis soixante-douze heures, il est grand temps de recharger les batteries.

— Vous m'en voyez ravi.

Il porte son verre à ses lèvres.

— Hé, il est bon !

— Il est *vraiment* bon.

Si je ne me suis pas trompée en lisant le prix sur la carte des vins, ce pinot de la Russian Valley est facturé plus de deux cents dollars la bouteille. Je ne connais rien en vin, à part ce que m'en a appris Matty, qui avait le don de trouver le nectar idéal pour accompagner n'importe quel plat en sélectionnant le bon cru et le bon millésime.

— Je vous l'avoue, je ne m'y connais guère en vin, me confie Justin. Je suis plutôt du genre à choisir en fonction de l'étiquette.

Sa remarque le fait rire.

— Moi aussi.

Un silence gêné s'installe. Il paraît nerveux. En tout cas, ce n'est pas le roi de la conversation. Un point qui n'est pas pour me déplaire. J'en ai ma claque des baratineurs.

Cela dit, quand deux personnes peu bavardes de nature se retrouvent ensemble, l'arrivée des entrées est un soulagement. J'ai commandé une soupe de courgettes froide, il a choisi une burrata aux pêches.

— Pourquoi vous être installée dans les Hamptons ? me demande-t-il.

La question me cueille à froid.

— J'étais persuadée que tout le monde était au courant.

— J'ai entendu parler de cette histoire de procès, se défend-il. J'ai cru comprendre que vous aviez eu des ennuis avec le NYPD, mais il y a toujours deux versions dans les affaires de ce genre. Si vous acceptez d'en parler, bien sûr.

Les premiers effets du vin ont tendance à me délier la langue.

— Je travaillais comme agent infiltré dans un réseau de trafiquants d'amphétamines. Tout en haut de la pyramide. J'ai réussi à approcher le chef du gang.

— Approcher de quelle façon ?

Il plante ses coudes sur la table.

— Je couchais avec lui. J'étais sa petite amie.

Il a un mouvement de recul.

— Waouh.

— Comme vous dites, c'était plutôt chargé. Mais c'est la seule manière. Ces types-là ne se laissent pas approcher facilement. Ils ne font confiance à personne, mais quand il s'agit de sexe, ils oublient de se servir de leur tête.

— C'est… c'est assez… waouh!

— Toujours est-il que je me suis rendu compte qu'un certain nombre de flics étaient dans la manche du chef de gang. Ils avaient monté toute une opération de protection des dealers. J'ai donc transmis l'information à ma hiérarchie. Ce faisant, j'ai commis une grave erreur.

— Comment ça?

— J'ai oublié d'avertir les Affaires internes, la police des polices.

— Qui avez-vous prévenu?

— Le lieutenant qui était mon supérieur.

— En quoi était-ce une erreur?

Je réponds par un geste de la main qui tient mon verre, dans lequel je prélève une gorgée.

— Deux jours plus tard, trois flics m'accusaient d'un seul coup d'avoir prélevé ma dîme lors d'un raid dans un dépôt de drogue, avant d'être infiltrée au sein du réseau.

— Prélever votre dîme…

— Ils ont prétendu que j'avais volé de l'argent et de la dope aux dealers. Qu'au moment de leur arrestation je n'avais pas rendu l'intégralité de l'argent et de la drogue. Ils ont affirmé que j'avais gardé le reste.

— C'est possible?

— Si vous êtes un ripou, oui. Les dealers ne vont pas aller porter plainte. Quand on se fait choper, à votre avis, c'est mieux de se faire prendre avec un kilo de cocaïne et cent mille dollars, ou bien dix grammes et dix mille dollars? De toute façon, vous n'en reverrez pas la couleur, alors autant se prendre une peine moindre. C'est un racket courant. Si vous êtes un ripou.

Il hoche lentement la tête.

— Ce qui n'est pas mon cas. J'ai touché une corde sensible au sein du service, je me suis adressée à la mauvaise personne et on a voulu me museler. Alors ils ont proféré de fausses accusations et on m'a donné le choix: la démission ou la prison.

Nous restons un moment silencieux. Je vide mon premier verre de pinot.

Doucement, Murphy. Ne laisse pas tes émotions remonter à la surface.

— Vous le regrettez ? finit-il par me demander.

Je soupire.

— Si je regrette de ne pas être restée et de ne pas avoir essayé de me battre ? Chaque jour que Dieu fait.

— Sauf que c'était votre parole contre celle de trois de vos collègues.

J'acquiesce.

— C'est exactement ce que m'a dit Lang. Il disait que je n'avais aucune chance. Il m'a conseillé de rendre mon badge et de venir travailler pour lui, et c'est ce que j'ai fait.

— Eh bien, j'en suis heureux. En espérant que vous vous plaisiez ici.

Je hausse les épaules.

— Je ne ferai pas long feu dans le coin. J'ai décidé de rester jusqu'à ce que je découvre qui a tué mon oncle.

Son sourire se fige. Il faut croire qu'il avait des intentions à mon sujet. Je devrais lui annoncer tout de suite qu'il ne doit pas se faire d'illusion.

Comme plat, j'ai pris des coquilles Saint-Jacques avec du maïs et des piments Shishito. Elles sont délicieuses, mais celles de Tasty's n'ont rien à leur envier.

— Nous avons le même fournisseur, m'explique Justin.

— Votre restaurant et celui-ci ?

— Oui, répond-il en penchant la tête, surpris de mon étonnement.

Je repose ma fourchette.

— On mange aussi bien chez vous qu'ici. Je ne vois pas comment vous pouvez gagner de l'argent avec les prix que vous pratiquez.

— Qui a dit que je gagnais de l'argent ?

Il sourit en vidant son verre à son tour. Il fait signe au serveur et commande une autre bouteille.

— Dans ce cas, quel est votre intérêt ? Il y a forcément un truc, vous ne maintenez pas les mêmes prix depuis dix ans dans le seul but de rendre service à l'humanité.

— Un truc ? Pourquoi y aurait-il un truc ?

Je le dévisage. Il est beau gosse, il a été élevé dans le privé, il m'emmène dans un restau chic alors que le sien perd de l'argent…

— Je ne suis pas un saint, poursuit-il. Il arrive qu'on approche de l'équilibre certaines années. Je trouve ça… agréable d'avoir un endroit très fréquenté où les gens prennent plaisir à venir. Moi aussi, j'y prends plaisir.

— Il y a un truc qui ne tourne pas rond chez vous. Vous êtes sûr de ne pas être un tueur en série rentré ?

— Je n'ai jamais prétendu le contraire.

Il s'essuie la bouche avec sa serviette, un sourire aux lèvres.

— Vous êtes flic depuis trop longtemps, Jenna. Vous voyez le mal partout. Il y a également des gens bien, sur cette terre.

Il a peut-être raison. L'intérêt ne gouverne pas nécessairement le monde. À force de vivre dans un univers de crime et châtiment, j'ai perdu de vue certaines notions. Renoncer à mon badge n'est pas forcément un mal.

Il y a peut-être une lueur au bout du tunnel.

78

— Je vous raccompagne jusqu'à votre porte, me propose Justin en garant sa Jaguar devant chez moi.

Une belle bagnole.

Le dîner, la voiture, tout est agréable avec lui.

— J'ai passé une excellente soirée, dit-il en montant les marches de la galerie devant chez moi.

Mon téléphone vibre dans mon sac.

Je cherche mes clés.

Justin frappe dans ses mains d'un air gêné.

— Bref… c'était un super moment. J'ai passé un moment… super. Je me suis…

— Bien amusé?

Je me hisse sur la pointe des pieds et je pose délicatement ma bouche sur la sienne. Je le sens maladroit, sa main effleure mon bras, il n'ose pas écarter les lèvres.

C'est un timide.

— Moi aussi, j'ai passé une excellente soirée.

Il est tout pâle.

Un grand timide.

— Appelez-moi.

Il acquiesce machinalement, puis je le vois pencher légèrement la tête.

— Pour quelle raison devrais-je vous appeler?

La question me désarçonne.

— Au cas où vous auriez envie que… qu'on dîne à nouveau ensemble.

— On a déjà dîné ensemble. Pourquoi recommencer?

J'écarquille les yeux, comme hébétée.

— Je vous ai eue!

Et il éclate de rire.

— Si vous aviez vu votre tête.

Un à zéro. Il m'a bien eue, effectivement. Sa blague est gentiment ringarde, mais elle a fonctionné.

— Bien sûr que je vous appelle, Jenna.

Il marque un temps d'arrêt, je me demande un instant s'il ne va pas m'embrasser à nouveau, mais il quitte la galerie et rejoint sa voiture en sifflotant. C'est rare de nos jours, les gens qui sifflent. À bien y réfléchir, je ne connais personne qui siffle.

Résultat des courses: un type sympa, mais il manque l'étincelle.

D'un autre côté, c'est un problème récurrent chez moi. Si l'alchimie n'est pas là dès le premier instant, je n'insiste pas. Je devrais peut-être laisser agir le temps. Peut-être que si je baissais la garde… avec quelqu'un de vraiment gentil…

Quelqu'un qui ne fait pas passer son intérêt avant tout…

Justin s'éloigne en me saluant d'un petit coup de klaxon.

Je ne sais pas… peut-être…

Je retrouve le joyeux bordel de mon appartement, pressée de sortir mon téléphone.

C'était Lauren qui m'appelait. Je compose son numéro, elle répond à la deuxième sonnerie.

— Bonsoir, Murphy.

— Salut, Ricketts. Quoi de neuf?

La trêve du samedi soir est brusquement terminée, je retrouve le sombre bourbier dans lequel je me débats et qui finira par me rendre dingue.

— Je viens de passer en revue les plaintes et les avis de disparition des années 1980 au milieu des années 1990.

Mon cœur se met à battre plus vite.

— Et alors ? Tu as trouvé des plaintes intéressantes ?

— Non, personne n'a jamais porté plainte contre le sixième Holden dans le cadre d'une affaire criminelle.

Moi qui espérais découvrir une piste intéressante.

— Merde. Et les crimes non élucidés ?

— Rien d'intéressant. Pas sur cette période, en tout cas.

— Aucune disparition intéressante à signaler ?

— Une seule en 1994, répond Ricketts. Une disparition que je qualifierais volontiers d'intéressante. Une disparition à laquelle vous ne m'aviez pas vraiment préparée.

— Comment ça, préparée ? Qui a disparu ?

Elle ne répond pas tout de suite.

— Vous ne savez vraiment pas ? me demande-t-elle.

— Putain, Ricketts ! Arrête de jouer aux devinettes. Qui a disparu ?

Nouveau silence gêné. Je la sens perdue.

Elle finit par se décider.

— *Vous*, Murphy. C'est *vous* qui avez disparu.

79

Dimanche, 19 heures. Le soleil finit de se coucher, une nuit douce et tiède achève de s'installer.

Nous sommes le 1er avril. La date est bien choisie.

Tante Chloé est en train de refermer la maison d'oncle Lang au moment où je me gare dans l'allée. La vente intervient ce mois-ci, elle avait quelques cartons à récupérer, des papiers à signer.

— Ton coup de fil m'a fait plaisir, me dit-elle. On pourrait dîner rapidement…

Son sourire s'efface lorsqu'elle découvre mon visage.

Je m'arrête face à elle sans même la prendre dans mes bras.

— Que m'est-il arrivé en 1994 ? Quand j'avais huit ans ?

Sa mine se décompose. Ses lèvres remuent silencieusement.

— J'ai demandé à Lang pour quelle raison on avait cessé de venir dans les Hamptons avec mes parents quand j'étais petite, il ne m'a pas répondu. « Ça appartient au passé », c'est tout ce qu'il m'a dit. Et quand je t'ai posé la question, tu m'as dit : « Si tu ne sais rien, je ne sais rien non plus. » J'aimerais comprendre à quoi riment toutes ces conneries cryptiques.

— Il n'y a rien à comprendre en dehors de ce que je t'ai dit, se défend Chloé. Je ne sais pas ce qui s'est passé. Personne ne sait. Même pas toi, de toute évidence.

— J'ai lu le rapport, Chloé. Un rapport daté de juillet 1994. Le dossier a été refermé au bout de sept heures.

Chloé hoche lentement la tête.

— C'est exact. «Sept heures d'enfer», comme le disait ta mère. Tu as disparu. Tu jouais dans la rue, ici même, un peu plus loin. La minute d'après, tu n'étais plus là. On t'a cherchée partout, sans succès.

Elle pose une main sur sa gorge.

— J'en ai la nausée rien que d'y penser. On t'a cherchée partout. Lang a lancé toute la police de Southampton à ta recherche. Je t'ai cherchée avec ta mère. Ton père et Ryan t'ont cherchée. Tout le monde te cherchait.

— Et ensuite?

— Et ensuite... on t'a retrouvée.

Elle a les larmes aux yeux.

— Sept heures plus tard. On t'a retrouvée sur la plage. Tu étais... assise dans le sable, en train de contempler la mer.

Je lui fais signe de continuer d'un geste impatient.

— Je n'ai rien d'autre à te raconter. Tu refusais de dire ce qui s'était passé. Lang affirmait que tu étais en état de choc. On t'a conduite à l'hôpital où ils t'ont examinée. Il ne t'était rien... arrivé... personne ne t'avait... fait de mal.

— Aucune agression sexuelle ou autre?

— Non, rien. À part ça...

Elle saisit ma main et touche du doigt la petite cicatrice qui traverse la paume. Une cicatrice d'à peine trois centimètres.

— Tu avais cette coupure.

— C'est donc comme ça que c'est arrivé? Maman m'a toujours raconté que je m'étais blessée en coupant une tomate quand j'étais petite.

Chloé opine.

— Il n'est pas rare que l'on cherche à protéger ses enfants en leur racontant de pieux mensonges. Toujours est-il que tes parents sont repartis le jour même et que vous n'êtes jamais revenus dans les Hamptons. Ils t'ont posé des questions sur ce qui t'était arrivé pendant des jours et des semaines, mais tu refusais d'en parler. Ou bien tu n'en étais pas capable. La vie a continué, ils ont fini par ne plus aborder le sujet, puisque le cauchemar s'était bien terminé.

Je n'en ai conservé aucun souvenir. Du moins était-ce le cas jusqu'à récemment.

— Je suis restée à la plage pendant tout ce temps?

Chloé paraît hésitante.

— Pour l'amour de Dieu, Chloé, réponds-moi!

Elle se lance en soupirant.

— Non, et c'est bien le plus curieux. L'endroit où on t'a retrouvée… j'étais allée voir personnellement avec ta mère. C'est même l'un des premiers endroits que nous avons voulu vérifier. Tu ne t'y trouvais pas, j'en suis sûre.

— Si je comprends bien, je n'étais pas à la plage, mais j'y suis réapparue sept heures plus tard.

Elle acquiesce.

— Et personne ne sait où je suis allée pendant ces sept heures.

Elle répond non de la tête, le visage grave.

— Sept heures d'enfer.

Je lance un coup d'œil par-dessus son épaule à la maison de Lang. Elle a été vidée, un couple avec un bébé l'a achetée. Une nouvelle vie dans un nouveau cadre. De nouveaux souvenirs, de nouveaux rêves.

Je montre à Chloé ma voiture.

— Monte.

— Jenna…

— Monte, Chloé.

— Pourquoi?

— Je veux que tu me montres l'endroit.

Le trajet dure à peine quelques minutes. Chloé m'indique le chemin, mais plus rien ne m'étonne à ce stade. Plusieurs rues permettent d'accéder à la plage qui est immense, mais je sais déjà laquelle elle va m'indiquer.

Nous descendons Ocean Drive, je m'arrête sur le parking, je la fais sortir en lui demandant de me montrer l'endroit exact où ma mère et elle m'ont retrouvée.

— C'était ici, m'indique-t-elle. Je n'oublierai jamais le son qui est sorti de la gorge de ta mère quand elle t'a vue.

Mes cauchemars ne sont pas le fruit du hasard. Il ne s'agit pas davantage de prémonitions, ou de reconstitutions télépathiques du calvaire qu'ont pu vivre les victimes.

Ce sont mes souvenirs refoulés.

Je commence par regarder l'océan avant de me retourner.

La deuxième maison la plus proche, dont la silhouette domine la plage, est celle du 7 Ocean Drive, avec sa façade gothique et ses pointes qui partent à l'assaut du ciel.

Les flash-backs atteignent leur point culminant lorsque je me trouve dans la maison. Ces crises de panique qui me paralysent chaque fois que je mets un pied à l'intérieur.

C'est là que je me suis retrouvée enfermée pendant sept heures quand j'étais petite.

J'étais prisonnière de la Villa rouge.

80

Ma voiture avance en cahotant sur le petit chemin, ma tête heurte régulièrement le haut de l'habitacle. Je me range sur le bas-côté. Pas question de l'alerter en me garant sur l'allée qui conduit à sa maison.

Je me souviens de vous maintenant. Les paroles qu'il a prononcées en me voyant dans le cimetière.

Je remonte l'allée, je traverse la galerie et je m'arrête devant sa porte.

— Ouvrez-moi, Aiden !

Je frappe de toutes mes forces, à m'en écorcher les phalanges.

Rien.

Z'auriez jamais dû revenir. C'est ce qu'il m'a dit le soir où il m'a surprise en train de regarder dans son sous-sol.

La poitrine serrée, sous le coup d'un trop-plein d'émotions, je m'approche de la fenêtre la plus proche afin de regarder à l'intérieur.

La fenêtre, protégée par une moustiquaire, est ouverte. Je crève d'un coup de pied la moustiquaire dont je repousse le cadre dans la pièce, puis je passe une jambe et le haut du corps à travers l'ouverture.

Aiden, le visage paniqué, traverse la pièce au même moment.

Il pousse un cri de surprise en m'apercevant. Il tente de m'éviter, je lui attrape tant bien que mal le bras au passage, mais c'est tout juste si je parviens à ralentir sa course et il se dégage aussitôt. Déséquilibrée par l'inconfort de ma position, ma seconde jambe encore à l'extérieur, je tombe par terre tandis qu'il s'enfuit.

— Qu'est-ce que tu m'as fait autrefois?

Mon interpellation ne l'arrête nullement. Je me relève d'un bond et me lance à sa poursuite.

Il atteint une porte, sans doute celle d'une chambre, qu'il ouvre à la volée et s'empresse de refermer derrière lui. Je me rue sur le battant, mais j'entends le *clac* caractéristique du verrou.

Je tambourine de toutes mes forces.

— Qu'est-ce que tu m'as fait? Qu'est-ce que tu m'as fait quand j'étais petite?

Je bourre la porte de coups de poing, comme s'il s'agissait de son visage, mes phalanges en sang laissent des traînées rouges sur le bois clair.

Je prends mon élan et j'envoie un grand coup de pied dans le panneau central. C'est une porte intérieure, moins épaisse qu'une porte d'entrée. À l'époque où j'étais à l'école de police, j'avais un sérieux coup de pied.

Je m'acharne autour de la poignée. À la troisième ruade, le bois cède et mon pied passe à travers. Je glisse ma main de l'autre côté, j'ouvre le verrou et je débloque le bouton de la poignée.

Comment savoir de quelles armes il dispose dans la pièce? Son fusil? Un couteau? Sous l'effet de la fureur, je n'ai pris aucune précaution, ce qui ne m'empêche pas de m'entêter.

Je fonce et découvre une pièce sombre que traverse un courant d'air frais.

La fenêtre est ouverte.

Il s'est enfui.

J'en franchis le rebord et je me retrouve dans son arrière-cour, plongée dans l'obscurité.

Il a disparu. Il connaît forcément les moindres recoins des bois qui bordent son terrain. Il a disparu depuis longtemps.

Un clignotement coloré troue la nuit.

Un bruit de moteur, un crissement de pneus sur le gravier.

Une voiture de patrouille s'arrête devant la maison.

Je me tapis contre le mur latéral et je coule un regard le long de la façade. Une portière claque. Des pas, mais ils ne se dirigent pas vers moi. L'intrus pénètre dans la maison.

Je m'aplatis contre le mur sans bouger d'un millimètre. Pas un bruit ne trouble la nuit, à l'exception de celui de la brise dans les arbres.

Une lumière apparaît dans la chambre dont je viens de m'enfuir.

Des pas à l'intérieur.

Une tête se penche à la fenêtre. Je retiens mon souffle.

Je reconnais le visage de mon chef bien-aimé, Isaac Marks. Il se trouve à six mètres de moi, mais l'obscurité me protège. Je doute qu'il puisse me voir.

— Et merde, gronde-t-il dans la nuit.

Une série de bips. Il compose un numéro sur son portable.

— Ça va? demande Isaac. Où es-tu? Non, elle est partie. Je ne sais pas, et toi? Elle t'a demandé quoi? D'accord. Ne t'inquiète pas, je m'occupe d'elle. Je t'ai dit que je m'en occupais. Calme-toi. Écoute…

Le reste se perd alors qu'il quitte la chambre et s'enfonce dans les profondeurs de la maison.

81

Après avoir attendu plus d'une heure dans l'arrière-cour d'Aiden, je regagne ma voiture. Aiden n'est pas revenu et Isaac est reparti depuis longtemps.

Ma voiture est garée un peu plus loin sur le bas-côté. Isaac a-t-il pu remarquer sa présence ? Je scrute les alentours, personne ne m'attend en embuscade. Il ne fait pourtant aucun doute qu'il a lancé un avis de recherche à mon nom, peut-être même un mandat d'arrêt.

Je ne sais pas ce que mijote Isaac. Je ne sais pas ce qu'il a voulu dire en annonçant à Aiden qu'il comptait « s'occuper » de moi.

Je ne suis pas pressée de le savoir.

Je dois planquer ma voiture au plus vite. Je dois surtout *me* planquer au plus vite. Une seule solution.

Je me gare devant chez lui et je sonne à sa porte. Personne n'aime les visites impromptues à minuit.

— Qui est là ? demande sa voix de l'autre côté du battant.

— Murphy.

Noah Walker, en T-shirt et pantalon de jogging, ouvre la porte. Le visage dégoulinant d'eau, il tient une serviette à la main.

Je sens ma température grimper de plusieurs degrés, comme toujours en sa présence.

Elle est là, la différence. L'étincelle dont je parlais, et qui fait défaut à Justin.

Reprends-toi, Murphy. Ce n'est pas le moment.

— Tout va bien ? s'inquiète Noah.

— Non. Je ne peux plus rentrer chez moi. Je suis recherchée par la police.

— La po… ? Venez, entrez.

Il s'efface pour me laisser passer.

— Que s'est-il passé ?

— Je me suis introduite chez Aiden. Je sais que c'est lui.

— Toujours à cause de ce cauchemar ? s'étonne Noah en verrouillant la porte.

— Il s'en est pris à moi. Il y a longtemps. En 94. Mon rêve est un flash-back, Noah. C'est un souvenir. J'ai lu le rapport de police.

— Dans ce cas, pourquoi Aiden n'a-t-il pas été arrêté ou…

— Son nom ne figure pas dans le rapport. Je n'ai rien dit à personne. J'en étais incapable. Mais je sais, à présent.

— Écoutez, je veux bien qu'Aiden soit un drôle d'oiseau, mais c'est quelqu'un de gentil.

— C'est ce que tout le monde prétend. *Tout le monde.*

Je me tire les cheveux, survoltée, comme si je voulais les arracher.

— Cette histoire m'est arrivée en 1994. L'année suivante a eu lieu la fusillade à la cité scolaire. J'ai la certitude qu'Aiden était mêlé à mon histoire. J'ai besoin de savoir s'il a été mêlé d'une façon ou d'une autre à la seconde.

Noah baisse la tête.

— Murphy…

— Noah, vous devez me dire ce qui s'est passé à la cité scolaire ce jour-là.

— Je peux vous préparer du café ou…

— Rien à foutre de votre café ! Je me fous éperdument de votre putain de code d'honneur ou d'une promesse faite il y a dix-sept ans. Des gens qu'on aimait sont morts. D'autres suivront. Aiden était-il mêlé à cette fusillade, oui ou non ?

Noah, troublé, enfouit les mains dans ses cheveux, les yeux perdus dans le lointain. Impossible de dire s'il réfléchit à sa promesse, ou bien s'il revit en pensée les événements survenus ce jour-là.

Il finit par baisser les bras et se racle la gorge.

— Je retrouvais Aiden tous les matins sur un banc à l'entrée du collège. À l'époque, tout le monde s'en prenait à lui et j'essayais de l'aider. On se retrouvait sur ce banc, histoire d'arriver à l'école ensemble.

J'ai un haut-le-corps. *C'est bien Aiden.* Je le savais.

— Ce jour-là, j'attendais tranquillement sur ce banc en écoutant de la musique avec mes écouteurs. D'un seul coup, M. Cooper, le prof de gym, se rue sur moi en me disant de le suivre, que je suis dans le pétrin.

J'attends la suite, pendue à ses lèvres, mais il ne poursuit pas.

— Vous n'avez donc pas participé à la fusillade? Vous n'aviez rien à voir dans cette histoire?

Il hausse les épaules.

— Je n'étais même pas au courant de ce qui venait de se passer. Je me trouvais de l'autre côté du bâtiment, à plusieurs dizaines de mètres de là, à écouter de la musique à fond.

Je fais un pas vers lui.

— Et la carabine qu'ils ont découverte dans les fourrés, juste derrière vous?

— Aucune idée. Jamais vue.

— Mais... que vous a raconté Aiden, par la suite?

— Rien, se défend Noah, les paumes en avant. J'ai été renvoyé du collège pendant toute l'année, je n'ai plus vu Aiden pendant des mois. La fois suivante... qu'est-ce que j'aurais pu lui dire? Je ne suis pas une balance. En plus, je n'avais aucune preuve que c'était lui. Je n'en sais toujours rien. Je sais uniquement que je n'ai rien fait.

J'entame une ronde infernale, sur les nerfs.

— Le rapport d'enquête affirme que le tireur, celui qui a été aperçu dans les bois, avait un costume de Spider-Man. Comme vous.

— Je sais.

— Aiden était au courant que vous comptiez venir au collège déguisé en Spider-Man?

Il fronce les sourcils.

— Probablement. Ouais, probablement.

— Et il ne vous est jamais venu à l'idée qu'Aiden pouvait vous avoir piégé?

— Ça m'a traversé l'esprit, mais je ne pouvais pas en être sûr. Et puis je n'ai pas une âme de balance.

Je chasse une mèche de mon front en grommelant:

— Il y avait un second tireur.

— Je sais, vous n'arrêtez pas de le répéter. Vous êtes certaine qu'ils étaient deux?

Je réponds oui d'un mouvement de tête.

— C'est la seule solution. Si vous n'étiez pas le premier tireur…

— Quelqu'un d'autre a aidé Aiden, me coupe Noah.

Depuis ce soir, je crois savoir de qui il s'agit. Le complice d'Aiden depuis toujours. Celui qui se trouvait chez Noah le jour de son arrestation quand Lang a caché ces pièces à conviction pour l'incriminer.

Celui qui survient toujours au bon moment chaque fois qu'Aiden est en posture délicate.

Celui qui m'a ordonné de stopper mon enquête sur la fusillade, qui ne voulait plus que je m'intéresse au meurtre de Lang, et tout le reste.

Celui qui a promis à Aiden ce soir de *s'occuper de moi.*

— Il faut que j'y aille.

Noah m'arrête en me prenant l'épaule.

— Vous me l'avez dit vous-même, vous ne pouvez pas rentrer chez vous.

— Je ne peux pas non plus rester ici.

— Vous pourriez, en fait, réplique-t-il d'une voix douce.

Je le regarde dans le blanc des yeux.

Il pose la main sur ma joue, prêt à m'embrasser.

Je me sens traversée par une décharge électrique. Je m'aperçois d'un seul coup que j'en ai toujours eu envie.

Il enfonce ses doigts dans mes cheveux, je lui prends la nuque et je m'abandonne…

— Non !

Je le repousse.

— Je dois vraiment y aller. Ils ne viendront pas tout de suite me chercher ici, mais Isaac finira par y penser.

— Je l'attends de pied ferme.

— Ah oui ? Pour qu'on se retrouve tous les deux dans la panade ?

Il se range à mon avis.

— Où vas-tu aller ?

Je ne sais pas. Pas question de me rendre à l'hôtel, je n'ai pas assez de liquide et je servirais l'adresse sur un plateau à Isaac si je me servais d'une carte de crédit. Chez Ricketts, impossible. La maison d'oncle Lang, non plus, j'ai déjà rendu mon trousseau de clés.

Il me faut une personne de confiance qui habite tout près, pour éviter de me balader trop longtemps dans les rues au volant de ma voiture.

— Justin !

— Justin… Rivers ? Le type de Tasty's ?

Je fais oui de la tête, un peu honteuse de l'avouer à un garçon que j'ai failli embrasser.

— Je… je ne savais pas, réagit Noah en reculant machinalement.

— Non, ce n'est pas ce que tu crois. Il m'a emmenée dîner samedi soir, rien de plus.

Noah évite mon regard.

— Très bien, je comprends. C'est un type sympa.

— Hé !

Il se tourne vers moi, je l'attrape par son T-shirt, l'attire à moi et l'embrasse longuement.

Quelques instants plus tard, je quitte la maison.

82

Arrivant chez Tasty's, je me gare sur l'arrière afin que personne ne puisse voir ma voiture de la route. Il reste un seul véhicule sur le parking, la Jaguar de Justin. En entrant dans le restaurant, je le trouve penché sur l'écran de son ordinateur.

Je reconnais que l'une des raisons de ma venue ici est la possibilité ténue de croiser Aiden Willis, qui passe régulièrement ses soirées à boire chez Justin. C'est raté. Justin est seul.

— Hello, m'accueille-t-il en relevant la tête, pas mécontent de me voir.

— Les affaires sont calmes?

— Ça reprendra au début de l'été.

Il remarque ma mauvaise mine.

— Vous allez bien?

Je soupire longuement.

— Je vois bien que ce n'est pas le cas, poursuit-il en quittant son abri derrière le comptoir.

Il s'approche, sans savoir à quelle distance s'arrêter, s'il doit me toucher, plus gauche que jamais.

Je lui fais le résumé de la charmante soirée que je viens de passer. Je lui explique qu'en voulant enquêter sur le meurtre de mon oncle j'ai pris quelques libertés avec la loi.

— Je n'ai pas la certitude qu'ils veuillent m'interroger, ni même que je fasse l'objet d'un mandat d'arrêt, mais il est clair que je suis recherchée.

— Vous allez avoir besoin de vous mettre à l'abri, réagit-il. Vous ne pouvez pas rentrer chez vous.

— C'est-à-dire…

— Aucun problème. Vous pouvez venir chez moi. Il y a toute la place nécessaire.

— Si ça ne vous ennuie pas. Techniquement, on ne peut pas vous accuser d'héberger un fugitif, mais vous feriez mieux d'y réfléchir à deux fois.

Il prend le temps de considérer la situation.

— J'ai toujours eu envie d'héberger un fugitif.

En dépit des circonstances, sa remarque me fait rire.

Il jette un coup d'œil en direction de l'horloge murale. Il est 1 h 30.

— Allons-y, décide-t-il. Je n'attends plus personne.

Je le suis dans ma voiture jusqu'à East Hampton en vérifiant constamment dans mon rétroviseur que personne ne nous suit. J'ai l'impression qu'on ne voit que nous, Main Street est déserte à cette heure.

Aucune voiture de patrouille en vue.

Justin habite une superbe maison en bois de cèdre sur la plage. Une construction pointue à un étage. Je me gare à côté de la Jaguar dans le garage dont il referme la porte de façon à cacher ma voiture à la vue.

Il m'emmène dans un grand salon. Une pièce magnifique, moderne et d'une propreté absolue. Il me fait signe de m'asseoir sur un canapé plus confortable que mon lit, face à une immense baie vitrée donnant sur le jardin.

Je m'exécute, épuisée. Sur une table basse sont posées deux photos encadrées de Justin enfant. La première en compagnie de ses parents à un match des Yankees, tous les trois souriants et affublés de casquettes de l'équipe de base-ball. Justin doit avoir quatre ou cinq ans sur la photo. On dirait son père en miniature.

Le second portrait le représente seul avec sa mère, vers l'âge de dix ans, sur la plage avec l'océan en arrière-plan.

— Belle famille.

— Oui. C'est la dernière photo de moi avec mon père. Il est mort deux jours plus tard. C'est fou, quand on y pense.

— Je suis désolée. Sans être indiscrète, que lui est-il arrivé?

Il balaye mes hésitations d'un geste.

— Non, pas de souci. Il a été victime d'une rupture d'anévrisme au cerveau. Un type fort comme un bœuf, qui faisait de l'exercice régulièrement. Il est mort foudroyé, d'un seul coup.

— Je… je suis sincèrement désolée.

— Ouais, fait Justin, les mains sur les hanches. Si vous voulez savoir la vérité, je n'ai aucun souvenir de lui. J'avais quatre ans quand il est mort. C'est pour ça que je garde cette photo.

Il embrasse la pièce d'un geste.

— Et c'est grâce à lui que j'ai de l'argent. Il avait souscrit une très bonne assurance vie.

— Je comprends.

Il serre les mâchoires.

— J'y renoncerais volontiers pour avoir un père.

Il frappe dans ses mains, comme pour chasser un mauvais souvenir.

— À présent, mademoiselle Murphy, avez-vous mangé?

— Si j'ai…? Non, écoutez, ce n'est pas…

— Vous avez mangé, oui ou non? La question est simple.

Il me fait rire à nouveau.

— La réponse est non.

Il me montre la cuisine du menton.

— J'ai de la viande froide, du fromage et des crackers. Il me reste peut-être même des fruits. J'ai un petit creux, moi aussi.

— Ça me convient parfaitement.

Il se retourne sur le seuil du salon.

— Que boit-on? Vous préférez du café ou du vin?

Nous répondons à l'unisson:

— Du vin.

Il revient presque aussitôt avec deux verres de chardonnay.

— À la vôtre! À notre deuxième rendez-vous.

Je m'aperçois que mes mains tremblent en trinquant avec lui.

Il saisit ma main libre.

— Vous êtes en sécurité ici, Jenna. Détendez-vous.

J'opine de la tête avant d'avaler quelques gouttes de vin. Un chardonnay un peu sucré, mais l'alcool me fait du bien et m'aide à museler mon angoisse.

— Je vais chercher de quoi grignoter.

Il se lève du canapé et rejoint la cuisine.

Justin a raison, Isaac ne pensera jamais à venir me chercher ici. Je suis en sécurité cette nuit.

En attendant, j'ai du pain sur la planche. Il me faut contacter Ricketts afin de savoir ce qui se dit à mon sujet dans le service. Je dois essayer d'en savoir plus sur Holden VI. Je dispose du nom de son avocat, mais…

Non. Justin a également raison sur ce point. Je dois mettre la pédale douce. Si je ne dors pas un minimum, je vais finir par m'écrouler.

Je regarde le décor de la pièce, des baies vitrées de chaque côté. De luxueux meubles en cuir. Un grand écran fixé à la cloison. Une bibliothèque en chêne qui occupe tout un pan de mur.

Un type gentil, beau garçon, et riche. Tu as raison d'avoir peur, Murphy. Surtout, arrange-toi pour ne jamais être heureuse et ne jamais vivre dans le confort.

— Je vous trouve plus détendue.

Justin interrompt le cours de mes pensées en apportant sur un plateau du salami, du fromage, des tomates coupées, du raisin et un petit couteau fantaisie. Il tient la bouteille de chardonnay sous le bras.

Il pose le tout sur la table basse et s'installe à côté de moi.

— À présent, mangeons, buvons et amusons-nous.

Je picore quelques grains de raisin.

— Vous me gâtez. Je sonne à votre porte sans crier gare, les flics à mes trousses, et vous me gâtez.

Voyant qu'il reste silencieux, je me tourne vers lui et m'aperçois qu'il m'observe.

— Il faut croire que ça me fait plaisir de vous gâter, dit-il en me caressant les cheveux.

Je n'en crois pas mes oreilles. Je ne savais pas qu'il existait des types aussi gentils sur la planète. Je ne savais d'ailleurs pas qu'il existait une planète peuplée de gens honnêtes et respectables.

Et beaux, par-dessus le marché.

Il se penche vers moi très lentement, de façon à me laisser décider de la suite. Je décide de l'imiter et notre baiser est plus réussi que le précédent. Plus naturel, plus spontané. On sent que nous sommes tous les deux plus à l'aise.

Il se recule.

— Sentez-vous libre de rester aussi longtemps que vous le voudrez. Vous êtes en sécurité ici.

La conversation tourne court alors que résonne un bruit de pas derrière nous.

Un vacarme de verre brisé, comme si un objet de grande taille, ou quelqu'un, était passé à travers la baie vitrée.

83

Une pluie d'éclats de verre vole dans la pièce, un objet dur heurte mon crâne, Justin et moi sommes projetés hors du canapé par un inconnu.

Nous roulons tous les trois sur le plancher.

Dans le noir qui m'enveloppe, j'entends des cris, des grognements, des coups.

J'ouvre les yeux, sonnée, le regard flou.

Justin et…

Aiden !

Ils se battent, tous deux à terre. Aiden, un couteau levé, a pris le dessus.

Justin lui saisit le bras dans l'espoir de se protéger.

Je voudrais me forcer à intervenir, mais la pièce tourne autour de moi…

Vas-y !

Je me précipite, bien décidée à récupérer le couteau. L'essentiel est d'arriver à désarmer le suspect, à l'empêcher de blesser quelqu'un.

Je me rue sur Aiden de tout mon poids en lui agrippant le poignet, et je roule sur le plancher avec lui. Ma tête vient frapper le sol, des éclairs de couleur dansent devant mes yeux, mais j'ai réussi à m'emparer du couteau.

J'entends des pas derrière moi, je réunis le peu de forces qui me restent pour tourner la tête et je vois Aiden Willis sauter par-dessus le canapé et franchir la baie vitrée explosée.

Justin pousse un gémissement, il respire péniblement et du sang coule de son front.

Le salon est dans un état indescriptible. Le banc de jardin à l'aide duquel Aiden a brisé la vitre, le même banc qui m'a à moitié assommée, gît au pied de la bibliothèque. La table basse est retournée au milieu du contenu du plateau de nourriture. Le canapé et le plancher sont jonchés d'éclats de verre.

Il y a du sang partout. Le sang de Justin. Le mien aussi, qui s'échappe d'une plaie au front et me coule dans les yeux.

— Vous… vous allez bien?

— Oui, répond Justin, le souffle court.

Il se hisse sur les coudes. Plusieurs coupures lui marbrent le front et les joues. Rien de bien méchant, toutefois.

— Vous êtes blessé?

Je rampe jusqu'à lui.

— Je veux parler du couteau.

Il fait non de la tête. Il paraît aussi hébété que moi.

— Vous pouvez m'expliquer ce qui vient de nous arriver?

Le vent s'engouffre à travers la baie vitrée béante.

Je commence à reprendre mon souffle.

— Il faut appeler la police.

— Mais…

Justin se met en position assise en grimaçant.

— Si jamais un mandat d'arrêt a été lancé contre vous…

— Aucune importance. Il faut absolument signaler cette agression.

Il me prend la main. Je lui serre les doigts. Le temps de reprendre assez de forces, nous nous aidons à nous relever mutuellement. Il me prend contre lui, me serre contre sa poitrine. Nos cœurs affolés battent à l'unisson.

— Je suis… désolée, Justin. Je n'aurais jamais dû venir ici. Tout est de ma faute.

— Non, non, déclare-t-il en prenant mon visage entre ses mains. Je suis heureux de vous avoir ici.

— Je crois… vous m'avez sauvé la vie.

— Je suis content que vous n'ayez rien. Et moi qui disais que vous étiez en sécurité !

Je ferme les yeux en m'abandonnant dans ses bras.

J'*étais* en sécurité. J'aurais dû être en sécurité, tout du moins. Comment Aiden a-t-il pu deviner ma cachette? J'ai soigneusement veillé à ne pas être suivie, j'ai constamment surveillé mes arrières dans le rétroviseur. Les rues étaient désertes.

Comment Aiden a-t-il pu être au courant?

Personne ne savait que je comptais me réfugier chez Justin.

J'écarquille brusquement les yeux.

Un frisson me parcourt l'échine.

Si. Quelqu'un connaissait mes intentions.

84

La police arrive rapidement sur les lieux. Je connais plusieurs de mes collègues d'East Hampton pour avoir collaboré avec eux sur des opérations conjointes de lutte antidrogue, mais ce n'est pas le cas de ceux qui se présentent chez Justin. Il ne fait guère de doute que mon nom leur est familier, grâce au procès de Noah Walker. Ils se montrent respectueux et courtois en prenant des notes et des photos, ils écument le salon et le jardin à la recherche de pièces à conviction.

Je les regarde travailler pendant des heures sans les interrompre, m'attendant à tout instant à ce qu'un avis de recherche ou un mandat d'arrêt leur soit communiqué par le STPD. Rien. Personne ne sort ses menottes, et les flics locaux promettent de nous tenir informés de l'enquête avant de prendre congé.

Une intrusion armée est un délit sérieux aux yeux des services de police d'East Hampton, ils ne vont laisser aucun répit à Aiden.

Cela signifie également que s'il possède un seul neurone, Aiden se sera enfui depuis longtemps. Il aura filé. Pris la poudre d'escampette.

— C'est à moi qu'il en voulait, pas à vous. C'est moi qui l'ai entraîné jusque chez vous.

— Il est venu tout seul, me rassure Justin. Vous n'avez rien à vous reprocher, contrairement à lui. D'accord?

Je n'en suis pas si sûre. Si quelqu'un n'a rien à se reprocher, c'est bien Justin. J'aimerais tellement éprouver pour lui davantage que de l'amitié, mais l'alchimie ne se décrète pas, et l'étincelle n'est pas là.

Le vent se met à souffler en faisant se gonfler les morceaux de carton que nous avons scotchés sur la vitre crevée.

— Je dois m'en aller.

— Restez, Jenna. Il est 4 heures du matin et vous ne pouvez pas rentrer chez vous.

Je pourrais, en fait. De toute évidence, Isaac ne comptait pas «s'occuper de moi» en lançant un mandat d'arrêt contre moi à la suite de l'effraction chez Aiden.

Je ne cours donc aucun risque à rentrer chez moi, mais telle n'est pas mon intention. Il sera temps plus tard.

Aiden n'est certainement pas retourné chez lui. L'occasion rêvée d'aller visiter son antre.

85

Une fois garée au même endroit que précédemment, je m'approche de la maison avec mille précautions.

À première vue, rien n'a bougé. La fenêtre que j'ai enjambée est toujours ouverte. Si Aiden était repassé par là, il l'aurait très certainement fermée.

Idem sur l'arrière-cour, la fenêtre de sa chambre reste ouverte.

Isaac n'est donc pas revenu fermer? Pourquoi l'aurait-il fait? Ce n'est pas son boulot. Sans compter qu'il a d'autres chats à fouetter.

Ou alors il avait prévu que je reviendrais, auquel cas il me tend un piège.

La fenêtre de devant est plus accessible, mais celle de la chambre a le mérite de la discrétion puisqu'elle donne sur la cour bordée de bois plongée dans l'obscurité.

Je m'introduis dans la chambre où je reste un moment immobile, l'oreille tendue. J'ai bien du mal à écouter les bruits à l'intérieur de la maison, le vent qui s'engouffre par les deux fenêtres ouvertes provoque un courant d'air, on dirait que le bâtiment tout entier me siffle aux oreilles.

Il fera jour dans une heure, je compte bien avoir regagné mes pénates d'ici là.

Autant commencer par la chambre. Une vieille commode sur laquelle repose l'un de ces cadres conçus pour accueillir deux photos différentes. À gauche, une ravissante jeune fille aux traits fins et aux cheveux blond vénitien, presque une adolescente. À droite, la même femme appuyée contre des oreillers dans un lit d'hôpital, très pâle, les cheveux en désordre, sans maquillage, mais radieuse avec un bébé dans les bras. Une photo de naissance ordinaire.

Je la retire du cadre, au dos figure d'une écriture malhabile à l'encre bleue :

Aiden et maman, 8/6/81

Aiden bébé. La ravissante jeune femme est donc sa mère.

On ne peut pas dire qu'il y ait un air de famille.

Reste à voir à quoi ressemble le père.

Je remets la photo en place avant de m'intéresser aux tiroirs de la commode. Je soulève les piles d'habits et de sous-vêtements à tout hasard.

Le tiroir du bas ne contient pas de vêtements, mais un album de photos bon marché comme on en trouve dans les petits commerces, muni de pochettes en plastique dans lesquelles on glisse les portraits.

Il y a là essentiellement des photos de sa mère dont les plus anciennes ont été prises à la maternité. On reconnaît Aiden bébé avec ses yeux de raton laveur sur quelques-unes d'entre elles. Je découvre un portrait du père, la joue collée contre celle d'Aiden, un grand sourire aux lèvres. La ressemblance est frappante, mêmes yeux enfoncés dans leurs orbites, mêmes cheveux couleur paille, on ne peut pas dire qu'il ait été gâté par la nature.

Les clichés, rangés par ordre chronologique, montrent combien la mère d'Aiden a changé. Pas tant sous l'effet de la vieillesse, puisque les photos ont été prises sur une période de quelques mois, deux ans tout au plus, mais on la sent différente. Son regard devient plus sombre, ses traits se tirent.

Peut-être est-elle malade? Difficile à dire. On la sent plus inquiète, plus fatiguée, à mesure que le temps passe. On a l'impression d'assister à son déclin en temps réel.

Jusqu'à la dernière photo, le visage tourné loin de l'objectif, une main levée pour dire *stop*, comme si elle refusait d'être surprise.

La bosse au niveau de son ventre, sous son T-shirt noir, signale une grossesse.

Mon cœur se met à battre plus fort. Un autre enfant?

La dernière page ne contient pas de photo, mais deux coupures de presse. La première est un article d'une colonne, la seconde un gros titre accompagné d'une photo. Dans les deux cas, le papier journal est raidi par le temps.

L'article d'une colonne, agrafé à la dernière page de l'album, annonce un drame :

Une habitante de Bridgehampton victime d'un chauffard

La victime n'est autre que la mère d'Aiden, Gloria Willis, trente ans. Renversée par une voiture sur Sugar Hill Road la veille, elle est morte à son arrivée à l'hôpital de Southampton.

L'entrefilet précise qu'elle a été condamnée à plusieurs reprises pour prostitution et détention de stupéfiants. Des analyses ont révélé la présence d'alcool et de drogue dans son sang au moment du décès.

L'article, découpé en bas de page, ne porte aucune date, mais il ne sera pas très difficile de savoir quand a eu lieu le drame.

Gloria Willis, une prostituée toxico?

Holden VI avait une prédilection pour les prostituées, comme tout le monde dans la famille Dahlquist.

L'autre coupure se limite à une photo déchirée au centre d'une page de journal, et donc sans date.

On y voit l'oncle Lang, en uniforme, tenant dans ses bras un nouveau-né entouré d'une couverture.

Une légende apparaît en dessous de la photo :

Un bébé abandonné au commissariat
Le chef Langdon James de la police de Southampton tient dans ses bras un nouveau-né abandonné la nuit dernière sur

les marches de l'antenne de police de Bridgehampton. L'enfant sera confié aux services de Protection de l'enfance du comté de Suffolk.

À quoi rime toute cette histoire ? Peut-il s'agir d'Aiden ?

Non, bien sûr que non, puisque j'ai vu des photos de Gloria avec lui bébé à la maternité.

La grossesse. Le second enfant.

Je range l'album avant de quitter la chambre. Dans la cuisine, je découvre une porte dont je suis prête à parier qu'elle mène au sous-sol.

Le sous-sol avec ces mannequins de cire disposés à la façon d'un portrait de famille.

Il est temps de m'y intéresser de près.

86

J'ouvre la porte du sous-sol, je tourne le commutateur, et je descends les marches.

L'endroit est vide, à l'exception d'une machine à laver et d'un sèche-linge vieillissants, ainsi que d'un évier qui ne sert plus depuis longtemps.

Je me dirige vers le fond de la pièce, la partie du sous-sol que j'ai entraperçue à travers l'imposte l'autre nuit. Cette fois, il y a de la lumière.

Je retrouve les horribles mannequins de cire, cette mise en scène à la Norman Rockwell autour de la table, avec sa cheminée peinte en trompe-l'œil sur le mur.

L'homme de cire assis sur le canapé, avec son manteau en tweed, ses cheveux lissés en arrière et ses yeux de fouine, ressemble beaucoup au père d'Aiden dans l'album de photos.

Dans le fauteuil à bascule, la femme au châle est une copie parfaite de la mère d'Aiden.

Une chaise vide semble attendre ce dernier.

Aiden jouerait-il à « on dirait » avec ses parents ?

L'idée est aussi étrange que dérangeante.

Infiniment triste, surtout.

En m'approchant de la femme, je remarque un détail qui m'avait échappé lorsque je fouillais l'obscurité de la pièce depuis l'imposte avec ma lampe de poche.

Par terre, à côté du rocking-chair, est posé un berceau miniature.

Une poupée nue et chauve, pas un mannequin de cire cette fois, repose au creux d'une couverture.

Un nouveau-né.

Je commence à comprendre.

Aiden au cimetière, urinant sur la tombe de Holden VI. Le même Holden VI qui fréquentait régulièrement des prostituées.

Gloria Willis, elle-même prostituée, que l'on voit enceinte d'un second enfant sur la photo.

La photo légendée du journal : UN BÉBÉ ABANDONNÉ AU COMMISSARIAT.

— Vacherie ! Voilà l'explication !

Gloria Willis a eu deux enfants. L'aîné, Aiden, et un bébé qu'elle a abandonné à la naissance sur les marches du commissariat.

Pourquoi s'est-elle débarrassée de son fils de cette façon ?

Parce qu'elle ne souhaitait pas le garder ? Parce qu'elle refusait d'élever l'enfant d'un monstre ? Parce qu'elle ne voulait pas que le père corrompe le fils ?

Je ne sais pas. Il est encore trop tôt pour répondre à toutes ces questions.

Il n'empêche, je dispose désormais de plusieurs pièces du puzzle.

Aiden a eu un frère. Un demi-frère, plus exactement.

Un frère dont le père biologique était Holden Dahlquist VI.

Je ne sais pas comment, mais d'une façon ou d'une autre, cet enfant abandonné a retrouvé la trace de son cher père.

LIVRE VI

BRIDGEHAMPTON, 1993-1994

87

Ce soir, il a choisi de s'amuser sur la plage. D'autres fois, il préfère un jardin public, ou bien un bar à l'heure de la fermeture, au moment où les derniers clients ivres sortent dans la rue en titubant. La plage est son terrain de chasse de prédilection. Il y a toujours des gens qui dorment tranquillement dans le sable. Des proies faciles.

L'étui de trombone pèse lourd, le jeune garçon change régulièrement de main en descendant Ocean Drive en direction de l'Atlantique, un peu après 2 heures du matin.

Le vent du large souffle en rafales, les rouleaux s'écrasent bruyamment sur la grève dans le noir.

Il y a pourtant de la lumière sur la plage.

Trois petites lueurs dans la nuit. Les lanternes des clodos des plages, ceux qui n'aiment pas dormir dans le noir. Il les comprend. Lui-même a dormi pendant des années avec la lumière du placard de sa chambre. Sa mère tirait la cordelette pour l'allumer, puis laissait entrebâillée la porte coulissante du placard. Il la suppliait de l'entrouvrir un peu plus, ils négociaient tous les deux presque chaque soir. Le plus souvent, elle lui cédait.

C'est tout de même étrange, à bien y réfléchir, que ces types qui dorment à la belle étoile éprouvent le besoin d'une présence lumineuse artificielle. De quoi ont donc peur ces méchants monstres ?

De quoi as-tu peur? lui demande systématiquement le docteur Conway. *De méchants monstres, par exemple? Qu'est-ce qui te fait peur, en dehors de ça?*

Le jeune garçon grimpe sur le petit muret qui sépare le parking de la plage. Il soulève le couvercle de l'étui de trombone et sort sa carabine à plomb chargée.

Invisible dans la nuit, protégé des regards par les herbes sauvages qui poussent sur le muret, il ferme l'œil gauche et colle l'œil droit contre la lunette de la carabine et fait lentement pivoter le canon de l'arme dans l'obscurité. Il s'immobilise en voyant apparaître une lueur.

— Vous voulez savoir ce que je ressens, docteur?

La mire se fige sur la lanterne, la lueur jaune orangé s'encadre dans le viseur, et il tire.

Le verre éclate avec un bruit sec et la lumière s'efface dans la nuit.

Malgré la complainte du vent et le rugissement des vagues, il distingue le léger bruissement, le mouvement brusque de quelqu'un qui se réveille en sursaut.

Il imagine la réaction du type perdu, désorienté, inquiet. Le pire est encore de ne pas savoir ce qui s'est passé. De ne pas savoir si on a des raisons d'avoir peur. De ne pas savoir si on est en sécurité. De ne pas savoir si un drame est sur le point de survenir.

Voilà ce que je ressens, docteur. Voilà ce que je ressens en permanence.

Le jeune garçon range la carabine dans l'étui de trombone, descend de son perchoir, traverse le parking et remonte l'avenue en direction du nord.

La « Villa rouge », sur sa droite, dresse sa silhouette gothique à quelques dizaines de mètres de là.

Il la connaît bien. Sa mère y vient pour son travail une fois par semaine.

Il s'arrête devant la grille, attarde son regard sur la bâtisse monstrueuse avec ses gargouilles et ses pics acérés qui se dressent vers le ciel en menaçant les dieux…

Une porte claque dans la nuit, un bruit sec de bois contre bois.

Le jeune garçon s'accroupit précipitamment, la peur au ventre.

Le vent lui apporte des éclats de voix.

La maison est plongée dans le noir, mais il repère sans peine l'origine du cri. Un balcon au premier étage, côté mer.

Ses yeux s'adaptent au noir. Il distingue une chambre derrière un balcon qui court le long de la façade. Les portes-fenêtres sont grandes ouvertes.

Il aperçoit un homme. C'est forcément lui. *Six*, comme on l'appelle. Ou *Numéro 6*, ou encore *le Sixième*. À tout coup, c'est lui. Holden Dahlquist VI.

Torse nu, les cheveux au vent, il se penche au-dessus du balcon et regarde en contrebas.

Il pose une jambe sur la balustrade. Il ne va tout de même pas grimper dessus ?

Le jeune garçon pose son étui de trombone à ses pieds.

Il débloque les fermoirs.

Sort la carabine à air comprimé.

Il colle son œil contre le viseur et cherche la silhouette de l'homme qui se découpe dans la lumière de la chambre, derrière lui.

D'une détente, l'homme se hisse sur la balustrade. Il se relève, en équilibre instable sur son étroit perchoir, tel un funambule à la recherche de son équilibre.

Il se trouve au premier étage, mais ce n'est pas une maison ordinaire. Il se trouve à plus de dix mètres du sol. Il ne peut pas survivre à une telle chute, surtout s'il s'empale sur les pointes de la grille d'enceinte.

L'homme se cambre, il lève les bras, comme pour implorer le ciel. Prêt à sauter, prêt à s'envoler vers un monde meilleur.

Le jeune garçon observe la scène à travers la lunette de sa carabine à plomb.

Il appuie sur la détente.

L'homme titube dangereusement, ses bras dessinent des moulinets, ses jambes ploient sous lui et il tombe à la renverse sur le balcon.

Viser-tirer-recharger. Le jeune garçon est d'une habileté redoutable. Il envoie un deuxième plomb à sa cible, puis un troisième. L'homme, secoué par sa chute, complètement perdu, sursaute à chaque nouveau projectile avant de se réfugier précipitamment dans la chambre où il disparaît.

Le jeune garçon sourit, puis range sa carabine et repart chez lui en courant.

88

Le lendemain, le jeune garçon reprend le chemin de la « Villa rouge ». Il a besoin de savoir. Il n'arrête pas de penser à l'homme, les images de la nuit précédente le hantent.

Il n'a pas emporté l'étui de trombone cette fois, et il se déplace de jour, pas de nuit. Il n'a pas école aujourd'hui et maman lui a précisé qu'ils déjeunaient seulement vers 14 heures.

Ocean Drive est désert. La plage est déserte. Même les clodos et autres vagabonds se sont réfugiés ailleurs. On pourrait croire que le monde entier s'est donné rendez-vous ailleurs en ce jour de Thanksgiving.

Le jeune garçon se glisse entre les deux battants de la grille. L'interstice est étroit, mais il n'est pas gros.

Il traverse la propriété et monte le raidillon qui permet d'accéder à la maison. Des feuilles de toutes les couleurs tournoient dans l'air frais et sec, le vent du large est particulièrement traître.

Il déchiffre en passant l'inscription de la fontaine. *Cecilia, ô Cecilia / La vie était la mort déguisée.* Au même moment, il entend un bruit derrière la maison.

Il se précipite, ses semelles font crisser le tapis de feuilles mortes.

Il découvre une corde qui pend d'un arbre, nouée de façon à dessiner un cercle qui se balance au gré du vent.

Une corde de pendu. Il connaît l'expression.

Une échelle. Un homme, le même que la veille, perché sur le dernier échelon, s'efforce de passer la corde autour de son cou.

Il pleure, il sanglote, il multiplie les jurons.

Soudain, il aperçoit l'intrus, le jeune garçon vient de franchir le coin de la maison.

— Va-t'en de là ! Hé, gamin ! Va-t'en tout de suite.

Il s'exprime d'une voix pâteuse en tenant le nœud qu'il n'a pas encore passé autour de son cou.

Le jeune garçon, pétrifié de terreur, est incapable de répondre à M. Dahlquist.

— Je t'ordonne... de t'en aller... va-t'en...

À force de gesticuler, l'échelle tangue, l'homme lâche la corde, l'échelle bascule et il s'étale au milieu des feuilles mortes avec un bruit sourd.

L'homme jure entre ses dents, il se met à pleurer, les épaules secouées de sanglots. Il tape du poing dans la terre, envoie voler les feuilles mortes, s'arrache les cheveux, gémit et crie, comme si un démon tentait de s'échapper de son corps.

Il s'arrête brusquement, vidé de toute énergie. Il cherche des yeux la bouteille à demi pleine d'un liquide ambré dissimulée dans un écrin de feuilles. Il en dévisse le bouchon et boit goulûment au goulot, puis il s'essuie la bouche avec sa manche.

Il se retourne et observe le jeune garçon.

— C'était... toi... hier soir, lui dit Holden Dahlquist VI.

La langue épaisse, il peine à s'exprimer.

Le jeune garçon reste muet, sans confirmer ni infirmer l'accusation.

Il s'approche de l'homme.

— Tu te prends... pour mon ange gardien... c'est ça?

Le jeune garçon s'immobilise devant lui.

M. Dahlquist, en bas de pyjama, écarte le revers de sa chemise de flanelle du côté droit en arrachant un bouton et dévoile une petite plaie rouge foncé.

— Tu m'as… tiré dessus… hier soir.

Ses yeux injectés de sang sont brouillés par l'alcool, il n'est pas rasé, mais c'est un bel homme, svelte, avec d'épais cheveux auburn.

Le jeune garçon aperçoit soudain l'arme posée au milieu des feuilles mortes, à moins d'un mètre de lui, à moins d'un mètre de M. Dahlquist.

Il se penche et la ramasse.

Un petit pistolet doré et argenté à canon court. La crosse de laiton est percée d'une grande ouverture. L'arme ne ressemble en rien à celles des flics, ou à celles que l'on peut voir à la télévision.

— C'est le pistolet… de mon arrière-grand-père, lui explique M. Dahlquist. Il a plus d'un… plus d'un siècle. À l'époque, on appelait ça un revolver d'Apache.

Le jeune garçon glisse ses doigts à l'intérieur des trous, sans trouver la détente.

— Je suis bon tireur, déclare-t-il.

L'homme écarquille les yeux, la bouche ouverte, puis son regard quitte l'arme et se pose sur le jeune garçon.

— Il est… chargé, dit-il. Il y a… des balles dedans.

— Je connais le mot *chargé*.

M. Dahlquist regarde fixement le pistolet, perdu dans un rêve lointain. Il titube légèrement et respire fort.

— Donne-moi… ça… petit.

Le jeune garçon n'esquisse pas un geste. Il arme le chien, ce qui fait sortir la détente de sa cachette, au niveau de l'index.

— Qu'est-ce que… tu fais?

M. Dahlquist tend la main, paume tournée vers le ciel.

— Donne-le-moi.

Il se dégonfle brusquement avec un sifflement de baudruche crevée, les jambes tremblantes.

Le jeune garçon reste immobile, l'arme pointée vers son interlocuteur. Il éprouve une sensation de puissance inouïe à l'idée d'imposer sa supériorité à l'homme.

Le jeune garçon n'a plus peur. Pour la première fois depuis toujours, il n'a pas peur, il ne se sent pas perdu. Il se sent… sûr de lui. Pour la première fois de sa vie, il est maître de son destin. Il contrôle la situation.

Une sensation délicieuse qu'il ne veut perdre à aucun prix.

Une sensation dont il veut se souvenir jusqu'à la fin de ses jours.

Il ne veut plus jamais revivre les sensations du passé.

Il pose le canon de l'arme sur sa tempe.

M. Dahlquist tente de l'arrêter en levant les mains.

— Non…

Le jeune garçon appuie sur la détente.

Un claquement sec résonne contre sa tempe.

Il arme le pistolet, tire à nouveau.

Toujours rien. Le jeune garçon jette l'arme au loin, comme il aurait lancé un tomahawk. Sous l'effet de l'adrénaline, son cœur bat à tout rompre.

M. Dahlquist, le souffle court, regarde le jeune garçon avec des yeux exorbités, puis il pose les yeux sur le pistolet qui gît dans l'herbe avant de reporter son attention sur le jeune garçon.

— Tu y penses… souvent? À te… te tuer?

Le jeune garçon ne répond pas.

Tous les jours. J'y pense à chaque minute de chaque heure de chaque jour.

— Moi aussi, avoue M. Dahlquist.

On pourrait croire qu'il lit dans ses pensées. C'est la première fois que quelqu'un le comprend.

— Heureusement que ce pistolet… avait plus d'un siècle.

M. Dahlquist part d'un grand éclat de rire. Un rire interminable, qui lui tire des larmes.

Le jeune garçon ne voit pas ce que la situation a de si amusant.

— On fait… une drôle de paire, tous les deux. On est infichus… infichus de se suicider… correctement.

Holden Dahlquist VI brosse sa chemise de la main.

— J'ai froid. Pas toi, petit?

Il récupère sa bouteille, achève de la vider et repart en titubant vers la maison.

Le jeune garçon lui emboîte le pas.

89

C'est un secret. Un secret qui a donné du sel aux six mois qui viennent de s'écouler. Leur relation est un secret. Personne ne sait qu'il se rend dans la maison tous les jours à la sortie de l'école. Ni sa mère, ni ses copains. Personne n'est au courant de son amitié avec Holden.

Il vient là seulement six jours sur sept, car sa mère s'y trouve un jour par semaine. Ce jour-là, il ne vient pas.

Tous les autres jours, il se glisse entre les battants de la grille et entre par l'arrière de la maison.

— Tu t'es tué aujourd'hui? demande-t-il à M. Dahlquist.

— Non. Et toi?

— Non.

C'est leur plaisanterie préférée.

— Je ne me tue pas… si tu ne te tues pas, conclut invariablement Holden. C'est pro… promis?

Holden est parfois heureux de le voir. La plupart du temps, c'est la seule chose qui le rend heureux. Il tient difficilement sur ses jambes, empeste l'alcool («mon élixir», ainsi qu'il l'appelle) et s'exprime d'une voix pâteuse en bredouillant.

Chaque jour, il lui confie une tâche, avec dix dollars de récompense à la clé. Une tâche souvent modeste. Ramasser un petit tas de feuilles, par exemple, déblayer la neige de l'allée, ou encore laver quelques assiettes. Le jeune garçon est conscient que quelqu'un d'autre se charge du gros du boulot, qu'on lui en réserve seulement une petite partie.

Ils discutent la plupart du temps. C'est le jeune garçon qui parle. Il raconte à Holden son quotidien, sa vie au collège, ce qui le dérange dans l'existence. Holden n'aime pas parler de lui ou de sa famille, pour une raison qui échappe au jeune garçon. Il préfère écouter.

Le jeune garçon observe régulièrement Holden, même lorsqu'il n'est pas en visite chez lui. Posté derrière la grille, il surveille ses faits et gestes. Holden quitte rarement son antre. Il vit seul, si l'on excepte la domestique qui passe tous les jours pour les courses, la cuisine et le ménage.

Il n'a pas d'autres visiteurs, en dehors des jolies filles qui s'aventurent chez lui le temps de quelques heures et ressortent débraillées, parfois tuméfiées, parfois en boitant. Holden n'aime guère parler d'elles.

Il lui arrive de peindre et de lire, mais il n'arrête jamais de boire.

Les étages de la maison regorgent de ses tableaux, des œuvres sombres et macabres pour la plupart. Des tempêtes dévastatrices, des océans en furie, des portraits de mourants. Ceux-ci sont parfois représentés de façon sanglante, le ventre percé d'une lance, la poitrine béante. Des visages angoissés, torturés, synonymes de mort et de destruction.

— Tu n'es pas… obligé de… venir tous les jours, remarque un jour Holden.

— J'en ai envie.

— Tu as des amis… de ton… de ton âge? À l'école?

— Pas vraiment, ment-il puisqu'il n'en a aucun. Je suis pas vraiment…

Il ne sait pas très bien comment terminer sa phrase.

— Ils ne sont pas… comme toi.

Holden quitte son tableau des yeux pour le dévisager longuement.

— Je ne suis pas comme eux, rectifie le jeune garçon.

Holden acquiesce.

Je suis comme toi, conclut muettement le jeune garçon.

Il a un autre secret. Un secret dont même Holden n'est pas au courant. Le journal.

Le journal intime, comme le veut l'expression consacrée. Un gros livre relié de cuir rouge, vieux de plus de deux cents ans, qu'il a trouvé au moment de Noël dans le salon de Holden. Un livre recouvert de plastique transparent en guise de protection.

Il n'en comprend pas tous les termes, il est parfois obligé de recourir à un dictionnaire, mais il en comprend le sens général. Il en a lu et relu certains passages. Il glisse des marque-pages de fortune aux endroits qui l'intéressent, faute d'oser corner les pages.

Winston, le patriarche de la dynastie Dahlquist, écrit :

> *J'ai réussi à venir à bout de mes inhibitions et de toute apparence d'urbanité. Je suis sans doute capable de duper les autorités, mais je suis trop âgé pour me duper moi-même. J'abrite un monstre au fond de moi. Un monstre capable de sommeiller pendant des jours ou des mois, mais qui ne disparaîtra jamais. Un monstre qui me rongera inexorablement jusqu'au jour de ma mort.*

Holden III, l'arrière-petit-fils de Winston :

> *Un désir intraitable s'est emparé de moi. Je suis incapable de lui résister, pas plus que je ne puis résister à ma propre existence. Bénédiction ou malédiction, telle est mon identité désormais. Je prendrai une hache et je regarderai Anna se vider de son sang, puis j'appellerai la mort.*

Holden V :

> *Comme Winston avant moi, j'ai rendu les armes. J'avoue être pétri de remords depuis la mort de ces quatre touristes. Ce n'est pourtant ni la crainte ni le chagrin qui surnagent en moi, mais le soulagement.*

Ils ne peuvent s'en empêcher. C'est ce qui ressort de leurs aveux. Ce n'est pas leur faute. Ils sont incapables de s'arrêter, c'est ancré au plus profond d'eux. Ils ne se contrôlent pas.

Ils ne le veulent pas, mais c'est un *besoin.*

Il relit ces passages chaque jour. Il en est transformé. Il se sent mieux. Comme s'il s'épanouissait, comme s'il changeait, comme si une drogue libérait les pouvoirs secrets que recèle son corps.

Il n'est pas seul.

Il n'est pas seul à ressentir la présence d'un monstre au fond de lui.

Il sait que Holden est comme lui. En dépit de tous ses efforts, Holden n'est pas différent de lui, pas différent de ses ancêtres.

Il a décidé d'attendre. Des mois, peut-être des années.

Il attendra le jour où Holden montrera au monde le monstre qui sommeille en lui.

Livre VII

BRIDGEHAMPTON, 2012

90

Il est tard, si tard qu'on peut considérer qu'il est tôt. Peu avant l'aube, aux alentours de 5 heures.

L'individu qui se donne le nom de Holden pose délicatement la carte sur le bureau de ses mains gantées de caoutchouc. Il a brièvement envisagé de découper les mots dans un journal ou un magazine, à la façon des demandes de rançon d'autrefois, mais le temps lui est compté. Il préfère rédiger le message de la main gauche, afin d'éviter qu'un graphologue puisse identifier son écriture.

Une nouvelle preuve qu'il est malin.

Les mots tremblent sur la carte, en particulier le terme *corps* et le nom *Aiden*, pour une raison qu'il ne s'explique pas, mais le message reste lisible, et c'est l'essentiel.

Il cachette l'enveloppe en évitant évidemment de lécher le rabat. Ce serait quand même ballot, après tout ce temps, de commettre une bévue pareille en servant sur un plateau son ADN aux enquêteurs.

En chemin, il fait un détour par Ocean Drive.

La nuit est tombée, personne ne le verra. Il adore visiter les lieux à cette heure.

Parvenu au 7 Ocean Drive, il descend de voiture et traverse l'avenue, s'appuie contre les majestueux battants de la grille et glisse le nez entre les barreaux.

Il ne peut plus se glisser par l'interstice, comme autrefois.

— Avoue-le, Holden. Tu ne t'attendais pas à ça ? murmure-t-il dans la nuit.

Qui aurait pu s'attendre à ce que les événements se déroulent de la sorte ? C'est pourtant le cas.

Il s'éloigne de la grille et regagne sa voiture. L'aube est toute proche et il tient à déposer le message avant les premières lueurs du jour. Il met le contact et repart en direction de la ville.

Il n'a aucune peine à repérer l'auto qu'il cherche, garée le long du trottoir. La rue est déserte. Il glisse l'enveloppe sous l'essuie-glace, comme un prospectus annonçant des prix sacrifiés avant liquidation dans un magasin de sport, ou bien une pub de fast-food promettant deux sandwichs pour le prix d'un.

Son message, bien sûr, est infiniment moins trivial.

Il ne manquera pas de provoquer son petit effet.

91

L'aube va poindre lorsque je m'éclipse de la maison d'Aiden pour rentrer chez moi. Mon appartement est un chantier indescriptible, des papiers partout, le lit défait, des verres sales dans l'évier de la cuisine au milieu d'une odeur rance.

Je suis au bord de l'épuisement, seule l'adrénaline me permet encore de tenir debout.

Je me penche à nouveau sur l'article de journal que j'ai prélevé dans l'album de famille d'Aiden, avec son titre étrange : UN BÉBÉ ABANDONNÉ AU COMMISSARIAT.

J'ai forcément raison. Tout concorde. La mère d'Aiden, qui se prostitue, a eu un second enfant dont le père n'est autre que Holden VI. Elle l'a abandonné soit parce qu'elle ne voulait pas d'un enfant dont Holden était le père, soit par souci d'éviter que Holden ne le corrompe. D'une façon ou d'une autre, le père et le fils ont pourtant fini par se retrouver.

Cela n'explique pas le rôle que joue Aiden dans cette histoire. Cela ne me donne surtout pas l'identité de son demi-frère.

Pourrait-il s'agir d'Isaac Marks ? Tout indique qu'Aiden et lui sont complices.

Ou alors de Noah ? C'est forcément lui qui a prévenu Aiden de ma présence chez Justin la nuit dernière, lorsque Aiden a enfoncé la baie vitrée avec l'intention de me tuer.

Isaac et Noah. Tous deux ont un an de moins qu'Aiden.

Trois gamins qui ont grandi ensemble, qui sont allés à l'école ensemble.

Qui me dit qu'ils se sont contentés d'apprendre à lire, écrire et compter ensemble ?

Je suis à la fois épuisée et sur les nerfs lorsque apparaissent les premières lueurs de l'aube. Le monde s'apprête à entamer une nouvelle journée, sauf moi qui suis sur le point de m'écrouler.

Mon cerveau est à la limite du bug à cause du manque de sommeil. J'ai du pain sur la planche, mais je ne tiendrai jamais si je ne dors pas un minimum…

Bam-bam-bam

Laisse-moi sortir

Bzzz-bzzz-bzzz

Laisse-moi sortir, je t'en supplie

Bzzz-bzzz-bzzz

J'ouvre les yeux, réveillée en plein rêve, le cœur battant. Mon portable vibre à côté de moi. Je tâtonne sur le lit, finis par le trouver, et consulte l'écran dans un demi-sommeil.

Le nom de Noah Walker achève de me réveiller. Je ne suis pas prête à lui répondre, j'attends que les vibrations cessent. Le pictogramme NOUVEAU MESSAGE apparaît sur l'écran.

Le réveil m'indique qu'il est 13 heures. Mon Dieu. J'ai dormi près de six heures mais j'ai l'impression d'avoir fermé les yeux six minutes.

Je décide d'écouter le message.

« Murphy, c'est Noah. Je voulais m'assurer que tu allais bien. J'ai eu une idée que je voudrais te soumettre. Appelle-moi. »

J'éteins mon téléphone d'un doigt rageur avant de le jeter sur le lit. Il a une idée qu'il voudrait me soumettre ? *Ouais, figure-toi que moi aussi, j'ai un truc à te soumettre, Noah. J'aimerais que tu m'expliques qui a prévenu Aiden que je me trouvais chez Justin hier soir.*

Sinon, une question en passant : tu n'as pas été adopté, par hasard ? On ne t'aurait pas abandonné devant le commissariat de Bridgehampton quand tu étais bébé ? Tu ne te serais pas rendu compte par la suite que ton père biologique était l'héritier d'une longue lignée de tueurs en série ?

Tu n'aurais pas décidé de reprendre le flambeau ?

Est-ce que, par hasard, ce ne serait pas moi, Jenna Murphy, qui aurais fait la connerie de te sortir de taule ?

Je me lève péniblement, comme si j'avais avalé une boîte de somnifères la veille, ou si j'avais une gueule de bois en plomb. Le temps de boire du café et de grignoter des toasts, je m'accorde une douche brûlante jusqu'à ce que le ballon d'eau chaude soit vide, ce qui n'est pas vraiment un exploit dans mon appartement.

Mon portable se met à nouveau en branle. Je le retrouve dans la salle de bains embuée de vapeur. Encore Noah. Je ne décroche toujours pas.

Sans que je m'en aperçoive, il est bientôt 16 heures.

Je dois absolument retrouver le fils de Holden Dahlquist. Le bébé abandonné sur les marches du commissariat a forcément été confié aux services de Protection de l'enfance, comme le précise l'article. Il aura été adopté, ou bien placé en famille d'accueil. D'une façon ou d'une autre, je devrais pouvoir retrouver sa trace.

Est-ce ainsi qu'il a remonté la piste de Holden ? Ou bien est-ce Holden qui a retrouvé sa trace ?

Je ne sais pas, et je m'en fiche.

Quelles que soient les circonstances, demande de reconnaissance en paternité ou adoption, Holden aura fait appel à son avocat. Un avocat dont je connais l'identité, grâce à Noah.

Reste à trouver le moyen de délier la langue de l'avocat en question, sachant qu'il invoquera le secret professionnel.

Je ne tiens pas encore la solution, mais je sais que je brûle et qu'à force de secouer le cocotier certaines personnes commencent à s'inquiéter.

Le mieux serait peut-être d'attendre que le coupable sorte du bois.

Mon téléphone. Cette fois, il s'agit de Ricketts.

— Salut, Lauren.

— Murphy !

Elle s'exprime d'une voix aiguë, sous le coup de l'émotion.

— Que se passe-t-il ?

— Tu ne le croiras jamais.

Je repousse mon ordinateur portable.

— Je t'écoute.

— Annie Church et Dédé Paris. On vient de retrouver leurs corps.

Je ferme machinalement les yeux. Quelqu'un, je ne sais pas qui, Aiden, Noah ou Isaac, vient de sortir du bois.

92

C'est la troisième fois en deux jours que je me retrouve dans le même coin, bien que je ne me rende pas chez Aiden Willis cette fois. La circulation est bloquée à perte de vue sur la petite route que l'on emprunte pour aller chez lui.

Des barrières de sécurité barrent le chemin conduisant à sa maison. Les équipes de télévision ont rangé tant bien que mal leurs camionnettes coiffées d'antennes paraboliques, des journalistes impeccablement coiffés s'agitent devant les caméras, un micro à la main. Pare-chocs contre pare-chocs, je parcours les cinq cents mètres qui me séparent de Tasty's où je me gare avant de repartir à pied.

On a découvert deux corps dans les bois, juste derrière chez Aiden, à trois mètres sous terre.

Lauren n'a pas eu le temps de m'en dire davantage, je devrais m'estimer heureuse qu'elle ait pris le temps de m'appeler.

Je m'approche des barrières de sécurité. Un reporter d'une télé locale, les cheveux couverts de laque à risquer l'asphyxie, me reconnaît. Il ne sait probablement pas que j'ai perdu mon badge. J'en profite pour monter dans la camionnette de la chaîne pour laquelle il travaille où défilent sur un écran les images d'un hélicoptère qui survole la zone.

Le travail d'exhumation avance vite. Un bulldozer a retiré la terre et les corps ont été extraits de la fosse à l'aide d'un palan. On distingue une nuée de flics et de spécialistes de l'identité judiciaire, sans oublier les légistes.

Je descends de la camionnette en voyant un corbillard emporter les deux civières. Cinq minutes plus tard, le corbillard arrive à hauteur des barrières de sécurité que des agents s'empressent d'écarter afin de lui libérer le passage.

Les cadavres d'Annie et Dédé. Pourquoi maintenant? Qui a pu indiquer l'emplacement des corps?

J'expédie un SMS à Ricketts : *Je suis là si tu as une minute.* J'imagine qu'elle n'en a pas fini.

Elle réagit pourtant trente secondes plus tard : *Où ça?*

Je m'empresse de lui répondre et j'attends. Ricketts, couverte de terre comme un soldat émergeant d'une tranchée, me rejoint, le regard brillant d'excitation.

— Il s'agit bien d'Annie et de Dédé?

Elle opine.

— Je crois. L'une des deux a un doigt coupé.

C'est normal. Le doigt qu'il a découpé sur le cadavre de Dédé avant de le livrer en pâture aux flics, il y a quelques années.

— On a également retrouvé le couteau, ajoute Ricketts. L'arme du crime.

Incroyable ! Il aurait abandonné l'arme du crime avec les filles? Le tueur est trop prudent pour avoir laissé ses empreintes sur le couteau, mais on ne sait jamais.

— C'est moi qui ai découvert les corps, précise Ricketts.

Je pose la main sur son épaule.

— Comment as-tu fait?

— C'est bien le plus curieux. Quelqu'un m'a laissé un message ce matin, coincé sous l'essuie-glace de ma voiture.

J'ai un mouvement de recul.

— Quoi?

Ricketts balaye des yeux la scène de folie qui nous entoure, les journalistes et les curieux empêchent quasiment toute circulation sur la route.

— Le message m'indiquait l'emplacement des corps. Au pied d'un grand orme sur le tronc duquel était tracée une croix à la peinture rouge.

Elle hausse les épaules d'un air perplexe.

— Pourquoi me prévenir, *moi* ?

Elle connaît la réponse aussi bien que moi. Le tueur s'est adressé à elle parce qu'elle m'aide dans mes recherches.

— L'auteur du message voulait que je vous avertisse, déclare-t-elle. En qualité de premier agent sur les lieux, l'enquête me revient de droit, ce qui me donne accès à tous les éléments. Il veut que je vous les transmette, Murphy. Il savait d'avance que je vous raconterais tout.

C'est logique.

— Aiden n'a pas pu agir seul. Il a au moins un complice, peut-être deux. Quelqu'un qui sait que nous travaillons ensemble.

Elle acquiesce d'un air songeur.

— Que fait-on à présent ?

— Tu fais ton boulot, tu recueilles un maximum d'informations. Une fois que tu as terminé, on fait un point toutes les deux.

— D'accord.

Elle pousse un grand soupir en prenant conscience de la responsabilité qui lui incombe. Ce n'est pas tous les jours qu'une nouvelle recrue se trouve en position d'élucider une affaire aussi importante.

— En tout cas, fais gaffe. Les coupables cherchent peut-être à m'impliquer, mais c'est par ton intermédiaire qu'ils le font.

Je regagne ma voiture alors qu'un fin crachin se met à tomber. Les questions se bousculent dans ma tête. Il joue avec moi, il m'adresse un message, il me lance sur une piste précise. Mais laquelle ? Et pourquoi ? En quoi me livrer les corps de Dédé et Annie peut-il l'aider ?

J'en ai mal à la tête. Loin d'éclaircir le mystère, ce nouvel élément vient compliquer la donne.

Noah Walker m'attend à ma voiture, adossé à la carrosserie, les bras croisés.

— Salut, belle étrangère, me salue-t-il.

93

— J'ai essayé de t'appeler, me dit Noah en quittant son appui contre la voiture.

Il est en tenue de chantier, jean et T-shirt, godillots, gilet de protection. Sa journée de travail terminée, il est venu dîner chez Tasty's.

Je ressens toujours la même chaleur en le voyant, plus violente cette fois, au point d'en avoir la nausée.

— Tu es au courant, je suppose. Pour Dédé et Annie ?

— Ouais. Tu as du nouveau ?

— Non, on ne me dit plus rien depuis que j'ai été virée.

— Pourtant, tu as encore ton amie, cette jeune flic. J'ai oublié son nom.

Il fait l'idiot. Pas question d'entrer dans son petit jeu.

— Que veux-tu, Noah ?

Il écarte les mains.

— Comme toi.

Tu parles d'une évidence.

— J'avais cru comprendre qu'on faisait équipe.

Moi aussi. Avant que tu envoies Aiden me tuer.

— Tu n'as pas l'air dans ton assiette, insiste-t-il.

Pose-lui la question, Murphy. Tu verras bien ce qu'il te répondra.

— Tu es un enfant adopté, Noah ?

Il me regarde d'un air étrange.

— Un enfant adopté ? Non.

— Tu es sûr ?

— Si je suis sûr de ne pas avoir été adopté ? Je crois que je le saurais, non ?

J'essaye de lire la vérité dans ses yeux. Impossible.

— De toute façon, c'est facile de le savoir en consultant les archives. Je n'ai qu'à me renseigner.

— Je ne crois pas, réplique Noah. Ça m'étonnerait que les registres d'adoption soient consultables librement.

— Pour quelqu'un qui n'a pas été adopté, tu as l'air très au courant.

Il fait un pas dans ma direction.

— Murphy, à quoi tu joues ? C'est quoi, cet interrogatoire en règle ? Je t'ai laissé des messages…

Mon sang irlandais ne fait qu'un tour.

— À propos de messages, je me suis rendue chez Justin hier soir, comme je te l'avais dit. Devine qui est venu me rendre une petite visite là-bas ?

Il secoue la tête. Voilà qu'il fait à nouveau l'idiot.

— Aiden. Il a fait irruption dans la maison en brisant une baie vitrée et il s'est rué sur moi avec un couteau.

— Quoi ? Tu n'as pas été blessée ?

— Je serais curieuse de savoir qui lui a dit où me trouver, Noah. Tu n'aurais pas une petite idée là-dessus ?

Il bat l'air des mains.

— Attends un peu… Tu n'imagines tout de même pas que c'est moi qui…

— Non ! Loin de moi cette pensée ! Je préfère chercher le coupable dans la longue liste de tous ceux qui étaient au courant. Tiens, maintenant que j'y pense… à part toi, *personne* n'était au courant.

— Une seconde, Murphy.

Je recule précipitamment en le voyant tendre la main.

— Ne me touche pas. Je t'interdis de m'approcher. Il faut que tu saches un truc, Noah. D'une façon ou d'une autre, je découvrirai la vérité. Tu peux même dire à tes copains, quels qu'il soient, que je brûle. Je finirai par tous vous coincer, quitte à y laisser ma peau.

Noah me coupe toute retraite en m'empêchant de remonter en voiture.

— C'est bon, tu m'as sorti ton petit laïus, à moi de parler.

— Laisse-moi passer, ou tu vas le regretter.

— Hé ! fait une voix dans notre dos.

Nous nous retournons tous les deux. Justin nous rejoint en courant depuis le restaurant.

— Il y a un problème ? s'enquiert-il.

Noah lui lance un regard assassin. Ces deux-là se connaissent à peine, chacun d'eux a gratifié l'autre d'un mot gentil par le passé, mais j'ai bien noté le changement intervenu chez Noah, après ce qui venait de se passer entre nous, quand j'ai prononcé le nom de Justin. J'ai eu beau insister sur le fait qu'il n'y avait rien entre Justin et moi, j'ai vu sa tête, cette lueur de primate dans ses yeux.

— Rien qui te regarde, réplique Noah.

Justin s'arrête net en m'interrogeant du regard.

— Jenna ?

— Ce ne sont pas tes affaires, insiste Noah.

— Tu es chez moi, Noah. Et tu importunes mon amie. C'est donc mon affaire.

— Ne te mêle pas de ça, s'énerve Noah, prêt à l'affrontement. C'est une discussion privée.

Deux mâles en train de se disputer l'honneur d'une femelle. Sauf que la femelle concernée s'en fiche.

— Hé, les mecs ! Je suis là !

J'agite les mains dans leur direction.

— Je m'en vais. Je vous appellerai plus tard, Justin. Quant à toi, Noah, fiche-moi la paix.

Je monte en voiture et je claque la portière. Je démarre en marche arrière en faisant voler un nuage de gravillons dans mon sillage avant de regagner la grand-route sans savoir où je vais. Quel que soit mon but, j'ai l'intention de m'y rendre seule.

94

La nuit tombe sur Bridgehampton lorsque je rentre chez moi.

Aiden est toujours en liberté, et même si je doute qu'il soit assez stupide pour traîner dans les Hamptons avec l'idée de me régler mon compte, j'aime autant prendre quelques précautions. Je commence par refermer le verrou derrière moi avant de caler une chaise contre la poignée et de bloquer la petite fenêtre avec une commode. L'obstacle n'est pas vraiment infranchissable, mais cela évitera à Aiden de recommencer son petit numéro de la veille à travers la vitre.

Il ne me reste quasiment rien à manger, à part des nouilles que je verse dans une casserole d'eau bouillante.

Tu dois manger et dormir si tu ne veux pas partir en miettes comme un biscuit rance, Murphy.

Sauf que je n'ai aucun appétit. J'ai l'estomac noué.

Tu n'es pas loin de la solution, Murphy.

Je repousse mon assiette de pâtes.

Mais tu n'y es pas encore.

Je sursaute en entendant simultanément vibrer mon téléphoner et sonner à ma porte.

C'est Ricketts qui m'appelle. Je décroche d'un doigt tout en allant voir qui est mon visiteur.

Un coup d'œil dans le judas me dévoile une silhouette masculine.

Isaac Marks, notre bien-aimé chef de la police locale.

— Ricketts ? Je te rappelle dans une minute. Ton patron sonne à ma porte.

— Non, Jenna, ne racc…

Je mets fin à la conversation, tourne le bouton du verrou et ouvre la porte.

Je me retrouve nez à nez avec quelqu'un qui pourrait bien être impliqué dans le meurtre de huit personnes. Notamment de celui dont il est le successeur.

— Murphy, me salue Isaac avec un hochement de tête.

Il est en uniforme. J'imagine qu'il a dû répondre aux questions de la presse après la découverte des cadavres de Dédé et Annie.

— Je te prie de m'accompagner au commissariat.

— On peut très bien discuter ici.

Il prend une longue respiration en grimaçant.

— Ne complique pas la situation, s'il te plaît. Je te demande de m'accompagner. Pour une fois dans ta vie, prends la bonne décision.

— Tu n'as rien de mieux à te mettre sous la dent le jour où réapparaissent les corps de deux victimes ?

Il me lance un regard gêné.

— C'est précisément au sujet des deux victimes que je suis ici.

95

Je me retrouve dans la salle d'interrogatoire que je connais bien pour l'avoir suffisamment fréquentée, mais de l'autre côté de la barrière. Je me suis toujours montrée habile à ce genre d'exercice. J'avais le don de prendre rapidement la mesure des témoins, de les effrayer avant de gagner leur confiance, de les entraîner dans un véritable parcours du combattant qui les faisait passer de la peur à l'horreur et de l'abattement aux remords avant de les conduire aux aveux.

La porte s'ouvre, Isaac Marks franchit le seuil de la pièce. Il s'adosse au mur, bras croisés.

Est-il vraiment capable d'avoir tué tous ces gens avec la complicité d'Aiden ? Voire l'aide de Noah ?

Est-ce lui et Aiden qui m'ont maltraitée dans la maison du 7 Ocean Drive quand j'étais petite ?

Je n'ai jamais cerné ce type. Pour avoir travaillé en binôme avec lui pendant près d'un an, j'ai toujours trouvé que c'était un flic superficiel, le genre de type qui adore exhiber son badge à tout bout de champ, que le pouvoir branche davantage que les responsabilités liées au boulot.

Je ne l'ai jamais vu enchaîner les heures sup, se démener pour boucler une enquête.

De là à croire qu'il a l'étoffe d'un tueur, il y a un pas. Si c'est le cas, je n'ai rien vu.

D'un autre côté, je ne me suis jamais posé la question.

— J'ai besoin de réponses, Murphy. De réponses directes.

— Ça tombe bien, moi aussi.

Il secoue la tête.

— Ce n'est pas comme ça que ça marche, au cas où tu l'aurais oublié.

— Eh bien, les règles ont changé. Ou alors je fais valoir mes droits au Cinquième Amendement.

La plupart des témoins n'osent pas y recourir. Ils ont peur de passer d'emblée pour coupables. Ils ont à la fois tort et raison. C'est vrai que refuser de parler vous donne mauvaise presse, mais cette mauvaise image n'est rien à côté de ce qui vous attend si vous acceptez de répondre aux questions qu'on vous pose, avec le risque de vous enferrer.

C'est le moment ou jamais d'y réfléchir.

— Il s'agissait bien des corps de Dédé et Annie?

Isaac acquiesce en fermant les yeux.

— On a demandé une analyse ADN en urgence. On aura la confirmation d'ici un ou deux jours, mais il manque un doigt à l'un des corps, et on a retrouvé sur elles des effets personnels dont les familles ont confirmé la provenance. Ce n'est pas officiel, mais, officieusement, le doute n'est pas permis.

— Comment avez-vous retrouvé les corps?

Adossé au mur, il prend son mal en patience, mais une lueur s'est allumée dans ses yeux. Il sait que je suis copine avec Ricketts. Il sait donc que je suis au courant.

— Un tuyau anonyme.

— Comme c'est pratique.

Il penche la tête sur le côté.

— Pratique? Comment ça?

Je hausse les épaules.

— Si ça se trouve, quelqu'un était sur le point d'élucider l'affaire. Aiden est un bouc émissaire commode.

— Un bouc émissaire? s'étonne Isaac en plissant les paupières. Tu veux dire qu'il serait innocent?

— Je veux dire qu'il n'aurait pas agi seul. Il a un complice.

Isaac, immobile, ne montre rien. Difficile de savoir ce qu'il pense. Les flics qui procèdent à un interrogatoire jouent un rôle, c'est peut-être ce qu'il fait en ce moment. Ou alors il transpire à grosses gouttes sous son uniforme.

— Un complice. Deux coupables, tu veux dire ?

— Voire plus. Aiden vient de se faire baiser par son complice.

Isaac se détache du mur et s'installe tranquillement sur la chaise qui me fait face, sans me quitter des yeux.

— De quelle façon le complice en question a-t-il baisé Aiden ?

Je sens mon pouls s'accélérer. Il me tient à sa merci dans une pièce isolée. Je me rassure en me disant que nous sommes dans un commissariat. Il y a des témoins, d'autres flics assistent à l'entretien de l'autre côté de la vitre sans tain. Il n'a pas la possibilité de me réduire au silence.

Reste à savoir si j'ai vraiment envie de me lancer dans l'arène. Ici, tout de suite.

À bien y réfléchir, c'est le moment ou jamais, avec d'autres flics comme témoins.

— Imaginons qu'Aiden ait montré des signes de nervosité. Il se confie à son complice, il lui explique que les autres sont sur leur piste. Le complice conseille à Aiden de rester tranquille pendant quelques jours, le temps que le soufflé retombe.

Isaac, pendu à mes lèvres, hoche la tête.

— Imaginons que son complice dise à Aiden : « Ne t'inquiète pas, je m'occupe de tout. »

Isaac bat rapidement des paupières. Je viens de lui répéter la phrase qu'il a lui-même prononcée au téléphone quand j'étais tapie contre le mur extérieur de la maison d'Aiden.

— Continue, me dit-il d'une voix blanche.

— Une fois Aiden parti, son complice fait parvenir aux flics un message anonyme. On découvre deux corps à une portée de flèche du jardin d'Aiden. Je suis prête à parier dix contre un qu'on a trouvé sur place des pièces à conviction qui mettent en cause Aiden. Ses empreintes sur l'arme du crime, par exemple.

Isaac continue de m'observer en silence d'un regard terne.

— Aiden fait désormais figure de suspect numéro un. Servi sur un plateau, pendant que son complice s'en tire sans une égratignure.

Isaac pousse un soupir en se calant au fond de sa chaise.

— Vous avez perdu votre langue, chef?

Ses doigts tambourinent sur la table.

— Tu penses qu'Aiden est mêlé à toute cette histoire?

— Oui. J'en ai la conviction depuis un moment. C'est même la raison qui m'a poussée à vouloir lui poser quelques questions chez lui hier soir. Il a filé avant que j'arrive. Mais je ne t'apprends rien, Isaac. Pas vrai?

Les chiens sont lâchés. C'est tout juste si je ne viens pas de l'accuser. Je ne sais pas si c'est malin de ma part, mais je n'ai plus vraiment le choix.

Maligne ou pas, je dois sortir du bois.

Isaac m'adresse un sourire forcé.

— Parle-moi un peu du second tueur.

Je hausse les épaules.

— Il a commis huit meurtres en cinq ans sans être inquiété par la police, alors il est forcément malin. Il passe inaperçu aux yeux de la société. Le sociopathe type. Il peut s'agir de n'importe qui. Un artisan qui travaille dans le bâtiment, un fossoyeur.

Je regarde Isaac droit dans les yeux.

— Ou encore un flic.

— Quelqu'un qui travaille dans la police? Intéressant, réagit-il en pinçant les lèvres. Tu sais quoi, Murphy? Figure-toi qu'on a effectivement retrouvé les empreintes d'Aiden sur l'arme du crime.

— Tu avais ses empreintes sous la main?

— Il a été arrêté il y a longtemps pour vol à l'étalage. Ses empreintes figurent dans le fichier.

— As-tu pris la peine de consulter tous les fichiers? Notamment ceux des agences de police? Tous les flics d'ici y sont forcément répertoriés. Tu as vérifié, ou bien tu as malencontreusement… oublié?

Je sens mon sang bouillir dans mes veines. Je ne veux pas que les flics qui nous écoutent en perdent une miette.

— Tu penses donc que si on avait trouvé d'autres empreintes sur l'arme du crime, on tiendrait le second tueur? m'interroge Isaac. Le complice d'Aiden?

— Ce serait pour le moins intéressant.

— Tu dis qu'il s'agit de quelqu'un de parfaitement normal en apparence. Un artisan du bâtiment, par exemple.

— Ou bien un flic.

— Oui, tu l'as déjà dit. Pourquoi quelqu'un qui travaille dans la police?

— Pourquoi pas? C'est une couverture idéale qui lui laisse toute latitude de manipuler les pièces à conviction et de peser sur l'enquête.

— C'est vrai, reconnaît Isaac.

J'écarte les mains.

— De quoi as-tu peur, Isaac? Tu n'as qu'à vérifier dans les bases de données gouvernementales. Ou bien tu as peur d'avoir manipulé ce couteau par erreur et qu'on y retrouve tes empreintes?

Il secoue la tête en m'adressant un sourire radieux.

— En consultant les banques de données gouvernementales, on est effectivement tombés sur une fiche de flic.

Il se lève, se penche vers moi au-dessus de la table et me murmure la suite à l'oreille:

— Il n'y avait pas que les empreintes d'Aiden sur l'arme du crime. Nous y avons également découvert les tiennes, Jenna Murphy.

96

Je bondis de mon siège, le cœur sur le point d'exploser.

— Non ! C'est impossible !

Isaac Marks est soudain tout guilleret. Nonchalamment installé sur sa chaise, il croise les jambes.

— J'imagine que tu vas m'accuser à présent d'avoir tout manigancé en manipulant les banques de données. Je me trompe ?

Je réfléchis à toute allure, la gorge nouée. La machine s'est brusquement emballée.

— Si ça peut te rassurer, Murphy, ce n'est pas moi qui ai récupéré le couteau, pas plus que je n'ai consulté le fichier des empreintes. Tu n'as qu'à demander à ta super copine, l'agent Ricketts. Elle pourra te le confirmer.

Les murs de la pièce se referment sur moi, j'étouffe. Ça ne colle pas. C'est impossible.

— Tu ne peux pas imaginer un seul instant…

Les mots se bloquent dans ma gorge.

— Qu'est-ce que je ne peux pas imaginer un seul instant ? répète Isaac. Que tu es impliquée dans les meurtres de Dédé et Annie ? Essayons d'y réfléchir un instant, mais commence par te rasseoir.

Je m'appuie contre le mur pour trouver la force d'affronter la suite. On a retrouvé mes empreintes sur l'arme du crime ? C'est tout simplement impossible. Quelqu'un a forcément déniché le moyen de…

— Murphy, bordel ! Je t'ai demandé de t'asseoir !

Les jambes flageolantes, je m'exécute.

— Reprenons tout depuis le début, enchaîne Isaac. Tu m'as fait une démonstration très convaincante de l'existence de deux tueurs : Aiden et un inconnu. Tu m'as également convaincu que ce second tueur pouvait fort bien appartenir à la police, que le métier de flic était une couverture idéale pour un sociopathe.

— Je ne parlais pas de moi…

— Nous sommes donc en présence de deux filles assassinées pendant l'été 2007. Faute de pouvoir établir la date précise du crime, pas même à un mois près, impossible de savoir précisément où tu te trouvais à l'époque. Tu étais en poste à Manhattan, mais tu as très bien pu faire l'aller-retour en voiture jusqu'ici sans que personne soit au courant. Rien de plus facile.

— Non, non !

Je me relève brusquement en repoussant ma chaise, qui tombe avec fracas.

— Tu ne peux pas croire ça ! Non !

Mon cœur bat à cent à l'heure, mon front dégouline de sueur. Je suis en plein cauchemar. Ce n'est pas vrai !

— C'est toi qui as tout monté, Isaac. Tu crois peut-être que je ne vois pas clair dans ton jeu ?

— C'est bon, Murphy, tu sais *très bien* de quoi il s'agit.

Deux flics en uniforme dont j'ai oublié les noms entrent dans la pièce. Isaac leur adresse un signe de tête. Très sûr de lui, il prend visiblement son pied.

— Jenna Murphy, je vous arrête pour les meurtres d'Annie Church et de Dédé Paris.

97

Noah observe patiemment les alentours sans bouger. Deux heures s'écoulent, pendant lesquelles l'air de la nuit se refroidit progressivement. Il s'est contenté d'enfiler un jean et un sweat noirs avec une casquette de base-ball de la même couleur, il n'est pas habillé assez chaudement, mais tel n'était pas son but.

Personne ne peut le voir dans l'obscurité.

Il tressaille en entendant un bruit et se griffe la joue contre l'une des branches du buisson à l'abri duquel il est tapi. Le vent, sans doute. Il est rouillé à force de rester accroupi, il étire les jambes l'une après l'autre, tel un coureur qui se prépare en attendant le top du départ.

Pas un flic en vue, aucun gardien.

La porte principale est probablement équipée d'une alarme, mais est-ce le cas des fenêtres ?

Il ne me reste plus qu'à vérifier.

Il sort de l'ombre et s'avance sur la pelouse du bâtiment, à l'écart des réverbères, en veillant à rester invisible.

La fenêtre est protégée par des barreaux. Il sera toujours temps d'aviser ensuite, le tout est de déterminer d'abord si la fenêtre est équipée d'une alarme.

Il glisse le démonte-pneu entre les barreaux et casse la vitre d'un coup sec. Le carreau vole en éclats avec un bruit bien reconnaissable que le vent se charge d'atténuer. Sans compter que la zone industrielle est déserte puisqu'il est minuit passé.

Noah recule de quelques pas, prêt à s'enfuir dans la nuit.

Aucune alarme ne retentit, pas de sirène de police dans le lointain.

Il est encore possible que la fenêtre elle-même soit équipée d'un système qui se déclenche quand on l'ouvre.

Autant tenter l'expérience. Il passe la main entre les barreaux, la glisse à travers le carreau cassé, trouve la poignée et la tourne avant de repousser le cadre de la fenêtre.

Quelques éclats de verre tombent à l'intérieur de la pièce.

Toujours pas de sonnerie. La fenêtre n'est pas sous alarme.

Ils ont dû penser que les barreaux suffisaient.

Grave erreur.

Noah fait courir le rayon de sa torche sur les vis. Elles sont enfoncées profondément, certaines d'entre elles sont rouillées et risquent de résister. Aucune importance, sa visseuse est assez puissante pour en venir à bout.

Le ronronnement du moteur est relativement discret et il n'y a personne, mais autant ne pas traîner.

Il enfile des gants en caoutchouc et s'attaque à la première vis.

98

— Salut !

Dos au mur, je suis mal assise sur un matelas de l'épaisseur d'une feuille de papier dans l'une des cellules du sous-sol du commissariat.

Je tourne la tête en direction de la voix, brusquement tirée de mes pensées.

Lauren Ricketts, en uniforme, m'adresse un sourire bienveillant.

— J'ai attendu que le chef rentre chez lui, m'explique-t-elle. Il a interdit à tout le monde de vous rendre visite. Moi la première.

Je me redresse, la nuque et les reins douloureux.

— C'est quoi ce bordel, Murphy ? Comment est-ce possible ?

Je n'arrête pas de me poser la question.

— Aucune idée. Aucune putain d'idée. Ces filles ont été assassinées en 2007, je n'étais même pas dans le coin. Je suis arrivée seulement l'an dernier, quatre ans après le crime.

— Sauf que vous n'avez aucun moyen de le prouver.

Je lève les bras au ciel.

— Comment veux-tu que j'apporte la preuve que je ne suis jamais venue ici ? Comme le souligne Isaac, personne ne sait exactement quand ces filles ont été assassinées. On ne sait même pas si c'était en juin, en juillet ou en août. Comment veux-tu que je lui fournisse un alibi ? Je ne peux tout de même pas avoir d'alibi pour chaque journée de l'été 2007. C'est impossible.

— Oh, Murphy ! Quel bordel !

— Quant à l'arme du crime, ce couteau de chasse. Je n'ai pas touché de couteau de chasse depuis mon installation ici. Je ne suis même pas certaine d'en avoir jamais eu un entre les mains de toute ma vie. Non, c'est tout simplement impossible.

Ricketts n'a pas plus d'explication que moi.

— À propos, Lauren. Vous continuez à chercher Aiden ?

— Bien sûr, d'autant qu'on a retrouvé ses empreintes sur l'arme et que les corps étaient enterrés derrière chez lui. La police d'East Hampton nous a raconté ce qui s'était passé l'autre soir, quand il vous a attaqués chez Justin. On a déclenché une chasse à l'homme.

— Il faut le retrouver, Lauren. Nous devons absolument mettre la main sur Aiden.

— Croyez-moi, on fait…

— Non, Lauren. Quand je dis *nous*, je veux dire toi et moi. Isaac n'a aucune envie de le retrouver puisque c'est lui qui a ordonné à Aiden de prendre la fuite. Si jamais il lui met la main dessus, tu peux être sûre qu'il le tuera. Il dira qu'il était en état de légitime défense. Il ne veut en aucun cas qu'Aiden soit pris vivant, c'est la meilleure façon d'avoir un coupable tout trouvé.

Le regard de Ricketts exprime le doute.

— Jenna…

— Tu ne me crois pas ?

Elle hausse les épaules.

— Je ne sais pas. Vous êtes sûre ? Vous êtes sûre que c'est Isaac ? Que c'est lui l'assassin ? Qu'il a voulu vous piéger ?

À ce stade, je ne suis plus sûre de rien. Aiden, Isaac, Noah… deux d'entre eux ou les trois. Mes empreintes qui apparaissent comme par magie sur l'arme du crime à mon insu. J'ai l'impression de me trouver dans un épisode de *La Quatrième Dimension.*

— Les empreintes sont parfaitement dessinées, reprend Ricketts. C'est moi qui ai découvert ce couteau de chasse. Je l'ai remis en personne à l'équipe de l'identité judiciaire. J'étais là quand le technicien a consulté les fichiers d'empreintes. Isaac n'a touché à rien, à aucun moment. Comment voulez-vous qu'il ait pu déposer vos empreintes sur ce couteau ?

— Lui ou un autre, il faut bien que quelqu'un s'en soit chargé. C'était plus facile pour lui que pour un autre.

Ricketts fait un pas en arrière, les yeux rivés au sol.

— Tu ne me crois pas. C'est ça ?

Elle secoue lentement la tête.

— Je ne suis pas prête à croire que le chef est un tueur en série. Ça, non.

Gênée, elle se dandine d'un pied sur l'autre.

— Il a réussi à te rallier à son camp, Lauren. Il t'a expliqué que tu faisais un boulot formidable, que tu pourrais bien avoir très vite de l'avancement, qu'un avenir brillant t'attendait. « Mais méfie-toi de Jenna Murphy ! Ne crois rien de ce qu'elle te raconte. Cette fille est dangereuse, elle t'entraînera à ta perte. » Je me trompe, agent Ricketts ?

— Non, ce n'est pas ça, se défend-elle d'une voix mordante, rose de colère. Je me contente d'examiner les faits.

— À commencer par la présence de mes empreintes sur ce couteau de chasse.

— Oui, ça aussi.

Elle croise mon regard.

Un fossé s'est brusquement creusé entre nous. La flic d'un côté, la suspecte de l'autre.

— Si je comprends bien, c'est fini entre toi et moi.

— Je viens de vous le dire, Murphy. Je m'en tiens aux faits.

Une déception de plus. Après Noah, Ricketts. Mon « équipe » se résume à un duo entre moi et moi-même.

— Puisque tu veux des faits, voici quelques pistes. Gloria Willis, tout d'abord. La mère d'Aiden. Elle est morte écrasée par un chauffard qui ne s'est pas arrêté. Retrouve la date exacte de l'accident.

Elle finit par acquiescer après avoir réfléchi.

— Je peux me charger de ça.

— Et tant que tu y es, essaye de savoir si Isaac ou Noah Walker ont été adoptés.

99

Joshua Brody, l'ancien avocat de Noah Walker qui assure désormais ma défense, arrive sur ces entrefaites. Il examine ma cellule en attendant que Ricketts se soit éloignée.

— Merci de venir en pleine nuit.

— Ça fait partie du métier, répond-il en se grattant la nuque, les paupières lourdes.

Il continue de s'intéresser à la cellule.

— C'est ici que Noah est prétendument passé aux aveux en présence de votre oncle ?

Je ne suis pas d'humeur à suivre Brody sur ce terrain. Il m'a bien embrouillée pendant mon audition lors du procès.

— Dites-moi plutôt de quoi il retourne.

— Ils ont de solides motifs d'inculpation. La présence de vos empreintes sur l'arme du crime est suffisante.

— Il n'est pas prouvé que c'est l'arme du crime. Les résultats des recherches ADN ne leur ont pas encore été communiqués. Rien ne dit que le sang retrouvé sur le couteau de chasse est celui d'Annie et Dédé.

Brody me jette le même regard que l'on adresse à un enfant attardé.

— Ce couteau de chasse couvert de sang a été retrouvé en même temps que les corps. Vous avez raison, rien ne prouve que l'arme a servi à tuer les filles, mais quand même. Deux femmes poignardées, un couteau plein de sang découvert sur place…

— Elles ont vraiment été poignardées? Je croyais qu'on leur avait fracassé le crâne.

— Je ne sais pas. L'autopsie a lieu demain. Mais la police possède assez d'éléments pour procéder à votre arrestation. Souvenez-vous, c'est seulement au procès qu'on est censé établir la culpabilité au-delà de tout doute raisonnable.

Le procès. Je crois rêver. Je vais me retrouver jugée pour meurtre?

— Vous devez me sortir d'ici.

— Au mieux, je peux me battre pour que votre caution ne soit pas trop élevée. Le juge doit la fixer demain, mais, avec un double meurtre, ce n'est pas gagné. Si jamais le magistrat accepte de vous libérer sous caution, il risque de fixer celle-ci à un million de dollars. Peut-être même deux. À charge pour vous d'en fournir dix pour cent. À savoir cent ou deux cent mille dollars.

— Noah a bien été libéré sous caution alors qu'il était accusé d'un double meurtre.

— Noah Walker avait une petite amie pour qui un million de dollars était de l'argent de poche. J'imagine que vous n'avez pas d'argent placé quelque part?

Sa question provoque chez moi un rire amer. J'ai bien quelques économies, mais rien qui approche une telle somme.

— Je repasserai vous voir demain, conclut Brody. À moins que vous n'ayez des instructions pour moi en attendant.

Je pose mon front contre le mur de la cellule, découragée. Une idée me vient. Il y aurait bien une piste.

— Vous êtes avocat.

— À ma connaissance.

— Dans ce cas, vous allez peut-être pouvoir m'aider.

100

Joshua Brody caresse machinalement son menton mal rasé en réfléchissant aux éléments que je viens de lui communiquer.

— Vous pensez que le sixième et dernier Holden Dahlquist avait un fils, et que le fils en question est un tueur en série.

— C'est la conclusion à laquelle je suis parvenue, et je crois qu'elle se tient.

— Vous pensez également que ce fils est le demi-frère d'Aiden Willis, l'autre personne dont on a retrouvé les empreintes sur le couteau de chasse.

— Oui. Un demi-frère abandonné à la naissance. D'une façon ou d'une autre, il a réussi à retrouver son père biologique, à moins que ce ne soit l'inverse.

— Vous croyez qu'il existerait des preuves de cette filiation. Une demande de reconnaissance de paternité émanant de la mère, par exemple, ou bien un acte d'adoption. Voire les deux.

— Il doit bien y avoir des traces. Quelles qu'elles soient, je suis persuadée…

— … que Dahlquist en aura parlé à son avocat, me coupe Brody. Je vous suis sur ce point. Un type comme lui se sera empressé d'appeler son avocat s'il a été confronté à un problème de ce genre. C'est certain.

— D'où ma question au sujet de son avocat.

— D'accord. Pour répondre à votre interrogation, la plupart des dossiers sont conservés de nos jours sous forme de fichiers électroniques. À quelle date est mort ce sixième Holden, comme vous le surnommez ?

— Je ne connais pas le jour exact, mais c'était en 1994.

— Très bien, approuve Brody. Il faut donc effectuer des recherches antérieures à 94. À l'époque, personne n'avait recours à des fichiers électroniques, tout était rédigé sur papier.

Sur papier. C'est bien ce que je pensais. C'est même ce que j'espérais.

— Où pourraient se trouver les documents papier en question ?

— Dans un entrepôt, mais on ne les consulte pas aussi facilement. Ils sont protégés par le secret professionnel. Il faudrait une autorisation de justice.

— Il suffit d'en demander une.

— À quel titre ? Votre intuition ?

— Mon intuition, exactement.

Il fait non de la tête.

— Ce serait difficile, et même quasiment impossible.

— Combien de temps faudrait-il ?

— Longtemps. La procédure pourrait durer des mois et soulever nombre d'objections.

— Je n'ai pas des mois, maître. J'en ai besoin *tout de suite.*

— Vous n'êtes pas encore inculpée, Murphy. Quand ce sera le cas, vous passerez devant un juge et il sera toujours temps d'aviser à ce moment-là. Aujourd'hui, nous n'avons aucune chance. Pas la moindre.

Mon moral en prend un coup. J'ai bien conscience qu'il a raison. Il me faudrait des mois pour obtenir l'autorisation de justice dont j'ai besoin pour consulter ces documents. S'ils existent. À moins que…

— Par curiosité, où les cabinets d'avocats de la région entreposent-ils leurs archives ?

Brody hausse les épaules.

— La plupart des cabinets du coin ont recours aux services des Entrepôts Dunbar, à Riverhead.

Les Entrepôts Dunbar à Riverhead.

— Je connais le nom de l'avocat du sixième Holden. Un certain Finneus Rucker. Vous le connaissez, maître ?

— Je le connaissais, me corrige Brody. Il est mort il y a quelques années. Emporté par un cancer, à ma connaissance.

Encore ma fichue chance.

— J'ai pourtant vérifié sur Internet, son cabinet existe toujours. Rucker, Rice et Spong.

— Le cabinet existe toujours, mais pas lui.

— J'imagine que ses archives ont été conservées quelque part.

Brody hoche la tête.

— Bien sûr.

— Savez-vous si son cabinet entrepose ses archives dans l'entrepôt dont vous m'avez parlé ?

Brody m'examine d'un air méfiant.

— Je n'en sais rien, mais je vous l'ai dit, il vous faudra passer par un juge.

— Évidemment.

— N'allez pas vous mettre encore plus dans le pétrin que vous ne l'êtes.

— Ça va de soi.

Les Entrepôts Dunbar à Riverhead.

Je sais déjà à qui je réserve ma première visite en sortant de cellule.

101

Noah retire le troisième barreau qui protège la fenêtre et juge que l'espace est assez large.

Il jette sa pince coupe-boulons à l'intérieur du bâtiment et glisse la torche dans la poche de son sweat.

Il agrippe le dernier barreau et passe la tête par l'ouverture. Les jambes suspendues dans le vide à l'extérieur, il commence par examiner la pièce dans la pénombre et comprend qu'il s'agit d'un bureau. Une table couverte de dossiers et de documents, un fauteuil, des classeurs à tiroirs.

Il n'a pas d'autre choix que de basculer la tête la première. Il fait trop sombre pour qu'il puisse voir le sol, mais il est forcément jonché d'éclats de verre.

Il se jette en avant d'une détente et se sert du fauteuil pour amortir sa chute, ce qui ne l'empêche pas de se faire mal. Heureusement, son jean le protège des morceaux de verre. Il s'en tire à bon compte.

Il s'ébroue et allume brièvement sa lampe, puis il déverrouille la porte du bureau et jette un œil de l'autre côté mais ne voit rien à cause de l'obscurité.

Il trouve le commutateur et découvre un gigantesque entrepôt traversé par des rangées d'étagères interminables. Une échelle coulissante permet d'accéder aux rayonnages les plus élevés. Il prend le temps de se repérer avant d'éteindre la lumière. Pas question de laisser allumés les plafonniers, à moins de vouloir qu'on repère son manège à des kilomètres à la ronde.

Il retourne dans le bureau et se met en quête du listing des archives.

Il le feuillette longuement à la lueur de la torche et finit par trouver ce qu'il cherche.

Il regagne l'entrepôt et le traverse, accompagné par l'écho de ses pas, précédé par le faisceau de sa lampe. Il commence par identifier la bonne rangée, puis la bonne étagère et le bon casier. La pince coupe-boulons à la main, il s'apprête à cisailler les cadenas éventuels avant de s'apercevoir qu'il n'y en a pas.

Encore mieux.

Il passe les dossiers en revue, sa Maglite entre les dents. L'opération dure plus longtemps qu'il ne le voudrait, chaque minute qui s'écoule augmente ses chances d'être pris sur le fait.

Il trouve enfin le dossier qui l'intéresse. Il le feuillette brièvement, faute de temps. Le premier document est une copie d'un article de journal au titre parlant :

Un bébé abandonné au commissariat

Il remet le tout rapidement en place et glisse le dossier sous son bras. Il referme le casier, redescend de l'échelle.

Il revient sur ses pas dans l'immense espace, verrouille la porte du bureau derrière lui, traverse la fenêtre en sens inverse et atterrit dans l'herbe.

Il s'empresse de regagner sa cachette au milieu des buissons et observe le bâtiment. S'il avait le temps, il remettrait les barreaux en place, mais ce n'est pas le cas. De toute façon, le carreau cassé témoigne de son passage.

Aucune importance. Il n'a laissé aucune empreinte, il n'a même pas été contraint de cisailler un cadenas. Le casier qu'il a ouvert est refermé, personne ne peut deviner que Noah l'a fouillé parmi les centaines d'autres que contient l'entrepôt.

Demain, quand les employés de Dunbar viendront travailler, ils sauront que quelqu'un s'est introduit à l'intérieur du bâtiment, et c'est tout.

Personne ne pourra établir l'identité de l'intrus, ni savoir ce qu'il est venu chercher.

102

En plus des éternels curieux, la salle d'audience accueille un grand nombre de représentants de la presse. La découverte des corps des deux étudiantes de Yale et la présence du témoin phare du procès de Noah Walker ne pouvaient que susciter l'intérêt des médias. En l'espace de vingt-quatre heures, je suis devenue une proie de choix pour la presse populaire.

Justin, assis au premier rang, s'efforce d'afficher son optimisme en me voyant entrer dans la salle. J'ai honte de croiser son regard.

L'avocat et le procureur exposent leurs positions respectives. Joshua Brody argue du fait que les preuves qui pèsent contre moi sont pour le moins maigres, puisqu'elles reposent uniquement sur la présence de mes empreintes sur le couteau. Je n'ai pas de mobile, et aucune raison d'avoir mis les pieds à Long Island au cours de l'été 2007.

Le procureur, Sebastian Akers, prend la parole à son tour. Il doit jubiler intérieurement à l'idée de se retrouver face à moi. Il ne m'a jamais pardonné d'avoir réduit en miettes la condamnation de Noah Walker.

— L'inculpée ne doit en aucun cas être libérée sous caution, au risque de la voir s'enfuir. Les deux victimes ont été sauvagement poignardées et le couteau porte les empreintes de l'inculpée. Quelle meilleure preuve pourrait-on avoir de sa culpabilité, hormis de l'avoir filmée le jour du crime ?

Le juge, un vieux type nommé Corrigan que je ne connais pas, l'arrête d'un geste.

— La caution est fixée à deux millions de dollars. Si elle parvient à lever le montant de ladite caution, l'inculpée devra rendre son passeport et sera soumise à une mesure de surveillance électronique. Elle sera assignée à domicile en dehors de ses heures de travail, des rendez-vous avec son avocat ou avec son médecin, de ses obligations religieuses et des tâches domestiques habituelles, sous la surveillance du bureau du shérif.

Il ponctue sa décision d'un coup de maillet.

J'ai gagné et perdu tout à la fois.

Deux millions de dollars. En clair, il me faut deux cent mille dollars si je veux quitter ma cellule. Si mes économies s'élèvent à dix mille dollars, c'est le bout du monde, sans oublier l'acompte que je vais devoir verser à Brody.

— Je me charge de réunir la somme, me crie Justin au-dessus du brouhaha ambiant. Il me faudra un ou deux jours, mais ça ne pose pas de problème.

— Je… je ne peux pas vous demander ça.

Il me lance un regard blessé.

— Vous ne m'avez rien demandé.

Je ne sais pas quoi lui répondre. J'ai horreur de dépendre d'autrui en quoi que ce soit. Cela dit, je n'ai pas le choix.

Les hommes du shérif s'apprêtent à me reconduire dans ma cellule quand mon avocat souhaite s'entretenir avec moi.

— Nous avons eu de la chance d'obtenir cette libération sous caution. Je ne sais pas qui est ce type assis au premier rang, mais je vous conseille d'accepter son offre.

— Je suis vraiment obligée de porter un bracelet électronique à la cheville, et de rester enfermée chez moi ?

— C'est généralement le cas de nos jours.

— Je sais, mais ça m'empêche de poursuivre l'enquête. Je suis prise au piège.

— À propos, Jenna. J'ai passé un coup de fil aux Entrepôts Dunbar, où sont conservées mes archives.

Voilà qui m'intéresse.

— Et alors ?

— Je suis client chez eux depuis longtemps, je connais quelqu'un là-bas. Il se trouve que Finn Rucker, l'avocat de Holden, avait effectivement recours à leurs services.

Je hoche la tête.

— C'est bon à savoir.

— Ce que vous ne savez pas en revanche, c'est qu'un cambrioleur s'est introduit chez eux la nuit dernière.

Je fais un bond.

— Quoi ?

— Oui. Il a cassé une fenêtre après avoir retiré les barreaux qui la protégeaient. Il a eu tout le temps de trouver ce qu'il voulait. Alors, si l'envie idiote vous prenait de vous rendre là-bas, et nous savons tous les deux que c'était votre intention, sachez qu'ils ont renforcé la sécurité. L'entrepôt se trouve désormais sous surveillance vingt-quatre heures sur vingt-quatre.

— Que… que leur a-t-on volé ?

— Ils n'en ont aucune idée. Impossible à dire. Ils procèdent actuellement à un inventaire, mais ils conservent sur place des millions de dossiers.

Il me dévisage, la tête légèrement de côté.

— Pourquoi cette question ? Vous pensez que ce cambriolage peut avoir un rapport avec…

— Évidemment. Celui qui s'est introduit là-bas cette nuit voulait m'empêcher de m'emparer des dossiers qui m'intéressent.

— Jenna.

Il me serre le bras.

— Vous regardez trop la télé.

— Je vous dis qu'il l'a volé pour que je ne puisse pas retrouver sa trace.

J'aurais mieux fait de me taire. Il va définitivement me prendre pour une cinglée parano.

Les gardiens nous interrompent, ils me passent les menottes et m'emmènent.

D'un air désolé, Brody me regarde m'éloigner.

Quant à Justin, on dirait qu'il vient de perdre sa meilleure amie.

103

La caution de Jenna Murphy a été fixée à deux millions de dollars dans un jugement prononcé ce matin. Cette ancienne enquêtrice de la police de Southampton est soupçonnée d'avoir assassiné Dédé Paris et Annie Church, deux étudiantes de l'université Yale activement recherchées dans les Hamptons lors de leur disparition, il y a cinq ans…

Noah Walker fait les cent pas dans son salon en regardant le journal télévisé de la mi-journée.

Il est épuisé, faute d'avoir dormi la nuit où il s'est introduit dans les locaux des Entrepôts Dunbar afin d'y dérober ce dossier. Il aurait besoin de dormir et de prendre une douche, mais il en est incapable, obnubilé par le problème qui le préoccupe, perplexe sur la conduite à tenir.

Son regard se fixe sur le dossier posé sur le canapé et il s'en empare.

L'article de journal, avec son titre accrocheur, évoque en détail les circonstances dans lesquelles le bébé a été abandonné sur les marches du commissariat.

Il y a aussi ce courrier, rédigé sur un beau papier à lettres que le temps s'est chargé de jaunir, avec son en-tête au nom du détective privé engagé par Holden VI :

> *Monsieur Dahlquist,*
>
> *La présente enquête a été réalisée à votre demande, sur les instructions de maître Finneus Rucker, votre conseil.*

Elle est protégée par le secret professionnel et restera confidentielle.

Vous avez souhaité savoir si la dénommée Gloria Willis, déjà mère d'un garçon prénommé Aiden, avait donné naissance à un autre enfant il y a neuf ans.

Noah lève les yeux de la lettre, passe en revue dans sa tête tout ce que Jenna Murphy a pu lui dire au cours des semaines écoulées.

Elle lui a notamment exposé sa théorie, lors de leur visite au cimetière : *Le sixième Holden a eu un fils. Un fils décidé à renouer avec la tradition familiale.*

Et puis cette question qu'elle lui a posée deux jours plus tôt sur le parking de Tasty's : *Tu es un enfant adopté, Noah ?*

Holden a eu un fils. Tu es un enfant adopté, Noah ?

Il reprend la lecture de la lettre :

Je suis en mesure de répondre à votre question par l'affirmative. Il y a neuf ans, Mme Willis donnait effectivement naissance à un enfant à la maternité de Southampton. Elle a quitté l'établissement avec son bébé quelques heures plus tard sans avoir officialisé la naissance auprès de l'état civil. Nous avons acquis la conviction qu'elle a ensuite abandonné cet enfant devant le commissariat de Bridgehampton (voir article ci-joint).

Il consulte une nouvelle fois les pièces qui accompagnent le courrier : les archives de la maternité, la déclaration d'adoption, les photos.

Il monte dans sa chambre et récupère le pistolet qu'il n'a pas touché depuis des années. Il s'assure qu'il est chargé et le glisse dans la ceinture de son pantalon, enfile une chemise propre dont les pans dissimulent l'arme à la vue.

Il redescend, attrape sa veste en cuir et saute sur sa Harley.

L'appartement de Murphy n'est pas loin. Pas de risque de tomber sur elle puisqu'elle est en cellule, en attendant le versement de sa caution.

…oto devant le petit immeuble et s'approche.

…ilieu de journée, des voitures passent réguliè-…ent sur Main Street.

Pas de piétons en vue.

Les battements de son cœur s'accélèrent. Il a bien conscience de prendre un risque.

Le sort en est jeté.

Il se rue sur la porte à plusieurs reprises. Quatre fois, cinq fois, de violents coups de boutoir qui font craquer le bois et lui meurtrissent l'épaule. Le panneau finit par céder, il glisse une main à l'intérieur, tourne le verrou et saisit la poignée.

Il ouvre le battant mutilé et s'introduit dans l'appartement de Jenna.

Un fouillis innommable l'accueille, le même que lors de sa précédente visite.

La chronologie des meurtres s'affiche toujours sur les murs de la pièce principale, mais un détail attire son attention sur le bureau.

Un article de journal grossièrement découpé, les coins recouverts de scotch comme si on l'avait arraché d'un cahier :

Un bébé abandonné au commissariat

Le cœur de Noah fait un bond dans sa poitrine.

Elle est donc au courant, pense-t-il.

Il sait ce qui lui reste à faire, à son corps défendant.

Car il s'était réellement pris d'affection pour elle.

104

Une journée de plus dans cette fichue cellule pleine de courants d'air. Entendre les bruits qui me parviennent des bureaux, au-dessus de ma tête, relève de la torture. Une journée ordinaire dans la vie d'un commissariat. Tout me ramène à ma déchéance soudaine.

Isaac ne l'aurait pas voulu autrement. La procédure normale voudrait que je sois transférée à la prison du comté de Suffolk, une fois déterminé le montant de ma caution. En ma qualité d'ancien flic, on me placerait à l'isolement pour que je ne sois pas en contact avec les autres détenus. Sauf que la prison est surpeuplée, l'excuse est toute trouvée pour me garder ici, dans mon ancien cadre de travail, histoire que je regrette ma vie d'avant, ce boulot que j'adorais.

Un bruit de pas. Quelqu'un vient. J'ai déjeuné une demi-heure plus tôt, ce n'est donc pas ça. Du thé avec des petits gâteaux, peut-être ? Un massage relaxant ?

Tu parles.

Isaac s'avance, il me fusille du regard. Je sais bien que ce n'est pas le type le plus souriant de la terre, mais je vois mal ce qui pourrait l'assombrir un jour pareil. Il devrait danser de joie, au contraire.

Il tire une clé de sa poche arrière et déverrouille la grille de ma cellule.

Il se plante devant moi en affichant une mine maussade. Je m'efforce de rester zen pour ne pas lui donner la satisfaction de me voir trop défaite, mais je ne vois pas comment je pourrais effacer mes cernes. Je n'ai pas pris de douche depuis deux jours, j'ai les cheveux gras. On pourrait croire que j'ai dormi dans mes fringues depuis deux jours. Pas étonnant, puisque c'est le cas.

Isaac n'est pas seulement de mauvaise humeur. On voit clairement qu'il vient d'avaler une couleuvre.

Pourquoi tu fais cette tête, Isaac?

— Vous avez le droit de garder le silence, dit-il en me récitant la formule consacrée que je connais par cœur.

Je fronce les sourcils.

— Pourquoi me lis-tu mes droits?

— Parce que c'est la loi.

— Très bien. Dans ce cas, c'est fait.

Reste à comprendre la véritable raison de cette manœuvre, puisqu'il a déjà procédé à mon arrestation il y a deux jours. Il a donc décidé de m'interroger dans le cadre d'une autre enquête que le meurtre des deux filles.

— Que s'est-il passé en 1994?

Je sursaute. Pourquoi cette question? En 1994, j'étais encore une gamine. C'est l'année où j'ai disparu pendant quelques heures avant de réapparaître sur la plage, au niveau du 7 Ocean Drive. L'année où mes parents ont quitté les Hamptons pour ne plus jamais y revenir passer les vacances.

Sept heures d'enfer, ainsi que l'a formulé tante Chloé.

— On nous a signalé une disparition cet été-là, poursuit Isaac. L'espace d'une demi-journée. Au mois de juillet…

— Je n'ai rien à dire, Isaac. Que dalle.

Il recule d'un pas, rouge comme une tomate. Il ne va tout de même pas s'étonner de mon refus de parler.

— Tu tires toutes les ficelles de cette histoire, j'en ai la certitude, grince-t-il. Je ne sais pas à quoi tu joues, mais je finirai par le découvrir. Tu as remporté une bataille, mais tu n'as pas gagné la guerre.

C'est quoi, tout ce charabia? De quelle bataille parle-t-il? Jusqu'à preuve du contraire, c'est moi qu'on a ratatinée royalement.

Il déplie les doigts de la main droite.

— Tu es libre, m'annonce-t-il.

Je ne pensais pas que Justin aurait réussi à réunir la caution aussi vite.

Pourtant, ça ne colle pas. Pourquoi Isaac ne me passe-t-il pas les menottes? Il y a des règles bien précises quand on vous libère sous caution. On commence par vous conduire dans les locaux du shérif, on met en place les différentes mesures d'assignation à domicile, il faut entrer sur un GPS les adresses de votre médecin, de votre avocat et des magasins de proximité où vous êtes autorisé à vous rendre avant de vous poser un bracelet électronique.

Et vous êtes forcément menotté pendant le trajet.

— Tu es libre, je te dis, insiste Isaac. Tu peux partir.

— Je ne comprends pas.

Isaac me lance un regard mauvais. Il est persuadé que je comprends très bien, au contraire. Il est convaincu que j'ai imaginé une entourloupe et que je joue à l'idiote.

— Tu n'es plus en état d'arrestation pour les meurtres de Dédé Paris et d'Annie Church.

Prise de vertige, je sens monter en moi une bouffée d'espoir.

— On a reçu les résultats ADN de l'arme, m'explique-t-il. Le sang retrouvé sur le couteau n'est pas celui des filles. Elles n'ont pas non plus été poignardées avec cette arme. Ce couteau n'est pas celui qui a servi à tuer Dédé et Annie.

Je me lève lentement, sans savoir si mes jambes vont me porter. Je ne suis pas certaine d'avoir bien entendu. Le couteau ensanglanté retrouvé avec les corps portait bien mes empreintes et celles d'Aiden, mais…

— Les équipes de l'identité judiciaire ont démontré que le couteau portait des traces de sang appartenant à deux personnes distinctes, mais pas Dédé et Annie. L'une de ces deux personnes n'est autre que toi, Murphy.

Le sol se dérobe sous mes pieds, j'ai l'impression de m'enfoncer dans le sol.

— Il s'agit de… de mon sang?

On a retrouvé mon sang sur ce couteau? Mon sang et mes empreintes?

J'articule péniblement la question qui me vient à l'esprit:

— Mais alors… à qui appartient l'autre échantillon de sang? Tu as parlé de… deux personnes.

— Tu le sais, rugit Isaac. Tu le sais même parfaitement. Explique-moi, Murphy. Explique-moi ce qui s'est passé.

Je ne sais rien! Je ne comprends plus rien.

— Ce n'est pas l'arme qui a servi à tuer Annie et Dédé, reprend Isaac. C'est le couteau qui a servi à tuer Holden Dahlquist, sixième du nom, le 13 juillet 1994. Le jour où tu as disparu pendant sept heures.

105

Je sors du commissariat complètement perdue, avec à la main un sac contenant mon téléphone portable, mes papiers et mes clés.

Je ne sais plus ce que je dois faire.

Je ne sais pas où aller.

J'examine la cicatrice de quelques centimètres qui sillonne la paume de ma main. La seule blessure que j'ai gardée du jour de ma disparition, à en croire tante Chloé.

Elle correspond forcément à une plaie que je me suis faite avec ce couteau. C'est la seule façon d'expliquer la présence de mes empreintes sur l'arme.

Mes empreintes, mon sang.

Le couteau avec lequel Holden a mis fin à ses jours.

Le 13 juillet 1994.

J'étais là. Je me trouvais sur place au moment des faits.

Que s'est-il passé ce jour-là ?

Aiden. Je dois impérativement retrouver Aiden.

Mais comment ? À qui accorder ma confiance à ce stade ? Pas à Noah, en tout cas. Et plus à Ricketts.

Il ne reste qu'une possibilité.

Je passe un coup de téléphone et, un quart d'heure plus tard, la Jaguar de Justin s'arrête devant le commissariat.

Il descend précipitamment de voiture.

— Que se passe-t-il ? Comment avez-vous pu sortir ?

Je secoue la tête. C'est une longue histoire, dont je ne comprends pas moi-même toutes les ramifications.

— Justin, j'ai besoin d'une personne de confiance. Une race en voie de disparition, j'en ai bien peur.

Justin hoche la tête d'un air inquiet.

— Je peux avoir confiance en vous?

— L'essayer, c'est l'adopter, sourit-il avant de s'apercevoir que sa boutade ne m'amuse guère.

Il pose la main sur mon bras.

— Écoutez, vous connaissez les sentiments que j'éprouve pour vous. Je sais aussi… que ce n'est pas réciproque. Je ne suis pas votre genre.

— Non, ce n'est pas ça…

— Je ne suis pas idiot, Jenna. Je ne suis pas aveugle non plus. Cela dit, je suis tout disposé à vous aider si vous avez besoin de moi. Qui sait, peut-être finirez-vous par vous attacher à moi? En attendant, si vous avez besoin de quoi que ce soit, il vous suffit de demander.

J'ai horreur de ça. L'idée de dépendre de quelqu'un me répugne. Surtout dans des circonstances pareilles.

Mais je n'ai pas le choix.

— Aiden a essayé de me tuer et il n'hésitera pas à recommencer. Il n'agit pas seul. Mes ennemis n'ont aucune envie que je découvre la clé du mystère et ils n'hésiteront pas à me tuer s'il le faut.

Justin soupire en opinant.

— Vous pouvez compter sur moi, laisse-t-il tomber.

106

Tout en conduisant, Justin m'a écoutée patiemment lui raconter mon histoire. Il a décidé de me ramener chez lui.

— Très bien, dit-il en me lançant un coup d'œil. Il vous est arrivé une aventure mystérieuse au mois de juillet 1994 et vous pensez qu'Aiden y était mêlé.

— Oui, ainsi qu'une tierce personne.

— Très bien, approuve-t-il. Et vous croyez que la tierce personne en question n'est autre que le demi-frère d'Aiden.

— Oui, un demi-frère dont le père serait le sixième Holden Dahlquist.

Justin prend longuement sa respiration.

— Vous pensez aussi que Holden VI et son fils ont tenté de vous assassiner avec la complicité d'Aiden quand vous étiez petite.

— C'est à peu près ça. Je ne connais pas encore tous les détails. Si ça se trouve, j'étais leur première victime. Une sorte de galop d'essai ou de test grandeur nature. Quoi qu'il en soit, l'opération a sans doute mal tourné, puisque Holden en a fait les frais, et non moi.

— Incroyable ! Son fils aurait donc repris le flambeau.

— C'est ce que je crois. Reste à savoir qui est le fils de Holden. Qui est le bébé abandonné au commissariat. Isaac ? Noah ?

Justin hausse les épaules.

— Pourquoi ne pas leur poser la question ?

— Jamais ils ne l'admettraient. J'ai demandé à Noah s'il avait été adopté et il m'a répondu non, sans que j'aie le moyen de savoir s'il dit la vérité.

— Peut-être ne le sait-il pas, remarque Justin. Ses parents ont très bien pu ne jamais le lui avouer.

— Enfin, Justin !

— Je vous assure, Jenna. Qui peut avoir la certitude que nos parents sont bien nos parents biologiques ? Nous nous contentons de les croire, rien de plus.

— Je vous rappelle qu'il existe des actes de naissance.

— De simples papiers que n'importe qui peut falsifier.

— Il y a aussi la ressemblance physique.

Justin fait la moue.

— Sans doute, mais pas toujours. Je ressemble assez peu à mes parents, alors que je n'ai pas été adopté. Je suis un mélange des deux. Vous ressemblez à vos parents, par exemple ?

— À vrai dire, j'ai hérité mes cheveux roux et mon allure générale de mon arrière-grand-mère irlandaise. Je vois où vous voulez en venir, mais vous croyez vraiment que quelqu'un pourrait se balader avec les gènes de Holden VI sans le savoir ?

— C'est possible. À mon tour de vous retourner la question : pensez-vous vraiment que les pulsions meurtrières se transmettent de génération en génération, à notre insu ?

La question sort du cadre de mes compétences.

— En tout cas, il faut retrouver Aiden. La clé du mystère passe par lui.

— D'accord, mais comment s'y prendre ?

— Aucune idée.

Justin me touche la main.

— Ne dites pas ça. Réfléchissez plutôt.

Réfléchir. Il a raison, c'est la seule solution.

— Essayons de nous mettre à la place d'Aiden. Il n'a pas beaucoup d'argent, pas de voiture. Il ne peut pas prendre l'avion, le train ou le bus puisqu'il est recherché par les flics. Il ne peut pas non plus prendre une chambre ou louer une voiture avec une carte de crédit. Comment fuir dans ces conditions ? Il peut essayer le stop.

— Vous l'avez bien regardé ? me fait remarquer Justin. Qui s'amuserait à l'emmener ?

— Je veux bien, même si j'ai vu des trucs plus bizarres dans ma vie. Quoi d'autre ? Il peut piquer une voiture, mais je n'ai pas accès au fichier des véhicules volés, et personne n'acceptera de m'aider au sein du STPD à ce stade. Personne n'acceptera de m'aider, tout court.

— Je devrais me sentir insulté, réagit Justin.

— Vous savez très bien ce que je veux dire.

À la place d'Aiden, qu'est-ce que je ferais ? À la place d'Aiden…

À la place d'Aiden…

Et si… ?

Je me tourne vers Justin.

— Rien ne nous dit qu'il a quitté la région. Si ça se trouve, il est resté en ville. C'est là qu'il a toujours vécu. S'il dispose d'une cachette sûre, il n'a aucune raison de vouloir s'enfuir, sans argent ni moyens.

Justin semble dubitatif.

Je tape du poing sur le tableau de bord. La solution était là, sous mes yeux !

— Je crois savoir où il se trouve.

107

Noah quitte l'appartement de Jenna Murphy et saute sur sa moto. Son cœur bat plus vite que les pistons de son engin alors qu'il traverse la ville.

Il gare la Harley, sort l'arme qu'il porte à la ceinture et la dissimule dans la sacoche de sa moto. Les flics n'aiment pas tellement qu'on entre armé dans un commissariat.

Il pousse la porte du poste de police de Bridgehampton. Un planton monte la garde à l'accueil, derrière une vitre blindée.

— Je voudrais voir une personne enfermée en cellule, demande-t-il.

— Vous êtes avocat ? lui demande le planton, perplexe à la vue de la tenue de Noah.

— Non, mais il est essentiel que je voie Jenna Murphy. Elle…

— Jenna Murphy n'est plus ici, le coupe le flic.

— Ah ! Où a-t-elle été transférée ?

— Nulle part. Elle a été libérée il y a une demi-heure.

— Libérée ? Sous caution, vous voulez dire ?

Le planton examine longuement Noah par-dessus ses lunettes.

— Monsieur, je ne sais pas qui vous êtes, mais cette information est confidentielle.

Noah prend le temps de réfléchir. Elle a été libérée il y a une demi-heure ? Il vient de voir sa voiture garée devant chez elle. Comment est-elle repartie ? Sûrement pas à pied, c'est…

Justin ! Elle sera repartie avec lui.

— Je voudrais m'entretenir avec Isaac, reprend-il. J'ai besoin de voir votre chef.

— On n'entre pas ici comme ça en demandant à voir le chef, s'agace l'agent de garde.

— C'est important.

— Monsieur, le chef n'est pas…

— Écoutez ! l'interrompt brutalement Noah en frappant la vitre du plat de la main. J'ai besoin de lui parler, et tout de suite !

— Hé, vous !

Noah se retourne et voit approcher une jeune femme en uniforme. Il reconnaît la copine de Murphy, Lauren Ricketts.

— Que se passe-t-il, Noah ? s'enquiert-elle.

— Il faut absolument que je voie Isaac. Tout de suite.

— Pour quelle raison ? Expliquez-moi de quoi il s'agit.

Noah hésite. Il ne connaît pas vraiment Ricketts. Comment savoir jusqu'à quel point elle est au courant ?

— Non, décide-t-il. Je ne parlerai qu'à Isaac.

108

Justin coupe le moteur de la Jaguar, la porte du garage de sa maison d'East Hampton se referme automatiquement dans notre dos en grinçant.

— Je vous écoute, Jenna. Où se trouve Aiden?

— Plus tard.

— Pourquoi plus tard?

Mon portable vibre. Le nom de Lauren Ricketts s'affiche sur l'écran. Je n'ose pas répondre. Elle me laisse un message que je m'empresse d'écouter:

Murphy, c'est Ricketts. Je ne sais pas exactement ce qui se passe, je ne devrais sans doute pas vous appeler, mais je le fais quand même. Je voulais vous dire: Noah Walker est arrivé au commissariat il y a vingt minutes, il a eu une discussion avec le chef, et Isaac a lancé un avis de recherche vous concernant. Lui et Noah sont persuadés que vous êtes avec Justin.

À côté de moi, Justin pâlit en entendant son nom.

Le chef a fait appel au SWAT, Murphy. Ils ont décidé d'utiliser les grands moyens. Rendez-vous tant qu'il est encore temps. Je peux vous aider. S'il vous plaît, appelez-moi avant que cette histoire tourne mal.

Justin pose sur moi un regard inquiet.

— Pourquoi lancer un avis de recherche alors qu'il vient de vous libérer?

Isaac a changé d'avis à la suite de sa discussion avec Noah, manifestement. Moi qui étais persuadée que Noah n'avait pas d'atomes crochus avec le chef. Je descends de voiture, aussitôt imitée par Justin. Nous entrons chez lui par la cuisine.

— Vous m'avez dit que vous aviez une arme.

— Euh, oui, répond-il distraitement. Attendez.

Il s'éloigne, mais je le rappelle :

— Prenez aussi une lampe de poche.

Je voudrais comprendre. Isaac et Noah ont décidé de travailler main dans la main après avoir eu cette discussion, et je me retrouve maintenant avec tout le STPD aux trousses.

Isaac et Noah, qui faisaient semblant de se détester. Et si c'était du cinéma ? Si j'étais tombée dans le panneau tête la première ?

— C'est bon, fait Justin en me rejoignant.

Il tient précautionneusement avec deux doigts non pas une, mais deux armes de poing, canon en bas.

— Vous possédez un vrai arsenal.

J'exagère, bien sûr. Il dispose d'un revolver chromé tout neuf qui n'a apparemment jamais servi. L'autre arme est également un revolver, un calibre .38 ancien avec une crosse en nacre et un canon de cinq centimètres qui doit avoir plus de trente ans.

— Je vous laisse le choix, répond Justin en posant les deux flingues sur le plan de travail.

J'éclate de rire.

— Le choix, vous dites ? Quel âge a votre calibre .38 ?

Justin hausse les épaules.

— Mon père a dû l'acheter dans les années 1970. C'est moi qui me suis procuré l'autre. J'imagine qu'il fonctionne.

— Vous *imaginez* ?

Il manifeste son embarras par un mouvement de tête.

— Je ne m'en suis jamais servi. Je l'avais acheté pour me protéger ici, en cas de besoin. C'est idiot, mais ça me rassurait. Je ne connais rien au maniement des armes à feu. Je serais capable de me tirer dans le pied.

— Vous avez probablement raison.

Je m'octroie le revolver chromé dont je dirige le canon vers le carrelage, et je dégage le barillet afin de m'assurer que les six chambres sont chargées.

Justin m'observe avec une moue affolée. Il a sans doute la hantise des armes à feu, il est clair que ce n'est pas son truc. Ce type est aussi gentil que formidable, mais il est persuadé de vivre dans un monde peuplé de gens honnêtes et bien élevés. Il n'a pas conscience que nous vivons entourés de brutes. En ça, nous sommes très différents, et je vois mal comment ça pourrait changer.

— N'oubliez pas de prendre une lampe de poche.

— C'est vrai.

Il en sort une d'un tiroir et me la tend.

Il se frotte les mains d'un air sûr de lui, prêt à passer à l'action, mais sa pâleur me confirme qu'il s'agit d'une façade.

— Où allons-nous? me demande-t-il. Où se cache Aiden, à votre avis?

Je glisse le revolver dans ma ceinture, entre les reins.

— Bon, je vais y aller.

Il pose sur moi un regard surpris.

— *Nous* allons y aller, vous voulez dire.

— Non, j'y vais seule. C'est à moi de régler cette histoire, pas à vous.

— Jenna…

— Vous m'avez déjà assez aidée en me fournissant un revolver, une lampe et une voiture. Je ne veux rien vous demander d'autre.

— Pour la dernière fois, vous ne m'avez rien *demandé* du tout.

Il pose ses mains sur mes épaules.

— Vous n'y arriverez pas toute seule. Je ne suis peut-être pas un flic confirmé ou un commando de la Navy, je n'ai rien d'un athlète, mais vous pouvez avoir confiance en moi. Je ferais n'importe quoi pour vous, inspecteur. Vous ne l'avez toujours pas compris?

Je le dévisage longuement. J'éprouve pour lui davantage que de la reconnaissance, mais j'analyserai mes sentiments à son endroit un autre jour.

Je dois agir seule pour la tâche qui m'attend.

— Si vous refusez de m'emmener, je vous suivrai.

— Je vous collerai une balle dans la jambe.

Ma remarque le fait rire, en dépit des circonstances.

Nous sommes interrompus par la sonnerie de la porte d'entrée. Justin se penche prudemment à la fenêtre de la cuisine.

— Une voiture de patrouille, m'annonce-t-il.

— La police d'East Hampton?

— Non, celle de Southampton. Isaac Marks sonne à la porte.

109

— Merde ! Merde et merde !

Un vent de panique s'empare de moi. Justin me fait taire d'un geste.

— Je m'en occupe, ne bougez pas.

— Il faut que je me cache.

— Trop tard, il vous apercevrait à travers la fenêtre de la cuisine. Ne bougez pas.

Justin s'éloigne et je l'entends ouvrir la porte d'entrée. Je ferme les yeux et tends l'oreille, prête à tout.

— Bonjour, Isaac.

Mon sang se glace dans mes veines.

— Salut, Justin. Je cherche Jenna Murphy. Elle n'est pas ici, par hasard ?

— Ici ? Non, pourquoi ça ?

— Savez-vous où je pourrais la trouver ?

— Aucune idée, répond Justin. Il y a un problème ?

— C'est au sujet d'une enquête. Quand l'avez-vous vue pour la dernière fois ?

— Je l'ai déposée chez elle tout à l'heure, à sa sortie du commissariat.

— Et ensuite ?

— Ensuite rien. Je l'ai déposée et je suis rentré ici.

— Pourquoi ici, et non au restaurant ?

Je sens Justin hésiter.

— En tant que propriétaire de Tasty's, je n'ai de compte à rendre à personne. J'y vais quand je veux. Je ne savais pas que j'étais censé demander l'autorisation de la police chaque fois que je m'absente.

— Vous êtes libre de vos mouvements, évidemment.

Je perçois la gêne d'Isaac.

— Vous ne me mentez pas, au moins? Au cas où vous ne le sauriez pas, Justin, c'est un délit de mentir à un représentant de la loi.

— Je suis au courant, je crois avoir entendu ça à la télé.

Je souris en me pinçant pour ne pas rire.

— Ça vous amuse? Écoutez-moi bien, Justin. Nous recherchons activement Jenna Murphy. Ne vous méprenez pas sur son compte.

— Je suis convaincu que c'est quelqu'un d'honnête.

— Eh bien, vous vous trompez, et je compte l'arrêter. Par tous les moyens, s'il le faut. J'aimerais autant que ça se passe bien, sans dégâts inutiles. Sachez que lui apporter votre aide ferait automatiquement de vous son complice. Ça aussi, vous l'avez peut-être entendu à la télé.

Cette fois, Justin ne réagit pas.

— Je vous connais depuis longtemps, Justin. Je n'ai jamais eu de problème avec vous, je vous ai toujours considéré comme un type bien. Sans compter que vous servez les meilleures crevettes grillées de tout Long Island, mais réfléchissez bien à ce que je viens de vous dire. Je vous laisse une dernière chance. Soit vous nous aidez à mettre la main sur une dangereuse criminelle, soit vous choisissez de me mentir et ça pourrait vous valoir de longues années de prison. J'y veillerai personnellement si j'apprends que vous m'avez menti.

À l'idée d'entraîner Justin dans une telle galère, j'ai le cœur serré.

— Vous avez été parfaitement clair, réplique Justin d'une voix sèche.

— Savez-vous où se trouve Jenna Murphy?

Je retiens mon souffle. Pour un peu, je révélerais ma présence afin d'éviter des ennuis à Justin, mais c'en serait fini de mon enquête. Je ne saurais jamais la vérité.

— Je n'en ai aucune idée, répond Justin.

Isaac reparti, Justin me rejoint dans la cuisine, le teint blême.

— Je me suis bien amusé, déclare-t-il avec une insouciance feinte, sans parvenir à sourire.

— Je suis désolée. Je ne vous embête pas plus longtemps.

— Je vous accompagne.

— Non, Justin. Si je pars tout de suite, vous pourrez toujours prétendre que je ne suis pas venue ici. Je veillerai à limer le numéro de série de votre revolver afin qu'on ne puisse pas remonter jusqu'à vous. Personne ne saura jamais que vous m'avez aidée. Alors que si vous m'accompagnez, vous risquez fort de passer les dix prochaines années de votre vie en prison. Si vous en réchappez.

Il me prend le bras.

— Je m'en fiche. J'ai parfaitement conscience des risques que j'encours, mais vous avez besoin d'aide et le risque de vous perdre est pire à mes yeux que celui de…

La gorge nouée, les yeux brillants, il reste un instant sans voix.

— Je n'ai pas l'habitude… je n'ai jamais éprouvé pour personne ce que je ressens avec vous.

Je dégage doucement mon bras.

— Justin, vous savez bien que ce sentiment n'est pas réciproque. Je ne sais pas…

— Oui, je sais, mais ça m'est égal. Vous finirez peut-être par vous apercevoir un jour que je suis un type bien.

Sa réponse me fait sourire. Il essaye une fois de plus de dédramatiser la situation de façon à me faciliter la tâche. Après tout, il a peut-être raison. Qui sait si je ne finirai pas par éprouver un jour des sentiments comparables aux siens ? Si je vis jusque-là.

— Dites-moi au moins où vous allez, insiste-t-il.

— Non, Justin.

— Alors prenez ma voiture.

— Non plus. S'ils retrouvent votre voiture, ils vous accuseront de m'avoir prêté assistance. J'aime autant repartir à pied en empruntant des chemins de traverse. Je ne suis pas pressée. De toute façon, je ne pourrai rien tenter avant la nuit.

— Dans ce cas, appelez-moi sur votre portable et confirmez-moi que tout va bien.

— Je vais devoir l'éteindre pour qu'ils ne puissent pas me suivre à la trace.

Justin pousse un grand soupir en secouant la tête.

— Je vous en prie, Jenna. Ne me dites pas adieu. Dites-moi au contraire que nous allons nous revoir.

Je dépose un baiser sur sa joue.

— Nous nous reverrons.

Sur cette promesse, je m'éclipse par la porte du jardin.

110

Mes pensées s'éparpillent dans toutes les directions, je m'efforce de donner un sens à ce qui m'arrive. Noah, Isaac, Aiden, sans parler des effectifs de la police de Southampton au grand complet qui me donnent la chasse, armés jusqu'aux dents et prêts à en découdre. Je reste pourtant persuadée qu'Aiden Willis détient la clé du mystère. À condition de lui mettre la main dessus ce soir, de le surprendre et de le capturer, je devrais pouvoir mettre un terme à ce cauchemar.

Les dix kilomètres qui séparent East Hampton de ma destination finale ne sont rien. En temps ordinaire, c'est inférieur à la distance que je parcours quand je fais mon jogging matinal, et c'est infiniment moins risqué que de prendre le volant. On peut réagir à la moindre alerte en marchant. Il est facile de se perdre dans la foule, de prendre un raccourci, de se cacher au milieu de la végétation, ce ne sont pas les moyens qui manquent d'échapper à des poursuivants éventuels.

Au-dessus de ma tête, le ciel est menaçant. Il ne manquerait plus qu'il pleuve, même si la présence d'épais nuages contribue à accélérer la tombée de la nuit.

Parvenue sur la plage, je retire mes chaussures et je poursuis ma route dans le sable le long de l'océan agité, les cheveux battus par le vent. De loin, on doit me prendre pour une promeneuse ordinaire. Sauf si la police surveille la plage, j'ai toutes les chances de rester invisible.

À un kilomètre et demi de mon but, en attendant le moment d'agir, je m'assois sur le sable et contemple le ballet des vagues qui déferlent sur la grève dans un nuage d'écume. Si je ne me suis pas trompée, Aiden aura baissé la garde à cette heure, tapi dans sa cachette.

Quelque part dans les entrailles du 7 Ocean Drive.

J'attends minuit pour passer à l'action. Si la chance me sert, il dormira ou il somnolera, persuadé d'être en sécurité.

J'effectue la fin du trajet et atteins le parking de la plage. La vieille demeure est plongée dans l'obscurité. Pas une lumière, pas un signe de vie, mais ça ne signifie rien. Aiden n'allait pas organiser une fête en m'attendant.

Je remonte Ocean Drive jusqu'à la grille, les nerfs à fleur de peau, tous les sens en alerte, la poitrine serrée. Je tiens le revolver de Justin d'une main, la torche de l'autre.

Le mieux est encore de me glisser entre les battants de la grille en les écartant légèrement. Curieusement, ils ne sont pas cadenassés. J'en pousse un et le referme derrière moi sans chercher à comprendre.

Je respire difficilement et j'ai les jambes lourdes. Je franchis les quelques dizaines de mètres qui me séparent de l'embranchement. À droite, un petit chemin grimpe jusqu'à la maison ; à gauche, l'allée continue jusqu'à l'ancienne remise à voitures.

Pour une raison que je ne m'explique pas moi-même, je délaisse le petit chemin de la maison que j'ai pourtant privilégié chaque fois que mon enquête m'a conduite ici.

À la place, je me dirige vers la remise en restant sur l'allée.

Ma décision n'a rien de rationnel, je sens monter en moi un sentiment diffus, tel un poison.

L'espace d'un éclair, une image me traverse l'esprit.

Je marche, on me pousse brutalement dans le dos, on m'oblige à avancer en direction d'un bâtiment. Des écuries, un garage, une annexe. Je ne sais pas. Où m'emmène-t-on de force ?

Avance. Allez ! Plus vite, espèce d'idiote !

J'en ai le souffle coupé. Je devrais rebrousser chemin. Je le sais. Si j'avais un minimum de plomb dans la cervelle, je ferais demi-tour et je détalerais. Au lieu de quoi j'allume brièvement ma lampe pour m'assurer qu'il n'y a pas d'obstacle sur l'allée qui mène à la remise.

J'avance lentement…

Allez ! Plus vite !

… Le bâtiment est tout proche. Une double porte au pied de laquelle gît une longue chaîne dont le cadenas a été brisé.

Quelqu'un est passé par là tout récemment.

Il est là. Aiden est là.

La lampe de poche coincée entre les dents, je lève le canon du revolver. De ma main libre, je tire brusquement la poignée de la porte qui s'écarte.

Je mets aussitôt un genou à terre. Je récupère la torche et l'allume afin d'examiner l'intérieur de la remise.

Un immense espace en plein air, haut d'un étage. Immense, mais vide.

Entièrement vide.

Le sol a conservé la trace de flaques d'huile qui confirment la présence d'automobiles autrefois. Des outils sont accrochés au mur, au-dessus d'un établi de menuisier. Une simple planche de bois sur un piètement métallique. Y sont posés un étau et une vieille scie.

En balayant le sol avec le faisceau de ma lampe, je découvre des cercles dans la poussière un peu plus loin.

Les cercles ont la dimension des pieds de l'établi. Quelqu'un l'a déplacé récemment.

Très récemment.

Pour quelle raison?

En explorant le sol avec ma lampe, je découvre une rainure dans le sol en béton à l'endroit où se trouvait l'établi. L'interstice dessine un carré sur lequel est posé un morceau de corde.

Je m'accroupis. Le sol au niveau du carré est de la même couleur que le reste de la pièce, mais la texture est différente.

Du bois, et non du béton.

En voulant ramasser la corde, je m'aperçois qu'elle résiste.
Je la tire.
Le carré en bois se soulève de quelques millimètres.
— C'est quoi ce bordel…
Je tire cette fois de toutes mes forces et le carré s'entrouvre.
Une bouffée d'air froid s'échappe de l'ouverture.
Une trappe.
Un souterrain court sous la remise.

111

Le revolver au poing, j'achève de soulever la trappe de ma main libre. Je ramasse la torche, des grains de poussière tourbillonnent dans le cône de lumière qui fouille les ténèbres.

Une échelle en bois permet d'accéder au niveau inférieur.

Prise de vertige, la poitrine serrée, je sens un spasme secouer mes membres, qui se transforme en un tremblement incontrôlable. C'est tout juste si le revolver ne s'échappe pas de mes doigts. J'ai bien fait de ne pas armer le chien, j'aurais pu tirer sans le vouloir, peut-être même me blesser.

L'échelle est toute branlante

Elle s'enfonce interminablement dans le noir

Le jeune garçon me hurle de me dépêcher, «Allez, plus vite!»

Je tombe à genoux, à la limite de l'asphyxie, les poumons paralysés.

C'était là. Je suis venue dans cette remise. On m'a obligée à descendre cette même échelle.

Un voile de sueur me brouille la vue, ma chemise me colle à la peau au niveau des reins, mon cœur bat si fort que je peux à peine bouger.

— Remue-toi, Murphy. Remue-toi.

Je glisse le revolver dans ma ceinture, je cherche du pied le premier échelon.

Je descends lentement de façon à préserver le silence en priant le ciel de ne pas lâcher prise. L'échelle tremble sous mon poids au rythme de mes mains, de mes bras, de mes jambes.

Je m'enfonce dans un noir toujours plus profond.

Toujours plus froid.

J'ai les oreilles qui bourdonnent, des bribes de souvenirs m'assaillent, la voix du garçon m'aiguillonne méchamment…

Allez ! Avance, espèce d'idiote

… Je tremble de tous mes membres, mes pieds touchent enfin le sol, un sol aussi dur que du marbre. Je récupère mon arme que je braque devant moi tout en sondant l'obscurité avec ma lampe dans toutes les directions, je tournoie sur moi-même comme une toupie en réussissant l'exploit de ne pas perdre l'équilibre.

Je me trouve à l'une des extrémités d'un couloir qui s'enfonce sous terre. Haut de plafond, il est assez large pour que deux personnes y avancent de front. Peut-être même trois.

Des éclairs traversent mon champ de vision, la mémoire me revient peu à peu.

Des sandales aux pieds, je porte le maillot de bain que maman vient de m'acheter, ainsi qu'un T-shirt du Roi Lion. Mes sandales me blessent, surtout quand le jeune garçon me pousse, je tremble à l'idée de sa réaction si je tombe, à l'idée qu'il me fasse mal…

Je m'avance lentement, chaque pas me coûte, la transpiration me brûle les yeux, mon corps tout entier est comme électrisé…

Je ne comprends rien de ce qui m'arrive, pourquoi ce jeune garçon m'oblige-t-il à marcher dans ce souterrain, où va-t-on, où va-t-on…

Le rayon de la torche danse le long des parois du souterrain, il me précède sur le sol et le plafond. Soudain, il se fige sur un obstacle.

Un mur. L'autre extrémité du tunnel.

Une poignée de porte.

Je glisse la torche sous mon aisselle, ma main gauche toute tremblante récupère le revolver tandis que la droite se pose sur la poignée.

Vas-y, Murphy. Tu peux y arriver.

Je tourne lentement la poignée, puis j'ouvre violemment la porte.

112

Je braque le canon du revolver droit devant moi, les tempes vibrantes sous les assauts de mon pouls.

Une odeur d'eau de Javel et de pétrole assaille mes narines. Je découvre une pièce carrée, dépourvue d'ouverture, qu'une lampe à pétrole éclaire d'une lueur orangée vacillante. Un sac de couchage est déplié à côté de la lampe. La pièce est vide, pas le moindre meuble, table ou chaise, à l'exception, tout au fond…

Une lance à la pointe acérée qui émerge du sol…

Les mots sortent spontanément de ma bouche :

— Non… non !

Les larmes jaillissent, brûlantes, qui brouillent ma vision et coulent le long de mes joues jusqu'à ma bouche.

J'avance sur des jambes flageolantes, poursuivie par l'écho de mes « Non ». Les murs tanguent, la pièce se met à tourner autour de moi, des hurlements d'horreur, des cris macabres résonnent dans ma tête tandis que je continue de traverser cet espace clos, poussée par une boussole intérieure vers une porte que je ne vois pas, mais dont je connais l'existence.

L'horloge du temps ralentit, je me sens happée par des sables mouvants, mais je m'entête en direction de la porte, mue par des raisons obscures. Il le faut, je le sens, mais mes jambes refusent de me porter, la pièce pirouette, le plafond tournoie vers le bas et le sol s'abat violemment sur moi en faisant vibrer ma boîte crânienne tout en ébranlant mes dents jusqu'aux racines.

Le revolver m'échappe sous le choc.

Je me retrouve enveloppée dans un épais brouillard, mais je ne dois en aucun cas lâcher prise. La lampe a roulé sous moi, le revolver…

J'ai impérativement besoin du revolver.

Je relève péniblement la tête, l'arcade sourcilière droite traversée par une douleur lancinante, le cœur au bord des lèvres. Encore étourdie, déboussolée, je tâtonne autour de moi. Je m'oblige à me remettre à genoux à la lueur tremblotante de la lampe à pétrole. Ma plaie à l'œil se rappelle cruellement à moi au moindre mouvement de tête, mais j'ai besoin de ce revolver…

Des paroles inintelligibles me vrillent les tympans, résonnent entre les parois de mon crâne avec une telle force qu'il m'est impossible d'en comprendre le sens. Que dit-il? Que…

Viens avec moi

Un bruit de pas, à l'autre extrémité de la pièce, au niveau de la porte que je ne vois pas, un bruit de pas, quelqu'un vient…

Viens avec moi

Viens avec moi

Le revolver, j'ai besoin du revolver…

Où est le revolver?

Le grincement métallique de la poignée, le gémissement d'une porte qui s'ouvre.

L'instant suivant, Aiden Willis est là.

113

Aiden, ses cheveux d'épouvantail qui s'échappent de sa casquette de base-ball, ses traits mis en relief par la lueur orangée de la lampe à pétrole, referme la porte derrière lui. Il tient une thermos à la main.

Je retiens ma respiration, le corps tétanisé, en continuant de chercher l'arme des yeux.

Là. Je le vois. Le revolver de Justin, au pied du mur.

— Oh !

Aiden sursaute en me voyant allongée par terre.

Il lâche la thermos, qui rebondit bruyamment sur le sol. Il s'adosse au mur pour ne pas perdre l'équilibre.

Je parviens à ramper jusqu'au mur, je me rue sur le revolver dont je relève le chien.

— Que… comment… que faites…

J'agrippe la crosse à deux mains en tremblant si fort que je serais bien incapable de viser.

Mes tempes bourdonnent, mon estomac est en feu, une remontée de bile m'envahit la gorge, l'oxygène parvient jusqu'à mes poumons au compte-gouttes…

La porte s'ouvre

Une lumière vive m'aveugle et un garçon avec des cheveux de paille dignes d'un épouvantail

Avec un sursaut d'énergie dont je ne me serais pas crue capable, comme si j'assistais à la scène en spectatrice dans un rêve, je parviens à me mettre à genoux et braque le revolver sur Aiden.

Il a tout d'un fantôme à la lueur vacillante de la lampe à pétrole, cloué au mur, les yeux écarquillés.

Un éclair traverse mon champ de vision, un roulement de tonnerre me tétanise.

Viens avec moi

Viens avec moi

Dans ma main, le revolver tangue follement sous le regard d'Aiden, hypnotisé par les mouvements désordonnés du canon.

Les larmes me montent aux yeux de plus belle, ma poitrine enchaîne les mouvements saccadés, aucun mot ne parvient à sortir de ma gorge nouée…

Viens avec moi

Je tremble de partout, le corps secoué de sanglots, le revolver danse devant moi…

Aiden ne quitte pas l'arme des yeux.

Viens avec moi

Ma main droite, armée du revolver, retombe. Je suis incapable de tirer. Je le sais, Aiden le sait aussi.

Il se détache du mur, contre lequel il se recroquevillait de peur, et se redresse.

L'espace d'un instant, son regard furtif croise le mien.

Viens avec moi

Il s'approche de moi. Lentement, posément.

Viens avec moi

Le garçon aux cheveux de paille dignes d'un épouvantail

Aiden pose la main sur la mienne, écarte mes doigts et dégage doucement le revolver.

Je reste sans réaction, à genoux à ses pieds.

Il désarme le chien, pointe le revolver en l'air, dégage le barillet et laisse tomber les six balles dans le creux de sa main. Il remet en place le barillet et me tend l'arme, désormais inoffensive.

— Aiden, attends…

Les mots sont sortis pêle-mêle, à peine compréhensibles.

En un éclair, Aiden Willis franchit la porte par laquelle il est entré et disparaît.

— Je t'en prie, attends…

Je me relève péniblement et titube jusqu'à la porte.

114

Assis sur la selle de sa Harley, Noah monte la garde devant la maison de Justin à East Hampton. Il a parcouru de nombreux kilomètres ce soir, à la recherche de Jenna Murphy. Il a sillonné les rues de Bridgehampton, depuis l'appartement de la jeune femme jusqu'à Tasty's en passant par le Rade, il a même fait un crochet par la maison d'Aiden, avant de revenir chez Justin.

C'est encore là qu'il a le plus de chances de la trouver. D'après Isaac, Jenna est repartie du commissariat à bord d'une Jaguar, il ne peut s'agir que de celle de Justin. C'est d'ailleurs logique qu'elle l'ait appelé en sortant de prison.

Ce soir, pourtant, ils ne sont apparemment pas ensemble. Cela fait plusieurs heures déjà que Justin tourne dans son salon comme un lion en cage.

Noah ne le quitte pas des yeux. Justin s'approche de la baie vitrée, regarde sa montre, reprend ses allées et venues en se passant la main dans les cheveux. On le sent inquiet. Nerveux.

Noah s'apprête à repartir en maraude lorsqu'il tressaille en voyant la porte du garage se lever. Quelques instants plus tard, la Jaguar sort en marche arrière et fait demi-tour à quelques mètres seulement de l'endroit où s'est posté Noah. Sans le voir.

Le moment qu'il attendait est arrivé. Il en a le pressentiment.

Il attend que Justin se soit éloigné avant de mettre le contact et de le suivre. Il n'y a pas beaucoup de circulation ce soir. Suffisamment, toutefois, pour ne pas risquer d'être repéré.

Justin s'est engagé sur Main Street en direction de Bridgehampton. Noah veille à rester à distance respectable. Il hésite à éteindre ses phares, mais Justin ne semble pas s'être rendu compte qu'il est suivi.

Si seulement Noah connaissait sa destination finale, il pourrait…

La Jaguar ralentit à l'approche du cimetière, Justin signale qu'il va tourner à droite avec son clignotant.

Attends…

Attends une minute…

Il prend la direction d'Ocean Drive. Bien sûr ! Noah aurait dû s'en douter, il se dirige vers la vieille maison !

Je connais un raccourci, je peux arriver avant lui.

Noah quitte Main Street et traverse le cimetière en diagonale avec sa moto au lieu d'être obligé de le contourner, comme Justin.

La moto atteint Ocean Drive avant même que la Jaguar ait fini de longer le cimetière. Noah, qui dispose d'une avance sérieuse, éteint ses phares et met les gaz de façon à arriver à la villa Dahlquist une bonne minute avant Justin.

Il se gare derrière un bosquet de l'autre côté de l'avenue, en face de la grille, et se retourne. Des phares trouent la nuit dans le lointain.

Il récupère son arme et sa lampe électrique dans l'une des sacoches de la moto, puis il se tapit dans un buisson. Quelques instants plus tard, la Jaguar s'immobilise devant l'entrée de la propriété.

Justin en descend sans se douter un instant que Noah l'épie. Il ouvre la grille et remonte l'allée.

Noah, protégé par l'obscurité, quitte sa cachette et s'approche à pas de loup dans l'herbe.

Justin s'arrête à l'entrée du petit chemin qui mène à la grande maison et scrute attentivement la façade.

Il tourne la tête et s'intéresse à présent à la vieille remise à voitures.

Noah, caché derrière la Jaguar, le voit se décider et remonter l'allée en direction de la remise. Il franchit la grille à son tour en évitant soigneusement de la faire grincer.

Un peu plus loin, Justin allume une torche dont il fait courir le faisceau sur la façade de la remise.

Noah comprend ce qui a incité Justin à pousser de ce côté-là.

Le portail de la remise est grand ouvert.

Justin s'élance au pas de course, Noah l'imite et réduit la distance tout en veillant à rester discret.

— Jenna ! appelle Justin d'une voix étouffée. Jenna ?

Il ralentit en arrivant à la remise, à l'intérieur de laquelle il finit par disparaître.

Noah atteint à son tour le portail, sur ses gardes.

115

Noah coule un regard prudent à l'intérieur de la remise et voit Justin promener le rayon de sa torche à l'intérieur du vaste espace.

— Merde, maugrée le restaurateur.

Tu n'imagines pas à quel point tu es dans la merde, mon vieux Justin.

Tu ne vas pas tarder à t'en rendre compte.

Noah se rue sur Justin. Ce dernier a tout juste le temps de se retourner avant de se retrouver plaqué contre le mur, emporté par le poids de son agresseur. Noah agrippe Justin par ses vêtements, le jette au sol et l'immobilise, face contre terre en lui posant le canon de son arme sur la nuque et en lui maintenant les cheveux.

— Où est-elle ? gronde-t-il.

— Noah ? articule péniblement Justin entre deux hoquets. C'est… vous ?

— Dis-moi où elle est, Justin, ou je te tue.

Ses doigts se crispent dans les cheveux de Justin dont il relève brutalement la tête avant de l'écraser contre le béton du sol.

— Pour l'instant je suis gentil, Justin. Tu n'as aucune envie que je devienne méchant. Pour la dernière fois, où est Jenna Murphy ?

— Je ne… moi aussi, je la cherche. Je pensais qu'elle… était peut-être ici.

Noah, intrigué, sent un courant d'air lui caresser la joue droite. Il tourne sa lampe dans cette direction et découvre la trappe relevée.

— Elle est descendue là-dedans?

— Je viens de vous le dire, je n'en sais rien.

— Arrête de me raconter des salades.

— Je ne vous raconte pas de salades, balbutie Justin, que le coup à la tête a étourdi. Que… quel sort lui réservez-vous?

Le canon de l'arme de Noah s'enfonce dans sa nuque.

— Tu ferais mieux de t'inquiéter du sort que je te réserve.

— Ne lui faites pas de mal. Je vous en prie, Noah… ne lui faites pas de mal.

Noah s'approche du visage de son prisonnier.

— Tu sais quoi, Justin? J'en arrive à me demander si tu es un menteur de génie, ou complètement idiot.

Il lui écrase violemment la tête contre le sol. Justin pousse un gémissement et perd connaissance.

Noah se relève, fait courir le faisceau de sa torche le long des murs et découvre les outils au-dessus de l'établi. Voilà qui pourrait lui être utile.

Le pinceau de lumière se fige sur la forme inanimée de Justin. Il a son compte, mais il respire encore.

Noah le palpe et trouve dans une poche de son pantalon un petit revolver à crosse de nacre. Une arme bon marché qui ne date pas de la veille.

— Si ça ne t'ennuie pas, mon vieux Justin, je t'emprunte ton flingue, marmonne-t-il en le fourrant dans une poche.

Le calibre .38 pourra toujours lui être utile, en complément de son propre pistolet.

— Je n'ai pas encore décidé de ton sort, ajoute-t-il. Il sera toujours temps d'aviser une fois que j'aurai eu une petite conversation amicale avec Jenna Murphy. En attendant, laisse-moi te ligoter les poignets…

116

D'une démarche mal assurée, je franchis la porte par laquelle Aiden Willis vient de s'enfuir. Le marbre lisse de la pièce dans laquelle je me trouvais laisse place à un sol irrégulier et sale. À peine franchi le seuil, je claque la porte derrière moi.

Je m'arrête, le temps de prendre ma respiration.

L'air est confiné et rance, mais c'est le cadet de mes soucis. J'arrive à nouveau à respirer, et je tiens sur mes jambes. J'ai surtout réussi à m'échapper de cette horrible pièce, c'est tout ce qui compte.

Viens avec moi

Je fais quelques pas dans le noir d'une démarche mécanique tout en sentant mes forces revenir peu à peu.

— Aiden?

J'ai la gorge sèche, mes lèvres sont parcheminées, c'est tout juste si je parviens à articuler son prénom.

La pièce dans laquelle je me déplace à tâtons est petite, à en juger par le manque d'air frais. Je cherche la paroi des mains lorsque quelque chose me caresse la joue.

Je fais un bond en arrière tout en explorant l'obscurité des doigts, à la recherche de ce qui m'a touchée.

Il s'agit d'une cordelette qui pend du plafond.

Je la saisis et la tire.

Une ampoule nue s'allume au-dessus de ma tête. Je découvre, accrochées aux murs, toute une panoplie d'armes médiévales : des lances, des haches, des masses d'armes, des fouets. Un assortiment inquiétant d'instruments de torture.

Un frisson me parcourt le dos, que je réprime aussitôt. Le plus urgent est de trouver le moyen d'échapper à cet enfer.

Alors que trois des murs de la pièce sont tapissés de ces armes étranges, le quatrième, recouvert de bois, est entièrement nu. J'aperçois un bouton électrique.

Une sonnette, peut-être ?

Je l'enfonce d'un doigt hésitant, tout en sachant instinctivement ce qui va se passer.

Le pan de bois s'ouvre en coulissant.

Je me mets machinalement en position de tir, bien que ce soit inutile puisque mon revolver est désarmé. J'allume ma torche, dont j'avais voulu économiser les piles jusque-là.

Des murs nus, un sol bétonné.

Le sous-sol du 7 Ocean Drive.

Suis-moi

Viens

— Aiden ?

Pas de réponse. Le couloir dessine un coude sur la gauche et débouche sur une vaste pièce plongée dans l'obscurité, comme le reste du sous-sol. Ma torche montre déjà des signes de faiblesse.

— Aiden !

Des cartons et des caisses, de vieux meubles, des photos, des tableaux… Le contenu disparate d'un sous-sol.

Un escalier en bois grimpe vers le rez-de-chaussée.

Viens

Suis-moi

Ne fais pas de bruit

Je m'approche lentement des marches vermoulues, mes jambes me portent à peine, mes tempes bourdonnent, le simple fait de me trouver là me vrille la tête.

Je monte les marches l'une après l'autre en veillant à transférer mon poids sur la suivante après en avoir testé la solidité.

En haut de l'escalier m'attend une porte entrouverte.

Aiden est sans doute passé par là il y a quelques minutes.

Je retiens ma respiration et pousse le battant.

Le faible rayon de la torche traverse le vestibule de la maison. La porte principale se trouve un peu plus loin, de l'autre côté.

Les mots flottent jusqu'à mes oreilles, telles des écharpes de fumée…

Cours, vas-y, va-t'en

Cours !

— Aiden !

L'écho de ma voix chevrotante s'élève vers les étages de la vieille demeure hantée qui se contente de gémir.

Un soupir interminable résonne au-dessus de ma tête, dont je serais incapable de dire s'il est humain, ou bien s'il s'agit d'un craquement naturel.

Je pose le pied sur la première marche.

Ne va pas là-haut

Je ferme les paupières dans l'espoir de bâillonner les murmures qui me sifflent aux oreilles.

Ne monte pas

Va-t'en, ne monte pas là-haut

— Aiden, réponds-moi !

Ma poitrine se serre de plus belle, le soulagement que j'ai ressenti en sortant de la pièce dallée de marbre s'évanouit en un éclair, l'angoisse me fond dessus comme une avalanche, mon cœur bat à tout rompre, mon visage est couvert de sueur.

Chaque pas me coûte un effort surhumain, mon instinct me dicte de rebrousser chemin, de repartir en courant, de fuir le danger qui m'attend là-haut, mais je suis incapable de renoncer, poussée par le besoin de savoir. De savoir enfin.

Même si la mort est au rendez-vous.

J'atteins le premier étage, une double porte s'ouvre sur un grand palier. Je le traverse au ralenti, freinée par mes jambes qui pèsent des tonnes, mais rien ne peut plus m'arrêter. À ma gauche s'ouvre la chambre où Mélanie Phillips et Zach Stern ont été longuement torturés, où les Holden successifs ont commis leurs horribles méfaits, sur les autres comme sur eux-mêmes.

— Aiden Willis ! Aiden, je m'étais trompée ! Je le sais à présent. C'est toi… c'est toi qui m'as sauvé la vie ce jour-là. Je me souviens maintenant. C'est grâce à toi que j'ai pu m'enfuir de cette maison. Je… je t'en supplie… réponds-moi !

Je traverse péniblement le palier rouge et or, précédée par le rayon mourant de ma torche, avant de me figer sur le seuil de la chambre funeste.

— Aiden, tu es là ?

Je fouille la pénombre avec la lampe. La pièce est vide. Personne.

Près du lit, je découvre une autre lampe à pétrole dont le réservoir de verre en forme de sablier est plein. Une courte mèche dépasse du dôme en laiton. Une pochette d'allumettes est posée à côté. Je coince le revolver vide dans le creux de mes reins et saisis la lampe, le temps de frotter une allumette et d'allumer la mèche. La chambre baigne aussitôt dans une chaude lumière orangée.

Il était temps, ma torche s'apprête à rendre l'âme.

Je gagne le fond de la pièce où une porte-fenêtre permet d'accéder au balcon qui court le long de la façade. Je l'ouvre, une bouffée d'air frais me fouette le visage, le vent s'engouffre dans la chambre, et je découvre Ocean Drive en contrebas.

Je le reconnais à sa chevelure de paille, à son dos légèrement voûté. Aiden Willis remonte l'avenue en courant, loin de l'océan, loin de cette maison, loin de moi et de mes interrogations. Peu après, il disparaît au milieu des arbres.

Je m'accoude à la rambarde, les cheveux au vent, hypnotisée par le petit bois qui vient d'avaler la silhouette de mon sauveur d'autrefois. Il a trop d'avance, jamais je ne parviendrai à le rattraper. Sans compter qu'il connaît cette ville comme sa poche.

Viens, résonne dans ma tête sa voix d'adolescent, autrefois. *Suis-moi*.

Je m'efforce de rassembler mes souvenirs, mais les images s'évanouissent à mesure que je me concentre. Je secoue la tête, consciente de l'inanité de mes efforts. J'ai l'impression d'avancer dans un épais brouillard qu'un éclairage trop violent rendrait plus impénétrable encore.

Je revois son visage, j'entends sa voix, j'ai gardé au fond de moi le souvenir du soulagement que j'ai éprouvé lorsqu'il m'a guidée à travers ces souterrains, poussée dans les escaliers.

Mais ensuite?

Pourquoi... pourquoi Aiden a-t-il voulu m'attaquer avec ce couteau l'autre soir, dans le salon de Justin?

Découragée, défaite, je quitte l'appui de la balustrade et longe le balcon jusqu'à la porte-fenêtre de la chambre.

Noah Walker m'attend dans la pièce, une arme à la main.

117

— Pas un geste, Murphy. Pas un geste ou je tire.

J'écarte les bras pour lui montrer mes mains nues. J'ai abandonné la torche sur le lit et le revolver de Justin est caché dans mon dos.

Concentre-toi, Murphy.

Essaye d'évaluer tes chances.

Je me trouve encore sur le balcon. Noah est à moins de trois mètres, dans la chambre, sur le seuil de la porte-fenêtre. Derrière lui, la lampe à pétrole éclaire suffisamment la scène pour que je distingue ses traits. Il se protège du vent en plissant les paupières, le pistolet tremble dans sa main, son visage est congestionné par la colère.

Pourquoi m'en veut-il autant ? Parce que j'ai bouleversé ses plans ? Il est vrai qu'il était libre de torturer à loisir ses victimes avant que je vienne fourrer le nez dans ses affaires.

— Je devrais t'abattre tout de suite, siffle-t-il.

— Qu'est-ce qui t'en empêche ?

Du coin de l'œil, j'essaye de trouver une solution pour lui échapper, mais le balcon est plongé dans l'obscurité. Mon seul espoir est de sauter dans le vide en espérant échapper aux pointes de la grille d'enceinte, et de m'en tirer avec de simples fractures.

Ou alors lui foncer dessus. Il n'a pas l'air à l'aise avec ce [illegible]sque-là, il a poignardé, lacéré et empalé ses vic[illegible]ype-là n'a aucune affinité avec les armes à feu.

Sauf qu'il est trop près. Même avec la meilleure volonté du monde, jamais il ne manquerait son coup s'il tirait.

— J'ai quelques questions à te poser, me dit-il.

— Tu te figures peut-être que je vais y répondre ?

— Oh oui. Pour la bonne et simple raison que je n'ai pas encore décidé si j'allais tuer ton petit copain Justin.

Justin. Il s'est fait prendre à cause de moi.

— Justin n'a rien à voir dans cette histoire, Noah. Laisse-le en dehors de ça.

Noah semble hésiter.

— Il n'est au courant de rien ?

— De rien.

— De rien ? insiste-t-il.

— De rien.

— N'essaye pas de te foutre de ma gueule, Murphy. J'en ai marre que tu joues au chat et à la souris avec moi. Figure-toi que j'étais *vraiment* en train de tomber amoureux de toi. Quelle plaisanterie !

Il a la gorge nouée par l'émotion.

Il se dandine d'un pied sur l'autre, on le sent perturbé, au bout du rouleau.

Je dois en profiter.

— Moi aussi, j'étais en train de tomber amoureuse de toi.

— *Ta gueule !* Je ne veux rien savoir !

Il fait un pas en avant. Il irradie littéralement l'amertume. Il peine à respirer, au comble de l'agitation.

— Pourquoi ? me demande-t-il. Pourquoi tout ça ?

Je dois veiller à rester aussi calme que possible.

— Quoi, tout ça ? Pourquoi j'ai voulu arrêter l'assassin ? Parce que ça…

— Arrête ton cinéma ! Pourquoi continuer à mentir maintenant que nous sommes seuls, sans témoin ? Tu as vraiment envie que je te colle une balle entre les deux yeux ? Ne me pousse pas à bout, j'en suis capable.

L'arme tremble entre ses doigts, peut-être est-ce le moment d'en profiter. Il suffit que je me jette à terre, la balle se perdra dans la nuit.

Au même moment, j'aperçois le faisceau d'une torche sur le palier, par-dessus l'épaule de Noah.

Justin s'avance en boitant.

Le vent qui souffle de la mer m'empêche d'entendre ses pas. Il me reste à espérer que Noah n'entende rien, lui non plus.

Essaye de gagner du temps, Murphy.

— C'est toi qui as volé ces dossiers dans les Entrepôts Dunbar. Je me trompe ?

— Non. Je voulais m'en emparer avant toi.

Justin est tout près à présent. Surtout ne pas regarder dans sa direction pour ne pas alerter Noah.

Bon sang, Justin ! Évite de relever ta torche, Noah va finir par en apercevoir la lumière !

La lampe s'éteint à cet instant précis. Justin s'apprête à franchir le seuil de la chambre et la lueur de la lampe à pétrole lui suffit.

Il se rapproche, et Noah risque d'entendre le bruit de ses pas sur le plancher, malgré le vent du large qui s'engouffre dans la chambre par la porte-fenêtre ouverte.

Justin avance sur la pointe des pieds, avec mille précautions.

Vite, obliger Noah à parler.

— C'était bien joué, de récupérer les archives de l'avocat de Holden avant que je puisse mettre la main dessus.

Justin tient dans la main un objet long et effilé. Un club de golf, peut-être ?

Oui, c'est bien un club de golf.

— S'agit-il des derniers exemplaires de ces documents ?

— C'est à toi de me le dire, Murphy.

Justin saisit le club de golf à deux mains et le brandit au-dessus de la tête de Noah.

— Comment veux-tu que je le sache ?

— Ta gueule, s'agace Noah. J'en ai marre de t'entendre débiter tes conneries.

Justin est tout près. Je dois surtout veiller à n'avoir l'air de rien, pour ne pas trahir sa présence.

— De quelles conneries parles-tu ?

— Je viens de te dire de fermer ta gueule ! J'en ai assez, Murphy. Tu sais très bien ce que contenait ce dossier. Tu le sais depuis le début.

Justin se fige, le club levé, prêt à effectuer le swing de sa vie.

— Je n'ai pas la moindre idée du contenu de ces documents.

Noah, surpris, penche la tête de côté.

Une lueur s'allume brusquement dans son regard, et il pivote vivement sur sa droite au moment où s'abat le club de golf.

118

Tout va très vite.

Noah s'est baissé instinctivement au moment de pivoter sur lui-même.

Le club de golf, propulsé avec violence, frôle le sommet de son crâne avant d'aller s'écraser contre le chambranle de la porte-fenêtre qui vole en éclats.

Le pistolet de Noah lui échappe des mains et atterrit sur le balcon.

Je me précipite dessus tandis que Noah, sous l'effet de la surprise, s'affale contre la porte-fenêtre.

Je ramasse prestement l'arme.

— Pas un geste, Noah !

Hébété, le regard flou, Noah pose les yeux sur moi avant de reporter son attention sur son Glock dont je pointe le canon dans sa direction.

— Putain, gronde-t-il en se massant le crâne.

Il découvre du sang sur ses doigts.

— Les mains bien en évidence. Les paumes en l'air.

— Sinon quoi ? Tu me tires dessus ?

— Il a pris mon arme, intervient Justin qui continue de tenir son club de golf à deux mains, prêt à se défendre.

J'ai toujours le revolver qu'il m'a prêté, dissimulé dans mon dos.

— Le vieux calibre .38 que je vous ai montré tout à l'heure, poursuit Justin. Noah me l'a pris après m'avoir sauté dessus dans la remise.

Un coup d'œil en direction de Noah me confirme qu'il a des papiers roulés sur eux-mêmes dans l'une des poches de son pantalon, et dans l'autre une bosse qui pourrait bien être le petit revolver à crosse de nacre.

— À quoi correspondent ces papiers, dans ta poche?

— Ce sont les papiers de l'avocat de Holden, ricane-t-il. Au cas où tu ne croirais pas que je les ai récupérés.

— Et dans l'autre poche?

Il balaye la question d'un mouvement de tête.

— Mes clés. Je me suis débarrassé du flingue de Justin dans le jardin.

— Lève sagement les mains, paumes en avant, ou bien je tire.

Noah, le front barré d'un pli, fait non de la tête. Il laisse échapper un petit rire en m'observant fixement.

— Tu es décidément très forte, Murphy. Je te le concède. Mais tu sais quoi?

Il fait un pas vers moi.

— Ne fais pas ça, Noah.

— À l'heure qu'il est, Isaac est en train de préparer un mandat d'arrêt à ton nom. Pour l'ensemble des meurtres. Tu savais ça, Justin?

Il me montre Justin du menton.

— Il est au courant de tout?

— Tais-toi donc, Noah. La ficelle est un peu grosse. Un pas de plus, et je tire.

Il fait délibérément un pas dans ma direction, les mains toujours levées.

Il me provoque, histoire de me tester.

— Pourquoi ne m'as-tu pas tué quand tu en avais l'occasion? poursuit-il. La nuit où tu t'es introduite chez moi, par exemple. Pourquoi avoir tiré juste au-dessus de ma tête alors que tu aurais pu m'achever?

— Arrête, Noah.

— Pourquoi m'avoir fait sortir de prison?

Je lui réponds d'une voix tremblante:

— Parce que tu n'avais pas eu droit à un procès équitable.

Mes mains tremblent, elles aussi.

— Un procès *équitable* ?

Il éclate d'un rire amer.

— Tu t'inquiètes du bon fonctionnement de la justice, maintenant ? Après avoir assassiné huit personnes ?

Il fait un pas de plus.

Je tire dans le plancher, juste devant lui. La détonation le fait sursauter, mais la manœuvre ne le déstabilise pas longtemps.

— C'est la deuxième fois que tu me rates sciemment. Pourquoi, Murphy ? Pourquoi tu ne me tues pas ?

Il est rouge de colère et de frustration.

— Pourquoi ? Pour me voir souffrir après avoir assassiné toutes les personnes auxquelles je tenais ?

Il a les larmes aux yeux, ses épaules tremblent.

Je réfléchis à toute vitesse, faute de comprendre où il veut en venir.

— Je ne sais pas exactement à quel jeu tu joues, mais je n'ai tué personne.

Il essaye de te déstabiliser, Murphy. Comme toujours. Il a réussi à tromper tout le monde depuis si longtemps, c'est forcément un manipulateur de première.

Il s'avance encore.

Cette fois, c'est moi qui recule.

— Jenna, à quoi jouez-vous ? s'étonne Justin.

— Ouais, Murphy, à quoi tu joues ? répète Noah en pleurs, les poings serrés. Tu ne veux toujours pas me tuer ?

— Je veux t'arrêter.

— Jenna, vous l'avez entendu comme moi, s'interpose Justin. C'est vous qu'Isaac a décidé d'arrêter. Vous le savez très bien, il l'a dit lui-même quand il est passé chez moi tout à l'heure. Noah va réussir à s'en tirer !

Noah me sonde du regard, l'air amer.

Je recule à nouveau. Tout se bouscule dans ma tête.

— Vous n'allez tout de même pas le laisser s'en tirer comme ça ! s'écrie Justin. Il a tué Mélanie ! Il a tué votre oncle ! Il a envoyé Aiden chez moi en lui donnant l'ordre de vous tuer !

Aiden.

Aiden chez Justin, armé d'un couteau, fracassant la baie vitrée du salon.

Noah secoue lentement la tête sans me quitter des yeux.

Aiden.

D'un seul coup, je comprends tout. Il a suffi que Justin prononce le nom d'Aiden.

Mais comment le prouver? Je n'ai aucune preuve.

Je crois tenir la solution.

Je tire une deuxième balle dans le plancher. Noah fait un bond en arrière.

Le voyant provisoirement stoppé, je récupère le revolver chromé dissimulé entre mes reins.

— Tenez, Justin!

Justin lâche le club de golf et attrape à deux mains l'arme que je lui envoie.

Un coup d'œil sur sa droite montre à Noah que Justin pointe le revolver dans sa direction.

Noah se tourne à nouveau vers moi. Il n'a plus aucune chance de s'en tirer à présent qu'il est pris en tenaille.

Je cherche à lire la vérité dans ses yeux. Jusque-là, j'y ai toujours trouvé des réponses ambiguës, des signaux contradictoires, un mélange de colère, de passion, de rage, de désir et de haine pure.

Je repense à tout ce qui s'est passé depuis le début, j'essaye de reconstituer le puzzle dont toutes les pièces se mettent brusquement en place.

— Justin?

— Oui, Jenna?

— Aiden n'est pas venu me tuer l'autre soir, chez vous.

— Que… que voulez-vous dire?

— Il a brisé la baie vitrée dans le seul but de me *protéger*. De me protéger de *vous*.

119

Sans quitter des yeux Noah que je continue de tenir en joue avec le Glock, je vois Justin pointer le revolver chromé vers moi.

— Si vous saviez combien je suis lasse de tout ça…

— Vous n'avez pas les idées claires, me répond Justin. Je vous conseille tout de même de viser Noah. Si jamais le canon de votre pistolet bouge d'un centimètre dans ma direction, je ne réponds de rien.

— C'était donc vous. Vous qui m'avez conduite dans cette maison quand j'étais petite. Vous aviez décidé de me tuer, avec Holden VI. Votre premier meurtre en commun. Une sorte de cérémonie d'initiation au sein de la dynastie Dahlquist, allez savoir. Ce que je sais, en revanche, c'est qu'Aiden m'a sauvée. Pour une raison qui m'échappe, il n'a jamais voulu vous dénoncer. Sans doute le faisiez-vous chanter avec ce couteau couvert de sang sur lequel on a retrouvé mes empreintes et les siennes. Le couteau qui a servi à tuer Holden VI.

Justin ne dit rien. Je ne quitte pas Noah des yeux, qui m'observe en retour avec attention.

— Je crois deviner la suite. Aiden est certainement venu ce jour-là, pendant l'été 1994, pour se venger de Holden VI, qui avait écrasé sa mère. Il l'a tué avec ce couteau. D'une façon ou d'une autre, vous avez récupéré l'arme du crime, ce qui vous a permis de le faire chanter ou de le menacer pendant des années. Aiden était une proie facile. Aujourd'hui encore, il reste un enfant.

— Jenna…

— Contrairement à vous, qui avez grandi. Le jeune garçon qui a tenté de m'assassiner ce jour-là s'est transformé en tueur confirmé, avec huit meurtres à son actif. Quand j'ai commencé à m'approcher de la vérité, vous avez décidé que le moment était venu d'accuser Aiden. Vous avez fait parvenir à Lauren Ricketts ce message dans lequel vous lui indiquiez l'emplacement des corps. Et du couteau. Comment je me débrouille, jusqu'ici?

— Vous vous débrouillez fort bien, inspecteur. Et même *très* bien.

Justin fait quelques pas dans ma direction.

— À présent, Jenna, veuillez baisser votre arme et la poser à vos pieds. Très lentement. Un accident est si vite arrivé.

Noah n'a pas esquissé un geste depuis le début de mon explication. Il affiche sa déception en me voyant obtempérer et laisser tomber le Glock.

— J'imagine que vous venez d'avoir un éclair, poursuit Justin. Sinon, vous ne m'auriez pas fourni ce revolver si complaisamment.

— Vous avez eu le tort de me parler d'Aiden. Je savais qu'il ne m'aurait jamais fait de mal. Vous venez de me le confirmer.

— Vous avez raison. Aiden est un peu votre héros, après tout, pour avoir volé au secours de la gente damoiselle que vous étiez autrefois. Dommage que vous ayez compris trop tard. La vie se joue souvent sur le fil du rasoir, vous ne trouvez pas? Si vous aviez deviné la vérité quelques secondes plus tôt, jamais vous ne m'auriez donné cette arme. Vous devez le regretter amèrement, j'imagine.

Justin se positionne derrière moi de sorte que Noah et moi nous trouvions dans sa ligne de mire. D'un point de vue stratégique, je ne peux pas lui donner tort. Il n'a pas été aussi loin, pendant aussi longtemps, sans être malin.

— Si ça peut vous consoler, reprend-il, j'espérais sincèrement que cette soirée s'achèverait autrement.

— Vous souhaitiez que je tue Aiden en me laissant venir ici, car vous saviez que je viendrais le chercher dans cette maison. Vous souhaitiez que je le tue pour ne pas avoir à vous salir les mains. Vous m'avez tout de même suivie, au cas où j'aurais échoué.

— Je ne m'attendais pas à trouver Noah ici, avoue Justin. Comme quoi les plans les mieux préparés ne sont pas sans défauts.

Noah serre les mâchoires. Je regarde discrètement la poche de son pantalon, en espérant que Justin ne se soit pas trompé. S'est-il vraiment débarrassé du calibre .38, ou bien l'a-t-il gardé ?

— À propos, Noah, raille Justin. À l'avenir, quand vous pensez avoir assommé un adversaire, assurez-vous qu'il ne fait pas semblant d'être inconscient. Enfoncez-lui une aiguille dans le corps, par exemple. Et si vous le ligotez, ne vous contentez pas de lui lier les mains dans le dos. N'oubliez pas de lui attacher les chevilles, et de relier entre eux les pieds et les mains. Sa tâche s'en trouvera compliquée d'autant.

Justin s'approche par-derrière et enfonce le canon du revolver dans ma nuque.

— De toute façon, il est trop tard. Je tiens toutefois à vous préciser que je ne vous souhaitais aucun mal, Jenna. Vous ne me croirez peut-être pas, mais j'avais vraiment envie de partager ma vie avec vous.

J'éclate d'un rire acide.

— Je vous assure. Nous aurions été parfaits, ensemble. Pensez donc aux enfants que nous aurions pu avoir ! Les petits-enfants de Holden.

Je réprime l'envie de vomir, une montée de bile m'envahit la gorge.

— Vous êtes gravement malade, Justin.

— Tout le monde est malade, grince-t-il en enfonçant brutalement le canon du revolver, m'obligeant à baisser la tête. Nous abritons tous un monstre au fond de nous. Certains le laissent plus facilement sortir que d'autres, c'est tout.

Noah tremble de rage, le regard haineux.

— Tu as tué Mélanie, gronde-t-il. Ici même, dans cette chambre.

— Mais ce n'est pas le plus beau, s'enthousiasme Justin. Le plus beau, c'est qu'on vous a accusé à ma place. Comme au bon vieux temps, le jour de la fusillade à la cité scolaire. Le rôle de bouc émissaire est taillé sur mesure pour vous, Noah. Je ne vous remercierai jamais assez. Sinon, comment se portent vos pauvres mains, depuis ce regrettable incident à Sing Sing?

Un sourire grimaçant s'étire sur le visage de Noah.

— Vous aurez l'occasion de vous en rendre compte quand je vous étranglerai avec.

— Je vais malheureusement vous demander de les poser sur votre tête. Vous en profiterez pour reculer sur le balcon. Je sais que vous avez toujours mon calibre .38. À la moindre alerte, je tire et vous vous retrouverez avec la cervelle de Jenna sur votre chemise.

Noah bat des paupières et ravale sa fureur en voyant le canon de l'arme posé contre ma nuque.

Il recule, les mains sur la tête.

J'en profite pour réagir.

— Vous ne vous en tirerez pas, Justin.

— Mais si, mais si! Le millionnaire insouciant qui joue les philanthropes en servant des fruits de mer à prix coûtant aux classes moyennes? Mais enfin, tout le monde m'adore. Ah, Jenna! J'oubliais.

— Oui, Justin?

Il me répond dans un souffle, la bouche contre mon oreille.

— Quand j'en aurai terminé avec Noah et vous, j'irai trouver votre tante Chloé et je m'occuperai d'elle. Je suis certain qu'elle adorera le sort que je lui réserverai dans les souterrains de cette maison. J'envisage de la transformer en chiche-kebab.

Il a tout juste prononcé les derniers mots qu'une vibration me vrille la nuque tandis qu'il enfonce la détente.

120

Clic.

Justin appuie une nouvelle fois sur la détente.

Nouveau *clic.*

Je me jette sur le Glock qui gît à mes pieds. Je me retourne avant même qu'il ait pu se dire : *Bon sang, ce putain de revolver n'était pas chargé.*

Merci, Aiden, d'avoir retiré les balles du barillet.

Justin regarde le revolver d'un air hébété, puis il m'adresse un sourire aigre, secoue la tête et jette l'arme par terre.

— Personne ne vous croira, se rassure-t-il. Noah le disait tout à l'heure, Isaac Marks a lancé un mandat d'arrêt contre vous. La seule façon qui vous reste d'obtenir cette *justice* à laquelle vous tenez tant est encore de m'abattre.

Cette fois, le pistolet ne tremble plus dans ma main lorsque je le pointe sur sa poitrine.

Il lève les bras en signe de reddition.

— Alors, inspecteur ? Prête à tirer sur un homme désarmé ? Je vous en supplie, mademoiselle Murphy ! se moque-t-il d'une voix faussement larmoyante en tombant à genoux. Ne tirez pas !

Je distingue des sirènes dans le lointain. Elles se rapprochent. Quelqu'un a appelé la police en entendant les coups de feu que j'ai tirés dans le plancher. Isaac a certainement envoyé la cavalerie quand il a appris que des détonations provenaient de la vieille demeure du 7 Ocean Drive.

Je baisse légèrement l'arme, prête à la relever en cas de besoin.

Justin cache mal sa déception.

— Si je comprends bien, vous n'allez pas me tuer, grimace-t-il, le souffle court.

Il espérait vraiment que je l'abatte. Il n'a pas envie de passer le restant de ses jours en prison. Aucun membre de la famille Dahlquist n'a jamais été inquiété pour ses crimes, et ce serait un déshonneur à ses yeux de rompre avec la tradition.

— C'est votre oncle qui m'a donné le plus de plaisir, me nargue-t-il. Je me vois encore lui enfoncer dans les reins ce tisonnier rougi au feu.

Pas question de tomber dans un piège aussi grossier.

— Vous savez ce qu'il a dit?

Les sirènes se rapprochent. Une nuée de voitures de patrouille.

— «Je t'en prie, Jenna. Aide-moi.» Il vous suppliait.

Je relève le bras en faisant un pas vers lui.

— Il a souffert le martyre, poursuit Justin.

D'une détente, je lui envoie un coup de pied dans les côtes.

Il se recroqueville sous l'effet de la douleur.

— Il a souffert de cette façon-là?

Il laisse échapper un gémissement dans lequel se mêlent souffrance et amusement.

— Je vois que vous comprenez. Je savais bien que vous n'étiez pas une mauviette.

— Tu vas moisir en prison toute ta vie, Justin. Tu n'auras même pas droit à la fin glorieuse de tes ancêtres lorsqu'ils se suicidaient avec panache.

Une lueur s'allume dans son regard. Il se relève à quatre pattes.

— *Mes* ancêtres?

— Ta gueule, Justin, s'interpose Noah qui a assisté à la scène en silence jusque-là.

— *Mes* ancêtres?

Noah tire de sa poche le calibre .38 et menace Justin.

— Je ne te le dirai pas deux fois. *Ta gueule !*

Un rire mauvais s'échappe de la gorge de Justin.

— Voyons, Jenna ! Parce que vous croyez vraiment que Holden était *mon* père ?

Je lance un regard interloqué à Noah.

— De quoi parle-t-il ?

— De rien. On en discutera calmement plus tard.

Je fais machinalement un pas en arrière, histoire de mettre un maximum de distance entre eux et moi.

— On va en parler tout de suite, au contraire. Commence par lâcher cette arme, Noah.

— Murphy…

— Je t'ordonne de lâcher cette arme ! Fais-la glisser vers moi.

Un crissement de pneus traverse la nuit au niveau de la grille.

— Allons, Noah. Éclairez donc sa lanterne, s'amuse Justin en redressant le torse, toujours à genoux. Mieux encore, montrez-lui donc les papiers que vous avez en p…

Noah le fait taire d'un coup de poing au menton. Justin bascule en arrière, sa tête frappe le plancher. Cette fois, il ne fait pas semblant, il a vraiment perdu connaissance.

Noah me tourne le dos, le poing droit serré autour de la crosse du petit pistolet.

— Pas un geste, Noah. Ne fais pas un geste.

Dehors, la grille grince sous la poussée d'une escouade de flics qui remontent l'allée au pas de course. La porte de la vieille demeure s'ouvre à la volée, les hommes d'Isaac aboient des ordres en fouillant les pièces du rez-de-chaussée.

Je ne sais plus quoi penser. Il me manque une pièce du puzzle. Une pièce maîtresse. Noah… Noah… Ce serait donc lui ? Noah serait le fils de Holden ? Je ne comprends plus rien, le puzzle tout entier vole en éclats.

Je m'adresse à lui d'une voix tremblante :

— Noah, je veux savoir.

Il se penche lentement et pose son arme sur le sol. Par mesure de prudence, bien que Justin ne soit pas en mesure de s'en emparer, il envoie le pistolet à l'autre extrémité de la pièce d'un coup de pied.

— Montre-moi ces papiers.

Il sort de sa poche la liasse de documents enroulés sur eux-mêmes, comme un manuscrit ancien, et se retourne vers moi.

— Commence par baisser ton arme, me dit-il.

— Tu rêves ? Allez, donne-les-moi.

Il baisse la tête et s'approche.

— Reste où tu es. Pas un pas de plus. Lance-moi ces papiers.

Il relève les yeux sans s'arrêter.

— Jenna…

— Noah ! Arrête-toi ou je tire !

Jambes écartées, je pointe le canon du Glock sur son visage.

— Non.

Il n'est plus qu'à cinq pas. À trois pas.

Un bruit de cavalcade nous parvient de l'escalier. Les flics se ruent à l'étage.

— Je vais tirer…

— Non, Jenna. Tu ne vas pas me tirer dessus.

Le doigt crispé sur la détente, je croise son regard. Une bouffée de chaleur m'envahit.

Je suis incapable de tirer. Je ne peux pas, pour une raison qui m'échappe. Dans ma tête, tout s'écroule.

Je ne sais plus rien, sinon que jamais je ne pourrai l'abattre.

Il écarte doucement le canon de mon arme. De *son* Glock.

Il pose son front contre le mien.

— Tout va bien, me dit-il d'une voix apaisante. Tu verras, tout ira bien.

Je lui réponds dans un murmure :

— Dis-moi que ce n'est pas vrai. Dis-moi que tu n'es pas son fils.

Noah me prend le pistolet des mains et glisse à la place la liasse de documents.

Il colle sa bouche contre mon oreille.

— Holden n'a jamais eu de fils, Jenna. Il a eu une fille.

121

— Tiens. Il est dégueu, mais au moins il est chaud.

Lauren Ricketts pose devant moi un gobelet en polystyrène rempli de mauvais café. Assise dans la salle d'interrogatoire du poste de Bridgehampton, je lève la tête pour la remercier, mais des taches noires papillonnent devant mes yeux.

— La nuit a été rude, commente-t-elle en me massant doucement le dos. Ça ira mieux demain.

C'est déjà demain, puisqu'il est 5 heures passées.

Et aucun demain ne pourra rien changer à la réalité qui s'impose à moi.

Je regarde machinalement la liasse des documents posés sur la table devant moi, encore recourbés d'être longtemps restés enroulés dans la poche de Noah. J'en lis le contenu pour la vingtième fois.

La première feuille porte l'entête de l'agence de détectives Lincoln. Il s'agit d'un rapport d'enquête adressé à « Holden Dahlquist VI ».

> *Vous avez souhaité savoir si la dénommée Gloria Willis, déjà mère d'un garçon prénommé Aiden, avait donné naissance à un autre enfant il y a neuf ans.*

Holden savait que Gloria était enceinte de ses œuvres. Il s'en doutait, tout du moins.

Je suis en mesure de répondre à votre question par l'affirmative. Il y a neuf ans, Mme Willis a effectivement donné naissance à un enfant à la maternité de Southampton. Elle a quitté l'établissement avec son bébé quelques heures plus tard sans avoir officialisé la naissance auprès de l'état civil. Nous avons acquis la certitude qu'elle a ensuite abandonné cet enfant devant le commissariat de Bridgehampton (voir article ci-joint).

Le document suivant est un exemplaire de la coupure de presse que j'ai découverte chez Aiden :

Un bébé abandonné au commissariat

La photo qui illustre l'article montre l'oncle Lang tenant un nouveau-né dans ses bras devant le poste de police de Bridgehampton.

La troisième feuille est la photocopie d'une note manuscrite tracée d'une écriture maladroite, mais facilement déchiffrable :

Merci de trouver une bonne famille à ma fille. Elle est en danger. Ne lui parlez jamais de moi. Je ne veux pas qu'elle me retrouve, ou qu'elle retrouve son père. Il la tuerait.

Mon cœur fait un bond, comme à chaque fois que je relis cette note écrite par une mère terrorisée à la perspective des menaces qui pèsent sur la fille qu'elle vient de mettre au monde, et qui entend la protéger du mieux qu'elle le peut : en l'abandonnant.

Je passe au document suivant, un jugement :

Conformément à la décision
du juge aux Affaires familiales
de l'État de New York à Riverhead, comté de Suffolk
concernant l'adoption d'un enfant de
sexe féminin baptisé X

Je saute la suite, rédigée dans le jargon judiciaire habituel. Seule compte la dernière phrase :

> *Il est décidé par la présente que la demande d'adoption de Gary et Lydia Murphy pour l'enfant de sexe féminin baptisé X, né à une date inconnue dans un lieu inconnu, fait l'objet d'une réponse favorable.*
>
> *Il est également décidé que l'enfant adopté portera désormais le nom de JENNA ROSE MURPHY, qui devient à compter de ce jour son identité officielle.*

Je la vois. À ce stade, il s'agit forcément de mon imagination, mais je vois ma mère, en vacances chez oncle Lang comme chaque été, me prenant dans ses bras en disant : *Je l'aimerai. J'aimerai cet enfant.*

Une larme solitaire s'écrase sur un coin de la feuille qu'elle marque d'un sceau circulaire.

Je ne parviens toujours pas à y croire, bien que la situation m'apparaisse dans toute sa logique.

Mon peu de ressemblance avec mes parents et mon frère, en particulier mes cheveux roux. Jusqu'à mon surnom, *le mouton rouge de la famille.*

Ce sentiment d'appartenance qui m'a toujours fait défaut.

Il n'est pas rare que l'on cherche à protéger ses enfants en leur racontant de pieux mensonges, m'a expliqué Chloé.

Sans rien me dire d'autre. Personne ne m'a jamais rien dit. Papa, maman, Lang, Chloé. On m'a maintenue dans l'ignorance pour me protéger. Me protéger de quelqu'un, sans savoir qui.

Un pieux mensonge.

Et moi qui croyais que tout était le fruit du hasard. Je pensais avoir été victime du hasard lorsqu'on m'a entraînée dans cette maison ce jour de juillet 1994, alors que l'intention de Holden était de mettre un terme définitif à la lignée des Dahlquist. Il a commencé par écraser en voiture la mère d'Aiden (et donc la mienne), puis il a demandé à Justin de m'enlever et de me conduire dans la maison d'Ocean Drive afin d'achever la besogne.

Sans Aiden, venu venger la mort de sa mère, je serais morte ce jour-là.

Le commissaire, Isaac Marks, passe une tête par la porte. Il essaye de voir à ma mine s'il est prudent d'entrer.

— Murphy, commence-t-il. On en a terminé avec l'interrogatoire de Noah. Vous êtes libres de repartir tous les deux.

J'opine et me lève lourdement de ma chaise sur des jambes fragiles.

— Je… je suis désolé, Murphy. Je me suis comporté comme un vrai connard. Je n'avais rien compris. J'étais persuadé que tu faisais n'importe quoi et que tu emmerdais Aiden sans raison. Et puis je… j'avoue avoir cru à un moment que… que tu étais une tueuse en série.

Il lève un bras en signe d'impuissance. Autant le rassurer.

— C'est bon. J'en avais autant à ton service.

Il rit, faute de pouvoir réagir différemment.

— Quand Noah m'a montré tous ces documents et que j'ai compris que tu étais la fille de… en fait, j'ai pensé que tu m'avais mené en bateau depuis le début.

Noah a eu la même réaction en lisant le rapport d'enquête commandé par Holden.

— Sans parler de tes empreintes sur ce couteau…

Je l'arrête d'un geste.

— C'est bon, j'ai compris.

Je ne suis pas disposée à le reconnaître, mais je ressens un tel trop-plein d'émotions que je n'ai plus de place pour la colère.

— On n'arrive plus à stopper Justin. À présent qu'il est sous les verrous, il se déverse comme un volcan en éruption. Il est fier de ce qu'il a fait. Il se voit en digne héritier des Dahlquist, il est déjà entré dans l'histoire à ses yeux. Tu vois le topo.

— Le pire, c'est qu'il est sincère.

— Il nous a raconté en détail les événements de 1994. Apparemment, Holden t'a aperçue par hasard un jour avec tes parents sur la plage d'Ocean Drive. Tu dois ressembler à ta mère biologique car il t'a immédiatement reconnue. Il t'a suivie toute la journée avant d'engager un détective privé. Tu connais la suite puisque tu as lu le dossier. C'est à ce moment-là qu'il a demandé à Justin de t'enlever et de te conduire jusqu'à la maison…

Je lève la main pour l'interrompre.

— Je ne veux pas connaître les détails, Isaac. Je ne me souviens de rien, parce que je ne *veux* pas savoir.

— Je comprends, Murphy. Je comprends. En attendant, je te dis à la semaine prochaine. Si tu te sens prête.

Je fais la moue.

— Tu veux que je témoigne à l'audition initiale, c'est ça?

— Non, je ne parlais pas de ça.

Il pose mon badge et mon arme de service sur la table.

— Tu ne crois tout de même pas que je vais laisser filer mon meilleur élément? Je suis capable de me comporter comme un con à l'occasion, mais je ne suis pas complètement idiot.

122

Je me rends à pied jusqu'au cimetière de Main Street, où sont enterrés Winston Dahlquist et ses descendants. Le soleil a largement entamé sa course vers le couchant, l'air est doux, riche des odeurs apportées par la pluie qui est tombée dans la matinée.

À quelques mètres de la concession Dahlquist, Aiden Willis arrange des fleurs dans un vase sur une tombe. Il a repris son travail, comme si de rien n'était.

Son allure n'a pas changé. Même vieille chemise, même casquette de base-ball à l'envers, même tignasse d'épouvantail. Il est clair qu'il tient davantage de son père que de sa mère.

Le bureau du procureur a rendu sa décision hier. Aucune charge n'a été retenue contre Aiden pour le meurtre de Holden VI. Étant donné son âge, il relevait à l'époque du juge des mineurs ; le rapport du procureur précise en outre que « tout semble indiquer que l'usage de la force était justifié ».

Tu parles d'un euphémisme.

Aiden s'arrête en m'apercevant et plisse les paupières.

Je ne sais pas vraiment quoi lui dire. Je n'éprouve aucun sentiment fraternel en le voyant, on ne pourrait pas être plus différents. On ne se connaît pas. À part notre mère, nous n'avons jamais rien partagé.

— Salut.

Son regard s'éparpille de tous les côtés, comme toujours, sans jamais se fixer nulle part.

— Ça va ? me demande-t-il.

— Moi ? Oui, bien sûr. Écoute, Aiden. Je tenais à m'excuser de la manière dont je t'ai traité. J'étais persuadée… je croyais que tu étais de mèche avec le meurtrier. Je ne me doutais pas qu'il s'agissait de Justin.

Il hoche la tête en regardant la terre tout autour de mes pieds, incapable de croiser mon regard.

— Et toi ? Tu savais que c'était lui, le coupable de tous ces meurtres ?

Je ne sais même pas si j'ai raison de lui poser la question.

Son regard se fige un instant, on sent qu'il réfléchit. Ou plutôt qu'il se perd dans le maelström de ses émotions.

— J'étais pas sûr. Et pis je pouvais rien prouver. Qui m'aurait cru, de toute façon ? Je suis que le fossoyeur alors qu'il est blindé de thunes.

— Sans compter qu'il détenait le couteau que tu avais jeté par la fenêtre.

Ses yeux se fixent dans le lointain, sa bouche dessine un O.

— Il m'avait dit qu'il le gardait en souvenir. Au cas où j'aurais des idées.

Une menace à peine voilée. *Ne t'avise pas de déconner avec moi, Aiden, si tu ne veux pas que les flics retrouvent ton couteau. Ne t'avise pas de déconner ou je te fais coffrer.*

Justin torturait déjà Aiden quand il était petit. Il l'a obligé à participer à la fusillade un an après la mort de Holden, comme il s'en est vanté à la police au moment de son arrestation. On ne saura jamais de quelle façon il a torturé mentalement Aiden pendant toutes ces années.

— Et moi ? Tu savais qui j'étais ?

Ses yeux poursuivent leur ballet incessant, mais ils sont humides. Il fait non de la tête.

— Quand t'es arrivée en ville, ta tête me disait quelque chose, sans savoir d'où je te connaissais. Et pis je me suis souvenu d'un seul coup, quand on était gamins, ce jour-là dans la maison Dahlquist. Je comprenais pas pourquoi t'avais décidé de revenir. Mais je savais pas que t'étais… qu'on était…

Les fleurs, en équilibre instable dans le vase, menacent de tomber et Aiden les rattrape juste à temps.

— Je vais te laisser bosser.

Aiden enfonce les tiges dans le vase et se tourne dans ma direction sans me regarder en face.

— J'étais trop jeune pour savoir à l'époque. J'avais que deux ans quand t'es née. Une fois, quand j'étais plus grand, j'ai trouvé une photo d'elle avec son gros ventre.

La photo de Gloria enceinte. Celle que j'ai découverte dans son album.

— Elle m'a expliqué que le bébé était mort. Elle était toute triste.

Sans doute a-t-elle menti de la même façon à Holden VI. Sans doute lui a-t-elle dit que j'étais morte à la naissance.

Un pieux mensonge. Pour me protéger, pour qu'Aiden ne tente pas de me retrouver. Que Holden ne tente pas de me retrouver. Que personne ne tente de me retrouver.

Son regard furtif croise brièvement le mien avant de fuir à nouveau.

— Tu lui ressembles. Tu lui ressembles beaucoup.

— Dans ce cas, j'ai de la chance. Elle était super belle. Et très courageuse. Toi aussi, tu t'es montré courageux, Aiden. Si jamais je peux…

— Tu veux voir sa tombe ?

Je voudrais lui répondre, mais j'ai la gorge nouée. Je me contente d'acquiescer et de le suivre.

Une tombe toute simple, un peu plus au sud. Une stèle ordinaire soigneusement entretenue.

Gloria Jane Willis
5 mars 1964 – 12 juillet 1994
À notre mère chérie

À *notre* mère chérie. Alors qu'Aiden était fils unique, de fait, puisqu'il me croyait morte à la naissance. Ça ne l'a pas empêché de m'inclure dans ses prières, d'avoir une pensée pour la sœur qu'il n'a jamais eue, qu'il n'a jamais connue.

Ma mère biologique. *Notre* mère biologique. La femme qui m'a abandonnée pour me sauver la vie. Une prostituée qui aurait voulu une vie meilleure pour son fils et elle-même.

Pour sa fille aussi.

Le 12 juillet 1994. Le jour où Gloria est morte écrasée par une voiture.

La veille des sept heures d'enfer, lorsqu'on m'a enlevée pour me conduire au 7 Ocean Drive où Holden comptait m'ôter la vie, à moi aussi, dans l'espoir de mettre un terme à la descendance sanglante des Dahlquist.

J'observe discrètement Aiden. Il a les larmes aux yeux.

— Elle me manque toujours, dit-il d'une voix qui tremble. Tu l'aurais… tu l'aurais aimée.

— J'en suis persuadée.

Je lui prends la main.

— Tu n'es pas tout seul, puisque je suis là. Tu es mon héros, Aiden. Et tu es mon frère.

Je dépose un baiser sur sa joue. Il a un léger mouvement de recul. Je doute que beaucoup de femmes l'aient embrassé jusque-là.

— Super, réagit-il d'une voix étrange alors que son visage s'éclaire légèrement. Ce serait super.

123

Je glisse mes pieds dans le sable en soupirant d'aise. La plage est noire de monde en ce milieu du mois d'août, des gamins courent dans tous les sens, on ne compte plus les bateaux, les parachutes ascensionnels et les châteaux de sable, ce qui ne m'empêche pas de me sentir en paix.

Quatre mois se sont écoulés depuis les événements de la maison d'Ocean Drive, presque jour pour jour.

Quatre mois depuis que j'ai démasqué Justin, depuis qu'il a été mis hors d'état de nuire, depuis qu'il est entré dans l'histoire du crime comme un tueur en série parmi beaucoup d'autres. Quelqu'un m'a dit avoir obtenu plus de dix mille résultats en effectuant une recherche à son nom sur Google. Grand bien lui fasse.

— Allons jeter un coup d'œil, me propose Noah, assis dans le sable à côté de moi.

— Je ne suis pas certaine d'en avoir envie.

— Allez, Jenna ! Tu n'as pas envie de voir ça ?

Je finis par céder. Je me lève, enfile mes sandales et glisse mes doigts entre ceux de Noah.

— Tes cheveux ont repoussé. Tu as décidé de renouer avec ton image de Jésus du surf ?

— Tu sais quoi ? Ça ne me déplairait pas, répond-il en serrant mes doigts entre les siens. J'en ai vu des vertes et des pas mûres, ces derniers temps. Figure-toi qu'une femme flic m'a même tiré dessus à trois reprises.

— En veillant soigneusement à te rater à chaque fois.

— C'est ce qu'elle prétend.

Nous traversons le parking avant de nous engager sur l'avenue.

Une foule dense est agglutinée devant les grilles du 7 Ocean Drive. Plusieurs équipes de télévision ont également fait le déplacement. On assiste au même cinéma sans discontinuer depuis quatre mois. Il paraît que Bridgehampton connaît un regain de touristes cet été grâce à tous ceux qui viennent voir la maison.

À l'exception de rares personnes, dont les vendeurs de souvenirs qui y perdront gros, personne à Bridgehampton ne regrettera pourtant la disparition de cet endroit.

— On arrive à temps, remarque Noah.

La boule de démolition s'enfonce au milieu des ardoises du toit, les pointes et les gargouilles partent en poussière sous le regard médusé des badauds. J'ai cru comprendre qu'il faudrait plusieurs heures aux démolisseurs pour venir à bout de la vieille demeure. Je leur ai dit que ça m'importait peu, tant que la maison disparaissait, en même temps que ses souterrains et ses sinistres oubliettes, ou encore la remise.

Après tout, je fais ce que je veux puisque je suis propriétaire des lieux. C'est ce qui est ressorti des conclusions des avocats commis à l'étude de l'héritage Dahlquist, confié depuis sa mort à la gestion d'un fonds privé puisque Holden VI était mort sans héritier. Ce n'est plus le cas aujourd'hui car j'existe.

Je compte me débarrasser rapidement de cet endroit. J'aurais préféré ouvrir un musée ou bien un asile pour femmes battues, par exemple, mais la propriété est située en périmètre protégé et la loi littorale m'interdit de l'utiliser comme je l'entends.

J'ai mis le terrain en vente, dans l'espoir qu'une famille ordinaire y bâtisse une jolie maison à laquelle je souhaite un avenir moins terrible.

Les agences immobilières ont évalué la propriété à un montant supérieur à ce que je gagnerai pendant toute ma carrière. De toute façon, je n'ai pas besoin de cet argent. Je me contenterai d'en garder une fraction et je donnerai le reste à Aiden Willis.

La boule de démolition poursuit son œuvre, le balcon s'effondre en emportant une partie de cette chambre dans laquelle ont sauvagement péri tant de gens. Deux siècles d'horreur qui partent en poussière.

— Cette foutue maison va me manquer, dit Noah.

J'éclate d'un rire joyeux qui me fait le plus grand bien, après des heures aussi sombres.

— En parlant de maison, poursuit-il, la nôtre ne va pas se peindre toute seule.

Il fait allusion à la maison que nous avons achetée, pas très loin de l'endroit où vivait oncle Lang. Trois chambres, deux salles de bains, un salon et une salle à manger dans un quartier tranquille. On a grand besoin de tranquillité tous les deux. On a signé ensemble l'emprunt à la banque, moi avec mon traitement d'inspectrice de première classe, grâce à la promotion dont je viens de bénéficier, lui comme patron de la petite entreprise de services qu'il a montée.

Même sous les coups de boutoir des démolisseurs, la vieille maison fait remonter certains souvenirs de cette nuit-là.

Je colle ma tête contre celle de Noah.

— Comment pouvais-tu être aussi sûr que je n'allais pas te tirer dessus?

Il me serre dans ses bras.

— Tu étais raide dingue de moi, ça se voyait comme le nez au milieu du visage.

Je souris intérieurement. C'est vrai que je suis raide dingue de lui.

Je suis des yeux le mouvement pendulaire de la boule de démolition. Pour quelqu'un qui ne voulait pas assister au spectacle, je me suis facilement laissé hypnotiser. J'ai besoin de voir s'effondrer la maison, je veux voir disparaître jusqu'à la dernière pierre, je ne serai satisfaite que le jour où le dernier mètre carré de terre aura été retourné.

Ma mine grave n'a pas échappé à Noah.

— Tu sais quoi? dit-il. Je m'ennuie ici. Autant aller voir notre nouvelle maison. Celle-ci a fait son temps.

Il me comprend mieux que je ne me comprends moi-même.

— Tu as raison. Moi aussi.

Nous nous éloignons, main dans la main, collés l'un à l'autre, sous le regard ardent du soleil.

Derrière nous, la boule s'apprête à crever un mur, la foule retient son souffle, mais ni lui ni moi ne prenons la peine de nous retourner.

DU MÊME AUTEUR

CHEZ LE MÊME ÉDITEUR

TUE-MOI SI TU PEUX

Certains individus sont moins faciles
à tuer que d'autres...

New York. Matthew Bannon, un étudiant en art sans le sou, est le témoin d'une fusillade dans la gare de Grand Central. Dans la confusion, il s'empare d'une mallette en cuir contenant des millions de dollars en diamants et s'enfuit.

... Matthew Bannon en est l'exemple vivant!

Le jeune homme imagine déjà la vie de nabab qu'il va mener avec sa petite amie. Mais les mafieux russes à qui appartiennent ces diamants n'ont pas envie de laisser cette petite fortune s'évaporer. Ils se lancent à sa poursuite. La vie de Matthew ne tient désormais plus qu'à un fil...

« Une course-poursuite haletante.
Un roman qui ne vous laissera pas reprendre votre souffle. »
Daily Mail

ISBN 978-2-8098-2109-3 / H 79-4665-2 / 330 pages / 22 €

MENACE SUR RIO

Plus haut…

Deux ans après avoir assuré, en 2014, la sécurité de la Coupe du monde de football, Jack Morgan, le patron de Private, la plus puissante agence de sécurité privée de la planète, est de retour au Brésil. À Rio de Janeiro, les Jeux olympiques d'été vont bientôt débuter, sous l'œil des caméras du monde entier.

plus fort…

Le pays semble prêt pour la grand-messe, inconscient des menaces qui planent en coulisses. Les deux filles d'un industriel ont été enlevées, une lourde rançon est exigée. L'épouse d'un ponte du comité d'organisation a été retrouvée carbonisée après avoir servi de cobaye à un savant fou…

plus mort !

Ce scientifique, qui est parvenu à synthétiser un virus d'un nouveau genre, a projeté de gâcher les festivités. Les autorités sont débordées. Athlètes et spectateurs sont menacés. La cérémonie d'ouverture approche, et seul Jack Morgan semble à même d'éviter une catastrophe planétaire…

Comme toujours avec James Patterson, attachez votre ceinture : un thriller sans temps mort !

ISBN 978-2-8098-1898-7 / H 83-1793-8 / 360 pages / 22 €

INVISIBLE

Mon cauchemar est toujours le même.
Je suis prisonnière
de ma chambre en flammes...

Ce cauchemar récurrent, Emmy Dockery le fait depuis que sa sœur a péri dans l'incendie de sa maison, huit mois plus tôt. Depuis, tous pensent qu'Emmy – qui a démissionné du FBI pour se consacrer à cette affaire – a perdu la raison.

Il est vrai qu'elle est obsédée par cette disparition. Elle réalise bientôt que plusieurs personnes ont été retrouvées sans vie dans l'incendie de leur résidence et que ces affaires ont toutes été classées sans suite.

Persuadée qu'il ne s'agit pas d'accidents mais d'une série de meurtres, Emmy parvient à convaincre son ex, l'agent Harris Bookman, de l'aider à enquêter.

Un serial killer pyromane sévit en toute impunité. Il se trouve quelque part, sur le territoire des États-Unis. Et c'est à Emmy qu'il revient de le localiser. Au péril de sa vie...

« Une atmosphère apocalyptique
et des rebondissements à foison. Encore un Patterson
qu'il est impossible de lâcher. »
officer.com

ISBN 978-2-8098-1798-0 / H 38-1438-7 / 374 pages / 22 €

LUNE POURPRE

Enlèvements, tortures, meurtres…

À Central Park, le cadavre d'une femme riche et célèbre présentant d'étranges mutilations est retrouvé sur un manège de chevaux de bois. Tout laisse à penser qu'elle est la quatrième victime d'un tueur qui ne s'en prend qu'aux *beautiful people* dont les crimes et turpitudes sont restés impunis.

Tremblez, riches new-yorkais…

Zach Jordan et sa partenaire Kylie MacDonald, du NYPD Red, l'unité d'élite chargée de protéger les intérêts des citoyens les plus fortunés de Manhattan, en ont la confirmation quelques heures plus tard quand une vidéo fait le buzz sur le Net.

Un criminel a décidé de rendre la justice… à sa manière !

Zach et Kylie sont sous pression. La municipalité veut un résultat rapide. D'autant que de plus en plus de New-Yorkais approuvent secrètement l'idée d'une justice expéditive…

« Patterson a l'art d'instiller le suspense jusque dans les moindres détails. Il soigne ses personnages et ses intrigues ses romans sont de vrais films ! »
Michael Connelly

ISBN 978-2-8098-1666-2 / H 27-5565-5 / 374 pages / 22 €

Cet ouvrage a été composé
Par Atlant'Communication au Bernard (Vendée)

Impression réalisée par
CPI France
en juillet 2017
pour le compte des Éditions de l'Archipel
département éditorial
de la S.A.S. Écriture-Communication.

Imprimé en France
N° d'impression : 3023810
Dépôt légal : août 2017